Clara Bernardi

SCHWARZE BRILLANTEN AM COMER SEE

Clara Bernardi

SCHWARZE BRILLANTEN AM COMER SEE

Ein Fall für Giulia Cesare

Kriminalroman

DUMONT

Von Clara Bernardi sind bei DuMont außerdem erschienen:
Requiem am Comer See
Letzte Klappe am Comer See

FSC
www.fsc.org
MIX
Papier aus verantwortungsvollen Quellen
FSC® C083411

Erste Auflage 2021

Dieses Werk wurde vermittelt durch
die Agentur Editio Dialog Dr. Michael Wenzel
(www.editio-dialog.com)
Umschlaggestaltung: Lübbeke Naumann Thoben, Köln
Satz: Fagott, Ffm
Gesetzt aus der Garamond und der Six Caps
Druck und Verarbeitung: CPI books GmbH, Leck
Gedruckt auf säurefreiem und chlorfrei gebleichtem Papier
Printed in Germany
ISBN 978-3-8321-6572-7

www.dumont-buchverlag.de

Für Gabi, die immer da ist,
wenn man sie braucht.

PERSONAL

GIULIA CESARE

Commissario und stolze Comasci, der die Prioritäten zwischen ihrem Heimatdorf und der Polizeiarbeit öfter mal verrutschen

BRUTUS GRAZIOLI

Giulias bester Freund und akribischer Postbote, der mehr Angst vor Hunden als vor Kriminellen hat

JACOPO PAWESE

Ein liebender Ehemann, der hervorragend kocht und Giulia fast keinen Wunsch abschlagen kann

MARIA CESARE

Giulias temperamentvolle, argentinische Mutter, mit flinken Fingern, wenn es um das Eigentum anderer Leute geht

PIERGIUSEPPE CESARE

Der Vater, der sein halbes Leben auf die große Schauspielkarriere wartet und ungefragt gut gemeinte Ratschläge zur Polizeiarbeit gibt

TIZIANA DE ANGELIS

Eigensinnige Bestatterin und Freundin, die über alle am See etwas sagen kann, aber es meistens nicht tut

ELENA

Giulias taffe Assistentin, die ihrer Commissario öfters aus der Patsche hilft und sich ab und zu mit Jacopo verbündet

CHIARA ELISA ZORZI

Leiterin der Kriminalpolizei, die trotz ihres jungen Alters und der rot geschminkten Lippen einen guten Job macht und dennoch permanent mit Giulia aneinandergerät

PROFESSORE ANDREA FONTANA

Charmanter Rechtsmediziner aus Mailand, der extrem eigenwillige Untersuchungsmethoden praktiziert und den See mehr liebt als seiner Ehe guttut

CARMELO RISO

Leiter der Kriminaltechnik, der seine Zunge nicht im Zaum halten kann und an einem Tatort nur selten gesehen wird

LEOPOLDO CAMPETTI

Ein fleißiger Mann, der seine einzige Chance ergreifen wollte und dabei nur verlieren konnte

DIE GESCHWISTER CAMPETTI

(Anna, Milo und Sebastiano) Die schweigende Familie, die gut daran getan hätte, ihr Geheimnis auch weiterhin für sich zu behalten

LUCIO BERTERA

Ein stolzer Comasci, der die Vergangenheit nicht abschütteln kann und dem die große Liebe mehr bedeutet als alles andere auf der Welt

FAUSTINO BERTERA

Der Sohn, der so anders sein will als sein Vater und der trotzdem nicht aus seiner Haut kann

LEW ARTJOM GROMOW

Das Genie, dessen eigene Ängste ihn immer wieder einholen

KUNO ALWIN WYSS

Der düstere Ästhet, dem das Geschäft über die Moral geht

BALDO

Der geheimnisvolle Blender, der es versteht zu manipulieren

I

Der Sarg war aus schwerem Eichenholz, eine bemerkenswerte Handarbeit, die die Maserung des Holzes und die fast schon samtige Oberfläche hervorragend zur Geltung brachte. Er hatte die Form einer Truhe, deren Deckel am Fußende scheinbar von zwei gedrechselten Säulen getragen wurde, und er war deutlich breiter als die gängigen Modelle. Im Gegensatz zu der feinen Tischlerarbeit wirkten die schwarzen Eisenbeschläge, vor allem die seitlich angebrachten gedrehten Stangengriffe, wie dem Übermut eines Künstlers entsprungen, der sein Werk scheinbar gedankenlos verpfuscht hatte. Der Sargdeckel war zweigeteilt, wobei durch das aufgeklappte Kopfteil der Blick auf die Stoffbespannung und die Bordüre des Kissens frei wurde, deren ungewöhnliche Farbgebung – es handelte sich um weiß-blau-rote Streifen – unangenehm deplatziert wirkte. Insgesamt schienen der Verstorbene oder dessen Angehörige in jeder Hinsicht einen außergewöhnlichen Geschmack zu haben, denn der Katafalk war durch Weinkisten der erlesensten italienischen Sorten ersetzt worden. Ansonsten bestand der Raum nur aus kahlen Wänden, auf deren Kalkputz sich von den Dutzenden dicht an dicht aufgereihten meterhohen Kerzen schon Rußflecken gebildet hatten. Überall darum herum standen Vasen mit üppigen Orchideensträußen, bei denen sich nicht nur irgendjemand die Mühe gemacht hatte, sie farblich zu sortieren, sondern die Arrangements auch nach einer aufsteigenden Farbskala zu positionieren. Allein die Plätze für die Gelb- und Orangetöne waren leer. Diese Blütenrispen lagen auf dem Boden, abgeknickt und breit getreten. Von irgendwoher drang ein leises Wimmern, das sich in einem Schnäuzen entlud, um dann wieder in seiner Monotonie fortzufahren.

Giulia stand im Türrahmen, die Klinke der nur wenige Zentimeter geöffneten Tür in der Hand, und betrachtete einigermaßen perplex das vor ihr Liegende. Sie hatte eigentlich nur eine Gelegenheit zum Händewaschen gesucht, denn sosehr sie die in Knoblauchöl geschwenkten Riesenscampi liebte, sie hatte gleich nach deren Verzehr das Gefühl, ihre klebrigen Finger reinigen zu müssen. Sie war noch nie zuvor im *Ristorante di Paolo* gewesen, obwohl sie nahezu alle Lokalitäten in Menaggio kannte, aber das *di Paolo* war ein echter Geheimtipp. Allein aufgrund der ersten beiden Gänge, die man ihnen bisher serviert hatte, verstand sie nur allzu gut, warum ihr Vater Piergiuseppe mit Vehemenz darauf bestanden hatte, seinen Geburtstag hier zu feiern. Einzig an der Beschilderung und damit an der Frage, wie die Gäste in diesem Durcheinander an Türen die Toiletten finden sollten, musste Paolo noch arbeiten. Giulia wollte sich gerade wieder vorsichtig zurückziehen, als das Weinen von einer Salve an derben Flüchen abgelöst wurde. Wer immer da einen gewissen *diavolo nero* verfluchte, musste eine Frau sein. Natürlich wäre es ein Akt der Höflichkeit gewesen, jetzt die Tür zu schließen und unbemerkt zu verschwinden, aber es war Giulias angeborene Neugier, die sie regelrecht dazu zwang, einfach stehen zu bleiben. Die Wut dieser Frau, die die Einzige zu sein schien, die hier Totenwache hielt, steigerte sich in Worte wie »verdammter Hurensohn« und »arroganter Dreckskerl«. Dann wurde das Klappern von Absätzen laut, und wenig später tauchte eine Dame in Giulias Sichtfeld auf, die, noch ehe Giulia des Ganzen richtig gewahr wurde, das Sargkissen und die Matratze nahm und beides wutentbrannt an die gegenüberliegende Wand schleuderte. Damit nicht genug, umfasste sie den Sargdeckel mit zwei Händen und ließ ihn mit Wucht auf das Unterteil knallen. Schlussendlich verdeutlichte ihr ausgestreckter Mittelfinger, was sie von dem Ganzen hielt. Fast hätte Giulia laut losgeprustet, denn der Irrwitz war kaum auszuhalten. Noch dazu bot das Schauspiel eine willkommene Abwechslung zum dem nervtötenden Abend, den sie bislang hier verbracht hatte und der lediglich durch das Essen aufgewertet wurde. Aber auch wenn sie eines ihrer Laster, das Beobachten anderer Leute, zum Beruf gemacht hatte, wollte sie nicht unbedingt dabei ertappt werden. Mit Peinlichkeiten dieser Art konnte Giulia schlecht umgehen. Abgesehen davon war der Tod eines Menschen nichts, worüber man sich lustig machen sollte. Sie biss sich also auf die Unterlippe und wartete, was passierte. Die junge Frau stand einfach nur da. Ihre sich schnell hebende und senkende Brust verriet, wie sehr sie in Rage war. Schließlich flog der Deckel des Sarges auf. Dann ging alles so schnell, dass Giulia kaum begriff, was sich da vor ihren Augen abspielte. Die Frau holte aus und ließ ihre angespannte Faust in das Innere knallen, einmal, zweimal. Das war selbst für eine hartgesottene Commissario der Questura in Lecco zu viel. Giulia schnappte nach Luft und wollte gerade einschreiten, als zwei weitere Schläge niedergingen. Erstaunlicherweise konnte man die Boxhiebe nicht nur sehen, sondern auch hören. Die Faust prallte nicht auf einen Menschen, ein brechendes Nasenbein hörte sich anders an. Die Wucht traf auf Holz. Aber das hieß … Giulia staunte nicht schlecht. Der Sarg musste leer sein. Im gleichen Moment, in dem sie das realisierte, drehte sich die junge Frau um und schickte sich an zu gehen. Giulia sah ihr direkt ins wutverzerrte Gesicht. Es war Alice De Angelis, die Enkelin von Giulias alter Bestatterfreundin Tiziana, die da offenkundig ein veritables Problem mit »dem schwarzen Teufel« hatte. Die Frage war nur: Wo befand sich dessen Leiche?

***

»Commissario.« Neben Giulias leerem Stuhl stand ein älterer Herr, der sich in übertriebener Geste verneigte. Er war nicht sonderlich groß, dafür aber von kräftiger Statur, deren Form aufgrund seiner extrem breiten Schultern an ein »V« erinnerte. Obwohl er das siebzigste Lebensjahr längst überschritten haben musste, wirkte die Haut in seinem markanten Gesicht so straff wie die eines halb so alten Mannes. Allerdings schien er dafür, der eingeschränkten Mimik nach zu urteilen, ein wenig nachgeholfen zu haben. Sein intensiv gebräunter Teint, der an einigen Stellen unschöne Pigmentflecken erkennen ließ, unterstrich diesen Eindruck noch. Im auffälligen Gegensatz zu dieser künstlich herbeigeführten Verjüngung standen die silbernen Strähnchen, die sich wie ein Netz durch seine drahtigen Locken zogen und in den vollständig ergrauten Koteletten, die bis in die Mitte seiner Wangen reichten, zusammenliefen. Das weiße Leinenhemd, das er trug, wirkte fast schon schlicht, allerdings hatte er die bis zum Brustbein hinunterreichenden Knöpfe ignoriert, wodurch neben einer üppigen Körperbehaarung auch eine fette Goldkette mit passendem Anker-Amulett zum Vorschein kam. »Die berühmteste Commissario am Lago«, flötete er übertrieben laut und mit einer erstaunlichen Bassstimme, sodass einige der Leute an den umliegenden Tischen ihre Gespräche unterbrachen und sich neugierig zu ihnen umdrehten. »Es ist mir eine Ehre, Sie zu meinen Gästen zählen zu dürfen.« Er neigte den Kopf, legte seine linke Hand auf seine Brust und zog mit der rechten Giulias Stuhl zurück, damit sie Platz nehmen konnte.

Giulia, die Wichtigtuerei nicht ausstehen konnte, blieb demonstrativ neben ihrem Stuhl stehen. Nichtsdestotrotz nickte sie dem Profilneurotiker freundlich zu. Nur weil Menschen zu Verhaltensweisen neigten, mit denen sie nichts anfangen konnte, musste sie ja nicht gleich unhöflich werden, erst recht nicht, wenn ihrem Vater das hier wichtig war. Abgesehen davon hielt sie es für angebracht, dem Herrn auf Augenhöhe zu kondolieren. Das eine wie das andere gebot schon der Anstand, wenngleich Giulias Neugierde zugegebenermaßen ebenfalls eine nicht unwesentliche Triebkraft dafür darstellte. Doch diese sollte zu ihrer Enttäuschung nicht befriedigt werden.

»Das ist mein Freund Lucio, der Inhaber dieses ausgezeichneten Restaurants«, erklärte ihr Vater Piergiuseppe mit ausladenden Armbewegungen und bewunderndem Blick hinauf zu dem neben ihm stehenden Mann. »Wir kennen uns schon unser halbes Leben. Sein Vater, der alte Paolo, hat uns immer den Hintern versohlt, wenn wir Eier aus der Küche gestohlen und sie heimlich unten am See ausgetrunken haben.« Piergiuseppe kicherte albern. Der Wein hatte bereits dazu geführt, dass seine Wangen dunkelrot leuchteten und seine Stimme eine für einen alten Mann unangenehm schrillen Klang bekommen hatte. Noch dazu schien er die Laustärke, in der er sprach, nicht mehr richtig einschätzen zu können, zumindest waren alle anderen Gäste auch an diesen Teil der Unterhaltung sehr gut angebunden. Der sonst eher zurückhaltende Piergiuseppe schien heute alles an Temperament aufzufahren, was in ihm schlummerte, und er wirkte überaus glücklich dabei. »Das ist meine einzige Tochter, Giulia, und es gibt keinen Banditen, den sie nicht schnappt. Schon als Kind war sie schlauer als alle anderen bei uns auf dem Berg, kein Wunder, dass die in der Questura von Lecco sie unbedingt haben wollten, eine Cesare im Polizeidienst ...« Piergiuseppe schnalzte stolz mit der Zunge. Er nahm sein Glas und hielt es in die Höhe. »Lasst uns auf meine Giulia trinken«, rief er voller Inbrunst. Kaum dass er den Toast ausgesprochen hatte, kam einer der Kellner herbeigeeilt, um dem Mann namens Lucio ebenfalls ein Glas zu reichen und es sodann aus der auf dem Tisch stehenden Flasche Rotwein zu befüllen. Umgehend erwiderte Lucio den Trinkspruch und versuchte dabei, Piergiuseppe noch zu übertreffen, indem er die Hacken zusammenschlug und ausrief: »Auf Giulia! Auf eine gute Zukunft für unser geliebtes Italien!«

Am Tisch blieb das Echo darauf eher verhalten. Nur Brutus Grazioli, Giulias ältester Freund, erhob sich und pflichtete den beiden pathetischen alten Männern eilig bei, während er Giulia voller Stolz anblickte, um es darauf den Alten gleichzutun und sein Glas in einem Zug zu leeren.

Giulia bedachte ihn dafür mit einer hochgezogenen Augenbraue, worauf er sich mit schuldbewusster Miene wieder auf seinen Stuhl sinken ließ.

»Piergiuseppe und der Alkohol, das passt so gut zusammen wie eine Fliege und ein Honigstreifen«, entrüstete sich Maria, Giulias Mutter, mit gerümpfter Nase. »Und was das hier alles kostet ... Lucio Bertera war schon immer ein Gauner. Mein dummguter Mann wird bei seinem angeblichen Freund eher mehr auf den Tisch legen als weniger. Meine Pizzoccheri wären allemal besser gewesen. Und Wein haben wir auch noch genug.« Maria gab sich nicht einmal Mühe, ihre Stimme zu senken. Stattdessen funkelte sie Lucio aus schmalen Augen an, die keinen Zweifel daran ließen, dass sie ihn beleidigen wollte.

Maria Cesare war keine Frau, die mit ihrer Meinung hinterm Berg hielt, und bevor der gutmütige, ein wenig lebensfremde Piergiuseppe dagegenhalten konnte, wenn er es überhaupt jemals versuchte, waren alle Messen gesungen.

»Man wird nicht alle Tage fünfundsiebzig, nicht wahr, Piergiuseppe, mein alter Kampfgefährte«, polterte Lucio und klopfte Giulias Vater anerkennend auf die Schulter. »Da kann man schon mal etwas anderes als Hausmannskost vertragen, auch wenn deine Gattin sicherlich keine Mühen gescheut hätte, die Zutaten bei euren Nachbarn auf dem Berg zusammenzutragen.« Er zwinkerte Maria boshaft zu.

Giulia ärgerte sich, dass offenbar jeder am See über Marias sogenannte »schlechte Angewohnheit« Bescheid wusste. Dabei war das, was ihre Mutter als bloße Marotte abtat, aus Giulias Sicht nicht weniger als eine kriminelle Handlung. Eine andere Umschreibung konnte sie für Diebstahl beim besten Willen nicht finden, auch wenn Maria darauf bestand, dass es hauptsächlich Mundraub war, stibitzte sie in größerem Stil und keineswegs nur für den Eigengebrauch. Giulia hatte ihrer Mutter schon so einige Male ins Gewissen geredet, doch die war immun gegenüber Rechtschaffenheit. Ob es sich dabei um eine genetische Prädisposition handelte, wie Piergiuseppe immer mit dem Hinweis auf die kriminelle Energie in Marias argentinischer Familie, die sich den gesamten Lebensunterhalt durch Diebstahl verdiente, entschuldigend behauptete, war Giulia dabei vollkommen schnurz. Es ging einfach nicht an, dass sie am See Verbrecher jagte, während ihre Mutter den Nachbarn die Eier klaute.

An dem braven Piergiuseppe wiederum gingen die kleinen Gehässigkeiten seiner Tischgesellschaft komplett vorbei. Mit dem Selbstbewusstsein eines Mannes, der seinen besten und einzigen Anzug trug, lehnte er in seinem Stuhl, nickte anderen Gästen, den Kellnern und schließlich den um ihn versammelten Seinen wohlwollend zu und lächelte zufrieden.

Brutus schaute unsicher zu Maria hinüber. »Auf der Torte steht aber dreiundsiebzig und auf den Luftballons, die ich ihm mitgebracht habe, auch«, flüsterte er.

Maria winkte mürrisch ab. »Lucio war schon immer ein Depp. Rechnen konnte der noch nie. Wenn sein Vater ihm nicht den Laden hier vermacht hätte, würde er heute in Lecco vor dem Campanile di San Nicolò stehen und Schirme an Touristen verscherbeln.«

Unbeeindruckt von Marias Schandmaul und seinem offenkundigen Fauxpas fuhr Lucio fort. »Ein berühmter Schauspieler wie Piergiuseppe Cesare muss nicht auf den Cent gucken«, schmeichelte er. Dabei ließ er von Giulias Stuhl ab, tänzelte um Piergiuseppe herum und schnippte nach dem Kellner, der eilig herbeigelaufen kam und die Gläser der Runde neu befüllte. »Die nächste Flasche geht aufs Haus«, verkündete er gönnerhaft.

»Davon kriegt Piergiuseppe nicht mehr viel mit«, murmelte Maria bissig. An Brutus gewandt sagte sie: »Was wir nicht schaffen, packen wir ein. Der Kerl da füllt meinen Mann schon vor dem Hauptgang ab, damit er sich die Portion spart, die wir dann trotzdem bezahlen müssen.«

Brutus nickte gehorsam. »Hat Piergiuseppe bei dem Liszt-Film eine Gage bekommen?«, fragte er an Giulia gewandt, die sich wieder zu den anderen an den Tisch gesetzt hatte. »Dann hätte ich doch auch etwas bekommen müssen.« Sein Gesichtsausdruck schwankte zwischen Unglaube und gekränkter Eitelkeit.

Giulia schüttelte nur den Kopf. Sie wollte vor den Augen und Ohren von Signor Lucio nicht auch noch die erfolglose Schauspielerkarriere ihres Vaters erörtern. Das hätte Piergiuseppe zweifelsohne gekränkt und wäre dem Familienfest, das er sich gewünscht hatte, abträglich gewesen. Die Familie, das waren Maria und Piergiuseppe, ihre Eltern, ihr bester Freund Brutus und ihr Mann Jacopo. Letzterer hatte die ganze Zeit schweigend dabeigesessen. Mehr brauchte es nicht, denn Giulia konnte ihm auch so ansehen, dass er sich köstlich amüsierte, während ihre Geduld massiv auf die Probe gestellt wurde. Jacopo bemerkte ihren zerknirschten Blick und bedeutete ihr mit dem ausgestreckten Daumen und Zeigefinger seiner rechten Hand, dass sie nur noch zwei Gänge zu überstehen hatte. Dabei zwinkerte er ihr liebevoll zu. »Die Zukunft Italiens liegt auf deinen hübschen Schultern«, hauchte er mit unterdrücktem Lachen. »Aber du schaffst das schon. Wer, wenn nicht du? Die Unterstützung dieser beiden alten Krieger hier hast du zumindest. Ob sie sich im nüchternen Zustand noch daran erinnern können, wage ich allerdings zu bezweifeln.« Jacopo biss sich auf die Unterlippe, während er ein Stück des vor ihm stehenden Weißbrotes brach und fast schon behutsam das auf seinem Teller verbliebene Öl der Vorspeise auftunkte.

Giulia warf ihm einen verliebten Blick zu, um ihm gleichzeitig unter dem Tisch einen unsanften Fußtritt zu verpassen. »Was ich noch weniger leiden kann als Familienfeiern sind vorlaute Ehemänner«, zischte sie.

»Ich habe schon auf die harten Bandagen meiner Commissario gewartet«, feixte er und prostete ihr vergnügt zu. »Schade, dass du uns alle fahren musst und diesen vorzüglichen Tropfen nicht trinken darfst.« Er trank genüsslich von seinem Wein.

Im gleichen Moment ergoss sich Lucio schwärmerisch über die bevorstehende Hauptspeise. Erstaunlicherweise zeigte er dabei keinerlei Anzeichen des Alkohols. »Jetzt steht euch der Höhepunkt dieses vorzüglichen Mahles bevor«, beschwor er die Geburtstagsrunde förmlich und streckte dabei das Kinn nach oben, als könnte das nicht nur ihn, sondern auch sein gesamtes Lokal größer machen. »Grünbarbe, gebacken in einer Basilikum-Spinat-Brotkruste.« Er blickte effektheischend in die Runde. »Nirgendwo sonst bekommt ihr das Fleisch dieses Fisches so zart und schmackhaft wie bei uns. Die Liaison mit der Frische des Basilikums und dem ein wenig erdigen Geschmack des Spinats unterstreicht diese Komposition einmal mehr.« Lucio schloss die Augen, formte seine Lippen zu einem Kussmund und bewegte sie dabei wie ein Weinverkoster, der seinen Gaumen mit einem edlen Tropfen beglückt. »Dieses Gericht ist eine absolute Premiere, die neueste Kreation unseres Starkoches, und ihr gehört zu den Glücklichen, die es als Erste probieren dürfen.«

»Barbe?« Maria verzog das Gesicht. »Da hat man doch nichts als Gräten im Mund. Jeder weiß, dass dieser Fisch nur aus Knochen besteht.« Sie griff nach dem auf dem Tisch liegenden Menüplan und überflog die Zeilen. »Was das wieder kostet … Und dann nur Gerippe.«

»Ich mag keinen Spinat«, erklärte Brutus vorwurfsvoll. »Kann ich vielleicht ein paar Tomaten dazu haben, Auberginen gehen auch, aber ohne Haut. Ich mag keine Haut.« Er nippte an seinem Wasserglas und schaute Lucio mit den großen, runden Augen eines Kindes an, das seinen Teller nicht leer essen will.

Lucio Bertera war offenkundig ein Profi seines Faches, denn er lächelte unentwegt. Dabei klopfte er Piergiuseppe immer wieder auf dessen schmächtigen Rücken. »Eine großartige Familie darfst du dein Eigen nennen, mein Lieber. Ganz großartige Leute.«

Giulia fragte sich, wie weit dieser Lucio wohl gehen würde, um seine Gäste zufriedenzustellen. Heutzutage war die Konkurrenz groß, vor allem hier in Menaggio, einem der meistbesuchten Orte am See. Das *Ristorante di Paolo* gehörte nicht zu den an jeder Ecke befindlichen Touristenschuppen, die auf das schnelle Geld eines Nimmerwiedersehen-Publikums aus waren. Das Lokal hatte nach allem, was Giulia mitbekommen hatte, Tradition, und das bedeutete, Lucio musste vor allem die zahlungskräftigen Einheimischen bei Laune halten. In den Küstenorten verbreiteten sich die Neuigkeiten, vor allem die schlechten, so schnell, wie sich die Windverhältnisse auf dem See änderten, und Lucio hatte keine Wahl: Wollte er im Spiel bleiben, dann musste er strengstens auf die Qualität seines Angebotes achten. Dazu gehörte zweifelsohne der hervorragende Service, der das Süßholz des Gastgebers mit einschloss. Dass Piergiuseppes Freund allerdings nicht einmal bei einem Todesfall in der Familie den Laden dichtmachte, verwunderte doch sehr. Die Totenwache im eigenen Haus war auch heute noch ein Ritual, das von den meisten Italienern äußerst ernst genommen wurde, und sie dauerte üblicherweise nicht länger als vierundzwanzig Stunden an. Diese Zeit brauchte es nach Giulias Dafürhalten auch, um von einem geliebten Menschen gebührend Abschied zu nehmen. Dass dies bei laufendem Restaurantbetrieb möglich war, bezweifelte sie. Vielleicht war das alles aber auch schon lange geschehen, denn wo sonst sollte die Leiche abgeblieben sein?

Dann stellte sich nur noch die Frage, warum der Sarg übrig geblieben war? Dass man den für das nächste Mal aufheben konnte, war Giulia neu. Und wieso randalierte die Bestatterin an ihrem eigenen Werk? Was immer hier vor sich ging, normal mutete das alles nicht an, nicht einmal für einen Comasci, wobei den Bewohnern des Comer See schon so einige Extravaganzen zuzutrauen waren.

»Hervorragend!«, rief Jacopo begeistert, was der talentierte Hobbykoch in Erwartung der Grünbarbe zweifelsohne ehrlich meinte. »Das Rezept werde ich mir merken. Ist es denn möglich, dass Ihr Koch einmal an unseren Tisch kommt. Ich würde ihn gern kennenlernen und ihm ein Kompliment für seine Kunst aussprechen.«

Lucio kniff die Lippen zusammen und schüttelte hektisch den Kopf. Von seiner heiteren Ausgelassenheit war nichts mehr geblieben. Stattdessen schien er förmlich zu verkrampfen und das nervöse Umherwandern seiner Augen verriet das Unbehagen, das ihm Jacopos Idee bereitete.

»Man hört ja so einiges über Ihren berühmten Russen. Er hat einen Stern erkocht, nicht wahr? Es wäre mir eine große Ehre, ein paar Tipps von einem so bedeutenden Mann zu erhalten.« Jacopo überging die Abwehrhaltung Lucios in seiner gewohnt unbekümmerten Art.

Lucio wand sich, man konnte ihm ansehen, dass er nach Worten rang. »Lew ist … Er ist menschenscheu wie die meisten Künstler. Und sein Italienisch ist noch schlecht und … Er spricht nur gebrochen … er schämt sich, verstehen Sie.« Signor Lucios Kopf wackelte hin und her. »Eine Diva, Lew ist eine Diva, und ich möchte ihn nicht unnötig verärgern. Das schadet uns allen, glauben Sie mir.« Er faltete die Hände, als würde die Geste dem Gesagten mehr Glaubwürdigkeit verleihen.

Jacopo nahm das ohne Einwände hin. Aber selbst wenn er welche gehabt hätte, wäre das für Lucio unerheblich gewesen, denn der hatte Jacopo schon den Rücken zugedreht, um mit Piergiuseppe eine Unterhaltung über die aktuelle politische Lage zu beginnen. Giulia fand Lucio Verhalten seltsam, aber es fügte sich in das Bild, das sie ohnehin schon von diesem unsympathischen Mann hatte. Noch dazu wusste sie, dass ihr Vater keinen Schimmer von Politik hatte. Doch er war Schauspieler genug, um einen interessierten Blick zur Schau zu stellen und diesen hin und wieder durch die Wiederholung eines Halbsatzes seines Gegenübers zu unterstreichen.

Giulia nutzte diesen Moment und beugte sich über den Tisch zu Jacopo, aber noch bevor sie etwas sagen konnte, kam ihr Mann ihr zuvor. »Ich habe einen Artikel über diesen Gromow gelesen. Da stand, dass er speziell ist. Aber gleich so …« Jacopo verdrehte die Augen. »Normalerweise kommt der Koch doch einmal an den Tisch seiner Gäste und wechselt ein paar Worte mit ihnen, noch dazu, wo dein Vater und dieser Lucio so dicke Freunde sind.« Jacopo unterstrich den letzten Halbsatz mit seinem ineinander verhakten Zeige- und Mittelfinger. Dazu grinste er schelmisch.

»Vielleicht ist er tot«, murmelte Giulia in Gedanken.

Jacopo zog skeptisch die Augenbrauen zusammen. »Generell schätze ich deinen Humor ja, aber heute weist er derbe Aussetzer auf«, entgegnete er.

Giulia sah ihn an, ohne eine Miene zu verziehen. »Wenn du zur Toilette gehst, nimm die erste Tür rechts«, murmelte sie. Die Sache mit dem Sarg beschäftigte sie noch immer, und sie war gespannt, was ihr Mann dazu sagen würde.

Jacopo, dem die abrupten Themenwechsel innerhalb einer Unterhaltung mit seiner Angetrauten nicht neu waren, antwortete: »Kein Bedarf, schon gar nicht, wenn gleich der Hauptgang kommt. Du weißt, wie schnell ein Fisch erkaltet.«

»Geh, bitte«, wiederholte Giulia nachdrücklich. »Du musst dir das ansehen.«

Jacopo musterte seine Frau prüfend. Giulia konnte ihm seine Gedanken geradezu von der Stirn ablesen. Ihr Mann wusste sehr wohl, dass sie nicht ein schönes Gemälde oder eine antike Statur entdeckt hatte, obwohl das Restaurant durchaus so aussah, als hätte es Derartiges zu bieten. Im Gegensatz zu ihm würde Giulia solcherlei Kunstschätze nicht zwangsläufig auffallen, wenn sie nicht gerade darüber stolperte. Offensichtlich unschlüssig und ein wenig angefressen, denn

Jacopo hasste die Unhöflichkeit und die Missachtung, die seines Erachtens darin lag, wenn jemand kurz vor dem Essen den Tisch verließ, griff er zu seinem Glas. In der Zwischenzeit verstummte die Unterhaltung zwischen ihrem Vater und dem Restaurantbesitzer kurzzeitig, und Giulia sah aus dem Augenwinkel, wie Lucio erneut den Kellner herbeizitierte und ihm etwas zuflüsterte, worauf der sich mit schnellen Schritten wieder entfernte.

Jacopo trank einen Schluck, stellte das Glas zurück an seinen Platz und erhob sich betont langsam, ohne dabei seine Frau aus den Augen zu lassen.

»Signor, die Grünbarbe ist auf dem Weg«, flötete Lucio und machte einen Ausfallschritt, mit dem er sich dem gut zwei Köpfe größeren und rund zwanzig Jahre jüngeren Jacopo fast schon ein wenig aggressiv in den Weg stellte.

Der hob beschwichtigend die Hände. »Zwei Minuten, sagte er mit einem Lächeln, das den Blick auf seine schönen weißen Zahnreihen freigab. Im gleichen Augenblick hatte er Lucio schon elegant umrundet und war verschwunden.

Zwei Kellner kamen mit eiligen Schritten herbeigelaufen. Die Barbe wurde serviert.

Lucio machte ein paar unwirsche Handbewegungen, und Giulia konnte deutlich sehen, dass diese nichts mit dem verletzten Stolz eines Restaurantbesitzers, dessen Coup nicht gebührend beachtet wurde, zu tun hatten. Dafür schielte er zu häufig in die Richtung, in die Jacopo gegangen war.

Das Essen sah nicht nur vorzüglich aus, es duftete auch entsprechend. Giulia, die zwar nicht einmal ansatzweise kochen konnte, dafür aber einen hervorragenden Sinn für gute Küche hatte, wusste sofort, dass Signor Lucio nicht zu viel versprochen hatte. Sie suchte seinen Blick, um ihm Anerkennung zu zollen, aber er bemerkte davon nichts, so sehr schien er die Rückkehr von Jacopo herbeizusehnen. Als der schließlich am Ende des Gastraumes auftauchte, huschte ein nervöses Lächeln über Lucios Gesicht, und er hastete ihm entgegen, als handelte es sich um einen alten Freund, den er sehnsüchtig erwartet hatte. In Signor Lucios Umklammerung wurde der ein wenig verdutzt dreinblickende Jacopo wieder zurück an den Tisch geführt.

»Die Barbe«, jauchzte Lucio nach ihrer Rückkehr, als kündigte er auf der Bühne der Mailänder Scala den größten Tenor aller Zeiten an. Es folgte ein frenetisches Klatschen, in das das Personal des Restaurants fast schon übermütig einstimmte.

Piergiuseppe, der sich über diese Aufmerksamkeit sichtlich freute, bedachte alle Gäste mit einer huldvollen Geste, bevor er nach seinem Besteck griff und sich den Fisch schmecken ließ.

»Verschluck dich bloß nicht an den Gräten«, zischte Maria unwirsch, wobei Giulia nicht sagen konnte, ob die Übellaunigkeit ihrer Mutter nur mit der bevorstehenden satten Rechnung oder auch mit dem mangelndem Interesse an ihrer Person zu tun hatte.

»Und?«, fragte sie in Richtung Jacopo, der unter leichtem Anheben seines Tellers hochkonzentriert seine Portion begutachtete.

»Der Koch muss ein wahrer Künstler sein«, entgegnete er, setzte den Teller ab, als handelte es sich um ein rohes Ei, griff nach seiner Gabel und schob ein wenig Spinat auf die Zinken, um sogleich andächtig zu probieren.

»Das meine ich nicht«, entgegnete Giulia. »Hast du ihn gesehen?«

»Gesehen?«, fragte Jacopo verwundert. »Wen?«

»Den Sarg ohne Leiche«, flüsterte sie leicht ungeduldig.

»Pipistrelli, bitte.« Jacopo war offenbar nicht gewillt, sich das exquisite Menü verderben zu lassen. »Heute keine Toten, außer, sie haben Gräten.«

»Die Tür«, schnaufte Giulia mit Nachdruck.

Doch Jacopo hatte nur Augen für seinen Teller. »Wenn du die neben der Damentoilette meinst, die war verschlossen«, sagte er beiläufig, als ginge ihn das alles nichts weiter an.

Giulia lehnte sich verblüfft zurück. Schweigend schaute sie in die Runde. Dabei streifte ihr Blick auch Lucio Bertera. Er gab sich nicht einmal Mühe, die zufriedene Genugtuung, die in seinem Gesicht stand, zu verbergen.

2

Wasserleichen waren nicht schön. Nun mag das sicherlich in irgendeiner Weise für jeden toten Menschen zutreffen, vor allem für die, auf die Commissario Giulia Cesare bei ihrer Arbeit stieß, aber diesen hier hatte es besonders übel erwischt. Ohne Frage war der hagere Mann mit den zu großen Ohren und den wulstigen Lippen, den die Carabinieri vor etwa einer halben Stunde aus dem See gefischt hatten, auch in lebendigem Zustand kein Augenschmaus gewesen, aber der Aufenthalt im Wasser in Verbindung mit der brütenden Hitze, die seit einigen Tagen am Lario herrschte, hatten dem Körper mächtig zugesetzt. Seine Kleidung, eine schwarze Hose mit weißem Oberhemd, hing in einzelnen Fetzen an ihm herunter. Die freiliegenden Hautstellen waren mit Kratzern und Schürfwunden übersät, wobei seine nackten Füße die stärksten Blessuren davongetragen hatten. Einzig sein blasses Gesicht sah verhältnismäßig unversehrt aus, wenn man von der Nasenspitze absah, die sich nicht mehr an der dafür vorgesehenen Stelle, sondern vermutlich im Bauch irgendeines Fisches befand.

»Der Kerl ist da einfach so zwischen den Booten herumgeschwommen«, sagte einer der Carabinieri und zeigte mit dem Finger vage in eine Richtung. Die Uniform des jungen Kollegen, den Giulia noch nicht kannte, wobei sie das nicht von vielen Carabinieri am See sagen konnte, war bis auf das Hemd tropfnass. Offenkundig hatte er sich diesem sowie sinnvollerweise auch seiner Mütze und der Bandoliera, seiner Munitionstasche, vor dem Sprung in den Lario entledigt und alles, damit die Form gewahrt blieb, beim Eintreffen der Kriminalpolizei wieder übergezogen. Giulia gefielen die Disziplin und der Respekt vor der Aufgabe, trotzdem tat ihr der Mann, unter dem sich mittlerweile eine breite Pfütze gebildet hatte, ein wenig leid. Eine kurze Abkühlung mochte bei diesen Temperaturen zwar angenehm sein, aber wenn einem das Wasser von der Hose in die Schnürstiefel tropfte, um dann bei jeder Bewegung darin hin und her zu schwappen, musste sich das ziemlich ungemütlich anfühlen. »Ich habe die Parktickets kontrolliert und zufällig da hinuntergeschaut. Erst habe ich gedacht, jemand hätte seine Jacke oder einen Rucksack verloren, aber beim näheren Hinsehen ...« Er zuckte mit den Schultern, und sein Gesichtsausdruck verriet, dass ihm diese Entdeckung gehörig den Feierabend vermasselt hatte.

»Commissario Cesare.« Ein zweiter Carabiniere, dessen Uniform nur vereinzelt Wasserflecken aufwies, trat hinter die mobile Sichtschutzwand und nickte Giulia mit ernster Miene zu, vermied es aber angestrengt, ihr in die Augen zu sehen. Sie erkannte den Burschen an seiner langen, dünnen Nase und den eng stehenden Augen, die seiner Mutter Daria wie aus dem Gesicht geschnitten waren. Die Frau betrieb einen kleinen Blumenladen in Menaggio und hatte Giulia vor ein paar Jahren um Unterstützung für ihren Sohn gebeten. Der schüchterne Junge drohte durch falsche Freunde auf die schiefe Bahn zu geraten, und nach Meinung seiner Mutter konnte man das Unglück nur abwenden, indem er in den Polizeidienst ging. Offenkundig hatte das geklappt. Giulia freute sich darüber und beschloss, wieder einmal bei Daria vorbeizuschauen. Der Carabiniere hielt in jeder Hand eine Tasse mit dampfendem Espresso, von der er sogleich eine seinem Kollegen entgegenstreckte, und Giulia konnte riechen, dass es da jemand mit dem Grappa gut gemeint hatte. Der andere zuckte nicht, sondern senkte nur leicht den Blick und schien auf Giulias Reaktion zu warten.

»Den haben Sie sich verdient, auch für die Überstunden«, sagte sie und nickte den beiden aufmunternd zu. Giulia wusste, dass die Tagesschicht der Kollegen lange beendet war, und so oder so war die Bergung einer Wasserleiche etwas, worauf jeder Mensch einen ordentlichen Schnaps gebrauchen konnte.

Die beiden lächelten dankbar. »Möchten Sie auch einen, Commissario?«, fragte Darias Sohn vorsichtig, wobei er erst auf Giulia und dann ein wenig verstohlen auf den neben der Leiche knienden Professore Andrea Fontana, den Rechtsmediziner aus Mailand, schaute. Giulia wiegelte ab, während der Professore nicht einmal mitbekam, dass er angesprochen wurde. Bei einer Leichenschau verlangte Fontana sich alles ab, und ein Caffè Corretto wäre das Letzte gewesen, was ihn hätte ablenken können.

Ohne ein Wort schob der Professore den Hemdkragen des Toten oder das, was davon übrig war, beiseite und betrachtete interessiert dessen Hals. Giulia war lange genug im Geschäft, um zu wissen, was die Neugier des Professore geweckt hatte. Die tiefen, dunkelroten Strangulationsmale wären selbst einem Laien sofort ins Auge gesprungen.

»Sie sind vom hiesigen Kommando«, sagte Giulia und sprach das Naheliegende aus. Die Carabinieri jedenfalls rührten sich nicht und beobachteten unverhohlen jede Bewegung des Professore. Offenkundig war es das erste Mal, dass die beiden Männer einer Leichenschau beiwohnten, oder es waren die unorthodoxen Methoden Fontanas, die ihr Interesse bannten. Allerdings hielt sich Fontana bis jetzt erstaunlicherweise mit allem, was einen unvorbereiteten Zaungast verschrecken könnte, zurück. Dass er den Toten einmal wie ein Hund von oben bis unten abgeschnüffelt hatte, war nichts gegen das sonstige Anlecken, Durchkauen, Probieren und Kneten. »Kennen Sie den Mann?«, fragte Giulia etwas lauter, um die Aufmerksamkeit der Herren auf sich zu lenken. Nachdem der Tote keine Papiere bei sich gehabt hatte, musste Giulia wohl oder übel über die Tippel-Tappel-Tour an seine Identität gelangen. Das stellte sich in diesem Fall leichter heraus als gedacht.

Denn der durchnässte Carabiniere ergriff umgehend das Wort, was seinem Kollegen, Darias Sohn, offenbar nichts ausmachte. Im Gegenteil. Er schien froh zu sein, dass ihm jemand das Sprechen, was, seiner Zurückhaltung nach zu urteilen, nicht zu seinen vordergründigen Leidenschaften zählte, abnahm. »Leopoldo Campetti«, entgegnete er mit gedämpfter Stimme. »Der erste Kellner im *Ristorante di*

Paolo.« Er hob den rechten Daumen und deutete damit hinter sich in Richtung des Lokals, das keine zweihundert Meter entfernt lag und das Giulia seit Sonntag ebenfalls ein Begriff war. Sie schaute über seine Schulter hinweg, als könnte ihr das von außen wie ausgestorben wirkende Haus Antworten auf die Fragen geben, die sich gerade in ihrem Kopf auftürmten.

»Die haben durchgängig geöffnet«, erklärte er weiter, um gleich darauf anzufügen: »Und den besten Espresso in Menaggio.« Darias Sohn schwieg zu alledem beharrlich, wobei sein Gesicht Zustimmung ausdrückte.

Giulia schaute auf die leeren Tassen in den Händen der Polizisten. »Sie sind öfter dort«, schlussfolgerte sie. »Wann haben Sie Signor Campetti das letzte Mal gesehen?«

»Am Freitag«, beeilte er sich zu antworten. »Am Wochenende hatten wir keinen Dienst.« Ein nach Bestätigung suchender Blick zu seinem Kollegen folgte. Der nickte zögerlich, woraufhin der Mann weiterredete. »Gestern hat es irgendwie nicht gepasst. Wir standen den ganzen Tag mit dem Laser an der Via IV Novembre, da kann man nicht einfach zur Mittagspause abhauen.« Er lächelte verschmitzt. »Außerdem hatte ich noch einen wichtigen privaten Termin. Und Bruno, also Signor Sala«, er schaute wieder zu seinem Kollegen, »war nicht nach Dienstende allein dort. Oder?« Er blickte seinen Kollegen fragend an.

Daria Sala, so heißt die Blumenfrau, dachte Giulia. Die ganze Zeit hatte sie überlegt, war aber nicht darauf gekommen. Daria verkaufte die schönsten Rosen am See. Abgesehen davon vermittelte Bruno nicht den Eindruck, dass er abends allein in die Kneipe ging, geschweige denn am wilden Partyleben in Menaggio teilnahm, sollte es ein solches überhaupt geben. Dass der Polizeidienst einen Menschen derart verändern konnte, erstaunte Giulia, aber Daria würde wohl mit dem braven Jungen, den sie jetzt hatte, mehr als zufrieden sein.

Wie erwartet verneinte Bruno. Dann schwieg er eine Weile und schien dabei zu überlegen, ob er noch etwas zu sagen hatte. »Aber meine Schwester«, murmelte er irgendwann mit monotoner Stimme und so schleppend, dass man hätte meinen können, er wollte diese Information nur widerwillig preisgeben. »Sie hat erzählt, dass Leopoldo am Montag nicht zur Arbeit erschienen ist.«

»Seine Schwester ist Aufwaschfrau bei Paolo«, erläuterte der durchnässte Beamte.

»Ist das denn ungewöhnlich für Signor Campetti?«, fragte Giulia.

Der Carabiniere blies die Wangen auf und zuckte mit den Schultern. »Er hat mir hin und wieder einen Kaffee gemacht, aber dass ich ihn näher kannte, kann ich nicht behaupten. Ich habe mich auch erst vor einem halben Jahr von Sondrio hierher versetzen lassen ...« Er überlegte kurz. »Aber Bruno ist aus Menaggio.«

Bruno tat, als wäre er nicht gemeint.

Der Carabinieri ließ sich nicht beirren. Offenkundig kannte er die Eigenheiten seines Partners gut genug. »Seine Schwester natürlich auch. Die kann Ihnen dazu sicherlich mehr sagen.« Er knuffte den neben ihm stehenden Sala mit dem Ellbogen in die Seite. »Nicht wahr, Bruno?«

Giulia wartete einen Augenblick, aber Sala blieb stumm. Nach allem, was sie gerade erfahren hatte, würde sie die Mitarbeiter des Restaurants, allen voran den Inhaber, Signor Lucio, nach Campetti befragen müssen. Es bestand also derzeit keine Notwenigkeit, bei Bruno Sala nachzuhaken. Das Wissen, dass es hier irgendetwas geben musste, was ihm missfiel, genügte momentan. »Haben Sie sonst noch etwas im Zusammenhang mit der Leiche gefunden, ein Seil, seine Schuhe, irgendetwas?«, fragte Giulia, wobei ihr forschender Blick noch immer auf Bruno Sala lag, dem das sichtbar nicht behagte.

»Nein, nichts. Ich bin aber auch nicht getaucht«, erklärte der durchnässte Carabiniere pflichtschuldig. Ihn schien das Verhalten seines Kollegen nicht zu irritieren, zumindest ließ er sich nichts anmerken. »Das Hafenbecken ist nicht sonderlich tief. Das könnte man zumindest versuchen.«

Giulia pflichtete ihm bei, bat die Männer die Absperrung auszuweiten, damit Gaffer ferngehalten wurden, und drehte ab. Sie ging die wenigen Meter die steinerne Uferkante entlang, bis sie zu der schräg in den See hineinführenden Rampe kam, die in einem auf der Wasseroberfläche schwimmenden Bootssteg mündete. Die gummierte Oberfläche des Steges war noch nicht vollständig getrocknet, sodass man sehen konnte, wo die Kollegen den Toten aus dem Wasser gezogen hatten. Giulia ging bis zu dieser Stelle. »Zwischen der *Zara* und der *Nofretete*, richtig?«, rief sie den Männern zu.

Beide nickten synchron.

Giulia notierte sich die Namen und die Nummern der Boote und versah dabei Zara und Nofretete mit einem fetten Kreuz. Möglicherweise hatte der Leichnam nicht zufällig zwischen diesen beiden Schiffen geklemmt. Dann schaute sie sich um. Die kleine Marina von Menaggio war bis auf einen schmalen seitlichen Zugang zum See von einer mehrere Meter hohen Brandungsmauer eingefasst und grenzte landeinwärts an die Uferpromenade, die sich in Richtung der Piazza Giuseppe Garibaldi öffnete. Die Kulisse des Platzes bildeten, ganz typisch für die Architektur am See, zwei- bis dreistöckige Häuser, deren in Ocker-, Gelb- oder Terrakottatönen getünchte Fassaden sich kontrastvoll vom Wasser abhoben. Vor den Gebäuden flackerten bunte Markisen und Sonnenschirme im Wind. Darunter reihte sich die Außenbestuhlung diverser Cafés und Restaurants so dicht aneinander, dass die Lokale nur anhand der zwischen ihnen aufgestellten Pflanzenkübel, die allerlei Blühendes, aber auch die ein oder andere üppige Fächerpalme zu bieten hatten, zu unterscheiden waren. Alles in allem schien die Häuserzeile nur dafür gemacht zu sein, den Besuchern das schönste Gesicht Menaggios zu präsentieren. In der Marina lagen nicht mehr als ein Dutzend Motorboote, keine großen Kähne, sondern eher solche von der Sorte, mit der die Hotels ihre Gäste über den See schipperten oder ein paar schnelle Erledigungen machten. Einige der Schiffe konnten sicherlich auch gemietet werden, einfache Zwei- bis Viersitzer, für die man keinen Führerschein brauchte, deren vierzig PS aber einen angenehmen Fahrtwind aufkommen ließen. Nicht zu unterschätzen die gänzlich andere Perspektive auf den See und die Ufergemeinden, die man nur durch einen Bootstrip einnehmen konnte und die aus Giulias Sicht das einzig wahre Gesicht ihres Lario offenbarte. Nirgendwo sonst bot sich einem ein so majestätischer Blick auf die sich rund um den See erhebenden Berge, deren Waldhänge am frühen Morgen eine klare, fast schon bedrohliche Dunkelheit verströmten und die mit der zunehmenden Hitze des Tages zu silbrig grauem Flimmern verschwommen. Trotz aller Herrschaftlichkeit der Massive, die den Lario seit Jahrtausenden fest umschlossen und den an seinen Rändern oder in den Berghängen angesiedelten Menschen mitunter das Gefühl gaben, dass sie nur Geduldete einer extremen Naturgewalt waren, lag über dem See eine erstaunliche Friedfertigkeit, ja fast schon Lieblichkeit, der man sich nur schwer entziehen konnte.

Jetzt um die späte Nachmittagsstunde wirkte alles jedoch ziemlich verschlafen. Die Julisonne stand noch so hoch oben am Himmel, dass niemand Lust zu verspüren schien, sein schattiges Plätzchen zu verlassen. Die Boote waren verwaist und teilweise mit Planen bedeckt. Nur ein paar Meter weiter tummelten sich ein paar Touristen vor dem Häuschen des Taxibootstandes und warteten auf die Ankunft ihres Skippers. Soweit Giulia das von hier unten einschätzen konnte, war die Marina von der Promenade zwar einsehbar, aber so eng wie die Boote nebeneinander vertäut waren, musste ein dazwischen schwimmender Leichnam nicht zwangsläufig auffallen. Womöglich hatte der ein oder andere sogar etwas bemerkt, den Toten aber, wie anfänglich der Kollege, als Strandgut abgetan. Die zweifellos beste Sicht auf die Bootsanlegestelle hatte man vom Parkplatz aus. Giulia würde die Kollegen bitten, die Besitzer der parkenden Autos festzustellen und zu befragen. Mit schnellen Schritten, die das fliegende Bauwerk unter ihren Füßen sanft hin und her wackeln ließen, kehrte sie zu den Männern zurück. Die Carabinieri, die gerade das letzte Absperrband an einem der Laternenmasten verknotet hatten, brauchten keine lange Erklärung. Offenkundig froh darüber, etwas tun zu können, schickten sie sich an, die Autokennzeichen aufzunehmen.

»Polizeitaucher, oha, das ganz große Kino. Da will es die Signora Commissario heute aber wirklich wissen.« Der Professore schnalzte unangenehm mit der Zunge. »Na ja, das letzte Stündchen dieses Mannes hat irgendwo auf dem See geschlagen, hier am Ufer jedenfalls ganz sicher nicht«, brummte er, wobei er mit seinem rechten Zeigefinger in der Mundhöhle des toten Mannes umherfuhr. »Und wenn du nicht Crash-Eis organisieren willst, sollten die Bestatter langsam hier eintreffen. Die Frage nach dem irren Kriminaltechniker verkneife ich mir. Wie üblich wird er kommen, wenn du den Mord aufgeklärt hast.« Giulia glaubte eine ungewohnte Gereiztheit in Fontanas Tonfall mitschwingen zu hören, die offenbar nur teilweise mit seiner Aversion gegen Carmelo Riso, den Leiter der Kriminaltechnik, zu tun hatte. Denn auch sonst machte er einen ziemlich unwirschen Eindruck. Seine Bewegungen waren bei Weitem nicht von der souveränen Ausgeglichenheit und Geschmeidigkeit, die er normalerweise an den Tag legte. Fontana wirkte unkonzentriert, ja fast ein bisschen fahrig, was so ganz und gar nicht zu dem versierten, selbstsicheren Mann passte, den Giulia kannte. Noch dazu ließ auch sein Äußeres zu wünschen übrig. Seine Haare glänzten fettig, und das weiße Oberhemd, dessen Bügelfalten es normalerweise mit Messerklingen aufnehmen konnten, schien schon seit einigen Tagen im Gebrauch zu sein, auch der Geruch, der von ihm ausging, unterstrich diese Vermutung. Kurzum, Professore Fontana war nicht er selbst, und für diese Erkenntnis brauchte es keine hervorragend ausgebildete Commissario mit drei Jahrzehnten Berufserfahrung. Giulia musterte ihren alten Mitstreiter ungeniert. Fontana und sie kannten sich seit ihrer Anfangszeit in der Questura, und auch wenn sie sich über die berufliche Verbindungen hinaus nicht nähergekommen waren, also die durchaus gängigen privaten Abendessen mit den Ehepartnern oder die Tratscherei am Kaffeeautomaten niemals stattgefunden hatten, verband sie ein enges, vertrauensvolles Verhältnis. Es war nicht so, dass Giulia sich mit Fontana nicht auch jenseits der Arbeit ein freundschaftliches Verhältnis hätte vorstellen können. Sie und Jacopo hatten das Ehepaar Fontana mehrfach zum Essen nach Hause eingeladen. Daraus war allerdings nie etwas geworden. Denn der Professore hatte die Einladung mit dem Hinweis auf seine schwierige Partnerin ausgeschlagen.

Ob Signora Fontana außergewöhnlich schwierig war, hatte Giulia nie herausbekommen, aber womöglich war es auch nur eine Ausrede Fontanas, der nicht wollte, dass seine Frau auf eine Arbeitskollegin traf, die etwas wusste, was die Signora definitiv nicht erfahren sollte. Ihre berufliche Zusammenarbeit jedenfalls hatten Fontanas Absagen nicht beeinträchtigt. Beide konnten sich nahezu blind aufeinander verlassen, und jeder gönnte dem anderen seine kleinen Eitelkeiten, ja kitzelte sie sogar zuweilen noch hervor, soweit es der Aufklärung des Verbrechens diente.

»Man hat ihm ein Seil um den Hals gelegt und ihn hinter einem fahrenden Boot hergezogen?«, fragte Giulia, die sich den Zustand der Leiche nicht anders erklären konnte. »Oder er wurde erst erdrosselt und dann durch den See gezerrt, um die Leiche loszuwerden.« Sie überlegte kurz. »Aber das ergibt eigentlich keinen Sinn.«

Fontana entfernte ein paar Algenreste aus den Zähnen des Toten und sortierte diese behutsam in ein kleines Plastikgefäß, aber nicht ohne sie vorher Giulia unter die Nase zu halten. Das schien seine Antwort zu sein. Jedenfalls sprach er nicht, sondern presste, sogar noch während er die Probe in seinem Koffer verstaute, angestrengt die Lippen zusammen, als bräuchte dieser Vorgang seine vollste Konzentration. In der Tat ließ sich das nicht so leicht bewerkstelligen, denn das Döschen hatte sich mit irgendetwas anderem im Koffer Befindlichen verkeilt, sodass er wutschnaubend alles ausräumen und erneut einsortieren musste. Dabei machte er einen komplett chaotischen und gehetzten Eindruck.

»Was willst du mir sagen, Professore?«, fragte Giulia und schien ihn damit ein wenig erschrocken zu haben, zumindest ließ er umgehend von seinem Tun ab und schaute sie an, als wüsste er nicht, was er eigentlich hier zu suchen hatte.

»Giuli, ach so, ja«, haspelte er und fuhr sich dabei hektisch durch die vom Schweiß verklebten Haare auf seiner Stirn. »Man ist mit ihm Wasserski gefahren, ohne ihm Ski unterzuschnallen. Mit etwas Glück kann ich dir anhand der in den Algen verbliebenen Bakterien sagen, welche Route der Mörder über den See genommen hat, also zumindest grob.« Fontana atmete schwer und begann erneut, in seiner Tasche zu kramen.

Giulia musterte ihn besorgt. »Ist alles in Ordnung? Soll ich dir ein Glas Wasser holen?«, fragte sie. Fontana war gertenschlank und für einen Mann, der auf die sechzig zuging, erstaunlich gut trainiert. Nach allem, was Giulia wusste, achtete er in jeder Hinsicht auf sich, was sicherlich auch mit seiner Leidenschaft für deutlich jüngere Frauen zu tun hatte. Wie alles im Leben hatten sogar die vermeintlich schlechten Angewohnheiten einen positiven Nebeneffekt, und wenn es sich nur um ein etwas zu stark schwingendes Testosteron handelte. Heute allerdings hatte er so ganz und gar nichts von einem Gigolo, im Gegenteil, er sah aus, als wäre er zum ersten Mal in seinem Leben zu einem Marathon angetreten und könnte dabei nicht einmal die erste Etappe im Schritttempo schaffen.

Fontana hörte ihr nicht zu. »Die Belastung mit Bakterien und Keimen ist im Süden des Sees viel zu hoch.« Er schüttelte den Kopf. »Ein Badesee, der als Klärwerk herhalten muss, *bella Italia*.« Fontana seufzte tief und Giulia war sich sicher, dass dies nichts mit seinem ökologischen Gewissen zu tun hatte.

»Wie lange muss ein Mensch auf diese Art durch den See gezogen werden?«, fragte sie.

Fontana streckte den Kopf und schaute sie aus müden Augen an. »Bis er stirbt? Schwer zu sagen. Beim normalen Ertrinken reichen vier bis fünf Minuten bis zum Herz-Kreislauf-Stillstand.« Er richtete sich auf, drückte die Knie durch und betrachtete die Leiche vor seinen Füßen. »Hier allerdings kommt es auf die Größe des Gefährts an und auf dessen Geschwindigkeit selbstverständlich. Die Heckwelle bei einem kleinen Sportboot mit ordentlich PS«, er drehte sich zu den Booten in der Marina um, »ist nicht zu unterschätzen.« Dann verdeutlichte er ihr mit seinen Händen, wie tief das Heck bei hoher Geschwindigkeit in das Wasser tauchte und welche Wellenkraft dadurch ausgelöst wurde. »Die Energie, die hier freigesetzt wird, ist enorm. Da haben schon kleine Kähne mitunter heftige Probleme, wenn sie in die Heckwelle hineingeraten. Für einen Menschen, der hintendran hängt …

Mhm.« Es folgte ein nachdenklicher Blick auf den Toten. »Um sicherzugehen, würde ich mindestens eine halbe Stunde mit wechselnder Geschwindigkeit über den See brausen. Am Anfang mit ordentlich Dampf, damit mein Opfer an Kraft verliert. Er wird zwar noch ein paarmal nach Luft geschnappt haben, aber irgendwann … *Finito.*« Fontana zuckte mit den Schultern. »Wenn das Wasser erst von allen Seiten kommt, hat man keine Chance. Sollte der Bursche zäh sein, geht man vom Gas und lässt ihn im See untergehen.« Der Professore hob das Kinn und umfasste seinen Hals. »Früher hat man die Sklaven auf den Galeeren auf diese Weise bestraft. Allerdings glaube ich mich erinnern zu können, dass die an den Händen gefesselt waren.« Er zuckte mit den Schultern. »Das Ergebnis ist das gleiche. Nur dass wir im See keine Haie haben.«

»Jemanden an seinem Hals an ein Boot anzubinden, ist eine ziemlich sichere Methode«, bemerkte Giulia. »Und eine skrupellose.«

Fontana bestätigte das. »Dem, der das Boot gefahren hat, ging es ganz gewiss nicht um eine Abkühlung. Na ja, geh davon aus, dass er zügig unterwegs war und eine Weile herumgekurvt ist, sonst wäre der Mann nicht so lädiert. Selbst Wasser, Schilf und Treibholz brauchen eine gewisse Zeit, um einen Körper so zuzurichten. Seine Schuhe wird er dabei ebenfalls eingebüßt haben. Dass der Mörder sie ihm vorher ausgezogen hat, halte ich für unwahrscheinlich.« Er rieb sich die Hände. »Alles Weitere, wenn ich ihn auf meinen Tisch habe. Ich fahre gleich zurück nach Mailand und mache mich ans Werk. Sobald ich ihn aufgemacht habe, kann ich dir auch mit Sicherheit sagen, ob er wirklich im See ertrunken ist oder vor diesem Spektakel schon tot war. Die Beule an seiner Schläfe ist nicht von schlechten Eltern. Wenn er sich die nicht auf dem See geholt hat, dann würde ich auf einen anständigen Schlag tippen. Wird man an dieser Stelle getroffen, gehen einem erst einmal die Lichter aus. Damit ließe sich dann auch die Aktion mit dem Boot erklären. Ein so großer Mann hätte sich doch gewehrt, wenn man ihn als Fischköder einsetzen will. Denkst du nicht?« Fontana zog sich die Latexhandschuhe von den Händen und fing an, seine Sachen zusammenzupacken. Dabei sah er aus, als stünde er sich selbst im Weg. Jedenfalls schien er jeden Handgriff mehrfach vorzunehmen und dabei im Gegensatz zu sonst nicht die geringste Eile zu verspüren.

»Ja, ja, da magst du recht haben. Aber der Aufwand hätte sich nicht gelohnt, wenn er schon tot gewesen wäre. Es sei denn, jemand wollte seinen kranken Hass ausleben und sogar noch die Leiche demütigen.« Giulia biss sich auf die Unterlippe.

»Es ist immer alles denkbar, das weißt du doch, Commissario«, entgegnete Fontana mit einem freundschaftlichen Blinzeln. »Ich muss dann nach Mailand.«

»Du kommst an den See und hast nichts mehr vor?« Giulia gelang es nicht, ihr Erstaunen zu verbergen. Jedes Verbrechen am Lario, für dessen Aufklärung sie die Hilfe des Professore benötigt hatte, war bisher immer für ihn mit mindestens einem Schäferstündchen einhergegangen. Weit ab von Mailand und seiner Frau konnte er die jungen Dinger, die er jedes Mal im Schlepptau gehabt hatte, ungestört ausführen. Abgesehen davon bot der Comer See mit seinen mondänen Hotels und schicken Restaurants eine gehörige Portion Romantik und Eleganz, die ein Mann wie Fontana, selbst wenn er sich nur in oberflächige Abenteuer stürzte, zu schätzen wusste.

Fontana überging ihre Anspielung.

»Professore, du gefällst mir heute gar nicht. Kann ich irgendetwas für dich tun?« Giulia ließ sich von seiner Verschlossenheit nicht abschrecken.

»Ich bin etwas im Stress, Giuli, entschuldige bitte«, entgegnete er, machte dabei aber nicht den Eindruck, als würde das sein Tempo beschleunigen. »Meine Lieblingscomissario wartet auf die Ergebnisse meiner Untersuchung. Ich darf sie nicht enttäuschen.« Er zwinkerte Giulia verwegen zu und wirkte kurzzeitig wie der Mann, den Giulia kannte.

»Ich will dich nicht aufhalten«, gab sie mit einem milden Lächeln zurück. »Sag mir aber bitte noch, was du über den Todeszeitpunkt denkst.«

Fontana hielt kurz inne. »Dem Zustand der Haut nach zu urteilen, mh … gut und gern vierundzwanzig Stunden.« Er schaute auf die goldene Rolex an seinem Handgelenk. Die Sonne spiegelte sich darauf, und die Lichtstrahlen blendeten Giulia, sodass sie kurz die Augen schloss. »Das Wasser, die Hitze, momentan kann ich dir das nicht genauer sagen.« Er schnappte sich seinen Koffer und marschierte ohne einen Abschiedsgruß davon. Giulia sah noch, wie er in sein Cabrio stieg und vom Parkplatz fuhr. Genau in dem Moment tauchte der Bus der Kriminaltechniker auf. Fontana hatte ihn offenbar auch gesehen, denn er beschleunigte unangemessen, wobei er fast eine junge Frau mit Kinderwagen touchierte. Die quittierte diesen Schockmoment mit lautem Schimpfen und unschönen Gesten, was Fontana jedoch nicht zu bemerken schien. In viel zu hohem Tempo raste er davon.

***

Das Mädchen war einfach auf der Straße zusammengebrochen. Sie mochte kaum sechzehn Jahre alt sein; ihre Shorts sowie das quietschbunte Spaghettiträger-Top offenbarten so dünne Gliedmaßen, dass man annehmen konnte, ein krankhaftes Essverhalten wäre der Grund für diesen Ohnmachtsanfall gewesen. Dagegen sprach jedoch das Waffeleis, das sie sich in der Gelateria an der Ecke geholt haben musste und das ihr bei dem Sturz aus der Hand gefallen war. Die einstmals appetitliche Schokokugel lag auf den Pflastersteinen, wo sie in Windeseile in der Sonne schmolz. Der bewusstlose Teenager hatte die Aufmerksamkeit der Passanten auf sich gezogen, die durch die Absperrungen und die zahlreichen in Schutzanzügen umherlaufenden Polizisten ohnehin schon mit etwas Schrecklichem gerechnet hatten. Jetzt spielte sich nur wenige Meter von dem toten Kellner entfernt das ab, was die beiden ortsansässigen Carabinieri die ganze Zeit so angestrengt zu vermeiden versucht hatten. Um das junge Mädchen hatte sich eine Menschentraube gebildet, deren aufgeregtes Lamentieren weitere Schaulustige anlockte. Als Giulia das Durcheinander bemerkte, hatte sich schon eine kleine Autoschlange gebildet. Durch lautes

Hupen taten die Fahrer ihren Unmut über die unerwartete Verstopfung der schmalen Promenadenstraße kund. Giulia stand zunehmend nervös mit Carmelo Riso, dem Chef der Kriminaltechniker, unten auf dem Steg der Marina und versuchte, ihm zum wiederholten Male klarzumachen, was sie sich von einem Tauchgang eines seiner Mitarbeiter erhoffte. Da Extraaufträge bei Riso stets mit unschönen Diskussionen verbunden waren und der temperamentvolle Sizilianer dazu neigte, laut zu werden, war es zwischen den beiden ein wenig hitzig geworden. Schlussendlich hatte Giulia Riso davon überzeugt, dass das Seil, welches um den Hals des Opfers befestigt gewesen war und ihn womöglich umgebracht hatte, ein zwingendes Beweismittel in diesem Mordfall war. Warum der überdrehte Riso immer und für alles eine Extraerklärung brauchte, obwohl man doch meinen sollte, dass er irgendwann einmal seinen Beruf erlernt hatte und die nicht wenigen Jahren der Praxis auch nicht spurlos an ihm vorbeigegangen sein konnten, hinterfragte Giulia schon lange nicht mehr. Der Questore der Questura in Lecco war ebenfalls Sizilianer, und nach allem, was die Leute redeten, stammte er sogar aus dem Nachbardorf der Familie Riso. Damit erübrigte sich jede weitere Mutmaßung. Während Riso seine Leute instruierte, verließ Giulia den Steg in Richtung Promenade. Nebenbei hielt sie Ausschau nach der Bestatterin Tiziana De Angelis, die eigentlich längst hier sein sollte, um den Leichnam von Leopoldo Campetti nach Mailand zu chauffieren. Dass der Professore vor seinen Untersuchungsobjekten im Institut eintraf, hatte es, soweit Giulia sich erinnern konnte, noch nie gegeben. Unzufrieden darüber, dass Tizianas klappriger Bus noch immer nicht zu sehen war, spähte sie hinüber zur Sichtschutzfolie neben der der Carabiniere Bruno Position bezogen hatte, um Schaulustige abzuwehren. Wieder gelang es ihm, ihrem Blick konsequent auszuweichen. Sein Kollege, der eigentlich angeboten hatte, mit Risos Team die Marina abzutauchen, befand sich inmitten des Pulks aufgeregter Leute und gab sein Bestes, um sie zu beruhigen, während eine Frau neben dem wieder zu sich gekommenen Mädchen kniete und ihm aus einer Plastikflasche Wasser einflößte. Giulia hörte die abstrusen Spekulationen, in denen sich die Leute ergingen schon von Weitem, ein Großaufgebot der Kriminalpolizei und ein bewusstloser Teenager waren nun einmal nichts, was Menaggio jeden Tag geboten bekam. Sie wollte die Meute gerade zur Besonnenheit anhalten, als Reifen quietschten und ein Auto auf dem gegenüberliegenden Fußweg zum Stehen kam. Ob es mit dem Schreck zu tun hatte oder tatsächlich ein paar Fußgänger durch den Wagen in Gefahr gewesen waren, ließ sich nicht genau sagen, in jedem Fall wurden die beiden jungen Männer, die mit Schwung die Türen aufstießen und aus dem halb durchgerosteten Fiat Punto sprangen, lautstark beschimpft. Unbeirrt davon waren die ein wenig grobschlächtig wirkenden Kerle in nur wenigen Sätzen bei dem Mädchen angelangt, nicht ohne einige der Umstehenden rücksichtslos zur Seite zu schubsen, was erneut für Furor sorgte. Ehe irgendjemand reagieren konnte, hatte der Größere von beiden das Mädchen auf dem Arm, um sie wenig später nicht gerade zimperlich und unter Mithilfe des zweiten Mannes ins Wageninnere zu verfrachten. Das Zuschlagen der Autotüren und das Aufheulen des Motors waren eins, und im nächsten Moment war der Wagen in einer der kleinen Seitengassen verschwunden. Giulia sah zu dem Carabiniere, der bereits sein Mobiltelefon gezückt hatte und seinen Kollegen das Autokennzeichen durchgab. Sie wartete, bis er das Gespräch beendet hatte.

»Ich hatte meine Waffe gezogen oder zumindest den Taser, aber das ging alles viel zu schnell«, sagte er entschuldigend, und Giulia konnte ihm ansehen, dass er noch nicht allzu oft nach beidem hatte greifen müssen, was für einen Carabiniere auf dem Lande wenig ungewöhnlich war.

Sie hob die Augenbrauen und dachte an ihre Dienstwaffe, die zu Hause in ihrem Schlafzimmer lag. Giulia hatte noch nie großen Wert darauf gelegt und sie nach ihrer Ernennung zur Commissario auch nur mitgenommen, weil sie geglaubt hatte, die Dienstvorschriften müssten zwingend eingehalten werden. Wie alles im Leben hatte sich über die Zeit auch dieser anfängliche Idealismus der Realität gebeugt, zumal Giulia, was den Gebrauch einer Waffe anging, ohnehin irgendwie anders gepolt war. Selbstverständlich konnte sie damit umgehen, was die regelmäßigen Schießtests zweifelsfrei nachwiesen, doch sie wollte es nicht. Möglicherweise war dies für ihren Job eine etwas ungewöhnliche Herangehensweise, aber bis heute hatte sie die Verbohrtheit, mit der sie diese Dinge sah, nicht in Gefahr gebracht. Die Dörfer rund um den Comer See waren nun einmal nicht Mailand oder Lecco, wo Giulias Eigenart ihr zum Verhängnis hätte werden können. Hier draußen am Lario tickten die Uhren anders, und selbst wenn sie sich das nur einredete, hatte sie bisher genügend Glück gehabt, nicht eines Besseren belehrt worden zu sein.

»Ich meine ja nur«, murmelte der Carabiniere unsicher. »Dafür haben wir die Dinger ja. Nicht, dass Sie ...«

»Denke ich nicht«, fiel ihm Giulia ins Wort. »Dann wäre es sinnvoller gewesen, sie hätten die Gaffer mit Ihrem Elektroschocker niedergestreckt, damit sie uns endlich in Ruhe unsere Arbeit machen lassen.« Sie lachte herzlich auf, worauf der Kollege nur die Mundwinkel verzog, da ihn offenkundig ein weiterer sorgenvoller Gedanke beschäftigte.

»Und wenn sie die Kleine entführt haben?«, wandte er ein und klang dabei selbst wenig überzeugt.

»Seinem Entführer die Arme um den Hals zu schlingen, als klammerte man sich an eine Rettungsboje auf hoher See, und ihm liebevoll den Kopf auf die Brust zu legen, das wäre schon sehr ungewöhnlich. Finden Sie nicht?« Giulia war das zutrauliche Verhalten des Mädchens sofort aufgefallen, was sie dazu veranlasst hatte, nicht einzugreifen.

Der junge Carabiniere schaute sie mit großen Augen an. »Davon habe ich nichts bemerkt.« Verlegen senkte er den Kopf. Ein Moment verstrich, dann sagte er: »Jetzt weiß ich, warum die Comasci so einen Heidenrespekt vor Ihnen haben. Sie würden es sogar mitbekommen, wenn hinter Ihrem Rücken einer Oma das Portemonnaie geklaut wird.« Er begegnete ihrem Blick und schmunzelte.

»Selbstverständlich, nur mit telepathischer Kfz-Halterfeststellung tue ich mich schwer.« Sie grinste.

Der junge Kollege lief knallrot an. »Entschuldigung Commissario. Adolfo Campetti, Via Luigi Cantoni 2«, antwortete er.

Giulia nickte zufrieden. »Gut gemacht.«

Man konnte dem jungen Carabinieri ansehen, dass ihn schon wieder etwas anderes umtrieb. »Womöglich war das seine Tochter«, bemerkte er eilig. »Das Alter könnte passen.« Er schob seine Mütze ein wenig nach hinten und wischte sich mit dem Handrücken über die Stirn. »Leopoldo Campetti war zwar ein Mensch, dessen Alter man schlecht schätzen kann, aber fünfundvierzig Lenze, mehr hätte ich bei dem nicht getippt.« Pause. »Nur … woher weiß sie das mit ihm so schnell?«

Giulia schaute zu den Fassaden der Häuser hinüber. Die meisten Fensterläden waren noch geschlossen, doch das musste nicht zwangsläufig bedeuten, dass man von da oben nicht mitbekam, was sich unten auf der Straße abspielte. Dass Leopoldo Campetti tot aus dem See geborgen worden war, hatte die Runde in Menaggio gemacht, und es würde mit dem Teufel zugehen, wenn das arme arglose Mädchen davon nicht in der Gelateria erfahren hatte. Giulia wollte gerade etwas erwidern, als ein dröhnender Auspuff das Bestattungsunternehmen *De Angelis und Söhne* ankündigte. »Na endlich«, flüsterte sie und ging dem Auto entgegen, das auf dem letzten Zentimeter vor einem der Poller zum Stehen kam.

Es war die seltsam verdruckste Art Tizianas, die Giulia umgehend hätte stutzig werden lassen müssen. Stattdessen schob sie das zwiespältige Gefühl, das sie bei der Ankunft der alten Freundin empfunden hatte, zugunsten der Wiedersehensfreude beiseite. Tiziana hatte das neunzigste Lebensjahr lange hinter sich gelassen, und so konnte Giulia nie sagen, ob sie die Alte beim nächsten Mal ebenso gesund und munter antreffen würde, wie sie sich verabschiedet hatte. Dabei wäre der raubeinigen, resoluten Tiziana niemals etwas anderes in den Sinn gekommen. Sie war der Überzeugung, dass der liebe Gott sie zwischen den ganzen Leichen, mit denen sie seit über siebzig Jahren tagtäglich zu tun hatte, schlichtweg übersehen hatte. Zudem hatte sie kaum eine Körpergröße von einem Meter und fünfzig, abzüglich der krummen Haltung, die ihr die Osteoporose beschert hatte, und war zeitlebens in Schwarz gehüllt, was sie einmal mehr zum Anlass nahm, an ihre Theorie der eigenen Unauffälligkeit zu glauben. Dass die ansonsten Gottesfürchtige Tiziana damit dem Allmächtigen eine gewisse Fehlbarkeit unterstellte, überspielte sie so gekonnt wie alles andere, was ihr nicht in den Kram passte.

Tiziana grüßte Giulia mit ihrer erhobenen Hand durch die von Fliegendreck beschmierte Scheibe. In ihrem Mund glomm eine ihrer unvermeidbaren Merlit-Zigaretten, deren Stummel, noch bevor sie die Wagentür aufgedrückt hatte, durch das heruntergelassene Fenster auf die Straße flog. Wie sie in dieser Hitze die Fahrt in einem klapprigen schwarzen Leichenwagen ohne Klimaanlage überstand, war Giulia ein Rätsel, aber zu der Zeit, aus der das Auto stammte, waren derartige Anlagen noch Zukunftsmusik und keineswegs Teil der Grundausstattung gewesen. Tiziana behalf sich mit heruntergelassenen Fenstern, und was ihre »Fuhre« anging, wie sie ihre verstorbenen Mitfahrer nannte, erledigte das später ihre Tochter mit Modelliermasse und dickem Make-up. Tiziana kletterte so gelenkig wie eh und je aus dem Auto, trat zweimal hintereinander etwas fester auf, als müssten ihre müden Beine erst wieder zum Leben erweckt werden, und wackelte auf Giulia zu. Noch nicht ganz bei ihr angekommen, zog sie ein Päckchen Zigaretten aus ihrer Schürzentasche und steckte sich eine an.

»Überhitzter Motor«, maulte sie von Weitem, wobei der Glimmstängel in ihrem Mund auf und ab wippte. »Ich habe gleich gewusst, dass der fette Kerl zu schwer ist für mein altes Gefährt, aber seine Witwe wollte ihn unbedingt loswerden. Recht hat sie. Den hätte ich auch nicht behalten wollen, nicht einmal kalt.« Tiziana lachte ihr typisches krächzende Lachen, das sich, solange Giulia sie kannte, niemals anders angehört hatte. »Abgesehen davon hätte ich kaum mit einem Tieflader vorfahren können. Und ein neues Auto?« Sie zuckte mit den schmächtigen Schultern, worauf sich etwas Asche löste und auf ihre Brust segelte, was sie, den grauen Flecken auf ihrem Schürzenkleid nach zu urteilen, nicht störte. »An dem Tag, an dem ich George

Clooney beerdige, gehe ich ins Autohaus und hole mir eins.« Tiziana redete, wie ihr der Schnabel gewachsen war, und genau das mochte Giulia so an ihr. Erleichtert, dass es der betagten Freundin seit ihrer letzten Zusammenkunft offenkundig gut ergangen war, streckte sie den Arm nach Tiziana aus. Doch der Versuch, die Alte wie gewohnt zur Begrüßung zu umarmen, scheiterte, da sie sich mit einem halben Ausfallschritt nebst Drehung entzog, um schnurstracks an der verdutzten Giulia vorbeizumarschieren.

»Commissario, wo liegt die Leiche?«, fragte sie ungewohnt geschäftsmäßig, wobei sie direkt darauf zusteuerte.

Giulia schluckte. Ihr fehlten die Worte angesichts der abweisenden Art ihrer Freundin. Sie folgte ihr nachdenklich, aber bevor sie irgendwie reagieren konnte, schlüpfte Tiziana hinter den Sichtschutz, wo Bruno, der Carabiniere noch immer gehorsam seinen Dienst tat. Dann ging alles erstaunlich schnell. Tiziana begutachtete den Toten ausgiebig, eine Angewohnheit, die sie von jeher praktizierte. Nicht umsonst kannte sie die Lebenden und die Toten so gut wie kaum jemand am See. Dazu verfügte sie über ein erstaunliches Wissen sowie Feingefühl, wenn es um das Sterben ging, das für Tiziana ein fester Bestandteil des Lebenskreises darstellte und entsprechend würdevoll gehandhabt werden musste. Mitunter konnte man meinen, dass sie den Verstorbenen mehr Respekt zollte als ihren lebenden Zeitgenossen, aber das mochte auch daran liegen, dass kein Toter es bisher gewagt hatte, einer Tiziana De Angelis zu widersprechen. Giulia jedenfalls hatte sich diesen besonderen Blick auf das Vergängliche abgeschaut, und mittlerweile war sie auch überzeugt davon, dass es die Alte gewesen sein musste, die sie gegenüber der Arbeit bei der Kriminalpolizei damals so aufgeschlossen gemacht hatte. In der Familie Cesare war niemand vor ihr im Dienst des Staates gewesen, aber eine Alternative zur Kriminalpolizei hatte es für Giulia nie gegeben. Gerechtigkeit für die schaffen, die es selbst nicht mehr können, lautete ihr Lebensmotto, und auch wenn das womöglich ein wenig schwülstig klang, war es genau das, was Giulia umtrieb und was ihr Tiziana, ob bewusst oder unbewusst, von klein auf eingetrichtert hatte.

»So ein junges Leben.« Tiziana seufzte. »Das ist kein gutes Ende, nein, kein gutes Ende …« Ihre Worte klangen abgehakt und auf seltsame Weise künstlich. Dabei stand in ihren Augen so viel Entsetzen, als handelte es sich um die erste Leiche, die sie zu Gesicht bekam. Giulia zog die Brauen zusammen. Der Kellner des *Ristorante di Paolo* war offenbar kein Unbekannter für Tiziana, wobei diese sich alle Mühe gab, das zu verschleiern.

»Leopoldo Campetti«, warf der nun fast vollständig getrocknete Carabiniere zu Giulias Ärgernis ein. Sie hätte Tiziana gern ein wenig auf den Zahn gefühlt, zumal sie nicht annahm, dass die Show von gerade eben einem Zerwürfnis mit ihrer Freundin geschuldet war, von dem sie nichts mitbekommen hatte. Tiziana wusste sehr wohl, dass in Menaggio so wie in den anderen kleinen Gemeinden am See nichts verborgen blieb, und sie hatte sichergehen wollen, hier nicht in irgendetwas hineingezogen zu werden. Einer Commissario der Questura in Lecco mit einer herzlichen Umarmung einen guten Tag zu wünschen, schaffte nicht bei jedem Vertrauen, im Gegenteil. Tiziana, die ansonsten das Bild vermittelte, dass ihr nichts und niemand etwas anhaben konnte, war vorsichtig gewesen, und den Grund dafür wollte Giulia nur zu gern erfahren.

»Die Campettis wohnen in Mezzegra«, erklärte Giulia, wobei sie Tiziana mit einem prüfenden Blick bedachte.

»Mag sein, da wohnen so einige Leutchen«, gab die Alte ungerührt zurück und blieb erstaunlich lange vor dem Verstorbenen stehen. Auch das mehrfach hintereinander angedeutete Kreuzzeichen und das kurze Gebet entgingen Giulia nicht. Irgendwann klatschte die Alte in die Hände, steckte sich eine neue Zigarette an und wies die beiden Carabinieri an, den Zinksarg aus ihrem Auto zu holen. Deren Tun beaufsichtigte sie genau, kommentierte es zuweilen harsch und sorgte dafür, dass die Männer ihr die Leiche behutsam in den Sarg legten. Schließlich ging das Ganze retour, und Tiziana wedelte so ausladend mit den Armen, als wollte sie ein Flugzeug auf einer Landebahn einweisen, allerdings eines, das nach ihrem Dafürhalten einen deutlichen Zahn zulegen sollte. Die Alte hatte es eilig, und Giulia fragte sich nach dem Grund dafür. An einem neuen Auftrag konnte es nicht liegen. Davon hatte sich Tiziana noch nie beeindrucken lassen. Sie gewährte, wie sie immer betonte, jedem Toten die Zeit, die er brauchte. Wenn die Familie mehr Raum zum Abschied wünschte, setzte sich Tiziana geduldig vor die Tür, rauchte und hielt einen Plausch mit den Nachbarn. Wollte ein Sohn mit seinem Vater noch einmal in den Wald, lud sie beide ein und quälte ihren Bus hinauf in die Berge. Sie respektierte die Menschen in ihrer Trauer. Manchmal tat sie auch Dinge, obwohl sie niemand darum bat, einfach nur, weil sie es als gut erachtete. Wieso sonst war sie mit der Leiche eines Fischers zum Markt nach Como gefahren, um die Preise für das Kilogramm Aal zu erfragen? Offenkundig gab es allerdings bei Leopoldo Campetti nichts, was sie noch für ihn tun konnte oder wollte, außer natürlich ihn so schnell wie möglich abzutransportieren. Lag das an Campetti? An Menaggio? Oder an dem leeren Sarg im *Ristorante di Paolo*, der ganz sicher von Tizianas Unternehmen aufgestellt worden war?

»Tiziana!«, rief Giulia.

Ihre Freundin drehte sich nur mit halbem Oberkörper zu ihr herum. »Die Formalitäten erledigen wir später«, sagte Tiziana schon wieder im Gehen begriffen.

»Hat sich eigentlich bei euch etwas geändert, im Unternehmen, meine ich?«, fragte Giulia mit möglichst unbedarften Gesichtsausdruck.

Tiziana hielt misstrauisch inne. »Was meinst du?«

»Na ja, eure Arbeitsaufteilung. Du übernimmst die Fuhren, deine Tochter kümmert sich um die Toten, also macht sie zurecht, und deine Enkelin Alice ist für das Marketing zuständig?« Giulia wusste aus den stolzen Erzählungen ihrer Freundin, dass die drei Frauen nach diesem Muster arbeiteten. *De Angelis & Söhne*, der Name des Unternehmens, war nichts als ein Wunschtraum des Gründers, Tizianas Urgroßvaters, gewesen. Die Familie De Angelis bekam von jeher nur Töchter, aber die machten ihre Sache so hervorragend, dass ihre Bestattungsfirma zu einer Instanz am See geworden war.

Tiziana krächzte erheitert. »Alice ist jung und hübsch, wen sollte ich sonst zu den Kunden schicken, also zu den potenziellen?« Sie winkte und schickte sich gerade an weiterzugehen, als das breit grinsende Gesicht von Carmelo Riso neben ihnen auftauchte. In seiner ausgestreckten Hand hielt er ein doppelt geflochtenes, marineblaues Polyesterseil, wie es zur Grundausstattung eines jeden Bootes gehörte. Die Leine hatte an jedem Ende eine Schlaufe, eine kleine, das sogenannte Auge, das herstellungsbedingt schon vorhanden war, und eine große, von einem Knoten gehaltene, die Riso umherschwenkte wie ein Cowboy, der eine Kuh einfangen wollte. Dann passierte etwas, das Giulia noch nie zuvor gesehen hatte. Tiziana entglitten die Gesichtszüge, und sie hastete davon, so schnell sie ihre kurzen, krummen Beine tragen konnten.

***

Carmelo Riso war ein Depp. Giulia wusste das seit ihrer ersten Begegnung, bei der er sie gefragt hatte, ob sie sich auch so gruselte, wenn sie tote Menschen sah. Das lag nun fast zehn Jahre zurück, Riso war mittlerweile zum Leiter der Kriminaltechnik aufgestiegen, und die Questura hatte seine psychotherapeutischen Sitzungen bezahlt. Die Furcht vor Leichen hatte er überwunden. Seine Strategie dafür war wenig bemerkenswert. Er ignorierte sie einfach, so wie er auch seine Aufgaben komplett ausblenden konnte. Ansonsten war Riso ein netter Kerl. Trotzdem rollte Giulia jedes Mal innerlich mit den Augen, wenn sie ihn sah. Wie ein Schuljunge, der auf das Dach des Nachbarhauses geklettert war, um seinen verschossenen Fußball zurückzuholen, hatte er mit seinem Fund vor ihnen gestanden und auf ein Lob gewartet. Jeder andere Polizist hätte das Seil an Ort und Stelle eingepackt, wohlgemerkt ohne es mit seinen bloßen Händen anzufassen, und währenddessen geflissentlich darauf geachtet, dass niemand Unbeteiligtes etwas davon mitbekam. Mögliche Beweismittel gehörten unter Verschluss und nicht vor die Augen der halben Welt. Giulia ärgerte sich wieder einmal ganz fürchterlich über den Kollegen. Das einzig Gute, was sie diesem Anfängerfehler abgewinnen konnte, war das Gesicht Tizianas, das Bände gesprochen hatte. Die Angst, die sich darin gespiegelt hatte, war groß gewesen, und sie würde dazu führen, da war sich Giulia sicher, dass Tiziana nirgendwo ein Sterbenswörtchen über das Gesehene verlieren würde. Die Frage war nur, wovor sich jemand wie ihre alte Bestatterfreundin fürchten musste. Tiziana gehörte einer Generation an, die so einiges an Grausamkeiten erlebt hatte. Was an einem toten Kellner aus Mezzegra konnte sie derart aus der Fassung bringen? Giulia dachte an Alice, Tizianas Enkelin, und an den leeren Sarg im *Ristorante di Paolo*. Was, wenn der Sarg für Leopoldo Campetti bestimmt gewesen war? Dann hatte Tizianas Unternehmen einen Auftrag bekommen und diesen auch nach allem, was Giulia gesehen hatte, ausgeführt, obwohl es noch keine Leiche gegeben hatte. War das Tiziana klar, oder war sie ahnungslos in etwas hineingeraten? Dass Campetti am Sonntag noch topfit gewesen war, wusste Giulia aus eigener Erfahrung. Er war es gewesen, der ihrem Vater Piergiuseppe und diesem Lucio wieder und wieder Wein nachgeschenkt hatte. Durch seine Verletzungen und die nassen Haare hatte sie ihn nicht gleich erkannt, mittlerweile aber war sie sich sicher, dass Campetti sie bedient hatte. Und wenn ihre Vermutung stimmte, hatte am Sonntag jemand einen Trauerraum für einen quietschfidelen Mann aufgebaut, und am Dienstagnachmittag wurde derjenige tot aufgefunden. Falls Fontana mit dem Zeitpunkt des Todes ungefähr richtiglag, und das war bei ihm stets der Fall, dann musste Campetti irgendwann in der Nacht von Sonntag auf Montag gestorben sein. Dass jemand am helllichten Tag einen Menschen an sein Boot band und ihn auf dem See hinter sich herzog, hielt Giulia für absolut abwegig. Bei gutem Wetter, und das dauerte nun schon ein paar Wochen an, glich die Betriebsamkeit auf dem Lario dem Getümmel am Mailänder Bahnhof. Jeden, der nur halbwegs einen schwimmenden Untersatz fahren konnte, zog es hinaus auf das Wasser, ganz abgesehen von den regelmäßig verkehrenden Fähren, den Wassertaxis und den touristischen Ausflugsbooten. Einen Mord zwischen Hunderten von Leuten zu begehen, konnte eine kluge Taktik sein, vorausgesetzt, die Masse der Zeugen verschaffte dem Mörder die zwingend notwendige Anonymität und damit das Alibi. Aber konnte das bei einer Bootstour gelingen? Campetti würde sich gewehrt haben, möglicherweise hatte er anfangs gestrampelt und geschrien. Und selbst wenn nicht, war der Körper eines Menschen nichts, was man auf einer weit einsichtigen Fläche übersah. Nein, der Mörder brauchte die Nacht und die dazugehörige Abgeschiedenheit des Sees. Daran bestand für Giulia kein Zweifel.

»Ich wusste, dass ich das Tatwerkzeug in der Marina finden würde«, jubilierte Riso, der, während er mit Giulia zurück zur Anlegestelle ging, das Seil weiter wie eine Monstranz vor sich hertrug. »Womöglich gibt es da noch mehr. Ich habe meine Leute angewiesen, so lange unten zu bleiben, bis der Grund des Sees vollkommen leer ist.« Er beugte seinen muskulösen Oberkörper leicht nach hinten und lachte schallend. Dabei fiel Giulia auf, dass irgendetwas an ihm anders war. Sie schaute ihn eine Weile von der Seite an, kam aber nicht drauf.

Riso, dem ihr Blick nicht entgangen war, flötete: »Ich wusste, er gefällt dir. Du magst so etwas. Das hat Tilda auch gesagt.« Dabei machte er zwei schnelle Schritte, um dann vor ihr stehen zu bleiben und seinen Kopf nach allen Seiten zu drehen.

Giulia, die abrupt gestoppt hatte, überlegte, ob es das auffällige T-Shirt war, das sie irritierte. Sie verwarf den Gedanken aber gleich wieder, da Carmelo grundsätzlich nur knallenge Oberteile mit einem auffälligen ultramodernen 3-D-Druck trug, die man kaum länger als ein paar Sekunden anschauen konnte.

»Der Zopf. Ich trage einen Zopf«, frohlockte Riso, wobei er auf den vermutlich unter heftigem Ziehen in ein Haargummi gesteckten Stummel an seinem Hinterkopf zeigte. Nun sah sie ihn auch. Bei Risos roten, drahtigen Haaren, den genetischen Überbleibseln der normannischen Eroberer Siziliens, mochte dieser Look nicht einmal schlecht aussehen, wenn denn die Haarlänge ausreichend gewesen wäre.

»Tilda sagt, das trägt man in meinem Alter so« erklärte Riso fachmännisch, wobei er das Seil in seinen Händen umherschwenkte. »Sie meint, damit wirke ich jünger.«

»Mh.« Giulia fehlten manchmal einfach die Worte, oder sie behielt sie lieber für sich.

Giulia respektierte Tilda Riso, die Ehefrau ihres Kollegen, für ihren scharfen Verstand und ihres toughes Auftreten. Wie auch sonst konnte es einer Frau gelingen, in die Riege des obersten Managements der italienischen Textilindustrie aufzusteigen, in der die Strukturen fast noch verknöcherter waren als bei der *Polizia*? Tildas Männergeschmack allerdings war Giulia ein völliges Rätsel. »Was habt ihr noch?«, presste sie zwischen zusammengebissenen Zähnen hervor. Das umherwirbelnde Beweismittel verursachte ihr Bauchschmerzen.

Riso antwortete nicht. Er hatte irgendetwas auf dem See entdeckt, das er fotografieren musste. Dass dies mit dem Fall zu tun hatte, schloss Giulia allerdings aus. Riso interessierte sich für alles andere mehr als für seine Arbeit.

»Ein bisschen Zivilisationsmüll, aber wir sind noch dran«, entgegnete einer von Risos Leuten, als er bemerkte, dass sein Chef die Antwort schuldig geblieben war.

Giulia glaubte kaum, dass die Tauchgänge noch mehr hergeben würden, sagte aber nichts. Das Seil, das um Campettis Hals geschlungen gewesen sein könnte, war schon weit mehr, als sie sich erhofft hatte. Wenn es in der Marina lag, konnte das nur bedeuten, dass der Mörder mit seinem Opfer im Schlepptau den Hafen von Menaggio angesteuert und den toten Körper dort losgemacht hatte. Bis gerade hätte sie es auch für möglich gehalten, dass Campetti irgendwo an einem nahe gelegenen Uferabschnitt ins Wasser geworfen worden und der Körper dann in die Marina getrieben war. Durch den schmalen Zugang zu der kleinen Anlegestelle war das zwar etwas schwierig, aber mit einer leichten Strömung nicht völlig ausgeschlossen. Den Gedanken konnte sie nun jedoch verwerfen. Die Marina war durch die hohen Brandungsmauern auch von der Häuserfront kaum einsehbar. Im Schutz der Dunkelheit konnte man mit einem Boot einfahren, ohne Aufmerksamkeit zu erregen, es bis dicht an die Mauer manövrieren, sich dann mit einem zackigen Handgriff seines Opfers entledigen und unerkannt wieder über den See entkommen. Und das war genau der Umstand, der Giulia vom ersten Augenblick an gestört hatte. Wieso brachte der Mörder sein Opfer nach Menaggio, noch dazu an eine so prominente Stelle? Es wäre ein Leichtes gewesen, sich des toten Körpers in der Mitte des Larios zu entledigen. Die Strömung, aber spätestens der jeden Morgen aufkommende Tivano, der Nordwind, der vom Land her in Richtung Como und Lecco ging und eine enorme Geschwindigkeit erreichen konnte, hätte die Leiche problemlos mitgenommen. Mit etwas Glück wäre der Mann sogar ziemlich zügig untergegangen und eventuell nie wieder aufgetaucht. Der Grund des Sees lag in mehr als vierhundert Metern Tiefe, und dort war es garantiert so kalt, dass die Fäulnisgase, die es brauchte, um den Körper wieder nach oben zu drücken, kaum entstehen konnten. Die Marina von Menaggio anzusteuern, konnte demnach nur ein wohlüberlegter Schachzug von jemandem sein, der genau wusste, was er tat. Dass diesem Unbekannten eines der hier liegenden Boote gehören sollte, ja sogar das dabei sein könnte, an dem das Opfer gehangen hatte, war damit wohl eher ein Wunschtraum.

»Commissario!«

Der Ruf riss Giulia, die auf der Brandungsmauer gestanden und die Männer nachdenklich beobachtet hatte, aus ihren Gedanken.

»Das sollten Sie sich ansehen«, rief einer der Kriminaltechniker. Er kauerte auf dem Steg, den Oberkörper über das Heck eines der Boote gebeugt, und schaute mit ernstem Gesicht zu ihr herauf.

»Noch ein Seil?«, fragte Riso, und an der Mimik seiner Leute konnte Giulia sehen, was in ihren Köpfen vorging.

Giulia eilte hinunter. Der Kollege drehte sich ein wenig zur Seite, um den Blick freizugeben. Er sagte nichts, aber Giulia wusste auch so sofort, was er meinte. An der zweiten Stufe, der auf der rechten äußeren Seite des Hecks angebrachten Klappleiter war ein Karabinerhaken befestigt. Der war ganz sicher nicht dafür gedacht, das Boot festzumachen. Dass daran etwas gehangen haben musste, war unübersehbar. Das Edelmetall der Leiter war an dieser Stelle mit Kratzern überzogen. Der Karabiner war benutzt worden, und das, was irgendjemand daran befestigt hatte, musste schwer gewesen sein – vielleicht so schwer wie ein ausgewachsener Mann, der in einem heftigen Wellengang um sein Leben kämpfte. Die kleine Schlaufe jedenfalls, die das Fenderseil an einen Ende aufwies, konnte hier mühelos eingehakt worden sein. Das andere Ende zu knüpfen, die Schlaufe um Campettis Hals zu legen und so weit zuzuziehen, dass er sich nicht daraus befreien konnte, gelang jemandem, der sich mit Knotenkunde auskannte, in Windeseile. Für den umgekehrten Vorgang traf das natürlich ebenso zu. Giulia trat einen Schritt zurück und nickte dem Kollegen anerkennend zu. Das war mehr, als sie erwartet hatte. Das Boot, hinter dem Leopoldo Campetti allem Anschein nach gestorben war, lag ordnungsgemäß vertäut in der Marina und war getauft auf den Namen *Sofia*.

3 Im Haus war es dunkel. Nur durch den von Giulia ein wenig zur Seite geschobenen Türvorhang fiel ein Streifen Licht in den Flur. Die kühle Luft, die ihr entgegenkam, war geschwängert von dem abgestandenen Dunst gebratenen Fleisches und der Feuchte, die in dem alten Gemäuer steckte. Mit jedem Atemzug, den sie machte, wurde der Essensgeruch mehr und mehr durch einen faulig-modrigen Gestank verdrängt. Giulia tippte auf ein Problem mit den Abwasserleitungen. Manchmal beförderte auch der Fels, auf den diese Häuser gebaut waren, das Wasser, das er führte, mit so viel Ausdauer hinaus, dass es einigen Aufwand brauchte, die Keller trockenzulegen, wenn man das überhaupt in Angriff nehmen wollte. Hier jedenfalls schienen die Bewohner damit zu leben. Der Flur war lang gezogen, maß aber kaum über einen Meter Breite, was erklärte, warum es kein einziges Möbelstück gab. Nur eine leere Garderobenstange hing an der fleckigen Wand, die jeden Moment mitsamt dem bröckelnden Putz herunterzufallen drohte. Von dem Korridor führte rechter Hand eine steile Treppe ins obere Stockwerk, um nach wenigen Stufen in kompletter Dunkelheit zu verschwinden. Linker Hand gingen drei Türen ab, von denen eine nur angelehnt war. Dahinter befand sich offenbar die Küche. In das Klappern von Töpfen und Geschirr mischte sich die Stimme eines Radiomoderators, dann ertönten leise Schlagermusik und eine Frauenstimme, die leidenschaftlich mitsang.

»Signora!«, rief Giulia. Sie stand noch immer auf der Schwelle und hielt den Vorhang in ihrer Hand. Der Stoff war rau und an manchen Stellen schon ein wenig porös, aber er duftete nach einem dieser wunderbar frischen Weichspüler, die man immer nur bei anderen roch und niemals selbst im Supermarktregal fand. Giulia wollte nicht einfach so hereinplatzen. In den Dörfern um den See ließen viele Leute ihre Häuser unverschlossen, was von Freunden und Nachbarn zweifelsohne als Einladung verstanden wurde, aber für Fremde ihrer Meinung nach nicht angemessen war. Selbstverständlich hatte Giulia es zuvor mit Läuten versucht. Allerdings hatte sich nicht nur das Auffinden der Klingel an der von Efeu überrankten, rostigen Eingangstür als eine wahre Herausforderung herausgestellt, offenkundig war die in die Jahre gekommene Anlage auch nicht sehr funktionssicher. Der aufgefächerte Metalldraht, von dem nur einzelne Fasern das Gehäuse erreichten, hatte jedenfalls nicht besonders vertrauenerweckend gewirkt und so, wie sich die Situation hier darstellte, auch niemanden über ihr Kommen informiert.

»Signora!«, wiederholte Giulia nun ein wenig lauter. Plötzlich fiel etwas krachend zu Boden. Es folgte eine liebevolle Maßregelung, wie man sie einem Kleinkind angedeihen ließ, das einen Fehler gemacht hatte. Zeitgleich ging die Tür auf, und ein riesiger Hund kam auf Giulia zugeschossen. Kurz dahinter erschien eine Frau, die, gerade als das Tier Giulia erreicht hatte, einen kurzen Pfiff ausstieß, worauf sich der Vierbeiner auf den Boden legte und zu winseln anfing.

»Kann ich Ihnen helfen?«, fragte die Frau, die nun ebenfalls dicht an Giulia herangetreten war, überaus freundlich, und man konnte dabei den Eindruck gewinnen, dass es ihr eine wahre Herzensangelegenheit war. Giulia staunte über die Lieblichkeit ihrer Stimme, die im krassen Gegensatz zu ihrem Äußeren stand. Die Signora war, man konnte es nicht anders sagen, nicht besonders ansehnlich. Ihr fehlte es an Weiblichkeit, was nicht nur für ihr eingefallenes, knöchrig wirkendes Gesicht mit der großen Adlernase, sondern auch für ihre geraden Hüften und die flache Brust galt. Noch dazu hatte sie eine für eine Frau überdurchschnittliche Größe, die, wie Giulia an ihren Barfußbeinen erkennen konnte, in Kongruenz zu ihrer Schuhgröße stand. Selbst ihre braunen Locken, die sie in einer altmodischen Hochsteckfrisur trug, hatten etwas Grobes, ganz so wie die verhärmten Züge um ihren Mund, die von einem Leben erzählten, das es nicht sonderlich gut mit ihr gemeint hatte. Dabei schien sie nicht einmal besonders alt zu sein, sie war höchstens ein paar Jahre älter als Giulia, die erst vor zwei Jahren ihren fünfzigsten Geburtstag gefeiert hatte. Im Widerspruch zu alledem standen jedoch die dunklen Augen der Frau, die eine erstaunliche Wärme ausstrahlten.

»Signora Campetti?«, fragte Giulia und konnte in der Mimik ihres Gegenübers ablesen, wie offiziell ihre Ansprache geklungen haben musste.

»Ja. Anna Campetti. Das bin ich«, hauchte die Frau ängstlich und wich fast unmerklich zurück. Ihre Unsicherheit schien auch der Hund mitzubekommen, der die Lefzen hob und Giulia böse anknurrte. »Ruhig, Basso«, murmelte Signora Campetti, die nicht so recht zu wissen schien, wie sie sich verhalten sollte. Jedenfalls verharrte sie seltsam steif und begann damit, nervös an einem der Knöpfe ihrer verschlissenen Schürze zu nesteln, wobei sie die andere Hand zu dem Hund hinunterstreckte, als wollte sie ihm signalisieren, dass sie ihn im Auge hatte.

»Ich komme wegen Leopoldo Campetti«, erklärte Giulia. »Sind Sie die Ehefrau?«

An ihren herabsinkenden Schultern bemerkte Giulia, dass Anna erleichtert durchatmete. Über ihren Mund huschte sogar ein verhaltenes Lächeln. »Nein, ich bin seine Schwester. Leopoldo ist nicht verheiratet«, antwortete sie. Sie machte eine Pause, und ihre Anspannung schien wieder zuzunehmen. »Warum suchen Sie ihn?« Sie hob langsam den Arm, als wollte sie auf ihre Uhr schauen, stoppte jedoch in ihrer Bewegung.

Giulia betrachtete die schmale Armbanduhr am Handgelenk der Signora. In einer solchen Situation gab es keine richtigen Worte. Ihre Nachricht wollte niemand hören, egal, wie sie sie verpackte. Giulia erklärte der Signora behutsam, aber ohne jegliche Umschweife den Grund ihres Kommens. Sie hatte noch nicht zu Ende gesprochen, da sank Anna Campetti, der alle Farbe aus dem Gesicht gewichen war, in sich zusammen. Glücklicherweise bremste die nahe liegende Wand ihren Schwung, sodass der schlaffe Körper nicht mit voller Wucht auf den Steinfußboden aufschlug. In Sorge, die Signora könnte sich verletzt haben, beugte sich Giulia über sie und tätschelte ihre Wange. Im nahezu gleichen Moment spürte sie einen unbeschreiblichen Schmerz, der ihren Körper wie ein Blitzschlag durchfuhr und ihr die Sinne raubte. Das Letzte, was sie sah, war ein Paar staubige Männersandalen aus denen riesige, schwarz behaarte Zehen ragten.

***

»Wir setzen sie irgendwo an den Straßenrand.« Die Stimme des Mannes vibrierte blechern und klang, als käme sie aus weiter Ferne.

»Halt die Klappe!«, entgegnete eine tiefe Bassstimme, die nicht weniger künstlich klang.

»In ihrem Auto. Dann denkt jeder, sie hätte eine Unfall gehabt oder ihr wäre am Steuer schlecht geworden.« Er sprach so schnell, dass sich die Worte dabei fast überschlugen. Irgendetwas schien ihn aufzuregen.

»Du sollst ruhig sein!«, herrschte ihn der andere an. »Wir werden nichts von alledem tun. Sie weiß doch genau, wo sie war. Sie wird zurückkommen.«

Dann war da noch das leise Wimmern einer Frau. »Wieso habt ihr mir nichts gesagt? Ihr hättet es mir sofort sagen müssen«, lamentierte sie.

»Jetzt hör doch, Milo. Die muss hier weg. Das bringt nur Ärger.« Der Mann war jung und sprach einen herben Seedialekt. Auch seine Grammatik war nicht ganz korrekt.

Verächtliches Schnaufen. »Den haben wir schon zur Genüge, und nur weil du Dummkopf ihr so heftig eine verpassen musstest. Wie kann man nur so blöd sein. *Dio mio*!« Ein verkrampftes, aufgesetztes Lachen folgte. »Mein eigener Bruder vergreift sich an einer Commissario.«

»Wer weiß, ob der Ausweis echt ist. Sie hat ja nicht mal eine Knarre. Milo, los. Wir regeln das«, forderte der andere nun noch eindringlicher. Pause. »Dann machen wir sie eben tot.«

Die Frau stieß einen Laut des Entsetzens aus. »Sie schien sehr nett zu sein«, wimmerte sie. »Und … wenigstens hat *sie* mir die Wahrheit gesagt.«

»Eine Commissario und nett?« Ein vor Abfälligkeit strotzender Pfiff ertönte. »Mein Gott, Anna, wann begreifst du endlich mal irgendetwas.«

»Rede nicht so mit deiner Schwester, sonst fängst du dir eine«, maßregelte ihn der mit der tieferen Stimme.

»Ich wusste gleich, als sie in der Tür stand, dass irgendetwas passiert sein musste. Zuerst dachte ich an Isabella …«, hob die Frau mit brüchiger Stimme an. Giulia hatte das vage Gefühl, sie schon einmal gehört zu haben. »Sie kam mir so bekannt vor, aber ich bin nicht gleich darauf gekommen. Ihr Bild war in der Zeitung, vor ein paar Wochen. Irgendein Dorf auf der anderen Seeseite. Es ging um eine Spende für die Kirche, glaube ich. Unter dem Foto stand, das sie in Lecco bei der Kriminalpolizei ist.«

»Es war das Denkmal der Kriegsgefallenen«, murmelte Giulia mit schwerer Zunge, wobei die Bilder von Prete Filipo neben seinem Küster, dem mürrisch dreinblickenden Campanaro Chiapponi, dem singenden Kinderchor von Abbadia Lariana und dem Zahnfleischlachen von Eleonora Tommaso wie ein alter Schwarz-Weiß-Film vor ihrem geistigen Auge abliefen. Wieso ihr ausgerechnet Eleonora in den Sinn kam, erschloss sich ihr nicht, aber womöglich lag es daran, dass die anstrengendste der Dorfbewohnerinnen gemeinsam mit dem Campanaro diese Zeitungsaktion ausgeheckt hatte. Giulia war natürlich dagegen gewesen, ihren Beruf zu veröffentlichen, aber der Campanaro hatte darauf bestanden, vielleicht um etwaige Diebe der Kollekte abzuschrecken.

»Sie ist wach«, ertönte die jüngere Männerstimme erneut, und die Aufregung des Unbekannten schien sich noch gesteigert zu haben. »Scheiße, Milo, nun ist sie wach.«

»Was du nicht sagst«, entgegnete der andere mürrisch. »Anna, koch Kaffee, einen starken. Das hilft. Alles andere kläre ich.«

Giulia fragte sich, was das bedeuten könnte. Dem Brummen in ihrem Kopf nach zu urteilen, konnte das gefährlich werden. Aber dann hätten die Kerle die Sache auch gleich richtig angehen können. Worauf warteten sie? Womöglich auf jemanden, der eine Entscheidung traf? Selbst schienen sie dazu nicht in der Lage zu sein. Interessant wäre es trotzdem, zu erfahren, was deren Problem mit ihr war. Sie war doch noch im Haus des ermordeten Kellners, oder etwa nicht? Zumindest war es das Letzte, woran sie sich erinnern konnte. Wenn sie hier irgendwie rauswollte, würde es wohl besser sein, sie käme so langsam wieder zu sich. Mühsam öffnete sie die flatternden Augenlider, wobei bereits der kleinste Lichtstrahl ein Gefühl auslöste, als bohrte jemand ein Messer in ihre Stirn. Schützend legte sie ihre flache Hand über das Gesicht und versuchte es erneut.

»In ein paar Tagen sind Sie wieder fit«, kommentierte die Bassstimme des Mannes, den sie, nach allem was sie mitbekommen hatte, für den älteren namens Milo hielt. Allerdings konnte sie das nicht mit Gewissheit sagen, denn um ihre Wahrnehmung war es gerade nicht zum Besten bestellt.

»Wenn Sie das sagen«, nuschelte Giulia, kniff die Augen schmerzerfüllt zusammen und versuchte, sich aufzurichten. Sie tastete mit beiden Händen neben sich, wobei das Möbel unter ihr, das sich wie ein weiches Sofa oder eine Liege anfühlte, leicht nachgab. Unter ihren Kopf hatte jemand ein Kissen geschoben, das ihrem Brummschädel so guttat, dass sie sich am liebsten sofort wieder hineingelegt hätte. Doch sie musste sich aufsetzen, einen klaren Kopf bekommen und die Leute um sie herum zur Rede stellen.

»Hilf ihr hoch«, kommandierte Milo.

Noch ehe Giulia sich versah, wurde sie untergehakt und aufgesetzt. Dann schob ihr jemand ein zweites Kissen in den Rücken. Nachdem die Welt um sie herum aufgehört hatte, sich wie ein Karussell zu drehen, gelang es ihr endlich, die Augen zu öffnen. Sie befand sich in einer kleinen Küche, die im Dämmerlicht der halb zugeklappten Fensterläden lag und, soweit sie das in ihrem Zustand beurteilen konnte, ärmlicher kaum hätte aussehen können. Die Möbel waren zusammengestoppelt, und ihre einzige Gemeinsamkeit bestand darin, dass sie aus der Mitte des letzten Jahrhunderts stammten. Trotz aller Verschlissenheit gab sich jedoch jemand die größte Mühe alles sauber und ordentlich zu halten. Das schwarze Ofenrohr, das aus dem Herd kam und unterhalb der Zimmerdecke quer durch den gesamten Raum lief, wirkte allerdings wie die permanente Konterkarierung dieses Unterfangens. Obwohl die am Herd stehende Frau ihr den Rücken zudrehte, erkannte Giulia Anna Campetti, die mit einem Espressokocher hantierte. Ihre Bewegungen waren schnell und versiert, aber jedes Mal, wenn während ihres Tuns etwas Metallisches gegeneinanderschlug, zuckte Giulia schmerzerfüllt zusammen. Neben Anna lehnte ein junger Mann mit verschränkten Armen an einem großen Kühlschrank. Sein verächtlicher Gesichtsausdruck ließ sie erahnen, dass er derjenige sein musste, der auf die glorreiche Idee mit dem Straßenrand gekommen war. Sie musterte ihn von oben bis unten, was ihn sichtbar störte, jedenfalls verflog seine Arroganz zusehends. Giulia genoss ihre Wirkung, auch wenn sie keine Ahnung hatte, wie glaubhaft ihre zur Schau gestellte Chuzpe angesichts ihrer derzeitigen Lage war. Der junge Kerl, der kaum älter als zwanzig sein konnte, war Leopoldo Campetti wie aus dem Gesicht geschnitten und hätte, auch was die schlaksige Statur anging, sein Zwillingsbruder sein können. Er trug eine von Staub überzogene blaue Arbeitshose und ein löchriges T-Shirt, als würde er sein Geld auf dem Bau verdienen. Seine Füße steckten in dreckigen Ledersandalen, an deren Anblick sich Giulia wohl noch lange in unschöner Weise erinnern würde. Ohne den Burschen aus den Augen zu lassen, tastete sie sich mit ihren Fingerspitzen vorsichtig zu ihrem Hinterkopf vor, wo sie der Schlag getroffen hatte. Kaum dass sie an der Stelle angekommen war – das Brennen, aber auch ihre vom Blut verklebten Haare ließen keine Zweifel –, pfiff jemand durch die Zähne.

»Ich würde das sein lassen«, beschied sie der Mann, der Milo sein musste, aus einer Ecke des Raumes, in der er es sich in seinem Sessel bequem gemacht hatte. Er saß im Schatten, sodass Giulia einen Moment brauchte, um sein Gesicht auszumachen. »Anna hat die Wunde versorgt. Sie kann das. Das weiß ich aus eigener Erfahrung.« Er grinste mit einer Mischung aus Bedauern und Unverschämtheit. »Bei drei Brüdern ist das auch kein Wunder.« Der letzte Satz war ihm herausgerutscht. Jedenfalls schien er ihn umgehend zu bereuen, da er bei Anna, die soeben den Kaffee auf den Tisch gestellt hatte, ein bitterliches Heulen auslöste.

»Leopoldo ist tot«, schluchzte sie aufgewühlt.

Die Männer schwiegen betreten.

»Deswegen bin ich hier«, sagte Giulia und nippte an dem dampfenden Getränk. Mit jedem Schluck Koffein, der ihr die Kehle herunterrann, kamen ihre Lebensgeister zurück. Ihr aufkeimender Übermut ging sogar so weit, dass sie nach einem Grappa verlangen wollte. Angesichts der Gehirnerschütterung, die sie zweifelslos hatte, ließ sie das allerdings bleiben. »Bevor mich ein wild gewordener Guerilla«, Giulia hätte lieber Schwachkopf gesagt, sparte sich das aber, »aus dem Hinterhalt niedergestreckt hat, habe ich Ihrer Schwester von dem unnatürlichen Tod Ihres Bruders Leopoldo berichtet. Da ich in diesem Fall ermittle, hätte ich ein paar Fragen an Sie.« Giulia kam kurz der Gedanke, dass die Wunde genäht werden müsste. Bei der Aussicht auf einen Besuch im Krankenhaus von Lecco und die in der dortigen Notaufnahme herrschenden Wartezeiten packte sie die Wut. Das würde ihr den Abend vollends verderben. Doch sie musste sich zusammenreißen. Die Kerle waren nicht nur dreist, sie schienen auch gefährlich zu sein.

»Ihr habt es doch gewusst. Wieso habt ihr es mir nicht gleich gesagt?«, schniefte Anna, die sich nun auf einen etwas abseitsstehenden Stuhl niedergelassen hatte und ihre Brüder, vor allem den älteren, der nicht ganz so unansehnlich war, mit vorwurfsvollen Blicken bombardierte. Nachdem keiner der beiden reagierte, wechselte sie das Thema. »Wo ist eigentlich Isabella? Sie sollte um acht zu Hause sein. Gleich gibt es Abendessen. Soll ich den Tisch auch noch allein decken?«

Giulia horchte auf. Das bedeutete, dass sie schon mehr als zwei Stunden bei den Campettis in Mezzegra war. Sie spürte ein Ziehen in ihrer Magengegend. Seit dem Frühstück hatte sie nichts mehr zu sich genommen.

»Sie ist bei Samanta«, gab Milo brüsk zurück. »Das ist erst einmal besser.«

»Ihr habt es der Kleinen gesagt … ohne ihre Mutter? Ohne mich?« Annas Augen waren tränennass, und ihre Wangen glänzten rot. »Wie konntet ihr das tun?«

»Sie wusste es schon von Emilio«, knurrte Milo, dem es sichtlich unangenehm war, die Familienangelegenheiten vor Giulia zu diskutieren, und der, wenn Giulia seinen Blick richtig deutete, seine Schwester am liebsten aus der Küche verwiesen hätte. Milo Campetti war ganz offenkundig das Oberhaupt dieser seltsamen Sippe. Giulia zählte eins und eins zusammen. Die beiden Fotos neben der Tür, von denen jedes für sich mit einem Trauerflor versehen war, zeigten ohne Zweifel die Eltern der Geschwister.

Aber Milo hatte die Rechnung nicht mit seinem Bruder gemacht, denn alles, was er unter den Tisch kehren wollte, blaffte der Jüngere und vernehmbar Einfältige ohne Hemmungen heraus. »Emilio, dieses Rindvieh, hat gesehen, wie sie Leopoldo aus dem See gefischt haben, und er hat es unserer Kleinen brühwarm erzählt. Angeblich dachte er, Leo hätte einen Unfall mit dem Boot gehabt und wäre auf dem Weg ins Krankenhaus. Dabei weiß dieser Hornochse doch genau, dass wir kein Boot haben. Abgesehen davon hätte dann ein Krankenwagen da stehen müssen und nicht ein Carabiniere, der einen Sichtschutz der Polizei bewacht. Isabella ist nicht blöd.« Der Mann krächzte, und Giulia konnte nicht deuten, ob er vor Ekel ausspuken wollte oder nur einen Frosch im Hals hatte. »Das hat er nicht umsonst gemacht, dieser Bastard«, kommentierte er schließlich.

Isabella Campetti hieß also das Mädchen, das vorhin auf der Straße in Menaggio zusammengesackt war, und sie war nicht die Tochter, sondern die Nichte von Leopoldo, dachte Giulia bei sich. Und diese beiden Männer hier waren ihre Onkels, die sie eingesammelt hatten. Sie blickte vom einen zum anderen. Sie hätte die Kerle nicht wiedererkannt. Giulia schloss die Augen und massierte ihre Schläfen. Sie hoffte, dass ihre Denkhemmungen tatsächlich nur von dem Schlag auf den Kopf kamen.

»Dann kann ich Sie also nicht nur wegen Körperverletzung, noch dazu an einer Polizeibeamtin, sondern auch wegen unerlaubten Befahrens des Gehweges drankriegen«, sagte sie bewusst provozierend.

Milo warf seinem Bruder einen vielsagenden Blick zu. »Isabella ist unsere Nichte. Wir passen auf sie auf. Und bei dem Menschenauflauf vorhin ...«, erklärte er mit zusammengebissenen Zähnen. Man konnte ihm dabei ansehen, dass er innerlich kochte.

»Mhm. Seit wann haben Sie Ihren Bruder Leopoldo nicht mehr gesehen?« Giulia ließ das Gesagte so stehen und kam zu ihrem eigentlichen Anliegen. Was sie wegen dieser Rüpel unternehmen wollte, würde sie entscheiden, wenn sie wieder fit und vor allem hier raus war.

»Er ist am Sonntag nach seiner Schicht bei Paolo nicht nach Hause gekommen«, antwortete Milo entschlossen.

Sein schräg hinter ihm stehender Bruder schickte sich an, den Mund aufzumachen, was Milo, ohne ihn direkt anzusehen, nur durch das kurze Heben seiner Hand zu verhindern wusste.

»Das war nicht üblich?«, sagte Giulia. »Er konnte nicht irgendwo anders übernachtet haben, bei einer Freundin vielleicht?«

Anna lachte hämisch auf. »Er war der Hässlichste von uns. Wie soll er da eine Frau kriegen?« Sie schniefte in ein Taschentuch. »Meinen Sie, wir wohnen freiwillig alle unter einem Dach?«

Giulia dachte an Isabella, die nach allem, was sie gesehen hatte, ein hübsches Mädchen war. Die Frage nach dem Verbleib ihres Vaters hob sie sich für später auf, wenn sie die bis dahin nicht vergessen hatte. Meine Güte, sie hätte es niemals für möglich gehalten, wie weich gekocht man sich nach einer solchen Attacke fühlen konnte.

»Genug«, beschied Milo energisch und bedeutete seinem Bruder mit dem Kopf, dass er die Schwester aus dem Raum schaffen sollte. Der tat wie ihm geheißen. Erstaunlicherweise wagte Anna nicht, zu protestieren.

»Ihr Bruder Leopoldo wurde höchstwahrscheinlich an ein Boot festgemacht und im See ertränkt. Näheres wird die Rechtsmedizin noch herausfinden«, fuhr Giulia ungerührt fort. Allerdings musste sie verwundert feststellen, dass ihre Beine sich seltsam anfühlten. Sie schliefen unentwegt ein. Sie beschloss allerdings, dies als pure Einbildung abzutun, anderenfalls hätte sie wahrscheinlich Panik bekommen. »Haben Sie eine Idee, wer ihn lieber tot als lebendig sehen wollte? Und vor allem: Trauen Sie diesem jemand etwas so Brutales zu? Ertrinken ist ein sehr qualvoller Tod, vor allem wenn man, wie ihr Bruder, Zeit hat, dagegen anzukämpfen …«

Milo ließ keine Regung erkennen. »Wir sind einfache Leute. Anna kümmert sich um das Haus, Sebastiano hilft bei den örtlichen Handwerksfirmen, ich bin Pizzabäcker drüben in Bellagio …« Der letzte Teil des Satzes klang, als hätte er gesagt, dass er den Nobelpreis in Medizin erhalten hatte. Milo hob und senkte die Schultern. »Leopoldo war Kellner, also in der Saison. Ansonsten hat er sich um unsere Ziegen gekümmert. Bei uns gibt es keine Reichtümer und auch sonst nichts zu holen. Vielleicht hatte er Streit mit einem Gast, der seine Zeche nicht zahlen wollte, oder seine Nase hat irgendjemandem nicht gepasst? Ich weiß es nicht.« Er schaute Giulia mit durchdringendem Blick an. In seinen Augen war nicht einmal ein Funken der Güte, die seine Schwester Anna ausstrahlte, zu erkennen. Sie waren kalt, überheblich, und sosehr Giulia auch danach suchte, Angst oder auch nur Unsicherheit fand sie darin nicht.

»Dann muss das eine ziemlich hohe Zeche gewesen sein, wenn jemand so viel Wut auf Ihren Bruder entwickelt, dass er ihn umbringt. Da hätte es ein anständiger Fausthieb auch getan, denken Sie nicht?«

Er rührte sich nicht.

»Wann war Leopoldos Schicht normalerweise zu Ende?«, fragte Giulia, die sich nun schon den dritten Kaffee genehmigte. Eine Gehirnerschütterung machte eben durstig.

»Gegen Mitternacht, manchmal auch später. Je nachdem, was im Restaurant los war. Momentan ist Hochsaison, also eher später«, erklärte Milo.

»Wann haben Sie bemerkt, dass er nicht da ist?«

»Am Montag beim Frühstück.«

»So rührend wie sie sich umeinander kümmern, gehe ich davon aus, dass Sie sich sofort auf die Suche nach ihm gemacht haben. Und Sie haben natürlich im Ristorante angefangen. Wo waren Sie denn noch? Haben Sie Freunde, Verwandte, Bekannte abgeklappert?« Giulia hob behutsam ihre Arme, zog den Zopfgummi aus ihren Haaren und band sich den Pferdeschwanz neu. Jedenfalls versuchte sie es.

»Nur dort. Leopoldo war kein Mensch, der viele Kontakte pflegte. Mit der Arbeit im Restaurant war sein Bedarf daran gedeckt. Ansonsten bin ich die Straße abgefahren. Es hätte ja sein können, dass er mit seinem Fahrrad irgendwo liegt. In der Dunkelheit kann man einen Mann schnell mal übersehen.« Milo sagte das, als läse er den Wetterbericht der nächsten Tage vor. Der Tod seines Bruders schien ihn nicht sonderlich aus der Fassung zu bringen, oder er war nicht der Typ, der Emotionen zeigte. Giulia tippte auf beides.

»Mit seinem Fahrrad?«, fragte sie verwundert und dachte an ihren Freund Brutus, der auch so ein Verrückter war. Niemals hätte sie sich freiwillig auf einem Drahtesel die schmalen Seestraßen entlangbewegt. Der dichte Verkehr, die fehlenden Randstreifen, die Steigungen und vor allem die Hitze sprachen absolut gegen ein derartiges Unterfangen. Noch dazu hatte Giulia nie richtig Fahrradfahren gelernt, aber das war nichts, womit sie hausieren ging.

»Mein Bruder hat kein eigenes Auto. Wir haben nur eins, und das gehört mir«, erklärte Milo kurz angebunden. »Ich bin davon abhängig.«

»Sie sind der Ältere«, gab Giulia zurück.

Er schaute sie aus schmalen Augen an.

»Mhm.« Pause. »Dann lautet ihr vollständiger Name Adolfo Milo Campetti«, sagte Giulia, nicht ohne einen gewissen Argwohn durchklingen zu lassen.

Kurzzeitig machte es den Eindruck, als fühlte Milo sich ertappt, aber der Schein trog. »Adolfo war mein Vater«, sagte er, ohne mit der Wimper zu zucken.

»Der wie lange tot ist?«, hakte Giulia nach, wobei sie eigentlich mit dem Kinn auf das Foto an der Wand deuten wollte, die Bewegung aber, kaum dass sie dazu angesetzt hatte, umgehend unterließ. Nach allem, was sie aus dem Augenwinkel beurteilen konnte, hing der verblichene Trauerflor an dem Foto des Seniors schon mehrere Jahre. Ganz offenkundig hatte sich da jemand die Gebühr für die Ummeldung des Autos gespart.

»Das mit dem Auto ist mir durchgeflutscht, der Stress bei der Arbeit und überhaupt …«, leierte Milo eine Ausrede herunter, die so schlecht war, dass sich Giulia nicht einmal die Mühe machte, darauf einzugehen. Die Familie Campetti war arm, das konnte man niemanden zum Vorwurf machen, aber dass es auch mit ihrer Ehrlichkeit nicht sonderlich weit her war, davon bekam Giulia gerade einen ersten Vorgeschmack.

»Irgendjemanden muss es doch geben, zum dem Ihr Bruder einen etwas näheren Kontakt hatte?«, fragte Giulia weiter.

Er schüttelte den Kopf. »Wir leben zurückgezogen. Leopoldo ist gegen Mittag nach Menaggio ins Lokal gefahren und nachts nach Hause gekommen. Sieben Tage die Woche. Wie viel Freizeit bleibt einem da?« Er klang verächtlich.

Und das auch noch auf dem Rad, dachte Giulia bei sich. Sie war gespannt, was Lucio Bertera seinen Angestellten im Restaurant für Löhne zahlte. Viel konnte es nach allem, was sie sah und gehört hatte, nicht sein. »Und Sie leben alle gemeinsam hier im Haus?«, vergewisserte sich Giulia.

Milo Campetti schien die arglose Nachfrage in den falschen Hals bekommen zu haben. »Was von dem, was ich gesagt habe, ist bei Ihnen nicht angekommen?«, fauchte er aggressiv. »Nein, natürlich nicht. In die Bruchbude hier kommen wir nur, um unser Abendessen einzunehmen, eine kleine Abwechslung zu den fetten Villen, in denen wir sonst hocken, Boccia spielen und über die besten Weine fachsimpeln.« Seine Augen funkelten böse. »Hören Sie, Signora, das mit dem Schlag auf Ihren Kopf war nicht so gemeint. Mein Bruder Sebastiano dachte, Sie hätten unsere Schwester überfallen, und er wollte sie beschützen. Dass bei dem ganzen Pech, das unsere Familie ereilt hat, nun auch noch Leopoldo daran glauben musste, ist tragisch, aber am Ende unser Problem. Wir haben nichts mit der Polizei zu schaffen, und so soll es auch bleiben.«

Giulia ließ seinen Monolog eine Weile so stehen. »Fahren Sie öfter einmal Boot, Signor Campetti?« Nach allem, was der Mann von sich gegeben hatte, bezweifelte Giulia das, sie wollte ihm aber nicht zu nahe treten. Dennoch hielt sie die Frage für unerlässlich, noch dazu, da man sich Boote wie die *Sofja* auch ausleihen oder anderweitig beschaffen konnte.

»Ich werde seekrank. Ungewöhnlich für einen Comasci, aber seit meiner frühesten Kindheit ein unumstößlicher Fakt«, entgegnete Milo mit einer geradezu impertinenten Überheblichkeit.

»Wenn Sie das sagen«, antwortete Giulia und erhob sich ihrem Zustand angemessen. Normalerweise hätte sie darum gebeten, das Zimmer des Toten sehen zu dürfen, aber nach diesem Zwischenfall würde sie ohnehin nicht mehr viel aufnehmen können. Noch dazu war sie sicher, dass die Brüder in den zwei Stunden, die sie nicht bei Sinnen gewesen war, alles beiseitegeschafft hatten, was ihr bei der Aufklärung des Falles irgendwie weitergeholfen hätte. Momentan jedenfalls würde sie hier nichts mehr ausrichten können. »Wo waren Sie drei eigentlich in der Nacht von Sonntag auf Montag?«, wollte sie wissen.

Seine Augen blitzten feindselig »Wie alle anständigen Leute um diese Zeit: zu Hause!«, fauchte er. »Nicht wahr, Sebastiano?«

Sebastiano schien zu nicken, ohne darüber nachzudenken.»Wenn Sie glauben, wir hätten unserem Bruder etwas angetan, dann haben Sie sich verdammt noch mal geschnitten. Wir Campettis sind eine eingeschworene Gemeinschaft, wir würden uns niemals an dem eigenen Fleisch und Blut vergreifen.«

»Ich komme wieder«, entgegnete Giulia nur und wollte dies als eine Drohung verstanden wissen. Sie war kaum ein paar Schritte in Richtung Tür gegangen, als Milos Stimme noch einmal ertönte. »Commissario!« Giulia drehte sich zu ihm um.

»Wenn Sie dann Leopoldos Fahrrad mitbringen könnten. Mein Bruder kann es gut gebrauchen.« Giulia reagierte auf diese Dreistigkeit nicht, sondern ging einfach weiter. Kaum dass sie an der Küchentür war, rief er erneut.

»Sie haben etwas vergessen.« Er hielt ihr triumphierend ihr Mobiltelefon entgegen. »Jacopo schreibt, dass heute Ihre Verabredung in der Osteria ausfallen muss, dringende Termine. Die Ausrede ist schon mehr als dürftig. Finden Sie nicht?« Giulia überkam der Drang, ihm eine reinzuhauen. »Ich würde Sie ja bitten, uns beim Abendessen Gesellschaft zu leisten. Aber meine Schwester wärmt nur die Reste von gestern auf, und bei dem Appetit, den Sebastiano hat …« Er machte eine übertriebene Geste des Bedauerns. »Das Leben ist hart.« Giulia spürte sein hämisches Grinsen noch in ihrem Rücken, als sie das Haus lange verlassen hatte.

4

»Ich sage nichts«, erklärte Jacopo zum wiederholten Mal, wobei er sich zwischen jedem Satz mehr Würfel des Bresaola in den Mund steckte, als er in die Rühreimasse gab. Seine Laune schien sich noch immer nicht gebessert zu haben. Sein beharrliches Insistieren auf einen Besuch beim Arzt hatte bei Giulia nichts bewirkt, den armen Jacopo aber die halbe Nacht wach gehalten. Entsprechend mürrisch war er am Morgen in den Tag gestartet, vor allem da Giulia ihm, durchaus ein wenig zerknirscht, eröffnet hatte, dass ein Tag Pause aufgrund des Mordes an Campetti nicht drin war. Natürlich hätte sie in der Questura anrufen und einen der Kollegen bitten können, zu übernehmen, aber dann würde die Zorzi, die Leiterin der Kriminalpolizei in der Questura Lecco, ihr womöglich den Fall entziehen beziehungsweise ihr jemanden zur Seite stellen. Für Giulia hätte sich das so oder so nicht gut angefühlt, denn der Lago war nun einmal ihr Revier. Was das anging, war sie eigen. Noch dazu verspürte sie wenig Drang, die gestrigen Geschehnisse gegenüber ihrer Vorgesetzten zu erklären und damit einen offiziellen Vorgang daraus zu machen. Auch wenn sie keinen Fehler gemacht hatte, hasste sie die bürokratischen Endlosschleifen, die darauf zwangsläufig folgten. Jacopo allerdings hatte generell wenig Verständnis für ihren Eigensinn, der nach seinem Dafürhalten schon an Starrköpfigkeit grenzte. Aber auch das würde sie aushalten, wenn nur endlich diese unsäglichen Kopfschmerzen nachließen.

»Ich höre dir zu, aber ich weiß nicht, ob ich alles behalten kann«, scherzte Giulia, die am Küchentisch saß und angestrengt versuchte, einen Artikel im *Corriere della Sera* zu lesen. Das tat sie jeden Morgen, wenn Jacopo mit den Frühstücksvorbereitungen beschäftigt war, was bei seinem Einfallsreichtum und der Pingeligkeit, die er für das Zubereiten von Mahlzeiten aufwendete, so einige Zeit in Anspruch nahm. Heute früh jedenfalls war er der Meinung, dass Giulia etwas Stärkendes und eine Extraportion Vitamine nötig hatte. Deswegen verquirlte er Eier mit Sahne und frischen Kräutern, schnippelte Pfirsiche und presste Orangen aus. Der Bresaola, der luftgetrocknete Rinderschinken aus dem Veltlin, den Giulia so sehr liebte, war quasi die Extrabeigabe, das i-Tüpfelchen. Dabei brauchte diese besondere Spezialität weder Eier noch sonstige Beigaben, und ihn in ein Frühstückrührei hineinzumengen, glich aus Giulias Sicht einer Todsünde von der Qualität, eine Pizza mit Ananas zu belegen. Jacopo sah das grundsätzlich nicht anders, machte heute angesichts Giulias körperlicher Verfasstheit aber eine Ausnahme. Die Zitronenpuddingcreme, die im Kühlschrank ihrer perfekten Konsistenz entgegenging, gehörte in die Kategorie Nervennahrung und konnte in Anbetracht dessen, was Giulia heute noch bevorstand, nicht verkehrt sein.

»Jesus, Maria und alle Heiligen«, entfuhr es Brutus, der unangemeldet im kleinen Innenhof des Torre del Barbarossa, des umgebauten mittelalterlichen Wächterhäuschens, das Giulia und Jacopo bewohnten, erschienen war und zur offenen Küchentür hereinschaute. »Wie sieht der andere aus?«, fragte er und vergaß vor lauter Schreck über Giulias Anblick, seinen Mund wieder zu schließen. Sie wusste selbst, dass ihre Platzwunde am Hinterkopf und die teilweise noch vom geronnenen Blut verklebten Haare kein schöner Anblick waren. Dennoch musste die Haarwäsche warten, bis die Wunde anständig verheilt war. Ihr aschfahles Gesicht und die tiefen, dunklen Augenringe machten es sicher nicht besser. Selbst ein anständiges Make-up hätte hier nicht viel ausrichten können. Immerhin hatte sie mit ihrer Wimperntusche das Bestmögliche herauszuholen versucht, aber wie ihr Spiegelbild und die Reaktion ihres Freundes Brutus ihr gerade gnadenlos veranschaulicht hatten, reichte das nicht aus. Ihre deutlich eingeschränkte Bewegungsfähigkeit, die ihrem noch immer brummenden Wattekopf geschuldet war, ließ sich besser verbergen, jedenfalls solange sie sich aufs Atmen beschränkte.

»Dein Beruf ist einfach zu gefährlich«, schlussfolgerte Brutus, trat ein, legte die Post auf den kleinen Wandvorsprung neben der Tür und setzte sich neben Giulia an den gedeckten Tisch. »Ich würde mitessen«, konstatierte er, als gäbe es nichts Normaleres auf der Welt als einen Postboten, der durch das Dorf ging und im Austausch für Briefe und Päckchen ein Frühstück serviert bekam. »Ich muss nur nachher noch hinauf in die Via Sant'Antonio. Pedro Spinelli bekommt ein Einschreiben. Sicher wieder Geld von seiner Großmutter. Ich habe bestimmt schon hundertmal darum gebeten, dass die beiden das per Banküberweisung regeln.« Brutus echauffierte sich immer bei wichtigen Postangelegenheiten – und alles, was in seiner Zuständigkeit lag, war grundsätzlich wichtig. »Sobald die Post bei uns im Verteilzentrum ankommt, kann ich ein Auge darauf haben.« Er schaute mit bedeutungsvoller Miene in die Runde, wobei Jacopo noch immer mit dem Rücken zu ihnen stand und die Pfanne erhitzte. »Aber vorher … Was weiß ich denn, was die in Mailand machen.« Er winkte ab. »Geld gehört nicht in einen Briefumschlag. Punkt.« Ohne zu fragen, schenkte er sich Kaffee ein und stibitzte Giulia den Regionalteil der Zeitung.

»Du solltest Pedro nicht zu lange auf die Kohle warten lassen. Du weißt, dass seine Kreditlinie in Peppos Lädchen nicht endlos dehnbar ist. Und ich wette, er hat noch nicht einmal seine Weihnachtseinkäufe bezahlt.« Jacopos gereizte Stimmung nahm noch einmal gehörig Fahrt auf. Dieser Effekt stellte sich regelmäßig ein, wenn Brutus unangemeldet hereinplatzte und sich aufführte, als wäre nicht Jacopo, sondern er der Hausherr. Das geschah täglich, manchmal sogar mehrmals, und Giulia gelang es bis heute nicht, ihrem ältesten Freund begreiflich zu machen, dass er sich einfach etwas mehr zurückhalten sollte.

Brutus blickte nicht einmal von seiner Zeitung auf.

»Unsere Commissario hat gestern in Mezzegra eine über ihren hübschen Kopf bekommen«, bemerkte Jacopo irgendwann, und sein Ton verschärfte sich hörbar. »Aber anstatt sich sofort ins Krankenhaus bringen zu lassen, hat sie nichts Besseres zu tun, als sich ins eigene Auto zu setzen und den ganzen Weg hierher alleine zu fahren.«

Giulia konnte dem nicht widersprechen. Selbstverständlich war sie, nachdem sie das Haus der Campettis verlassen hatte, in ihr altes Fiat-Cabrio gestiegen. Wie hätte sie auch sonst auf ihren Berg kommen sollen? Jacopos SMS, die Milo Campetti unanständigerweise ebenfalls gelesen hatte, war nicht so zu verstehen gewesen, als hätte er freie Kapazitäten gehabt, sie abzuholen. Er hatte mit einem Vertreter des Bauamtes der Stadtverwaltung Lecco in der Osteria *Sali e Tabacchi* in Mandello del Lario zusammengesessen, der Stammkneipe der drei Freunde, und bei einem argentinischen Rumpsteak die Vorgaben für seinen neuen Auftrag besprochen. Die Fassade des in Lecco stehenden Viscontea-Turms, vor allem der Zinnenkranz aus dem 15. Jahrhundert, benötigte eine fachmännische Restauration, und Jacopo war ehrgeizig genug, seinen neuen und überaus wichtigen Auftraggeber nicht zu enttäuschen. Noch dazu hatte man ihn auf diesen Termin mehrere Wochen warten lassen. Giulia wäre nicht im Traum darauf gekommen, ihn wegen einer lumpigen Platzwunde zu stören. Sie war Polizistin und nicht eine von diesen wehleidigen Ehefrauen, die bei der kleinsten Unregelmäßigkeit ihren Mann anriefen und jammerten. Ihr Freund Brutus war ebenfalls nicht in Frage gekommen, denn der besaß nicht einmal ein Auto. Also hatte sie sich lieber allein durchgeschlagen. Und es hatte ja auch geklappt, zumindest die acht Kilometer über die Uferstraßen von Mezzegra bis zum Fähranleger nach Menaggio. Mit dem Boot von Menaggio nach Abbadia Lariana überzusetzen, um die zwanzig Kilometer lange Autoroute zu umgehen, schien ihr angesichts der hämmernden Kopfschmerzen und der Benommenheit das Vernünftigste. Das war es wohl auch, wenn man bedachte, dass sie ohne die Hilfe von Nicolo, einem Mitarbeiter der Schifffahrtsgesellschaft und Urenkel ihrer greisen Nachbarin Lucrezia, das Auto niemals auf das Boot manövriert bekommen hätte. Der hilfsbereite Nicolo war es dann auch gewesen, der sie zum Ende seiner Schicht nach Hause gefahren hatte.

Jacopo knurrte irgendetwas Unverständliches. Ein drittes Glas mit Saft landete schwungvoll vor Brutus auf dem Tisch direkt auf der ausgebreiteten Zeitung.

Der schaute auf, als hätte er soeben erst registriert, dass noch andere Leute anwesend sind. »Wieso bist du eigentlich noch nicht im Büro? Es ist kurz vor zehn«, fragte er in Giulias Richtung.

»Weil man sie niedergeschlagen hat«, blaffte Jacopo und knallte die Schüssel mit den Eiern und dem Schinken auf den Tisch. »Was sie aber keineswegs dazu veranlasst, sich von einem Arzt anschauen zu lassen. Signora Commissario ist nun mal unverwundbar.« Er setzte sich neben Giulia und warf ihr einen grimmigen Blick zu.

»Zu Alessio?«, fragte Brutus mit erschrockenem Gesicht.

»Jesus!« Jacopo ließ das Messer, nach dem er gerade gegriffen hatte, mit Schwung aus der Hand fallen. »Alessio Marcello ist ja nicht der einzige Mediziner bei uns am See. Abgesehen davon könntet ihr eure kindheitsbedingten Abneigungen irgendwann mal ablegen. Wir sind alle erwachsen, also ...« Jacopo schaute mit skeptischem Blick zu Brutus, beendete den Satz jedoch nicht.

Brutus schüttelte sich. »Niemals! Die Marcello-Brüder sind unsere Feinde.«

Jacopos Blick zur Zimmerdecke sagte alles.

Giulia griff nach der Hand ihres Mannes. »Jetzt mach aber mal halblang. Es war ein Missverständnis bei einer Befragung, mehr nicht«, spielte sie die Angelegenheit herunter. »Und am Ende ist nichts passiert, also nichts, was nicht in ein paar Tagen vergessen ist. Mir geht es heute Morgen auch schon viel besser.«

»Und was, wenn du nicht wieder aufgewacht wärst oder die Typen dich irgendwo im See versenkt hätten?« Auf Jacopos Gesicht stand tiefe Sorge. Insgeheim hielt er nicht viel von Giulias Job. Das würde er zwar niemals offen zugeben, aber sie hatte es ihm schon damals bei ihrer ersten Verabredung angesehen.

Jacopo war ein Mensch, der in einer Welt aus Schönheit, Ästhetik und Kunst lebte und alles Schlechte ausblenden musste, um nicht daran zugrunde zu gehen. Für ihn ging es nicht zusammen, dass Menschen ein architektonisches Meisterwerk wie den Mailänder Dom erschafft hatten und dass es Vertreter der gleichen Spezies gab, die einander mit roher Gewalt und abgrundtiefem Hass begegneten. Dabei war Jacopo keineswegs naiv. Er war frei von Illusionen und auf seine Weise dennoch ein Idealist, der sich in seine Sphären zurückzog und die Berührung mit dem realen Leben nur allzu gern mied. Dass Giulias Arbeit ihm die wohl schlimmsten Entgleisungen der menschlichen Existenz tagtäglich vor Augen führte, ja, das Abscheuliche durch sie einen Zutritt in sein Leben bekam, konnte er nicht gutheißen. Dennoch liebte er sie, also konnte er nichts tun, als sie gewähren zu lassen und da zu sein, wenn sie ihn brauchte. Giulia ihrerseits kannte die Kämpfe, die ihr Mann mit sich ausfocht, und sie bemühte sich, ihn soweit es möglich war, außen vor zu lassen. Nur manchmal verspürte auch die hartgesottene Commissario das Bedürfnis, ihre Seele auszuschütten, und dann war es Jacopo, der felsenfest an ihrer Seite stand.

Giulia streichelte ihm liebevoll über die Wange. »Das gehört zu meiner Arbeit«, flüsterte sie. »Es ist nichts passiert, mir geht es gut. Beim nächsten Mal passe ich besser auf. Versprochen.«

»Ja, ja«, maulte Jacopo, den ihre Antwort augenscheinlich nicht beruhigte.

Brutus schaute nur nickend von einem zum anderen, während er sich eine satte Portion Ei auf den Teller schaufelte. »Gestern wären wir ja eigentlich bei Fabrizio in der Osteria gewesen, argentinischer Abend. Das hätte mir bestimmt geschmeckt. Jetzt bin ich mal gespannt, was er sich für nächsten Dienstag ausdenkt. Russisch fände ich gut oder auch mal Chinesisch«, plapperte er, als sei nichts passiert. Brutus hatte einfach kein Gespür für die Stimmung anderer Leute. »Ich weiß nicht, wann unser gemeinsamer Abend das letzte Mal ausgefallen ist? Aber allzu oft sollte das nicht vorkommen.«

Normalerweise trafen sich die Freunde jeden Dienstag zum Essen bei Fabrizio in der Osteria *Sali e Tabacchi*, ein Ritual, das Giulia und Brutus pflegten, seit sie ihr eigenes Geld verdienten. Jacopo war nun etwa gute zehn Jahren mit dabei, also seitdem er und Giulia verheiratet waren. Anfänglich hatte Fabrizio – wie sollte es in einer klassischen italienischen Osteria auch anders sein – typische Gerichte vom See und dazu italienischen Wein serviert, aber irgendwann hatte seine Frau auf etwas Moderneres, auf eine kulinarische Innovation bestanden. Seitdem lud die Osteria immer dienstags zur internationalen Küche, was diesen Tag schnell zum meistgehassten Wochentag auf dem Berg werden ließ. Für Giulia und Jacopo hingegen war es der Höhepunkt der Woche, für Brutus ebenfalls, aber weniger aus kulinarischen Gründen. Dem alleinstehenden Postboten bescherte das Leben nicht viel Abwechslung, zumal er das Dorf nur selten verließ. Da war ein gemeinsames Abendessen mit seinen Freunden ein schöner Farbtupfer in dem grauen Einerlei aus TV-Vorabendserien und den Hilfsdiensten für Giulias Eltern.

»Es ist noch nie vorgekommen, seit ich hier lebe«, maulte Jacopo zähneknirschend. »Zehn Jahre und drei Monate nicht. Abgesehen davon sehen wir uns täglich. Was macht da schon ein Dienstag aus?«

Giulia blieb lieber still. Sie wusste, wenn Jacopo in diesem Zustand war, würde eine Reaktion von ihr nur zu einem handfesten Streit führen. Er hatte natürlich recht. Eine Ehe sollte normalerweise aus zwei Leuten bestehen. Giulia und Jacopo hatten keine Kinder, dafür war sie bei ihrem Kennenlernen schon zu alt gewesen. Beide bedauerten das, aber wenn Jacopo mit einem bösen Funkeln in den Augen einwarf, dass sie als Ausgleich dafür ja Brutus Grazioli abbekommen hätten, war ihr das nicht egal. Brutus war ihr ältester und bester Freund, sie konnte ihm einfach nichts abschlagen, genauso wenig konnte sie ihn in seine Grenzen weisen. Dabei wäre das inzwischen häufiger angezeigt, denn in letzter Zeit beobachtete sie an ihm so manche Eigenheit, die er früher nicht an den Tag gelegt hatte. Dazu gehörte sein kindlich übertriebenes Eingeschnapptsein, wenn Giulia und Jacopo einen Abend allein verbringen wollten.

»Was war denn los in Mezzegra?«, wollte Brutus schließlich doch wissen.

»Eine unschöne Sache«, entgegnete Giulia, nicht willens, mehr zu verraten. Brutus war nicht nur ihr bester Freund, sondern auch die größte Tratsche, die der See zu bieten hatte. »Ein neuer Fall.«

»Da drüben wohnen ohnehin nur Halunken«, erklärte Brutus mit vollem Mund. »Dort haben sie Mussolini erschossen, aus dem Hinterhalt«, fügte er an, wobei nicht klar wurde, ob der erste Teil des Satzes tatsächlich in Verbindung mit dem zweiten stand.

Jacopo legte sein Besteck auf dem Teller ab, lehnte sich zurück und verschränkte die Arme vor seiner Brust. Er stammte aus Onno, einer kleiner Gemeinde am Südufer des Sees, und hatte generell seine Schwierigkeiten damit, wenn sich jemand vom Ostufer, an das er nur Giulia zuliebe gezogen war, über die anderen, für ihn wesentlich schöneren Seiten des Lago abfällig äußerte. »Ach, das musst du mir einmal erklären«, sagte er herausfordernd. »Ist der Genpool auf der anderen Seite generell schlechter, oder hat das nur etwas damit zu tun, dass die dort so dreist waren, einen Faschisten und Mörder zu richten?«

»In Mezzegra hat mir mal jemand mein Fahrrad geklaut, vor dem Palazzo Brentano«, entgegnete Brutus absolut unbeeindruckt von Jacopos scharfer Ansprache. Er hatte offenkundig keine Ahnung, wie missverständlich seine Worte gewesen waren. »Da sitzt die Gemeindeverwaltung. Die Sekretärin des Bürgermeisters war sehr hübsch. Aber sie war so beschäftigt, dass ich sie nicht einmal fragen konnte, ob sie mit mir zum Steinewerfen an den See geht. Und als ich im Rathaus gesessen und auf ihre Pause gewartet habe, hat man mir das Rad gestohlen, direkt vor der Tür. Eine absolute Unverschämtheit!«

Jacopo sah ihn einen Moment lang ungläubig an. Dann schüttelte er amüsiert den Kopf und setzte sein Frühstück fort. »Wie hatte ich auch etwas anderes denken können?«, murmelte er. »Hat es geklappt mit dem Steinewerfen? Ich meine, welche Frau kann da widerstehen?« Er zwinkerte Giulia zu, die ihm durch das Schließen ihrer Lider bedeutete, dass er aufhören solle, Brutus zu foppen. Insgeheim war sie jedoch froh, dass sich Jacopos Ärger langsam verflüchtigte.

»Ach.« Brutus Blick klebte an der Brötchenhälfte, auf die er gerade eine dicke Schicht Nussnougatcreme schmierte. »Sie konnte nicht schwimmen und hat sich deswegen nicht ans Wasser getraut.«

Jacopos Schultern bebten, und er musste sich hinter seiner vollen Kaffeetasse verstecken, sonst hätte er laut losgewiehert.

***

»Na, das nenne ich mal eine gemütliche Runde.« Elenas pausbäckiges Gesicht tauchte unerwartet im Türrahmen auf, wobei es fast zeitgleich von einer immer dicker werdenden Kaugummiblase verdeckt wurde, die schließlich mit einem lauten Knall zerplatzte. Über die Jahre, in denen Giulias Assistentin diesem Spleen frönte, hatte die Anfang Dreißigjährige das Prozedere dahin gehend perfektioniert, dass die klebrigen Fetzen nicht an ihrer Stirn oder den Wangen haften blieben, sondern sie die komplette Masse wieder in einem Rutsch zurück in ihren Mund ziehen konnte. Giulia war es ein Rätsel, wie das funktionierte. »Meine Fresse, war das eine Kurverei hier rauf. Allerdings musste ich euer Haus nicht suchen. Einmal am Ortschild die Leute gefragt, hatte ich gleich eine Eskorte aus einem zahnlosen Ziegenhirten und einem hinkenden Alten, der ein Museumsstück von Gewehr mit sich herumschleppte und damit jedem Auto mit einem deutschen Kennzeichen drohte. Noch dazu bin ich mir sicher, dass das Teil nicht offiziell angemeldet ist. Aber was geht es mich an? Erzürne niemals einen Comasci, denn du weißt nicht, wie tief der Lario sein kann, hat meine Mutter immer gesagt. Ich beherzige nicht viele ihrer Ratschläge, aber bei diesem will ich gern ein gutes Kind sein. Die beiden, die ich gerade kennenlernen durfte, reichen mir. Also, Leute gibt es bei euch …« Elena fasste zu ihrer schräg auf den Hinterkopf sitzenden Melone, rückte sie zurecht und grinste. Dann klopfte sie demonstrativ zweimal gegen die Scheibe der Küchentür und trat ein.

»Matteo und der Campanaro«, frohlockte Jacopo, dem das Erscheinen dieses unerwarteten und vor allem seltenen Besuches sichtbar Freude bereitete. Er mochte Giulias Assistentin, denn die kleine, pummelige Elena mit den viel zu weiten, stets mit politischen Botschaften bedruckten T-Shirts verfügte nicht nur über eine gehörige Portion Humor, sondern auch über genügend Dreistigkeit diesen gegenüber ihrer direkten Vorgesetzten, also Giulia, immer wieder anzuwenden. Kurzum, Elena nahm kein Blatt vor den Mund. Noch dazu machte sie keinen Hehl daraus, dass sie Jacopo geradezu als den perfekten Mann vergötterte, aber das lag, da war sich Giulia sicher, vor allem an ihrer Bewunderung für seine Kochkünste, an denen er sie hin und wieder teilhaben ließ. »Hast du schon gefrühstückt? Setz dich!« Jacopo sprang auf und organisierte eilig ein viertes Gedeck. Dann nahm er den Korb mit den Hörnchen und die Nussnougatcreme, die Brutus vor sich aufgebaut hatte, und schob beides zu Elena hinüber. »Es ist auch noch Rührei da.« Die Schüssel folgte.

»Aber ich hatte noch nicht …«, hauchte Brutus, dessen weit aufgerissene Augen zwischen Elena und den entzogenen Leckereien hin und her wanderten.

»Bleib sitzen, Massimo Bottura. Ich komme zurecht«, entgegnete Elena und zwinkerte Jacopo zu. Anstatt sich zu setzen, blieb sie stehen und begutachtete Giulia ausgiebig. Sie pfiff durch die Zähne. »Nicht schlecht«, kommentierte sie. »Hoffentlich behältst du keine Spätfolgen, wie dauerndes Zuspätkommen, Halsstarrigkeit, autistische Anwandlungen.« Elena faltete die Hände und blickte nach oben, als würde sie ein Gebet sprechen wollen. Sie ließ die Arme wieder fallen und grinste Giulia breit an. »Ach nein. Das hast du ja alles schon.«

»Erinnere mich bitte daran, dass ich die Zorzi nachher anrufe und um einen Tausch der Assistenten bitte. Meine Chefin hat so etwas wie dich eher verdient«, entgegnete Giulia mit einem Augenzwinkern. »Komm, setz dich und erzähl, was du hast.«

Elena zog den Stuhl zurück und ließ sich darauffallen. Ihr Hintern hatte kaum die Sitzfläche berührt, da griff sie nach einem Hörnchen und biss genussvoll hinein. »Ein Ausflug in die Wildnis geht echt an die Kräfte«, kommentierte sie kauend.

»Schön, dass du es trotzdem geschafft hast«, entgegnete Giulia. »Ich bin noch nicht wieder sattelfest, und vor allem steht mein Auto unten am Fähranleger.«

Elena winkte ab.

Brutus schaute erst auf die Hörnchen, dann auf Elena. Anschließend räusperte er sich übertrieben laut. Nachdem niemand auf ihn reagierte, sagte er: »Ich bin Brutus Grazioli, der hiesige Postbote. Mein Zuständigkeitsgebiet reicht von Abbadia Lariana über Mandello del Lario bis nach Lierna. Wenn ein Kollege ausfällt, fahre ich sogar bis nach Fiumelatte rüber.« Brutus machte ein Gesicht wie der Vorstandsvorsitzende der *Posteitaliane* höchstpersönlich. »Ich bin seit meinem sechszehnten Lebensjahr ein Teil unserer Postfamilie, also ganze sechsunddreißig Jahre lang, und in dieser Zeit hat man mich sogar zweimal befördert.« Er nickte eifrig zu dem Gesagten.

»Ein echter Freak, was?«, bemerkte Elena anerkennend, wobei nicht einmal Giulia sagen konnte, ob sie es ernst meinte oder gerade dabei war, Brutus auf den Arm zu nehmen. »Aber was deine Beförderungen angeht, haben die dich ganz schön beschissen, oder?« Elena fuhr mit einem kleinen Löffel durch die Schokocreme, bis er übervoll war, und schob ihn dann in ihren Mund. Genießerisch ließ sie sich die Creme auf der Zunge zergehen. »Dein selbst gemachtes Zeugs ist tausendmal besser als der Chemiekram aus dem Supermarkt«, bemerkte sie in Richtung Jacopo. »Kein Palmöl. Keine toten Orang-Utans. Hervorragend!« Dann streckte sie mit einer flinken Bewegung ihre Hand über den Tisch aus, bis sie fast die Knopfleiste von Brutus Postuniform berührte, und salutierte: »Ich bin Elena. Die Sklavin von unserer schwerverletzten Commissario.«

»Orang-Utans«, wiederholte Brutus angetan, fasste nach Elenas Hand und hielt sie ein wenig länger, als es notwendig gewesen wäre. »Die mag ich auch gern.«

»Meister, ich bin Rechtshänderin, also ich brauche das Teil, um Jacopos Schokocreme aus dem Glas zu kratzen«, sagte Elena in ihrer gewohnt nassforschen Art.

Brutus lächelte, ohne ihre Hand loszulassen.

Mit einen kräftigen Bewegung entzog sich Elena. »Bist du auch aus dem Dorf hier?«, fragte sie ihn.

Es dauerte ein wenig, bis die Worte Brutus erreichten. »Ja, ja«, bestätigte er eifrig. »Ich kenne Giuli noch aus der Vorschule. Wir haben uns eine Bank geteilt. Seitdem haben wir uns jeden Tag gesehen, na ja, bis auf die Jahre, in denen sie auf der Polizeischule in Rom war.« Ein vorwurfsvoller Seitenblick in Giulias Richtung folgte.

»Alter, ist das herzig«, kommentierte Elena. »Giulia Cesare und Brutus friedvoll vereint. Die Geschichtsbücher müssen neu geschrieben werden.«

Giulia sah Brutus an. Sie wusste, wie wenig er diese Anspielungen auf ihre Namen ausstehen konnte. Doch anstatt sich wie sonst darüber auszulassen, bedachte er Elena nur mit einem verklärten Blick. Noch dazu hatte er diese zuckenden Mundwinkel, die ihr verrieten, was sie schon geahnt hatte: Brutus war wieder einmal schockverliebt. Bevor er sich jedoch weiter um Kopf und Kragen redete, schwenkte Giulia auf das Dienstliche um. »Was hast du zu diesem Boot, der *Sofja*?

Elena schnaufte. »Leider noch nichts. Die Hafenbehörde befindet sich wahrscheinlich auf einem Betriebsausflug. Ich konnte mich nicht einmal in deren Computersystem einhacken.« Sie zwinkerte. »Aber ich bleibe dran.«

»*Merda!*«, entfuhr es Giulia eine Spur zu laut. Das Boot war momentan ihr einziger Anhaltspunkt. »Was hast du über die Familie herausbekommen?«, fragte sie mit bemüht gedämpfter Stimme, wobei sie ihre Kaffeetasse mit beiden Händen umfasste und sich behutsam zurücklehnte.

Jacopo, der sich gerade den letzten Bissen seines Hörnchens in den Mund geschoben hatte, erhob sich und bedeutete Brutus, dass es Zeit war, zu gehen. Keine Reaktion. »Ich muss auf die Baustelle, und du musst sicher auch los, auf der Via Sant' Antonio haben die Leute noch keine Post.« Wieder nickte er Brutus auffordernd zu. Erfolglos. Jacopo umfasste vorsichtig Giulias Hals, küsste sie auf die Stirn und flüsterte ihr zu: »Ich habe es versucht, aber du hast ihn erzogen.« Dann drückte er seine geballte Faust gegen die von Elena, knuffte Brutus in den Oberarm und verschwand.

Elena schaute kurz fragend in Brutus' Richtung. Der interpretierte den Blick offenbar anders, als er gemeint war, denn er lief knallrot an. Dazu schien ihn eine spontane Hibbeligkeit zu überkommen, die nichts mit seinem unvollendeten Tagwerk, sondern eher mit der weiteren Gesprächsführung zu tun hatte. Brutus wollte angreifen, doch daran hatte zumindest Giulia überhaupt kein Interesse, nicht in ihrer Gegenwart und erst recht nicht, wenn sie und Elena einen Mordfall zu lösen hatten. Elena, die klug genug war, die Schwingungen, die Brutus aussendete, einzufangen, verkniff sich jede weitere lockere Bemerkung und legte, ohne ihm noch Aufmerksamkeit zu schenken, los.

»Milo Campetti, Baujahr 1972 und eine hübsche Liste in unserer Datenbank, einschließlich seiner Fingerabdrücke ...«, hob Elena an.

Giulia gab einen Zischlaut von sich.

»Warte! Ich bin noch nicht fertig«, beschied Elena. »Er war wohl lange Mitglied einer Diebesbande. Vor etwa fünfzehn Jahren wurde er das erste Mal von den Carabinieri aufgegriffen. Das blieb nicht das einzige Mal, dass die Kollegen ihn geschnappt haben. Aber sie mussten ihn immer wieder laufen lassen. Denn Milo ist angeblich nie mit auf der Straße gewesen, um arglose Touristen auszurauben. Man vermutet, dass er im Hintergrund operiert hat, also Kreditkartendaten auslesen, Konten leer räumen, na ja, was man so macht in diesem Gewerbe. Nachweisen konnte man ihm allerdings nie etwas. Die Kollegen sagen, er wäre auch nur ein Handlanger gewesen. Die fetten Fische saßen angeblich in Mailand. Seitdem schläft die Kobra oder ist zur Blindschleiche mutiert. Jedenfalls arbeitet er wirklich in dieser Pizzeria in Bellagio, wie er dir erzählt hat.« Elena schaute von ihrem iPad auf. »Die Pizza da ist gar nicht schlecht, zumindest die Tonno.«

»Die mit Thunfisch esse ich auch am liebsten«, warf Brutus, der wie ein gelehriger Schüler Elenas Worten gelauscht hatte, ein. »Wir könnten ...«

»Keine krummen Geschäfte mehr?«, fiel Giulia ihrem Freund ins Wort.

»Nichts, von dem die Polizei Wind bekommen hätte«, gab Elena zurück.

Giulia rieb sich das Kinn und dachte laut nach. »Was ich in dem Haus sehen konnte, sprach nicht für gut laufende Geschäfte. Aber dafür ist er womöglich auch zu schlau. Wobei ...«

»Vielleicht will er nicht auffallen, oder er wartet nur auf den richtigen Moment, um abzuspringen«, fiel ihr Elena ins Wort.

»Möglich«, entgegnete Giulia wenig überzeugt. »Aber erstens macht er, wenn er nur ein kleiner Fisch ist, wenig Kohle, und zweitens gab es nichts, aber auch wirklich nichts in diesem Haus, was nur ansatzweise neu oder modern gewesen wäre. Irgendeinen Schwachpunkt hat doch jeder, eine teure Musikanlage, ein schnelles Auto, meinetwegen auch ein Küchengerät, irgendetwas. Nein, ich glaube eher, dass die Campettis wirklich arme Leute sind und Milo seine kriminelle Karriere an den Nagel gehängt hat, warum auch immer …«

»Ich sage ja, in Mezzegra wohnen nur Tagediebe«, bestätigte Brutus. Dann beugte er seinen Oberkörper ruckartig nach vorn. »Womöglich findest du ja mein Fahrrad.« Er schlug die flachen Hände auf seine Oberschenkel. Das wäre prima. Guckst du danach, Giuli?«

»Krass, der Typ«, bemerkte Elena kopfschüttelnd.

Giulia verkniff sich jeglichen Kommentar. Stattdessen konzentrierte sie sich auf die Informationen, die ihre Assistentin zusammengetragen hatte. »Und was ist mit dem Jüngeren der Brüder, Sebastiano? Hast du was zu dem?«

»Fehlanzeige, außer ein paar Beschwerden wegen Pöbeleien und Androhung von Gewalt. Nichts, was in irgendeiner Weise von Bedeutung ist. Banalitäten.« Elena musterte Giulia. »Du solltest ihn anzeigen. Wenn die Zaunlatte bei ihm so locker sitzt, ist er eine Gefahr für die Allgemeinheit. Du hättest ernsthaft verletzt werden können. Das ist dir doch klar.«

Brutus nickte hektisch. »Giuli war schon als Kind eine Draufgängerin. Sie hat niemals eine Gefahr gescheut und mich immer beschützt«, sagte er und klang dabei wie ein Märchenonkel. »Sogar vor dem alten Repetiergewehr des Campanaro.« Mit dramatischer Geste holte er tief Luft und atmete dann übertrieben langsam wieder aus. Dann schob er den kurzen Ärmel seines T-Shirts nach oben und zeigte auf eine dünne, kaum zwei Zentimeter lange Narbe an seinem Oberarm. »Die ist von den Marcello-Brüdern. Claudio ist mit dem Messer auf mich losgegangen.« Brutus' Gesicht verdüsterte sich. »Aber Giuli hat es ihm abgenommen.« Er fuchtelte wild mit den Armen, als wollte er eine Kampfszene nachstellen. Schließlich griff er nach seinem Kaffee und murmelte: »Ob er als Bürgermeister noch immer ein Messer in der Hosentasche hat, weiß ich gar nicht.« Er schaute fragend auf Giulia.

»Was der raucht, will ich auch«, raunte Elena Giulia zu. »Oder hat Jacopo die Rühreier manipuliert? Ich mag zwar zum Frühstück nur süß, aber wenn die Chance auf einen ordentlichen Rausch besteht, bin ich dabei.« Mit einer flinken Bewegung entriss sie Brutus, der sich gerade erneut bedienen wollte, die Schüssel und tat sich eine Portion auf. »Entschuldige, Meister, aber das brauche ich jetzt«, kommentierte sie ihr Tun.

»Ich gönne es dir«, antwortete Brutus großzügig. »Ich mag sowieso lieber rundliche Frauen.«

Elena kreischte belustigt auf. »Schonungslose Offenheit ist auch eine Gabe«, kicherte sie. »Dann hätten wir das schon mal geklärt.«

Brutus nickte dankbar.

Giulia überging den Ausrutscher ihres Freundes geflissentlich. »Das mit der Anzeige werde ich machen, aber erst wenn ich weiß, was hier gespielt wird. Ich werde nämlich das Gefühl nicht los, dass die Kerle ganz genau wussten, wer ich bin«, sagte sie. »Dass sie mich ohne jede Vorwarnung niedergestreckt haben, macht mich stutzig.«

»Du meinst, sie haben dich entschärft, bevor du dumme Fragen stellen oder durch die Hütte schnüffeln konntest.« Elena holte tief Luft. »Puh! So oder so wirft es kein gutes Licht auf die Familie.« Sie kaute. »Was macht der Sternekoch an die Eier? Das schmeckt abgefahren geil.«

»Ich weiß es nicht genau«, entgegnete Giulia schulterzuckend. »Es ist nur so ein Gefühl.«

Als Elena sie weiterhin ansah, bemerkte sie, dass sie die Frage nach den Eiern nicht beantwortet hatte. »Aus seinen Rezepten macht Jacopo immer ein Geheimnis, aber ich frage auch nicht danach, weil ich niemals auf die Idee käme, es nachzukochen.« Giulia nahm sich etwas von dem frischen Obst, das ihr Mann aufgeschnitten hatte.

»Das würdest du gar nicht hinbekommen«, mischte sich Brutus ein. »Jacopo ist sogar noch besser als der Sternekoch, bei dem wir am Sonntag zum Essen waren.«

»Macht ihr drei öfter was zusammen?«, fragte Elena, und man konnte ihr ansehen, dass sie Giulia hochnehmen wollte.

»Manchmal gehen sie auch ohne mich los«, antwortete Brutus, wobei seine weit nach vorn geschobene Unterlippe zeigte, wie sehr ihm das missfiel. »Gibt's noch Kaffee?«

Giulia schaute ihn mit einer über Jahrzehnte antrainierten Gelassenheit an und zeigte auf die Kanne, die direkt vor seiner Nase stand.

»Mhm«, machte er, rührte sich aber nicht.

Elena verschränkte belustigt die Arme. »Bei euch hier oben auf dem Berg hat sich bezüglich des geschlechtsspezifischen Rollenverständnisses in den letzten hundert Jahren nicht wirklich viel getan, oder?«

Giulia verdrehte die Augen.

»Ich finde es prima, so wie es bei uns ist«, bemerkte Brutus, und Giulia war sich sicher, dass er Elenas Anspielung nicht verstanden hatte.

»Na dann. Wir sind emanzipierte Frauen, und zu viel Kaffee ist ohnehin ungesund«, frotzelte Elena.

Brutus sah sie irritiert an, bis ein Piepsen seine Aufmerksamkeit auf sich zog. Diensteifrig fasste er sich an das rechte Hosenbein, in dessen Oberschenkeltasche sein Mobiltelefon steckte, und zog es hervor. Seine in Falten gelegte Stirn verriet, dass ihn die Nachricht wenig erfreute. »Pedro Spinelli fragt, wo sein Einschreiben bleibt. Er will einkaufen gehen. So ein Blödmann!« Unwirsch und ohne von dem Display aufzusehen, erhob er sich, wobei seine Beine das Zurückschieben des Stuhles übernahmen. »Dabei bin ich immer pünktlich. Das wäre ja auch noch schöner!«, schimpfte er. »Der hat garantiert gesehen, dass ich in den Torre abgebogen bin. So ein Mist!«

»Du bist eben ein gefragter Mann«, sagte Giulia mit weicher Stimme und einem ihre Mundwinkel umspielenden Lächeln. Es wurde Zeit, dass sich Brutus verkrümelte. Er hatte schon mehr als genug gehört. Abgesehen davon war das hier kein Kaffeekränzchen, sondern eine Mordermittlung, auch wenn diese ihr heute zugegebenermaßen etwas schwerer fiel.

Elenas Blicke wechselten von einem zum anderen, und sie schien Mühe zu haben, die Situation nicht zu kommentieren.

Brutus hob den Kopf und schaute die beiden Frauen ein wenig ratlos an. »Ich mache, so schnell ich kann«, beteuerte er im Hinausgehen. »Bin gleich wieder da. Ihr wartet auf mich, ja?«

»Wir sind dann auch weg«, rief Giulia ihm noch nach, aber davon bekam er schon nichts mehr mit.

»Antreten! Abmarsch! Trari, trara, die Post ist da!«, ertönte das Krächzen von Jacopos Papagei Barbarossa, nachdem Brutus den Innenhof betreten hatte. Das Tier saß dort in einer großen Voliere, die Jacopo für ihn gebaut hatte, und kommentierte alles, was sich im Torre abspielte.

»Jetzt fang du auch noch an«, schimpfte Brutus lautstark. Dann knallte das Gittertor ins Schloss, und er war verschwunden.

»Der Papagei ist ein echter Checker«, sagte Elena. »Als ich vorhin in den Hof gekommen bin, hat er mir nachgepfiffen. Sie schüttelte amüsiert den Kopf.

»Jacopo bringt ihm nur Blödsinn bei«, erwiderte Giulia geistesabwesend. »Was hast du zu Anna Campetti, der Schwester?«

»Sitzt der schräge Postmensch jeden Morgen bei euch am Frühstückstisch?«, wollte Elena wissen, ohne auf Giulias Frage einzugehen. »Wohnt der vielleicht sogar hier?« Sie schaute sich demonstrativ um. »Der schläft auf dem Sofa, na klar. Die Hütte hat doch gar nicht so viele Zimmer. Krasse Geschichte. Du hast mir nie erzählt, dass du so ein Dreierding am Laufen hast.«

»Die Schwester?!«, wiederholte Giulia in ungeduldigem Ton.

Immer noch grinsend wischte Elena auf ihrem iPad herum. »Aus der werde ich nicht schlau. Aber eines weiß ich: Da stimmt irgendetwas nicht.«

Giulia horchte auf. Sie hätte vieles angenommen, aber nicht, dass diese sympathische, zurückhaltende Frau kriminelle Energie hatte. »Sie macht mit ihren missratenen Brüdern gemeinsame Sache?«

»Ich weiß es nicht. Sag du es mir«, entgegnete Elena. »Anna Campetti scheint ein ganz normales Leben geführt zu haben, also mit einer Meldeadresse, Steuernummer, na ja, du weißt schon. Sie hatte sogar einen Job bei einer kleinen Reinigungsfirma. Und dann. Pah!«

Elena riss die Hände nach oben. »Wie vom Erdboden verschluckt. 2005 hat sie bei der Gemeinde die Geburtsurkunde für ihre Tochter Isabella beantragt. Und dann verschwindet sie von der Bildfläche.«

»Wie, sie verschwindet?«, wollte Giulia wissen.

»Von 2005 bis letztes Jahr gibt es diese Frau nicht«, antwortete Elena. »Nicht mal eine Steuernummer konnte ich finden.«

Giulia runzelte nachdenklich die Stirn. »Aber seit letztem Jahr ist sie wieder da?«

Elena nickte. »Und sie geht wieder einer steuerpflichtigen Beschäftigung nach. Sie putzt ein paar Stunden bei einem Ärzteehepaar, das sich in Mezzegra zur Ruhe gesetzt hat. Sehr nette Leute und alles absolut korrekt.«

»Woher …?«, hob Giulia an.

Elena zuckte grinsend mit den Schultern. »Ein Kumpel bei der Finanzbehörde und großes Interesse an einem Job als Haushaltshilfe, der aber leider schon vergeben war.«

»Elena, der Zweck heiligt nicht die Mittel, auch in diesem Fall nicht. Du kannst die Leute nicht einfach anrufen und ihnen irgendwelche Geschichten auftischen«, entgegnete Giulia streng.

»Wieso? Das machst du doch andauernd«, antworte ihre Assistentin eingeschnappt.

»Schon gut, schon gut«, beschwichtigte Giulia.

»Jedenfalls waren die beiden Alten von Anna Campetti total begeistert: pünktlich, zuverlässig, sauber. Anna hat übrigens keinen Führerschein – wenn du mich fragst, eine seltsame Anhäufung in dieser Familie –, und sie hat keinen Eintrag im Polizeiregister. Die Frau ist so unauffällig, dass es schon wieder auffällig ist.« Elena schaute von ihrem iPad auf und scannte die Reste des Frühstücks, als suchte sie etwas.

»Das heißt ja noch nichts«, entgegnete Giulia.

»Es ist so, als hätte es Anna Campetti die letzten sechzehn Jahre nicht gegeben. Wenn du ihr nicht leibhaftig begegnet wärest …« Elena zuckte mit den Schultern. »Das gilt übrigens auch für ihre Tochter.«

»Das kann doch nicht sein. Wir haben schließlich eine Schulpflicht hier«, sagte Giulia.

»Möchte man meinen. Ich habe zunächst geglaubt, dass die beiden umgezogen sind, aber dann hätte ich sie irgendwo in Italien finden müssen. Auch eine Heirat und ein anderer Name kommen ja irgendwann in Betracht.«

»Anna war nie verheiratet«, murmelte Giulia in Gedanken.

»Nein. Logisch betrachtet bleiben dann eigentlich nur ein Auslandsaufenthalt oder das Zeugenschutzprogramm. Oder fällt dir was Besseres ein?« Elena leckte sich über die Lippen und nahm sich erneut von dem Rührei. »Ich esse das mal auf. Nicht, dass es noch schlecht wird.«

»Die Frau ist Anfang fünfzig. Wie lange soll sie im Zeugenschutzprogramm gewesen sein? Abgesehen davon sollte das herauszubekommen sein«, entgegnete Giulia ungläubig. »Und das Mädchen …«

»Genau genommen ist sie dreiundvierzig«, verbesserte Elena. »Und meine Abfragen laufen.«

Giulia atmete hörbar aus. »Dann hat ihr das Leben wohl so einiges aufgebürdet. Ich hätte schwören können, wir sind ein Alter.«

»Das ist deine natürliche Verweigerungshaltung, wenn du auf jüngere Frauen triffst«, kommentierte Elena bissig.

»Du hast sie nicht gesehen«, entgegnete Giulia. »Nun gut, im Klartext heißt das, die Frau und ihre Tochter wohnen erst seit letztem Jahr wieder in Mezzegra. Sie können beim Vater von Isabella gelebt haben, irgendwo im Ausland. Das ist ja kein Verbrechen. Sie schien mir auch über ihre Lebenssituation nicht besonders glücklich. Na ja, bei den Brüdern und dann auch noch in diesem heruntergekommenen Haus … Wer kann es ihr verdenken?«

Elena nickte. »Und jetzt kommt das Schärfste«, begann sie in sensationsheischendem Ton. Doch statt weiterzureden, schenkte sie sich erst mal einen Kaffee ein.

»Ich weiß nicht, woher du immer diese Theatralik nimmst«, sagte Giulia und rollte mit den Augen.

Elena ließ sich nicht beirren. »Leopoldo Campetti, unser Opfer.«

Sie machte eine bedeutungsschwangere Pause. »Er scheint neben der geheimnisvollen Anna der einzig Anständige in dieser Familie zu sein. Fester Job, also regelmäßige Einkünfte, dauerhafter Wohnsitz, keine Vorstrafen, nichts Ungewöhnliches. Da sieht man mal wieder, dass es immer die Falschen trifft. Übrigens wäre er nächste Woche fünfzig geworden. Aber wenn ich daran denke, welchen Blues du kurz vor diesem denkwürdigen Datum geschoben hast, ist es vielleicht besser, dass er seinen Runden nicht mehr erlebt.«

»Jetzt übertreib mal nicht«, tadelte Giulia, konnte sich aber ein Grinsen nicht verkneifen. »Also ist nicht Milo, sondern er der Älteste der Geschwister«, überlegte sie laut. »Interessant. Dann würde ich doch zu gern wissen, wie das Verhältnis zwischen den beiden Brüder war. Denn dass hier irgendetwas im Argen lag, das habe ich trotz meiner Matschbirne mitgekriegt.« Giulia überlegte kurz. »Wie, sagtest du, war es um Campettis finanzielle Verhältnisse bestellt?«

Elena machte ein Geräusch, als müsse sie gleich heulen. »Da blieb nichts übrig. Gut, dass er keinen Führerschein hatte, er hätte sich ohnehin kein Auto leisten können. Ich frage mich immer, wie die Leute zurechtkommen und woher sie ihre Motivation nehmen …«

Giulia dachte an das armselige Haus, das die Geschwister wohl von den Eltern geerbt hatten. Immerhin hatten sie wenigstens das, und gemeinsam kamen sie sicherlich halbwegs über die Runden. Ob es gut war, auf Gedeih und Verderb miteinander verbunden zu sein – und so hatte die Situation bei den Campettis auf sie gewirkt –, bezweifelte sie jedoch. Die gegenseitige soziale Abhängigkeit lieferte doch meist Gründe für Streit und Ärger. Es würde sie nicht wundern, wenn Milo und Leopoldo sogar über ihre Vormachtstellung in der Familie im Clinch lagen.

»Nun gut.« Elena klappte das Tablet zu. »Ich bin gesättigt, und du hast alle Infos, die ich so schnell auftreiben konnte. Damit düse ich zurück in die Stadt.« Sie erhob sich. »Abgesehen davon werde ich langsam unruhig. Das muss an der Ruhe bei euch hier draußen und an der guten Luft liegen. Damit kann mein Lecco-gestählter Körper nichts anfangen.« Sie strich sich mit den Händen über ihr sackartiges

T-Shirt, das heute zum Boykott von Plastikverpackungen aufrief, und schickte sich an, einen Wangenkuss anzudeuten.

»Daraus wird wohl nichts, meine Liebe«, entgegnete Giulia mit bittersüßer Miene. »Ich muss zu Campettis Arbeitsstelle, mal sehen, was seine Kollegen mir erzählen können. Bei der Gelegenheit kriege ich vielleicht auch raus, was es mit dem leeren Sarg auf sich hat.«

Elena schaute ihre Chefin mit großen Augen an. »Leerer Sarg? Welcher leere Sarg?« Sie tippte sich an den Kopf. »Sag mal, bist du sicher, dass in deinem Oberstübchen nichts verrutscht ist?«

»Auf, auf, du fährst«, kommandierte Giulia und erhob sich vorsichtig. »Dann erzähle ich dir auch die Geschichte mit dem Sarg.«

»Ich glaube, du fantasierst. Dein Gesundheitszustand ist ernster als gedacht«, erwiderte Elena. »Du willst mich sonst nie bei deinen Befragungen dabeihaben. Ja, ins Büro hinter meinen Schreibtisch verbannt hast du mich. Und alles nur, damit ich dir die lieben Kollegen vom Hals halte, dein Talent, Vorschriften zu umgehen, decke und du ungestört dein Ding durchziehen kannst. Ich trage Mitschuld an deiner Sozialphobie. So sieht es aus.«

»Und an jedem erfolgreich aufgeklärten Fall«, ergänzte Giulia mit einem offenen Lächeln.

Elena stutzte. »Für einen Moment dachte ich, du hättest mich gelobt.«

Giulia wusste, dass sie ganz schön seltsam sein konnte, wenn es um ihre Arbeit ging. Sie war für ihre Alleingänge bei den Kollegen bekannt und sicherlich auch verhasst, also zumindest was ihre Vorgesetzte anging. Aber Giulia wäre keine echte Comasci, wenn sie das irritieren oder gar verunsichern würde. Mit stoischer Selbstsicherheit verließ sie sich auf ihre Fähigkeiten, den Tunnelblick, den ihr Elena so oft ankreidete, inbegriffen. Noch dazu tickten die Uhren am See anders. Und eigentlich lag darin das Geheimnis von Giulias Erfolg. Sie hatte ihre Herkunft niemals vergessen und sprach die Sprache der Comasci, deswegen achtete man sie. Was ihre Beziehung zu Elena anging, stolperte sie zuweilen über ihre eigenen Füße. Sie schätzte ihre Assistentin über alle Maßen, aber dies kundzutun, kam ihr irgendwie nicht in den Sinn. Aus Giulias Sicht musste Selbstverständliches nicht ausgesprochen werden, eine Eigenschaft, die ihr engstes Umfeld nur schwer akzeptieren konnte. Dabei war Elena, trotz ihrer großen Klappe, die beste Assistentin, die sie jemals gehabt hatte. Elena sprach fließend Englisch, konnte dem Computer Dinge entlocken, von denen Giulia nicht einmal wusste, dass sie existieren, und sie hatte ein erstaunliches Händchen, wenn es darum ging, die Feuer zu löschen, die Giulia entfachte. »Schreib dir ein dickes Lob in dein Tagebuch, und nun los!«, kommandierte sie.

»Ich weiß nicht, ob ich angesichts dieses emotionalen Super-GAUs heute noch arbeiten kann«, frotzelte Elena.

»Kannst du mir bitte mit der Tür helfen. Sie klemmt«, bat Giulia.

»Ich wusste, dass jede Nettigkeit von dir ihren Haken hat«, entgegnete Elena und schob Giulia sanft zur Seite, um dann die Küchentür mit festem Druck ins Schloss zu schieben. Unter Barbarossas Verabschiedungsgekrächze verließen sie den Torre. Kurz darauf rollten sie in Elenas Wagen nach Menaggio. Dass es für ihre Assistentin besser gewesen wäre, ein Auto mit Automatikgetriebe zu fahren, ging Giulia bereits am Ortsschild auf. Man kann eben nicht alles haben, dachte sie und bemühte sich, ihre Kopfschmerzen und die durch Elenas rasante Fahrweise aufkeimende Angst zu ignorieren.

***

Auf der Terrasse des *Ristorante di Paolo* herrschte reger Betrieb. Auch die anderen Lokalitäten, die sich am Ufer des Sees wie Perlen an einer Kette aufreihten, waren gut besucht. Von überall her drang Stimmengewirr, das immer wieder von den Motorgeräuschen der vorbeifahrenden Autos oder ihrem ungeduldigen Hupen unterbrochen wurde. Menaggio gehörte zu den meistbesuchten Orten am See, da man von hier aus einen wunderbaren Blick auf dessen Mitte hatte. Noch dazu bot die Uferpromenade neben üppigen Palmen eine beeindruckende Pracht aus schier unendlichen Rabatten mit dunkelroten und weißen Dipladenien, wie sie nirgendwo sonst am Lago zu finden waren.

Elena hatte ihr Auto durch die engen Gassen der Altstadt gelenkt und zu Giulias Erleichterung überraschend zügig einen Parkplatz direkt an der Piazza Garibaldi gefunden. Bei den vielen Touristen, die sich in Menaggio tummelten, hatte das an ein Wunder gegrenzt, zumal Elena nur solche Parklücken ansteuern konnte, die ein Vorwärtseinparken erlaubten. Giulia, die sich seit ewigen Zeiten nicht mehr von Elena hatte chauffieren lassen, war froh, dem Auto unversehrt zu entkommen zu sein. Das Geruckel hatte ihrem Kopf zugesetzt, aber nun, da sie am Seeufer stand, fühlte sie sich gleich frischer, vorausgesetzt, sie achtete darauf, das Tempo ihrer Bewegungen deutlich zu drosseln.

»Nicht übel«, kommentierte Elena mit Blick auf die Teller der Gäste, während sie sich an den vollbesetzten Tischen vorbeischlängelten.

»Sogar ganz ausgezeichnet«, antwortete Giulia, die nebenbei zwei Männer beobachtete, die vor dem Eingang des Restaurants aufeinandertrafen und sich überaus herzlich begrüßten. Ihre Gesten waren so überschwänglich, wie sie wohl jeder Italiener qua Geburt beherrschte. Nur ihr Händedruck – sie gaben sich nicht einfach die Hand, sondern umfassten jeweis den Unterarm des anderen –, war etwas ungewöhnlich, sollte aber wohl noch einmal mehr ihre große Nähe verdeutlichen. Mit dem Auftauchen von Lucio Bertera, dem Inhaber des *Ristorante*, verschwanden beide eilig im Inneren des Lokals, wobei Lucio bloß einem von ihnen höflich zunickte, während er den anderen nur mit einem abweisenden Blick strafte. Der Alte lebt seine Marotten mit aller Konsequenz, dachte Giulia bei sich und sah, wie er sich, nachdem die Eingangstür nun frei war, lässig, mit den Händen in den Hosentaschen, an den Rahmen lehnte und mit zufriedener Miene das Treiben vor seinem Lokal beäugte. Für einen kurzen Moment trafen sich ihre Blicke, doch die Gleichgültigkeit, die in seinen Augen stand, erinnerte nicht mehr an die überschwängliche Begeisterung von vor drei Tagen und die angeblich enge Freundschaft mit ihrem Vater Piergiuseppe, geschweige denn an den stolzen Gastgeber der berühmtesten Commissario am See. Lucio schien sie nicht wiederzuerkennen oder nicht mehr kennen zu wollen.

»Meine Damen, darf ich Ihnen den schönsten Tisch anbieten, den ich habe«, flötete er mit weit von sich gestreckten Armen und der unterwürfigen Geste eines leicht nach vorn gebeugten Oberkörpers. »Wir haben heute die beste Forelle, die Sie sich vorstellen können.« Um diese Einschätzung zu unterstreichen, küsste er wiederholt seine linke Handfläche. »Unser Meisterkoch bereitet Ihnen daraus ein Tartar, wie Sie es noch nie zuvor in Ihrem Leben gegessen haben.«

»Signor Lucio«, entgegnete Giulia während sie ihm ihren Dienstausweis unter die Nase hielt. »Signorina Pellegrini und ich würden uns gern ein wenig mit Ihnen unterhalten.«

Der Mann wurde blass um die Nase. Seine Augenlider fingen an zu flattern, und er schien zunächst kein Wort herauszubekommen. »Commissario Cesare«, flüsterte er irgendwann, als wäre die Erinnerung an ihre Bekanntschaft so schlagartig zurückgekommen, dass es ihn selbst überraschte, wobei er Giulia mitnichten in die Augen sehen konnte. »Selbstverständlich. Bitte … kommen Sie in mein Büro.« Das Durchqueren seines Lokals glich einer Flucht. Seine Mitarbeiter verharrten in ihrem Tun und sahen ihren Chef mit erschrockenen Gesichtern an. Mit dem Gewahrwerden Giulias grüßten sie jedoch freundlich und auf eine Weise, als hätten sie einen alten Stammgast vor sich, der gebührend beachtet werden musste. Lucio Bertera hastete derweil auf die hinteren Räume zu, wobei man seiner verkrampften Körperhaltung ansehen konnte, dass er sich keine Hoffnung machte, seine beiden Verfolgerinnen abhängen zu können. Er riss die Tür zu seinem Büro auf, stoppte im Türrahmen und bedeutete den Damen, einzutreten.

»Es geht um Leopoldo, nicht wahr? Sagen Sie es mir frank und frei«, platzte es aus ihm heraus, kaum dass er die Tür hinter sich geschlossen hatte. »Eine schreckliche Sache. Ausgerechnet meine beste Kraft … Wie konnte das nur passieren? Es zerreißt mir das Herz.« Er führte die beiden an einen schicken antiken Tisch und zog erst einen Stuhl für Giulia und, nachdem sie saß, einen für Elena zurück. Er selbst blieb stehen oder besser gesagt lief im Raum auf und ab. Dabei hörte er nicht auf zu reden. »Unfälle auf dem See gibt es häufig, bei aller Schönheit ist er ein geheimnisvoller, dunkler Geselle, unser Lario. Aber das ausgerechnet Leopoldo darin umkommt …« Er atmete schwer. »Ich kenne niemanden, der ein Boot so versiert lenken konnte wie er.«

»Auch die *Sofja*?«, fiel Giulia ihm ins Wort.

Lucio stoppte abrupt und schaute sie an, als hätte er die Frage nicht verstanden. »Äh. Was? Ja, ich meine, nein, nicht die *Sofja*. Nein, nein, natürlich nicht.« Er starrte angestrengt auf seine Füße, so als läge dort die Erklärung, die er offenkundig zu suchen schien.

»Fangen wir mal von vorn an«, sagte Giulia betont langmütig. »Leopoldo Campetti wurde in der Nacht von Sonntag auf Montag ermordet. Insoweit haben Sie recht: Er starb auf dem See, mit seinem Hals an ein Boot gebunden.«

»Die *Sofja*«, raunte er verstört. Lucio strauchelte angesichts dieser Neuigkeit. Dabei hätte Giulia nicht sagen können, ob er seine Unwissenheit nur spielte. Ganz Menaggio redete über den toten Kellner, und wenn selbst der einfältige Sebastiano Campetti, der jüngere Bruder des Opfers, anhand der Umstände bereits gestern Mittag darauf gekommen war, dass ein Mord geschehen war, konnte dies dem umtriebigen Lucio kaum verborgen geblieben sein.

»Womöglich an der »Sofja«, erwiderte Giulia. »Das wird sich zeigen. Aber da Ihnen das Boot gut bekannt zu sein scheint, können Sie mir ja sicher auch sagen, wem es gehört?«

»Was?« Auf Lucios Stirn sammelten sich die Schweißperlen. Fahrig wischte er über die Rücken von ein paar in einem Regal stehenden Aktenordnern, machte auf dem Absatz kehrt und begann, den Raum erneut zu durchschreiten.

»Die *Sofja*, das Boot«, wiederholte Giulia.

Lucio schüttelte sich, als wäre er von einem Schwarm Wespen angegriffen worden. »Ich kenne kein Boot mit diesem Namen.«

Elena atmete hörbar aus und tippte etwas in ihr Mobiltelefon.

»Gut«, antwortete Giulia und wies ihn nicht darauf hin, dass er selbst den Namen ins Spiel gebracht hatte. »Wie lange hat Leopoldo Campetti bei Ihnen gearbeitet?«

»Fast dreißig Jahre«, entgegnete er mit weinerlicher Stimme. »Er hat drüben in der *Villa d'Este* in Cernobbio gelernt und gleich danach bei meinem Vater angefangen.« Lucio öffnete das Fenster und ließ den unangenehmen Geruch eines schlecht durchlüfteten Hinterhofes und das monotone Brummen der Klimaanlage ins Zimmer.

Giulia kannte das im Renaissance-Stil erbaute Luxushotel, das für seine ausschweifenden Feste international bekannt war. Dass man diesen Arbeitsplatz, der schon allein aufgrund der Trinkgelder attraktiver sein musste, freiwillig gegen ein vergleichsweise kleines Restaurant in Menaggio eintauschte, leuchtete ihr nicht ein.

Signor Lucio schien ihre Gedanken erraten zu haben. »Leopoldo war ein ausgemachter Familienmensch, was auch erklärt, warum er noch immer zu Hause wohnt … Ich meine, wohnte. Überdies hat er nie einen Führerschein gemacht, also musste seine Arbeitsstelle mit dem Fahrrad erreichbar sein. Und mein Vater war damals froh, jemanden wie ihn zu kriegen. Leopoldo verstand sein Handwerk wie kein zweiter. Er konnte einem Tisch drei Flaschen Wein an einem Abend verkaufen. Die Deppen, die ich heute bezahlen muss, bringen es nicht auf zwei Gläser.« Er schaute selbstmitleidig.

»Das heißt, das Verhältnis zwischen den Geschwistern Campetti war gut?«, wollte Giulia wissen. Lucio nickte entschlossen, worauf sie fortfuhr. »Und Leopoldo wollte nie woanders hin? In den letzten drei Jahrzehnten hat sich in Sachen Tourismus bei uns am See so einiges getan. Er hatte doch sicherlich andere Angebote.«

Lucio, der im Fenster stehen geblieben war und Giulia den Rücken zugedreht hatte, begann, andächtig zu nicken. »Womöglich, aber Leopoldo war kein Draufgänger. Er wusste, was er hier hatte, und war zufrieden damit. Abgesehen davon stand er in der Hierarchie gleich hinter mir, äh …« Die Ergänzung schien ihm schwerzufallen. »Und meinem Sohn. Dahin müssen sie in einem anderen Haus erst einmal kommen.« Er stieß einen tiefen Seufzer aus. »Und da sich Faustino nicht viel aus unserem Lokal macht.« Er streckte die Hände zum Himmel. »Ein florierender Familienbetrieb, auf den Schultern von drei Generationen Berteras erbaut, vom Vater zum Sohn weitergegeben …«

»Sie denken daran, das Lokal zu übergeben?«, fragte Giulia.

Er stutzte. »Ich bin fünfundsiebzig Jahre alt, irgendwann schon, natürlich«, entgegnete er.

»Was war Leopoldo ansonsten für ein Mensch?« Giulia fragte sich, was der geheimnisumwobene russische Spitzenkoch wohl zu dieser Rangfolge sagen würde. Aber womöglich war er so abgehoben, dass er über solch profanen Dingen stand. Das Gejammer über seinen Sohn Faustino nahm sie dabei lediglich zur Kenntnis. Darauf konnte sie gegebenenfalls später noch zurückkommen, vorausgesetzt, das tat irgendetwas zur Sache.

Lucio zuckte mit den Schultern. »Wie gesagt, Leo gehörte quasi zur Familie. Er sprach nie viel und machte seine Arbeit vorbildlich. In den letzten beiden Jahren wollte er nicht einmal seinen Urlaub nehmen.« Jetzt grinste Lucio über das gesamte Gesicht.

»Sie haben ihm den Urlaub ausgezahlt?«, fragte Giulia eher beiläufig.

Lucio hüstelte. »Ah, Commissario, wir sind ein kleiner Familienbetrieb. Derartige Extraausgaben können uns den Garaus machen.« Er schien nicht einmal Luft zu holen. »Die Kosten, diese Kosten! Alles ist teurer geworden, und wir kaufen ja auch nur die besten Lebensmittel …

Giulia wiegelte ab. »Was hat Leopoldo bei Ihnen verdient?«

Die flache Hand auf sein Herz gelegt, sagte er: »Meine Leute wissen, dass sie sich auf mich verlassen können.« Er nickte, wie um seinen Worten mehr Gewicht zu verleihen. »Ich werfe niemanden raus, zahle pünktlich, sogar in die Rentenkasse, und bei mir hat die Saison neun Monate. Da lasse ich mich nicht lumpen.« Lucio machte eine Pause und schien zu hoffen, dass Giulia dies als Antwort genügte. Sie jedoch nickte ihm auffordernd zu.

Er räusperte sich. »Auf tausend Euro im Monat ist er gekommen, mühelos. Zwanzig Prozent des Trinkgeldes sind auch nicht wenig. In anderen Lokalitäten bekommen die Kellner kaum fünf. Nein, nein, meine Leute sind zufrieden.« Lucio wirkte ehrlich überzeugt.

Giulia dachte sich ihren Teil. »Wann haben Sie ihn das letzte Mal gesehen?«, fragte sie weiter. Es schien tatsächlich so, als ob Leopoldo ein ganz normales Leben geführt hatte. Warum er diesem Halsabschneider allerdings seine Urlaubstage geschenkt hatte, war ihr unverständlich. Entweder musste er ein sehr dummer Mann gewesen sein, ein sehr großzügiger oder einer, der sich etwas von seinem Entgegenkommen versprach.

»Ich bin am Sonntag ein bisschen eher gegangen. Der Wein war mir ein wenig in den Kopf gestiegen …« Er wandte sich Giulia wieder zu und lächelte. »Es war doch alles zu Ihrer Zufriedenheit, oder nicht?«, fragte er, als hätten sie bislang über das Wetter geplaudert. »Mir ist es ausgesprochen wichtig, dass mein alter Mitstreiter Piergiuseppe zufrieden ist.«

Giulia nickte beiläufig. »Welche Uhrzeit?«

»Das muss gegen zweiundzwanzig Uhr gewesen sein. Ich kann es nicht genau sagen. Wenn meine Frau noch wäre …« Sein Seufzen und das Kreuzzeichen vor seiner Brust waren eins. »Die wusste immer, wann, wo und mit wem ich unterwegs bin.« Er lachte. Sie hat mich schon gehört, wenn ich nur den Fuß auf die erste Treppenstufe gesetzt habe. Aber leider …« Lucio schien Giulias fragenden Blick zu bemerken. »Ich wohne seit ein paar Jahren direkt über dem Restaurant. In meinem Alter will man keine langen Wege mehr, um zur Arbeit zu kommen, und vor allem nicht nachts.« Er schaute vielsagend, als ob das, was Leopoldo Campetti passiert war, der Beweis für seine Aussage war. Dann räusperte er sich. »Commissario, Leopoldo war ein ordentlicher Kerl. Ich wüsste niemanden, der ihm nach dem Leben trachtete. Nicht einmal mit den Gästen gab es jemals Streit, und da können mitunter gewaltige Granaten dabei sein. Ich kann mir das alles nicht erklären.« Er schien untröstlich. »Leopoldo und mein Sohn haben einen Schlüssel zum Restaurant. Niemand sonst. In den meisten Fällen war es Leopoldo, der als Letzter gegangen ist, eigentlich immer.« Ein erneuter Seufzer unterstrich, wie kompliziert das Verhältnis zwischen Vater und Sohn offenbar war. »Es kann bei uns schon mal ein oder zwei Uhr werden, bis alles wieder gerichtet ist. Da ist kaum mehr einer auf den Straßen unterwegs, nicht einmal in unserem Touristenörtchen hier.« Er ließ seine Augen auf Giulia ruhen.

Giulia verstand, was er ihr damit sagen wollte. Sie selbst hatte sich auch nicht viel Hoffnung gemacht, einen Zeugen für diesen nächtlichen Übergriff zu finden, aber man würde sehen. Die Kollegen jedenfalls waren dran. »Sagen Sie, hatte Leopoldo persönliche Sachen hier im Lokal, Wechselkleidung oder etwas in der Art?«

Er schüttelte energisch den Kopf. »Die Dienstkleidung ist Privateigentum. Hier gibt es nichts.« Er legte die flachen Hände auf die Brust und machte ein gönnerisches Gesicht. »Obwohl ich natürlich für jeden meiner Mitarbeiter einen Spint bereithalte. Das gehört sich einfach so.«

Giulia bat darum, diesen sehen zu dürfen. »Und sein Fahrrad?«, hakte sie nach.

Lucios Augen schienen immer größer zu werden. »Sein Fahrrad?«, murmelte er irritiert. »Das steht eigentlich immer im Innenhof …«

»Na, dann sehen wir uns das doch einmal an.« Giulia bedeutete Elena, dass sie sich darum kümmern sollte. Die nickte und verschwand. Giulia hielt kurz inne und schaute ihr Gegenüber prüfend an. »Wissen Sie, Signor Lucio, ich war bei der Familie Campetti, sehr einfache und nette Leute …«

Er begleitete ihre Worte mit einem andächtigen Nicken, wobei er seine Augen auf dem Fliesenfußboden ruhen ließ.

»Es könnte schwierig für die Hinterbliebenen sein, die Kosten für das Begräbnis von Leopoldo aufzubringen«, fuhr Giulia fort. »Allein für einen ordentlichen Sarg muss man ganz schön etwas hinblättern. Meinen Sie nicht?«

Er nickte immer noch, stoppte dann aber abrupt in seiner Bewegung und blickte unsicher auf Giulia. »Möglich«, antwortete er wie jemand, der befürchtete, in eine ihm unangenehme Situation gebracht zu werden. »Ich möchte den Campettis nicht zu nahe treten«, erklärte er mit schwacher Stimme. »Deswegen habe ich in dieser Sache noch nichts unternommen.«

Giulia reagierte nicht und wartete stattdessen, dass ihre Worte bei

Lucio nachhallten. Das taten sie nicht, und so legte sie nach. »Für wen war der Sarg, der am Sonntag nebenan aufgestellt war?«, fragte sie unverblümt.

»Sarg? In meinem Lokal?« Lucio spielte den Überraschten. »Da müssen Sie etwas verwechseln, Commissario.« Er tat übertrieben verbindlich. »Bei uns erfreuen sich glücklicherweise alle bester Gesundheit.« Das letzte Wort war kaum verklungen, da schien ihm aufzugehen, dass er sich damit wohl etwas zu weit aus dem Fenster gelehnt hatte. »Aber nein, so ...« Er stockte, und Giulia konnte ihm förmlich von der Stirn ablesen, dass ihm der missverständliche Eindruck, den ein leerer Sarg, von dem er zweifelsohne Kenntnis hatte, angesichts der Umstände machen musste, soeben bewusst geworden war. »Sie denken doch nicht etwa ...« Er schluckte. Und mit einem Mal wurde aus dem aalglatten Geschäftsmann und angeblichen Kampfgefährten ihres Vaters, was immer das zu bedeuten hatte, ein verschreckter alter Mann.

»Ich weiß nicht, was ich denke«, gab sie kalt zurück. »Ein Sarg, eine Leiche ... Ein seltsamer Zufall. Finden Sie nicht?«

Er bekreuzigte sich. »Leopoldo war kein besonders liebenswerter Mensch, aber er war mein bester Mann«, entgegnete er.

»Ach ja? Das hat sich gerade eben noch etwas anders angehört«, antwortete Giulia.

Er fuchtelte aufgeregt mit den Armen. »Man redet nicht schlecht über Tote. Das bringt Unglück«, erklärte er mit einem unangenehm devoten Gesichtsausdruck.

Giulia fixierte ihn mit strengem Blick.

»Leopoldo war ein mürrischer Kerl. Ständig unzufrieden und wenig zugänglich. Mit den Jahren ist es immer schlimmer geworden.« Lucio atmete laut aus. »Aber den Gästen gegenüber war alles tadellos. Da konnte er richtig charmant sein, fast so, als hätte man einen Schalter in seinem Kopf umgelegt.«

Giulia dachte an den freundlichen Mann, der sie am Sonntag bedient hatte, und verstand, was Lucio meinte. »Das heißt, die Kollegen mochten ihn nicht?«

Lucio hätte sich die Antwort offenkundig lieber geschenkt. »Nein, niemand mochte ihn. Aber bei dem Umsatz, den er machte, konnte ich gar nicht anders, als ihn zu behalten«, rechtfertigte er sich zögerlich. »Und mir gegenüber war er immer korrekt.«

»Mit wem von Ihren Leuten hatte er am meisten Zank?«, hakte sie nach.

Dem Signor wurde immer unwohler in seiner Haut. »Das kann man nicht so einfach sagen. Abgesehen davon bin ich nicht den ganzen Tag hier, um meine Leute zu beobachten«, redete er sich heraus.

Doch, genau das tust du, dachte Giulia.

»Signora, Commissario ...« Lucio blies die Wangen auf und versuchte sich in der Rolle des Unwissenden.

Giulia nahm ihm das nicht ab. Die Szenen, die sich am Sonntag während der Geburtstagsfeier ihres Vaters abgespielt hatten, waren ihr noch allgegenwärtig. Lucio war alles, aber nicht der brave Patriarch, der nur einmal in der Woche seinen Kopf zur Restauranttür hereinsteckte und freundlich in die Runde winkte. »Signor Lucio, Sie haben sieben, vielleicht acht Angestellte. Die meisten davon sind ihr halbes Leben bei Ihnen beschäftigt, richtig?«

Seine wiegende Kopfbewegung konnte man als ein Ja deuten.

»Erzählen Sie mir also bitte nicht, dass Sie keine Ahnung haben«, herrschte Giulia ihn an.

»Nein, wirklich, Commissario ...« Lucio klang nun wie ein kleines Mädchen, dem man Unrecht tat. »Alle hatten hier und da ihre Problemchen mit Leopoldo, aber dass es mit irgendjemandem ein schweres Zerwürfnis gegeben hätte, kann ich nicht behaupten.«

In Giulia stieg die Wut auf. Diesem alten Schlitzohr war einfach nicht beizukommen. Gerade als sie ihre vorerst letzte Karte ausspielen wollte, die Vorladung auf die Questura, ging die Tür auf, und ein stattlicher Enddreißiger in einem gut geschnittenen, grau melierten Anzug trat ein. Giulia erkannte ihn sofort. Es war einer der Männer, den sie vorhin vor dem Eingang des Lokals gesehen hatte.

»Entschuldigen Sie vielmals die Störung«, sagte er mit einer Stimme, deren Sexappeal bei Frauen reihenweise für Gänsehaut sorgen musste, während er allein Giulia ansah. »Ich wusste nicht, dass mein Vater eine Besprechung hat.« Das schien ihn jedoch nicht im Geringsten zu stören, denn er trat vor und streckte Giulia die Hand entgegen, wodurch sie umgehend in den angenehmen Duft seines Eau de Cologne eingehüllt wurde. »Faustino Bertera.« Er schaute flüchtig zu seinem Vater. »Ich bin der Juniorchef des *Ristorante di Paolo*.«

»Faustino«, japste der Alte. »Gut, dass du da bist.« Die Heuchelei, die in diesem Satz lag, war unverkennbar. »Sag bitte der Commissario, dass wir uns in die Geschicke unserer Mitarbeiter nicht einmischen und deswegen auch keine Ahnung von ihren Befindlichkeiten haben.«

Giulia holte tief Luft. Lucios Versuch war aber auch mehr als plump und stieß erstaunlicherweise bei seinem Sohn auf taube Ohren.

»Leopoldo Campetti war ein hervorragender Mann, aber seine Sozialkompetenz glich der eines Reisigbesens«, erklärte er. »Ich habe mehrfach miterleben müssen, wie seine brüske Art fast zu einer Schlägerei geführt hat. Stefano Tavernini, unseren Aushilfskellner, hat er hart rangenommen, das hat allerdings noch nie jemandem geschadet, aber mit Gromow, unserem Koch …« Er hob seinen Arm und drehte sein Handgelenk. »Puh, ich würde so weit gehen zu behaupten, dass die beiden Männer sich abgrundtief hassten.«

Signor Lucio entglitten die Gesichtszüge. »Faustino!«, wies er seinen Sohn zurecht. »Das kannst du doch gar nicht wissen.«

Faustinos Mundwinkel zuckten, und für einen Moment bekam seine Mimik etwas Schmieriges, was jedoch umgehend wieder dem smarten, verbindlichen Antlitz wich. »Tavernini war ein Opfer. Gromow hingegen ist eine Nummer zu groß gewesen für Leopoldo.« Er hielt inne, schaute kurz zu Boden und fuhr sich mit der Handfläche über die Stirn. »Die Einzige, die Leopoldo zu nehmen wusste, oder sagen wir lieber, die ihm alles nachsah, war Benedetta, unsere Aufwaschfrau. Ihr gegenüber war er aber nicht weniger unanständig.«

»Faustino!«, entfuhr es dem Senior.

Offenbar durch seinen Vater angestachelt, legte der Junior noch nach. »Benedetta hat sich wohl mehr von Leopoldo erhofft, wenn Sie verstehen.« Er zwinkerte anzüglich.

Giulia dachte an Bruno Sala, den Carabiniere, der über seine Schwester, die Aufwaschfrau, nicht hatte reden wollen. Das war es also, was ihm unangenehm war. Seine Schwester war unglücklich in Leopoldo Campetti verliebt gewesen.

»Ich fertige Ihnen eine Liste unserer Mitarbeiter an. Wir haben Hochsaison, sie sollten eigentlich alle im Hause antreffen«, verkündete Faustino beflissen. Dann ging er zum Schreibtisch seines Vaters, nahm sich Zettel und Stift und machte sich ans Werk. Mittendrin hielt er inne und schaute Giulia mit betroffener Miene an. »Ist es wahr, dass Leopoldo im See ertrunken ist, weil ihn jemand an ein Boot gebunden hat?«

»So ungefähr, ja«, antwortete Giulia vage und fragte sich, wer wohl der bessere Schauspieler von den beiden war. Momentan stand es eins zu null für Faustino. »Wo waren Sie denn Sonntagnacht, nachdem das Lokal geschlossen hatte?«, wollte Giulia von dem Juniorchef wissen.

Die Frage schien Faustino Bertera nicht zu überraschen. »Bei einem Geschäftsessen in Varenna. Unser längster und bester Weinlieferant hat das hundertundfünfzigste Jubiläum seines Bestehens gefeiert, da kann man nicht gleich nach dem Abendessen verschwinden.« Er fasste sich kurz an die Stirn. »Ich denke, so gegen zwei Uhr morgens habe ich mich dann verabschiedet. Die Namen etwaiger Zeugen notiere ich Ihnen gleich unter denen unserer Mitarbeiter, nicht wahr?« Er ließ eine blendend weiße Zahnreihe aufblitzen.

Lucio Bertera zog die Augenbrauen zusammen, sagte aber kein Wort.

Gerade als der Junior den letzten Namen auf das Blatt Papier gesetzt und Giulia die Liste übergeben hatte, betrat Elena wieder den Raum und bedeutete ihr durch ein leichtes Nicken, dass sie Neuigkeiten hatte.

»Kein Rad«, raunte sie ihrer Chefin zu. »Dafür das hier.« Sie streckte Giulia ihr Handydisplay entgegen.

»Ist noch etwas passiert?«, fragte Signor Lucio nervös.

Faustinos Gesicht blieb unergründlich.

Giulia neigte den Kopf und schaute erst den Vater und dann den

Sohn kritisch an. »Nur die Tatsache, dass die *Sofia* Ihrem russischen Starkoch gehört. Sein Name ist doch Lew Artjom Gromow? Zumindest glaube ich, Sie am Sonntag so verstanden zu haben. Dann soll der gute Mann mir jetzt mal erklären, wie die ganzen Kratzspuren an sein Heck kommen.«

Lucio Bertera wankte zu einem der freien Stühle und ließ sich rauffallen, als hätte er mit einem Mal bleischwere Knochen. »Gromow«, wiederholte er mit zitternder Stimme.

Giulia registrierte, wie sich Faustinos Hand um den Stift verkrampfte. Diese Neuigkeit schien auch dem Junior überhaupt nicht zu behagen.

***

»Was ist das, Erschießungskommando?«, brüllte der Mann, der sich soeben als Lew Artjom Gromow vorgestellt hatte, wie von Sinnen. Dann schien er darüber nachzudenken und drosselte seine Lautstärke. »Aber die erklären nichts. Und die kommen nicht als zwei Frauen.« Er wackelte unschlüssig mit dem Kopf hin und her. »Nu, manchmal russischer Geheimdienst auch kommt mit Frauen. Man kann nie wissen.« Er musterte Giulia vom Kopf bis zu den Füßen. Dann schüttelte er entschieden den Kopf. »Nicht mit solche Schuhe.«

Giulia, die sich auf das Gerede keinen Reim machen konnte, schaute an sich herunter. Was sollte denn mit den Birkenstock-Sandalen nicht stimmen? Ihr Blick streifte Elenas Schuhwerk, ein Paar schwarze Espadrilles, deren Stoff an einigen Stellen schon deutliche Ermüdungserscheinungen zeigte.

Gromow wandte den Blick von Giulia und Elena ab und nahm zwei junge Beiköche, die ein wenig abseitsstanden, ins Visier. Im gleichen Augenblick warf er einen Kochtopf voller Risotto mit Karacho in das Spülbecken. Der Reis verteilte sich an der Wand und auf dem Fußboden. »Das würde ich nicht einmal Katze zu fressen geben. Die erstickt an Trockenheit«, schrie er. Dann hielt er kurze inne. »Risotto ist cremig und weich von die Zartheit einer Jungfrau«, erklärte er dann mit dem liebevollen Säuseln, das zuweilen Väter an den Tag legen, die ihren Sprösslingen etwas beibringen wollen. »Und jetzt verschwindet ihr Banausen! Ich will sehen, ob die beiden Damen gekommen sind, um mich zu erschießen.«

Das musste man den Beiköchen nicht zweimal sagen. Ohne sich noch einmal umzudrehen, stoben sie aus der Küche.

Giulia sah, wie Elenas Blick an dem verdorbenen Risotto klebte. Es verströmte auch jetzt noch einen wunderbaren Duft nach frischen Kräutern und Parmesankäse. Dem Tempo, in dem die Häufchen die Fliesen hinunterglitten, nach zu urteilen, konnte es nicht ganz so trocken sein. Aber das spielte nun auch keine Rolle mehr. Ohne weiter darauf zu achten, erklärte sie dem Russen zum zweiten Mal ausnehmend geduldig den Grund ihres Kommens.

Gromow beäugte sie dabei aus seinen fast schwarzen, ein wenig zu weit auseinanderstehenden Augen, und sein Misstrauen schien nicht kleiner zu werden. Sein Blick war so stechend, dass er fast schon unheimlich wirkte. Es waren seine Augen, die den ansonsten farblosen, wenig auffälligen Mittefünfziger zu etwas Besonderem machten. Gromow war nicht besonders groß gewachsen, von schmaler Gestalt und für einen Mann von einer ungewöhnlichen Zartgliedrigkeit, die an einen jugendlichen Balletttänzer erinnerte. Im bemerkenswerten Gegensatz zu seinem Körper standen seine kräftigen, sehnigen Hände, die, als hätte er keine bessere Verwendung dafür, nahezu unentwegt auf seiner schmächtigen Brust ruhten. Womöglich sollte diese Haltung aber auch Stärke und Souveränität ausstrahlen, was, das konnte man nicht abstreiten, ihm durchaus gelang. Er trug die typische Kluft eines Kochs, hatte jedoch zu den schwarz-weiß karierten Hosen einen schwarzen Kasack gewählt. Seine Exzentrik, von der Giulia schon einen Vorgeschmack bekommen hatte, fand in einem fest um seinen Kopf geschlungenem roten Tuch Ausdruck.

»Campetti ist tot«, konstatierte Gromow hart. »Ihr ihn umgebracht?« Er lehnte mit verschränkten Armen gegen einen der Küchenschränke und schien zu warten, was nun passierte.

»Na klar, wir sind Profikiller, und jetzt laufen wir herum und erzählen es jedem«, entgegnete Elena, die seine Worte genau wie Giulia für einen schlechten Witz oder ein selten dämliches Ablenkungsmanöver zu halten schien, um sich dann wieder mit ausladend wackelnden Kiefergelenken ihrem Kaugummi zu widmen.

»Du Scherzplätzchen«, antwortete Gromow und ließ seinen Kopf mehrfach hintereinander in zackigen Bewegungen nach hinten schnellen. »Nicht ungewöhnlich in Russland.« Er blinzelte Giulia an. »Womöglich Verwechslung. Campetti aber komplett anderer Typ als Gromow. Und hässlich.« Er schien nachzudenken. »Wie das passiert? Gift?«

Giulia staunte über die Arroganz des Russen, zumal er alles, aber keine Schönheit war. Sie ließ das Gesagte jedoch unkommentiert und berichtete ihm das Notwendigste zum Fall Campetti.

Das schien seine Anspannung etwas zu lösen. Er schüttelte den Kopf. »Das nicht russischer Geheimdienst, eher Mafia, aber egal.« Es folgte ein gleichgültiger Blick zur Zimmerdecke. »Nun, was soll ich tun?«

»Im Hafen lag ein sehr schickes Boot, die *Sofia*, hob Giulia an. »Sie könnten uns sagen, ob die Ihnen gehört und wann Sie sie das letzte Mal gefahren haben?«

Gromow verzog keine Miene, aber das brauchte er auch nicht. In seinen Augen lag so viel Feindseligkeit, dass man sie förmlich mit Händen greifen konnte. »Ihr wollt mir Mord anhängen und mich dann auf Nimmerwiedersehen in einem eurer schlimmsten italienischen Gefängnisse verschwinden lassen.« Er lachte grimmig auf. »Umständlicher geht nicht. Russen werden auch immer blöder.«

In Giulias Schläfen hämmerte es so sehr, dass ihr die Geduld für diesen durchgeknallten Typen abging. Entsprechend harsch war ihr Ton. »Signor Gromow, ich weiß nicht, was Ihr Problem ist, aber wir wollen Ihnen nichts Böses. Wir suchen den Mörder von Leopoldo Campetti. Der Mann hat mit Ihnen zusammengearbeitet. Er wurde in der Marina da vorne«, sie deutete mit dem Daumen in die Richtung des Sees, »gefunden. Ihr Boot, die *Sofia* liegt dort vor Anker, und an deren Leiter haben wir einen Karabiner und so viele Kratzspuren gefunden, dass Sie gar nicht auf die Idee kommen brauchen, mir weismachen zu wollen, dass Sie Ihre Wodkavorräte daran zum Kühlen aufhängen.«

Gromow verdrehte unbeeindruckt die Augen. »Russen trinken Wodka, Italiener essen Pizza. Es leben die Stereotype«, sagte er, wobei sein Italienisch ausnehmend gut war, was ganz und gar nicht der Behauptung von Signor Lucio entsprach. Aber dass der Seniorchef Ausreden erfand, um diesen Mann nicht ungehemmt auf seine Gäste loslassen zu müssen, konnte Giulia schon nach den wenigen Minuten ihrer Bekanntschaft nachvollziehen. Er wandte sich zur Seite, ging ein paar Schritte zu einem großen Kühlschrank, öffnete ihn und nahm ein dickes Einweckglas heraus, das er behutsam gegen seinen Bauch gedrückt zu einem wenige Schritte entfernten Tisch trug. Mit zwei weiteren Handgriffen holte er einen Suppenlöffel aus einer Schublade, öffnete das Glas und langte beherzt hinein. Die herausbeförderte Portion strich er auf ein Stück Weißbrot, das er zuvor aus einem Brotkorb gefischt hatte, dann reichte er das Ganze Giulia. »Selbstgebackene Focaccia mit dem Olivenöl meines toskanischen Freundes Enrico und echtem Wolga-Kaviar. Ihr kosten«, erklärte er, während er Elena ebenfalls versorgte. Die war es auch, die zuerst probierte.

»Oberlecker«, sagte sie kauend. »In meinem Leben habe ich noch keine Fischeier gegessen, aber nach der Nummer hier … Hammer!«

»Tausend Euro kleines Glas«, bemerkte Gromow, als redete er über etwas Nebensächliches.

»Wahnsinn!«, entfuhr es Elena, während sie sich die Finger ableckte. »Das bleibt dann wohl bei der Eintagsfliege hier.«

Gromow schaute unbeeindruckt.

Giulia schluckte den letzten Bissen hinunter und nickte ihm anerkennend zu. Dabei fragte sie sich, ob Signor Lucio gegenüber dem Russen auch so knausrig war und was wohl die anderen Angestellten dachten, wenn nur ein einziges Glas Kaviar den Wert eines Monatsverdienstes hatte. Dass Signor Lucio mit diesen Köstlichkeiten Geld verdiente, war klar, aber hätte er gegenüber seinen Mitarbeitern nicht allein deswegen großzügiger sein müssen? Jedenfalls klang das alles hier nach ziemlich viel Sprengstoff innerhalb der Belegschaft. Und auch zwischen Signor Lucio und seinem Sohn, der Giulia mit seinen Hinweisen ein wenig weitergebracht hatte, obwohl seine Intention dabei wohl eher in dem Argwohn gegenüber seinem Vater als in der Hilfestellung für die Polizei zu suchen war, gab es reichlich Zündstoff.

»Italien und Russland.« Er legte die Hand aufs Herz. »Das bin ich. Ihr versteht? Ein Teil meines Herzens ist in meinem geliebten Russland geblieben, und der andere ist hier am See, in meiner neuen Heimat.«

Gut. Dann versuchen wir es eben auf eine andere Tour, dachte Giulia bei sich. Bei manchen Leuten kommt man nun mal nur über ihre persönlichen Befindlichkeiten weiter. »Wie lange leben Sie schon in Italien, Signore Gromow?«

Er schien zu überlegen, ob er darauf antworten sollte. Dann entschied er sich, dies, wenn auch nur äußerst vage, zu tun. »Eine Weile.«

»Sie haben eine italienische Frau?« Giulia war der Ehering an Gromows linkem Ringfinger nicht entgangen. Die Russen jedoch, das hatte sie irgendwann einmal gelesen, trugen im Gegensatz zu den Italienern die Ringe an der rechten Hand. Entweder er hatte mit dieser Tradition aus freien Stücken gebrochen, oder der Grund lag bei einer resoluten Italienerin – einen Versuch war es wert.

Gromows Gesichtszüge verhärteten sich, und sein Schweigen hätte nicht eisiger sein können. Ohne die Augen von den beiden Frauen zu lösen, bewegte er sich langsam zwei Schritte zur Seite. Offenkundig war ihm die Frage nach seiner Gattin nicht geheuer, womöglich dachte er sogar, sie könnte in Gefahr sein. Jedenfalls war das Gespräch für ihn an dieser Stelle beendet, und er schien nur noch auf den richtigen Augenblick zu warten, sich aus dem Staub zu machen. Natürlich hätte Giulia nach allem, was der Russe von sich gegeben hatte, sensibler sein können, aber sie hatte seine Äußerungen als die Wichtigtuerei eines Egomanen abgetan. Nun jedoch beschlichen sie Zweifel. Aber noch bevor sie die Sache klarstellen konnte, hakte Elena, die seit geraumer Zeit ihr Handy malträtiert hatte, ein.

»Signore, was auch immer in Ihrem Kopf da gerade abläuft, vergessen Sie es«, hob sie mit Entschlossenheit an. »Wir suchen einen Mörder und keinen aus Russland geflohenen Sternekoch, der den Mund gegenüber Väterchen Putin ein bisschen zu voll genommen hat. Chapeau!« Sie schnalzte anerkennend mit der Zunge. »Ich verfolge seit Jahren die politische Entwicklung in Ihrer Heimat, die, vor allem was die Meinungsfreiheit angeht, zu wünschen übrig lässt, und ich denke, ich sollte mit meinen Leuten demnächst dagegen demonstrieren. Europa darf sich diese Willkür nicht gefallen lassen. Da sind auch wir Italiener in der Pflicht. Also meine uneingeschränkte Unterstützung haben Sie und Ihre Landsleute. Das steht schon einmal fest.«

Giulia hielt die Luft an und hoffte, dass dies nicht in einem von Elenas Vorträgen über die Ungerechtigkeit der Welt mündete. Gromow schien ihr ein so undurchsichtiger und vor allem unberechenbarer Mensch zu sein, dass sie seine Geduld nicht unnötig auf die Probe stellen wollte.

Er rührte sich eine ganze Weile nicht. Dann hob er seine Mundwinkel, bis ihm ein entspanntes Grinsen im Gesicht stand. »Du gefallen mir. Pelmeni?« Offensichtlich bemerkte er Elenas Zögern und erklärte: »Wie Tortellini, nur besser.« Sichtbar gelöst zwinkerte er ihr zu und bewegte sich eilig zurück zum Kühlschrank, um ihm die vorbereiteten Pelmeni zu entnehmen. »Wir haben heute Abend neu auf der Karte. Etwas Fisch aus See und Basilikumöl. Dafür das Teigrezept von meiner Babka aus Ural.«

Elenas Augen wurden größer. »Aber gerne doch«, flötete sie, um in Giulias Richtung ein: »Ich stehe auf Männer, die kochen können«, anzufügen.

Gromow, der das gehört hatte, lachte schallend. »Du aus richtiges Holz. Und du Freund von Mütterchen Russland, meine große Liebe, nach meiner Frau natürlich.«

Giulia hielt sich dezent zurück. Sie hätte selbst darauf kommen können, sich vorab über den Russen schlau zu machen, zumal Jacopo am Sonntag bereits angedeutet hatte, dass er eine Berühmtheit war. Die Information war ihr in ihrem maladen Zustand wohl einfach durchgeflutscht. Unzufrieden mit sich und der Welt lehnte sie sich gegen einen Beistelltisch und hoffte, dass das Karussell in ihrem Kopf irgendwann anhalten würde. Dabei beobachtete sie, wie Gromow unter Elenas neugierigen Augen eine Teigtasche nach der anderen aufnahm und mit strengem Blick prüfte. Was auch immer Elena bei dem Russen ausgelöst hatte, es ließ ihn erstaunlich redselig werden, und seine Geschichte klang alles andere als gewöhnlich. Lew Artjom Gromow war bis vor wenigen Jahren Küchenchef eines der besten Moskauer Restaurants gewesen. Seine Prominenz hatte er dazu genutzt, die Missstände in Russland öffentlich anzuprangern, was ihm zunehmend Probleme mit den Behörden eingebracht hatte. Nach mehreren Drohungen und Übergriffen, die immer ernst zu nehmender wurden, war er nach Italien gekommen. Aus der geplanten Auszeit am See war schließlich seine neue Heimat geworden, wobei seine Frau, eine Mailänderin, und seine Tochter an dieser Entscheidung maßgeblich beteiligt gewesen waren.

»Die Arbeit bei Paolo ist mehr Hobby«, sagte er, während er die Pelmeni in das siedende Wasser gleiten ließ. »Nicht zu vergleichen mit Moskau. Hier ist mein«, er überlegte kurz, »Achtsamkeitsprogramm«, um dann etwas leiser anzufügen: »und irgendwie auch Versteck.« Er wedelte mit dem Kochlöffel durch die Luft, stoppte, senkte den Kopf und sprach leiser weiter. »Vergessen Sie das. Wenn Russen einen finden wollen, sie können überall. Ich stehe immer mit einem Fuß in Grab.«

Giulia dachte einen Moment lang über seine Worte nach, bevor sie den seit einiger Zeit in ihr gärenden Gedanken aussprach: »Sie haben sich den Sarg bringen lassen.«.

Er schaute sie entschlossen an. »Natürlich«, bestätigte er. »Wenn ich hasse eins, dann nicht vorbereitet zu sein. Außerdem ist Beerdigungszeremonie für Russen wichtig. Sobald ich alles geklärt habe, geht es mir besser, und Teufelskommando kann kommen.« Sein Oberkörper wackelte hin und her. »Vielleicht ich auch nicht mehr interessant, weil ich nun schweigsam. Man kann nie wissen.« Gromow beugte sich leicht über den Topf, sodass sein Kopf von dem aufsteigenden Wasserdampf umhüllt wurde, und fächerte sich den Duft der Teigtaschen zu. »Noch eine Minute, dann bereit«, konstatierte er.

»Sie mögen keine gelben Blumen«, entgegnete Giulia in Erinnerung an die seltsame Szenerie.

Sein tiefes, kehliges Lachen erfüllte den Raum. »Du hast beschissenes Arrangement gesehen. Gelbe Blumen bringen Unglück. Das weiß jeder Russe. Ich nicht herausfordern. Gelb nur auf Beerdigung erlaubt, als Abschied, aber ich noch nicht tot ...« Er schnaufte wütend. »De Angelis keine guten Bestatter. Ich muss noch mal überdenken.«

Russischer Aberglaube gehörte nicht gerade zum Allgemeinwissen von italienischen Bestattungsunternehmen, dachte Giulia bei sich und bekam eine Vorstellung davon, was die bedauernswerte Alice De Angelis mit diesem Kunden auszustehen hatte. »Warum proben Sie Ihre Beerdigung nicht bei sich zu Hause?«

Gromow fuhr herum. »Mara darf auf keinen Fall mitbekommen. Sie junge Frau und keinen Sinn für den Tod. Auch Sofja nicht. Gott bewahre.« Er streckte die Hände zum Himmel.

Elena pfiff zwischen den Zähnen hervor. Ihrem Gesichtsausdruck nach zu urteilen, galt dies jedoch nicht Gromows Exzentrik, sondern war die Aufforderung, die Pelmeni aus dem Topf zu nehmen. Er schien es auch so zu verstehen und widmete sich dem Essen.

»Sofja ist Ihre Tochter«, bemerkte Giulia.

»Ein schöner Name«, mischte sich Elena ein, wobei sie den Blick nicht von den dampfenden Teigtaschen ließ, die Gromow ihr gerade auf einen Teller schöpfte. »Wie die Ehefrau von Tolstoi.«

Der Russe hielt inne und schaute Elena mit glasigem Blick an. »Sofja Andrejewna Tolstaja, die größte Schriftstellerin ihrer Zeit«, sagte er voller Ehrfurcht. »Du kennen?«

»In meinen Augen gehört sie zu den ersten Russinnen, die sich von ihrem Mann emanzipiert haben, was bei jemandem wie Tolstoi eine echte Leistung gewesen ist.« Elenas Stimme klang wie eine Kampfansage, die von intensiven Kaugeräuschen unterbrochen wurde. »Ausgezeichnet!«, schmatzte sie.

Giulia hielt sich die Hand vor den Mund. Sie überlegte, ob sie sich übergeben musste. Die verschiedenen Gerüche und die zunehmende Hitze vertrugen sich nicht mit ihrem lädierten Kopf.

Gromow schien den Tränen nah. »Du sprichst mir aus Herzen«, erklärte er mit übertriebenem Gestus. »Ich euch helfen und alles sagen.« Er räusperte sich. »Leopoldo Campetti war ein mieses, hinterhältiges Arschloch, ein neidisches, unzufriedenes dazu. Ich seinen Tod nicht bedauere. Er hasste alle Menschen und am meisten sich selbst. Wir oft Streit.« Er machte eine Pause und schien die Wirkung seines letzten Satzes abwarten zu wollen.

Elena warf Giulia einen unergründlichen Blick zu.

»Ich nicht einverstanden mit seinem Umgang mit den anderen«, redete der Russe weiter. »Gegenüber Gästen alles einwandfrei, aber mit Kollegen …« Er verzog den Mund und schüttelte den Kopf. »Ein ekelhafter Despot. Er hat nicht anders verdient. Aber ich nur mit Worten stark, sonst ich wäre in Russland geblieben.« Gromow machte eine Pause, um Luft zu holen, die Giulia nutzte.

»Es ist also zwischen Ihnen beiden nicht einmal fast zu Handgreiflichkeiten gekommen?«, fragte sie.

Der Russe schüttelte den Kopf. »Er sich niemals gewagt, gegen mich anzugehen. Das nur bei Schwächeren …«

»Wie Stefano, dem Aushilfskellner?«, wollte Giulia wissen.

»Sie doch vom Geheimdienst.« Gromow lachte. »Stefano ist ein guter Junge, vielleicht etwas ungeschickt, aber jung und lernfähig. Für Leopoldo aber war er immer falsch, egal, was er machen. Schlimm für Stefano.« Gromow schaute betrübt.

»Und was gab es zwischen Ihnen für ein Problem?« Elena hatte schneller reagiert als Giulia.

»Angst«, entgegnete er mit Nachdruck.

»Ich verstehe nicht«, warf Giulia ein.

»Bis ich kam, Leopoldo Campetti war zweiter Mann im Lokal«, erklärte Gromow. »Signor Lucio hat nie einen Hehl gemacht daraus.«

Giulia wollte darauf etwas erwidern, aber der Koch fuhr fort.

»Jeder weiß, dass Faustino, der sogenannte Juniorchef, das Lokal schließen wird, sobald der Alte zu schwach ist für Gegenwehr. Das kann nicht mehr lange dauern. Dreißig Plätze …« Gromow wiegte seinen Oberkörper hin und her. »Nu, das ist ihm zu wenig. Faustino hat Großes im Sinn, Mailand, womöglich sogar Rom. Faustino mich gefragt, ob ich Restaurant würde kaufen.« Er legte sein Kinn auf seine Brust und schaute Giulia und Elena von unten an.

»Und Sie würden«, konstatierte Giulia.

Er nickte. »Und Leopoldo würde sofort seine Papiere nehmen. Ich kann schlechte Menschen nicht ausstehen, dann ich hätte weiter von Kreml regiert werden können.«

»Aber dann hätte es mehr Sinn gemacht, wenn Leopoldo Campetti Sie an ein Boot gebunden hätte«, sagte Elena. »Oder meinetwegen Faustino.«

Giulia versuchte, ihr mit einem kaum sichtbaren Kopfschütteln deutlich zu machen, dass man manche Dinge vielleicht nicht ganz so deutlich aussprechen sollte, auch wenn Elenas Schlussfolgerung nicht von der Hand zu weisen war.

»Campetti besitzen kein Boot«, erklärte der Russe abgeklärt. »Ansonsten er davon sicherlich geträumt, aber«, er zuckte mit den Schultern, »das Schicksal wollte anders. Ich ihn nicht wollte umbringen, lediglich kündigen, aber noch führt Lucio die Geschäfte, und alles andere ist Zukunftsmusik. Kurzum, die *Sofja* ist mein Boot, Name wie meine Tochter. Wir fahren jeden Sonntag gemeinsam auf den See. Sie liebt das Wasser, schwimmt wie ein Fisch. Mara, meine Frau, Angst. Sie sagt, Lario sei nicht nur schön, sondern auch dunkle Macht, die kleine Mädchen verschlingt. Wenn wir schwimmen, ich mache Sofja mit dem Seil an Boot fest, so sie kann nicht verloren gehen.« Er sah Giulia und Elena um Verständnis heischend an. »*Capisci?* Kleines Mädchen planscht wie wild, natürlich Haken und auch Boot voller Kratzer. Aber wen interessiert das schon?«

»Wo waren Sie am Sonntagabend?«, fragte Elena, nachdem Giulia keine Reaktion zeigte.

»Bis etwa dreiundzwanzig Uhr in der Küche, dann zu Hause. Ich schlafe keine Nacht ohne meine Frau, alles andere wäre Verschwendung. Schließlich man weiß nie, wie viel Zeit einem noch bleibt.«

5

»Lässt du mich an deinen Gedanken teilhaben?«, fragte Elena, wobei sie unaufhörlich das halb volle Glas mit dem Zitronen-Soda in ihrer Hand drehte.

»Ich habe keine«, log Giulia, die das Gesagte erst einmal einordnen musste. Dieser Gromow war ein undurchsichtiger Mann. Campettis unmögliches Verhalten hatte des Öfteren in handfesten Streitereien zwischen den beiden Männern gegipfelt. Sie hassten einander, das hatte der Russe unumwunden zugegeben. Möglich, dass dieses Mal einer ihrer Streits eskaliert war. Denkbar wäre auch, dass der Russe dem unverschämten Kellner nur einen Denkzettel verpassen wollte. Aber wie ein Unfall sah das Ganze nicht aus, im Gegenteil. Die Tat war mit Vorsatz ausgeführt worden, ohne Frage. Und dann war da noch die Geschichte mit dem Kauf des Restaurants, die fraglos für die weitere Ermittlungsarbeit von Bedeutung war. Wenn Campetti und Gromow um das Lokal konkurriert hatten, dann war darin eventuell das Motiv für einen Mord zu finden. Aber wie wahrscheinlich war es angesichts seiner finanziellen Situation, dass Leopoldo Campetti selbst ernsthaftes Interesse an einem Kauf hatte? Der Russe wollte das Lokal übernehmen, und er hätte Campetti entlassen, das zumindest war sein Plan. Für Campetti, der offenkundig nicht weg aus dem *Paolo* wollte, wäre das ein schwerer Schlag gewesen. Aber was war, wenn gar nicht der überaus schwierige Russe der Favorit des alten Lucio war, sondern der seit Jahrzehnten treu ergebene Leopoldo? Noch hatte Lucio das Sagen im Lokal, und der Alte konnte ganz andere Pläne als sein Sohn haben. Nein, Gromow war nicht raus aus dem Spiel, wobei Giulia erst einmal hören wollte, was seine Frau zu sagen hatte.

Und dann war da noch Stefano Tavernini, ein kaum zwanzigjähriger Jungspund, dessen Angst unübersehbar war und der sich am liebsten hinter dem zwei Köpfe kleineren Gromow versteckt hätte. Nachdem sie die Befragung des Kochs beendet hatten, war er es gewesen, der den Aushilfskellner gebeten hatte, gegenüber der Polizei eine Aussage zu machen. Augenscheinlich hatte der junge Mann nicht so recht gewusst, wie ihm geschah, aber nachdem Gromow ihn auf fast väterliche Weise bestärkt hatte, war er ins Reden gekommen. Die Geschichte, die Stefano Tavernini dann berichtet hatte, war so widerwärtig, dass Giulia nicht umhinkam, das Attribut »bedauernswert« bei diesem Mordopfer zu streichen. Was Campetti mit dem armen Stefano gemacht hatte, war Mobbing in seiner schlimmsten Form gewesen. Dabei hatte er den Jungen nicht nur vor Kollegen, Gästen und Lieferanten heruntergeputzt, ihm Extraarbeiten aufgedrückt und ihn bei den Chefs schlechtgemacht, sondern war auch vor körperlichen Übergriffen nicht zurückgeschreckt. Gromow war seinem Schützling, so hatte es zumindest den Eindruck gemacht, zwar einige Male zur Hilfe gekommen, aber er hatte nicht alle Attacken verhindern können. Das noch perfidere daran war, dass Lucio und Faustino Bertera ebenfalls davon gewusst, jedoch nichts dagegen unternommen hatten. Angeblich hatte der Alte Sorge, seinen besten Verkäufer zu verprellen, was zu dem passte, was Giulia aus seinem Mund gehört hatte. Deutlich irritierender war die Erklärung für das Desinteresse des Juniorchefs, der, von Gromow darauf angesprochen, die Züchtigung der Jugend und das damit forcierte Stählen des jungen Charakters als Notwendigkeit erachtete und Campetti in seinem Tun damit wohl noch bestärkte. Giulia hatte Mühe, diese Ekelhaftigkeit zu verdauen. Insgeheim hegte sie bei aller Schwere der Tat sogar ein klein wenig Verständnis für eine vermeintliche Rache Stefanos an seinem Peiniger. Aber so wie sich die Sachlage darstellte, war der schüchterne Stefano Tavernini niemand, der sich wehrte. Stattdessen gehörte der junge Mann in die Kategorie Opfer, das sich irgendwann eher selbst richtete, als jemand anderem etwas anzutun. Dass sie trotzdem das Alibi des Aushilfskellners, der seinen freien Sonntagabend auf einem Minigolfturnier verbracht haben wollte, überprüfen würden, stand außer Frage.

»Gromow ist nicht unser Mann, ganz sicher nicht«, hob Elena erneut an. »Erst recht nicht dieser harmlose Stefano. Wenn er nicht fast zwei Meter groß wäre, hätte ich ihn glatt auf den Arm genommen, um ihn zu trösten. Du nicht auch?«

»Mhm.« Giulia dachte über den Beschützerinstinkt nach, den Stefano offenkundig nicht nur bei ihr, sondern auch bei Elena ausgelöst hatte. Der Junge wirkte so verletzlich, dass man bloß Mitleid haben konnte. Ließ sich nur hoffen, dass Campetti ihn nicht gebrochen hatte. Und was Gromows mögliche Schuld anging, da wäre sie nicht so voreilig.

»Ich finde es gut, dass wir uns so austauschen können«, stichelte Elena.

»Giuli! Hallo! Giuli!« Eleonora Tommasos durchdringendes Organ tönte über die Piazza Giuseppe Garibaldi. »Das ist doch unsere Giulia. Natürlich. Was macht sie denn in einem so teuren Lokal, und das mitten am Tag? Giuli, Giuli!« Eleonora echauffierte sich wie ein Marktweib, das bei der Konkurrenz billigeres Gemüse entdeckt hatte.

»Die sieht aus, als wäre sie aus deinem Dorf, und sie benimmt sich auch so«, zischte Elena zwischen zusammengepressten Lippen hervor, in denen ein Trinkröhrchen steckte. »Wie lange willst du sie noch ignorieren? Die Leute starren schon zu uns rüber.«

Giulia nippte an ihrem Wasser und schaute weiter stoisch geradeaus. »Ich bin so in unser Gespräch vertieft, dass ich sie nicht bemerke«, brummte sie. Schon kurz nachdem Elena und sie sich für eine kurze Pause an einen der Terrassentische vor das *Paolo* gesetzt hatten, war ihr die rothaarige Mähne von Eleonora ins Auge gestochen. Dabei hatte sie es die ganze Zeit geflissentlich vermieden, allzu offensiv in ihre Richtung zu schauen. Umsonst. Eleonora hatte sie längst erspäht. Giulia mochte Francesco Tommaso. Er war ein anständiger, höflicher Kerl, wenn man seine Schwäche für Wilderei und seine unkontrollierbaren Temperamentsausbrüche ausblendete. Diverse Abstriche musste man, was Giulias Mitbürger auf dem Berg anging, schon machen, aber was seine Frau Eleonora anging, kam Giulia häufiger an ihre Grenzen. Eleonora war anstrengend. Dies jedoch lag nicht nur an ihrer extrem quietschenden und hohen Stimme, es lag vor allem an ihrer nahezu krankhaften Neugier und ihrem Hang, aus allem Erlebten oder Erfahrenen ein Drama zu machen, wobei dessen Wahrheitsgehalt absolut flexibel war.

»Wir unterhalten uns nicht. Stattdessen hängst du mit so wenig Körperspannung auf deinem Stuhl, dass man Sorge haben muss, du könntest mit dem Kopf vornüber auf der Tischplatte aufschlagen. So aschfahl, wie du bist, wäre die Wirkung auf dem weißen Tischtuch allerdings wenig eindrucksvoll«, antwortete Elena, wobei sie immer wieder zu Eleonora hinüberlinste. »Es sei denn, du würdest dir die Stirn aufschlagen.«

»Hör auf, in ihre Richtung zu gaffen«, kommandierte Giulia harsch. Die Furcht vor der Show, die Eleonora gleich abziehen würde, ließ sie sogar Elenas Spitzen großzügig überhören. »Du willst nicht, dass sie an unseren Tisch kommt. Sie lässt sich so schwer abwimmeln wie ein Schwarm Fruchtfliegen an einem überreifen Pfirsich. Abgesehen davon habe ich heute nicht die Kraft dazu, irgendetwas zu erklären, was ohnehin niemanden etwas angeht. Und wir haben noch einiges vor uns.« Giulia zog ihre Sonnenbrille, die sie ausnahmsweise in den Halsausschnitt ihres T-Shirts gehängt hatte, da ihrem Kopf schon ihre Haare zu schwer waren, ab und setzte sie auf. Sie atmete tief durch. Die dunklen Gläser beruhigten ihre Augen.

Elena musterte ihre Chefin kritisch. »Du willst nicht, dass sie dich so sieht. Das ist es.« Sie schnaubte. »Die Heldin darf keine Schwäche zeigen, bloß keinen Kratzer an die Heilige vom Berg.«

Giulia tippte sich mit dem Zeigefinger an die Stirn und grinste. »Du hast ja keine Ahnung, was …«, hob sie an, als plötzlich ein Schatten über ihren Tisch fiel und ein markerschütternder Schrei ertönte.

»Um Himmels willen! Sie blutet! Unsere Giulia ist verletzt!« Eleonora Tommaso war unbemerkt neben sie getreten. Sie schlug sich theatralisch an die Brust. »Was ist denn bloß passiert? So ein Unglück aber auch. Du bist ja mehr tot als lebendig. Was für ein Elend. Ich weiß überhaupt nicht, was ich sagen soll. Das muss der Schock sein. Natürlich. Jesus, steh mir bei. Unsere Giulia!« Ihre Worte waren mühelos noch einen halben Kilometer weiter verstehbar.

»Eleonora, es ist alles in Ordnung. Ich bin nur …«, hob Giulia zu einem Erklärungsversuch an.

Eleonoras gesamter Körper bebte. Sie tupfte sich in die Tränen mit dem Saum ihrer Bluse aus den Augen. »Nein. Nein, du liebe, arme Giuli. Was sollen wir nur ohne dich machen? Wer soll denn für meinen Francesco ein gutes Wort einlegen, wenn er wieder wildert? Ohne dich kommt er womöglich noch ins Gefängnis. Und dann stehe ich mit Luigi und Achille allein da. Wie soll ich denn mit den beiden bloß fertigwerden? Dass der liebe Gott mich mit meinen Enkeln aber auch auf eine solch harte Probe gestellt hat. Oje, was für ein Unglück!« Ihr Gejammer wollte kein Ende nehmen.

»Es geht mir gut«, wiederholte Giulia noch einmal inständiger und tätschelte dabei Eleonoras Hand.

Elena stimmte Giulia durch fortwährendes Nicken bei, aber Eleonora schenkte ihr keinerlei Beachtung.

Plötzlich schien ein Ruck durch die Frau zu gehen. Ihre Tränen versiegten schlagartig, ihre Haltung straffte sich, und sie entzog Giulia ihre Hand. Diese brauchte sie nun, um mit dem Zeigefinger vor Giulias Nase herumzufuchteln. »Der, der dir das angetan hat, wird büßen. Ja, das wird er. So wahr ich hier stehe. Niemand vergreift sich an einer von uns. Niemand!« Kaum war der letzte Satz verklungen, stampfte sie mit dem Fuß auf, machte auf ihren Absätzen kehrt und stiebte davon.

Giulia nahm ihr Wasserglas und trank einen Schluck, als wäre nichts gewesen.

Elena blickte Eleonora verstört hinterher. Schließlich sah sie Giulia mit großen Augen an. »Was war denn das bitte? Holt sie Hilfe? Bringt sie Luigi und Achille ins Kinderheim? Ruft sie den Vatikan an oder vielleicht die Cosa Nostra?«

»Alles möglich«, bemerkte Giulia lapidar. »Ich habe dich gewarnt. Jetzt wird in Abbadia Lariana der Notstand ausgerufen, mit allen Konsequenzen.« Ihrem Kopf zuliebe schluckte sie das Lachen hinunter. Dabei war ihr das alles nicht einerlei. Was auch immer Eleonora jetzt aufzog, sie würde dem schnellstmöglich Einhalt gebieten müssen, wenn sich der Wahnsinn nicht verselbstständigen sollte.

»Dein Handy«, sagte Elena und hörte sich dabei an, als hätte sie nicht das erste Mal darauf hingewiesen.

Giulia konnte nicht gleich reagieren. Ein wenig perplex durchsuchte sie die Taschen ihrer Jeans, fand schließlich das Telefon und – war zu spät. Doch noch bevor sie nachsehen konnte, wer angerufen hatte, klingelte es erneut, und die Nummer des rechtsmedizinischen Institutes in Mailand erschien auf dem Display. »Fontana«, murmelte sie. »Meine Ergebnisse. Das ging aber schnell.« Sie ging ran. »*Pronto!*«

»Commissario!« Fontanas Atemzüge folgten kurz hintereinander und klangen, als würde er hektisch an einer Zigarette ziehen. Im Hintergrund hörte man Schritte, ein Auf- und Ablaufen, das nur dann aussetzte, wenn er etwas sagte. »Giulia! Kannst du ungestört reden?« Er schwieg einen Moment. »Ich lege sonst umgehend wieder auf.«

»Rauchst du?«, fragte Giulia, statt zu antworten, und wunderte sich über die neueste Anwandlung des Professore. Soweit sie wusste, hatte er dem Tabak vor vielen Jahren mit der Begründung abgeschworen, dass das Kraut seinem Teint sowie seiner Libido schaden würde, und beides war von elementarer Bedeutung für einen eitlen und insbesondere für einen promiskuitiven Mann. Und Fontana war die Disziplin in Person. Wenn er jetzt schwach geworden war, musste das einen triftigen Grund haben. Das würde zu seinem seltsamen Verhalten von gestern Morgen passen. Oder hatte es etwas mit dem Obduktionsergebnis vom Campetti zu tun, dass er gerade jetzt so ein Gewese machte?

»Das tut nichts zur Sache«, wiegelte er ab, und sie hörte, wie er abermals an seiner Zigarette zog und den Rauch ausblies. »Was ist nun? Kannst du frei reden?«

Giulia schaute auf Elena. »Ja, die Polizei ist unter sich.« Elena grinste. »Sag schon, was hast du?«

Er schnaufte unzufrieden und schien zunächst nicht weiterreden zu wollen. Nachdem Giulia jedoch auch nichts sagte und ihm offenkundig etwas unter den Nägeln brannte, redete er schließlich. »Also gut. Ich habe was in deiner Leiche gefunden. Das solltest du dir ansehen. Dringend. Mehr sage ich nicht am Telefon.« Von einem Hustenanfall geschüttelt, hatte er aufgelegt.

***

»Es ist mir egal. Verschwindet!«, schimpfte die nicht mehr ganz junge Frau, die ein schwer mit Einkaufstaschen beladenes Fahrrad neben sich herschob und dabei von dem Carabiniere Bruno Sala und seinem Kollegen flankiert wurde. »Ihr habt kein Recht dazu.«

Bruno fasste während des Laufens über ihren ausgestreckten Arm hinweg an die Lenkstange und versuchte, ihr das Gefährt zu entreißen, doch die Frau hielt mit erstaunlicher Kraft dagegen. Nachdem er keine Anstalten machte, das Rad freizugeben, trat sie ihn mit Wucht gegen das Schienbein.

»Blöde Kuh!«, entfuhr es Bruno, was es den ohnehin schon neugierig gewordenen Passanten leichter machte, Partei zu beziehen. Zwei ältere Damen schickten sich sogar an, der Frau zur Hilfe zu eilen, was der andere Carabiniere entschlossen abwehrte. Daraufhin hoben sie zu wüsten Schimpftriaden an, die, nachdem die Polizisten nicht darauf reagierten, der Beamtenbeleidigung gefährlich nah kamen.

Die Frau schien Freude zu haben an dem Aufsehen, das sie erregte. Zumindest schaute sie sich nach allen Seiten mit einem ausnehmend herzlichen Lächeln um, das ihre eher unscheinbare Erscheinung wettmachte. Sie war nicht besonders groß, dafür aber auffallend gut gebaut, soweit das die graue Jogginghose und das Schlabber-T-Shirt, das sie trug, erkennen ließen, und sie hatte einige Mühe darauf verwendet, ihre lockigen, halblangen Haare zu einer Hochsteckfrisur zu binden und sich ein wenig zu schminken. Wenn man es nicht wusste, wäre man nicht auf die Idee gekommen, dass einer der neben ihr laufenden Carabinieri ihr Bruder war. Die beiden hatten, bis auf die ein wenig eng stehenden Augen, keine Ähnlichkeit miteinander. Aber Giulia war sich sicher, dass die aufmüpfige Dame, die offenkundigen Spaß daran hatte, die Carabinieri vorzuführen, Benedetta Sala sein musste. »Lasst mich in Ruhe!«, fauchte sie, wobei beide Carabinieri ihr nach wie vor nicht von der Seite wichen. »Ich muss zur Arbeit.«

»So nimm doch Vernunft an, Benedetta«, bat der zweite Carabiniere, während Bruno Sala nicht weiter reagierte. »Das Rad ist ein Beweisstück.«

»Unsinn!«, entgegnete die Frau aufgebracht, wobei ihr die Tränen in die Augen traten. »Das ist alles, was mir von Leopoldo geblieben ist. Abgesehen davon hat er immer gesagt: Wenn ihm etwas zustößt, kriege ich sein Rad.«

»Was sollte ihm denn zustoßen?«, fragte Giulia, die das Treiben verfolgt hatte und sich, nachdem Lucio Bertera auf der Terrasse des Restaurants aufgetaucht war, zu den Streitenden gesellt hatte. Seinem mürrischen Gesicht nach zu urteilen, fand er die Szene, die sich da gerade vor seinem Lokal abspielte und in deren Mittelpunkt eine seiner Angestellten stand, alles andere als schön, aber bevor er einschreiten konnte, wollte Giulia es tun. Und falls er doch auf die Idee kommen sollte, hier dazwischenzufunken, hatte sie ja noch Elena, die, nachdem sie von den Löhnen, die Lucio seinen Leuten zahlte, erfahren hatte, nur darauf lauerte, dem »miesen Kapitalisten«, wie sie ihn nannte, in die Parade zu fahren. Aus dem Augenwinkel sah sie, wie ihre Assistentin mit zielsicherem Schritt bereits den Eingang des Restaurants ansteuerte. Sie würde Lucio beschäftigen, und wenn sie ihn nur damit ablenkte, dass sie seine übrigen Angestellten befragte.

Benedetta öffnete den Mund, und man konnte ihr ansehen, dass sie etwas Unflätiges von sich geben wollte. Dazu aber kam es nicht, da ihr Bruder, der Carabiniere Bruno Sala, ihr gerade noch rechtzeitig seinen Ellenbogen in die Rippen rammte und ein »Commissario« hinter zusammengebissenen Zähnen hervorpresste. »Nichts, natürlich sollte ihm nichts passieren«, entgegnete Benedetta kleinlaut. »Trotzdem ist das jetzt mein Fahrrad.«

Giulia begutachtete das Rad. Es war ein älteres Modell, dem an einigen Stellen schon der Lack abhandengekommen war, nichts Besonderes, vor allem nichts, was man mit vollem Körpereinsatz vor der Polizei verteidigte. »Wo haben Sie das Rad gefunden?«, fragte sie.

Benedetta schien nicht ganz zu begreifen. Mit großen Augen schaute sie Giulia an, um sich dann hilfesuchend an ihren Bruder zu wenden. Der würdigte sie jedoch keines Blickes. »Du bist ein Arschloch, Bruno Sala«, blaffte sie darauf.

»Wo?«, insistierte Giulia streng.

»Na, im Innenhof des Restaurants, da, wo es immer steht«, entgegnete Benedetta schnippisch. »Nachdem man Leopoldo am Dienstag im See gefunden hat, habe ich es an mich genommen.« Ihr lautes Schniefen wurde von dem linken Unterarm, mit dem sie sich über die Nase wischte, gedämpft. »Er braucht es ja nun nicht mehr.«

Ihr Bruder hatte sichtbar Mühe, sich zu beherrschen.

»Und vorher? Hat es seit Sonntag dort gestanden?«, hakte Giulia nach.

Benedetta nickte zögerlich. »Leopoldo ist am Sonntag damit zum Dienst gekommen, wie immer. Es würde sich doch niemand wagen, sich an seinem Eigentum zu vergreifen«, gestand sie leise.

»Nur Sie?«

Benedetta sparte sich den Blick zu ihrem Bruder. »Ich durfte das!« Sie streckte die Nase in die Luft. »Von Leos Sippe war ohnehin keiner da, um danach zu sehen. Die scheren sich nicht um das Rad, aber ich …« Sie stoppte und biss sich auf die Zunge.

»Sie wollten ein Erinnerungsstück, ein Andenken an Leopoldo«, entgegnete Giulia. »Und da es nichts weiter gibt und Ihnen Signor Campetti aber so viel bedeutet hat, nehmen Sie sogar ein heruntergekommenes Fahrrad.«

Der Carabiniere Bruno schloss kurz die Augen. Das hätte es nicht gebraucht, denn Giulia wusste auch so, dass sie ins Schwarze getroffen hatte.

Benedetta schluckte schwer, und einen Moment lang entglitten ihr die Gesichtszüge. »Wie meinen Sie das?«, keifte sie trotzig, als sie sich wieder gefangen hatte.

»Ich glaube, Sie wissen genau, wie ich das meine. Eine Frau, die einen alten Drahtesel verteidigt, als wäre es ein Ferrari, ist entweder extrem sparsam, oder sie ist in den verliebt, in dessen Besitz es bis vor wenigen Tagen noch war. Derjenige ist wohl zu Lebzeiten nicht auf die Idee gekommen, der Frau etwas Schönes zu schenken, möglicherweise weil er ihre Gefühle nicht erwiderte …« Während Giulia sprach, verfinsterte sich Benedettas Miene.

Der zweite Carabiniere biss sich derweil krampfhaft auf die Lippen, so sehr schien ihn diese Unterhaltung zu belustigen.

»Was wollen Sie damit sagen?« Benedetta war wutrot angelaufen. »Leopoldo war einfach nur schüchtern, nicht so ein Schwein wie alle anderen. Er wollte eben warten.«

Der Carabiniere Bruno Sala stupste sie erneut an. »Er wollte dich nicht, aber das hast du vollkommen ausgeblendet. Stattdessen hast du mit deiner schamlosen Balz die gesamte Familie blamiert. Das Rad ist konfisziert, und damit basta!«, sagte er bestimmt. Ohne seine Schwester eines weiteren Blickes zu würdigen, schob er das Fahrrad beiseite, lehnte es gegen einen Baum und postierte sich daneben. Wie abgesprochen nahm der andere Carabiniere ihre Tüten an sich und trug sie in das Restaurant. Sie ließ alles ohne Gegenwehr geschehen.

Giulia nickte Bruno Sala dankbar zu, was seine Ohren zum Glühen brachte. »Wann haben Sie Leopoldo Campetti das letzte Mal gesehen?«, fragte sie in die Richtung der nun mit einer Mischung aus Verdutztheit und Wut dreinschauenden Benedetta.

»Beim Abendessen«, hauchte sie und es schien ihr schwerzufallen, die Worte herauszubekommen. »Am Sonntag.«

»Wann genau?«

»Die letzten Gäste sind kurz vor Mitternacht gegangen.« Sie kämpfte mit den Tränen. »Ich mache dann immer noch die Küche sauber. Meine Arbeit ist mir nicht einerlei. Alles ist picobello, ganz gewiss.« Ein verstohlener Blick zu ihrem Bruder folgte.

Na, was hast du verbotenerweise getan, fragte sich Giulia und wartete auf Benedettas Geständnis. Bei der Einleitungskurve, die sie gerade nahm, konnte es nicht anders sein.

»Leopoldo hatte noch keine Zeit zum Essen gehabt, den ganzen Tag nicht.« Sie holte tief Luft.

»Dann haben Sie ihm etwas gemacht«, sagte Giulia, um das Ganze ein wenig zu beschleunigen.

Benedetta knetete angestrengt ihre Hände. »Nur ein paar Spaghetti mit etwas Knoblauch und Olivenöl. Leopoldo musste ja noch den Berg nach Mezzegra hochradeln …«

»Schon gut«, wiegelte Giulia ab. »Wie lange haben Sie miteinander gegessen?«

»Oh«, sie lächelte beschämt, »ich esse so spät nichts – die Figur, Sie wissen schon.« Sie schaute an sich hinunter. »Leopoldo isst immer allein«, erklärte sie bedeutsam. »Richtig geschlungen hat er, aber ich bin halt eine hervorragende Köchin. Deswegen möchte ich auch aufsteigen. Man muss ja Ziele im Leben haben.« Sie machte ein wichtiges Gesicht und schien darauf zu warten, dass die Commissario ihr zustimmte.

»Welche Uhrzeit?«, hakte Giulia leicht ungeduldig nach.

Sie verzog den Mund und schlug die Lider nieder. »Etwa bis kurz nach Mitternacht. Leopoldo war der Meinung, dass ich müde vom Tag sein musste. Richtig gedrängelt hat er, dass ich mich beeile, mit dem Zubettgehen. Natürlich habe ich vorher erst wieder alles in Ordnung gebracht. Und er hat auf mich gewartet.« Sie hielt inne. »Sie sagen Signor Lucio doch nichts, oder? Er hat strengstens verboten, dass wir uns in Gromows Küche selbst bedienen. Deswegen isst Leopoldo auch immer so spät, also erst wenn der Signore längst im Bett ist.«

Giulia machte eine wegwerfende Geste. Was waren schon ein paar Nudeln, solange sie nicht löffelweise Kaviar gegessen hatten? Aber selbst das wäre ihr egal. »Und was haben Sie dann gemacht?«

Benedetta hielt inne, als müsste sie überlegen. »Wir haben beide das Restaurant verlassen. Aber vor der Tür ist ihm eingefallen, dass er vergessen hatte, das kleine Fenster im Vorratsraum zu schließen, und er ist noch mal zurück. Da er mir angesehen hat, wie müde ich bin, hat er darauf bestanden, dass ich nicht auf ihn warte.« Sie nickte eifrig. »So fürsorglich war er mit mir, nur mit mir.« Es folgte eine kurze Pause, die fast schon etwas Tragisches hatte. Benedetta räusperte sich gekünstelt. »Sie müssen wissen«, fuhr sie fort, »Leopoldo geht immer noch einmal durch alle Räume, kontrolliert die Fenster, macht das Licht aus. Das Paolo ist für ihn wie sein eigenes Geschäft. Da hätte ich ihn ohnehin nur gestört. So bin ich dann auch gleich los.« Ihr ängstliches Gesicht verriet ihre Gedanken. »Hätte ich bei ihm bleiben sollen?« Sie drehte sich so hektisch zu Giulia und dann zu ihrem Bruder um, dass einzelne Locken, die sich aus ihrer Hochsteckfrisur gelöst hatten, auf und ab wippten. »Mir war gleich so mulmig zumute. Fast als … als hätte ich etwas geahnt.« Sie beugte sich leicht nach vorn und reckte Giulia ihren Kopf entgegen, als würde sie ein Geheimnis teilen wollen. »Es war kein Mensch auf der Straße, Sonntagnacht liegen alle in ihren Betten und verfluchen den Montag«, flüsterte sie. »Unheimlich, diese Ruhe. Man hat nur die Wellen gehört, die gegen die Ufermauer geschlagen sind.« Sie senkte die Stimme weiter. »Wie ich aus dem Haus gekommen bin, hätte ich schwören können, da lauert jemand hinter der Ecke.« Die letzten Worte waren kaum noch zu hören.

»Benedetta, hör auf mit diesen Räuberpistolen«, forderte ihr Bruder ungehalten. »Es ist nicht der richtige Zeitpunkt, sich wichtig zu machen. Das hier ist eine Mordermittlung, kein Agatha-Christie-Film.«

»Genau so war es aber«, brummte Benedetta, die Unterlippe schmollend vorgeschoben.

»Haben Sie jemanden gesehen oder irgendetwas gehört? Das ist sehr bedeutsam, Benedetta«, fragte Giulia, die ebenfalls den Eindruck hatte, dass die Frau sich zu wichtig nahm, was aber nicht zwangsläufig bedeuten musste, dass sie eine Lügengeschichte erzählte. Manchmal wollten die Menschen einfach nur Gehör bekommen, ernst genommen werden. Da Benedetta offenkundig das Bedürfnis hatte, sich mit ihrem Carabinieri-Bruder zu messen beziehungsweise sich an ihm zu reiben, konnte es durchaus sein, dass sie etwas wusste und nur darauf wartete, es erzählen zu können, vorausgesetzt, sie wurde inständig darum gebeten.

»Wie gesagt, da war jemand, und Schritte habe ich auch gehört, die waren aber weiter weg. Ich fürchte mich im Dunkeln, deshalb habe ich zugesehen, dass ich nach Hause komme. Es sind ja nur zwei Straßen bis zu meiner Wohnung.«

»Leben Sie allein?«, wollte Giulia wissen. Dabei hatte sie das Gefühl, Bruno Salas Herz laut klopfen zu hören. Seine Schwester war naiv, was er ohne Frage wusste. Dass sie Campetti nachgestellt hatte, war ebenfalls kein Geheimnis, und wenn sie dabei nur halb so penetrant wie in diesem Moment aufgetreten war, hatte Leopoldo starke Nerven gebraucht. Verliebte Frauen konnten anstrengend sein, vor allem, wenn sie nicht wahrhaben wollten, dass der Angebetete kein Interesse an ihnen hatte. Nach allem, was Giulia bislang gehört hatte, musste es wohl so gewesen sein. Dann allerdings könnte man Benedetta ein Mordmotiv unterstellen, unerfüllte Liebe, die älteste Geschichte der Welt. Man könnte es – aber Giulia war weit entfernt davon.

»Nein, mit meinen zwei Katzen«, erklärte Benedetta unbedarft.

»Sie kann kein Boot steuern«, warf Bruno Sala seiner Schwester zur Hilfe kommend ein. »Sie kann ja nicht einmal schwimmen.«

»Blödmann! Ich kann es nicht richtig und das auch nur, weil du es mir nicht beigebracht hast.« Sie zog einen Flunsch. »Du bist schuld, dass ich mich nicht ins Wasser traue. Du allein!«

Giulia ging auf das alles nicht mehr ein. Sie hatte genug gehört. Mit wenigen Worten verabschiedete sie Benedetta, die sich eilig davon machte. Ihre Schicht hatte bereits begonnen, und bei Unpünktlichkeit kannte Signore Lucio keine Gnade. Die beiden Carabinieri erklärten sich bereit, das Rad nach Lecco in die Questura zu bringen. Die Kriminaltechniker würden es sich ansehen, wobei sich Giulia über die Spurenlage kaum Illusionen machte. So, wie die Dinge standen, hatte Leopoldo Campetti das Gefährt Sonntagnacht nicht mehr angerührt. Er war noch vor seinem Aufbruch auf seinen Mörder getroffen und Leopoldo war ihm, freiwillig oder unfreiwillig, zur Bootsanlegestelle gefolgt. Die wenigen Meter ließen sich locker zu Fuß bewältigen, was zweifelsohne unauffälliger war, als ein laufender Automotor. Das Problem war nur, wie viele Leute es tatsächlich geben konnte, die nächtliche Fußgänger bemerkt haben könnten, an diesem Punkt zumindest musste sie Lucio Bertera uneingeschränkt zustimmen.

***

Der Feierabendverkehr durch das Mailänder Zentrum war auch im Normalfall nur etwas für Hartgesottene. Wenn man aber bei fast vierzig Grad Außentemperatur mit einer Gehirnerschütterung in einem Kleinwagen saß, dessen Klimaanlage bereits vor einer Stunde kapituliert hatte, und im Schweiße seines Angesichts an jeder Ampel beten musste, dass die Fahrerin den richtigen Gang einlegte, dann konnte so ein Ausflug zu einem echten Horrortrip werden.

»Ich war noch nie in der Rechtsmedizin, also klar, während der Ausbildung, danach aber nicht mehr«, erklärte Elena tiefenentspannt und stoppte brav, noch bevor die Ampel auf Rot umgeschaltet hatte, was die hinter ihnen Fahrenden mit einem lauten Hupkonzert quittierten. Seit sie in die Stadt eingefahren waren, begleitete sie diese Geräuschkulisse, sodass sich Giulia nicht einmal mehr die Mühe machte, sich herumzudrehen, um den anderen Verkehrsteilnehmern per Handzeichen mitzuteilen, was sie von dieser Unhöflichkeit hielt. Bereits seit zwei Querstraßen konzentrierte sie sich nur noch auf den gesunden Abstand zwischen dem Armaturenbrett und ihrem Kopf und auf den festen Halt ihrer rechten Hand am Türgriff, der sie heute schon so einige Male aufrecht gehalten hatte.

»Das ist nichts Besonderes«, entgegnete Giulia die Angelegenheit herunterspielend. Sie wollte jetzt nicht mit Elena über ihre Arbeitsaufteilung diskutieren. Noch dazu besuchte sie selbst höchst selten das Institut. Normalerweise verkündete der Professore seine Erkenntnisse telefonisch, und für die Akten gab es dann irgendwann einen umfassenden Bericht per E-Mail. Das war für beide deutlich effektiver, vor allem für Giulia, die lange Autofahrten und große Städte hasste. Mailand war von der Questura in Lecco und damit vom See aus nur einen Katzensprung entfernt, was viele Touristen und auch Einheimische zu Tagesausflügen animierte, für Giulia aber glich die Tour über die Autostrada einem schier unendlichen Roadtrip, der sie über die Maßen stresste. Mailand mochte so einiges zu bieten haben, doch den See und die Berge, Giulias Lebenselixier, hatte die Metropole nicht.

»Nach allem, was du erzählst hast, ist die Schwester von diesem Carabiniere ja herzallerliebst.« Die Ampel schaltete um, und Elena ließ unfreiwillig die Reifen beim Anfahren quietschen. »Eine bedauernswerte, unglückliche Liebe.« Elena seufzte.

»Dennoch scheidet sie als Täterin aus«, entgegnete Giulia und war froh, dass ihre Assistentin den Wagen nicht schon wieder abgewürgt hatte.

»Warte, die Katzen sind das Alibi«, erklärte Elena.

»Unsinn.«

»Dann frage ich mich, wie du immer so schnell zu deinen Urteilen kommst«, antwortete Elena leicht ungehalten. »Man kann niemandem hinter die Stirn gucken, und sie ist nach unserem jetzigen Stand die Letzte, die Campetti lebend gesehen hat.«

»Ganz einfach«, erklärte Giulia, »das Opfer wäre nicht mit ihr mitgegangen, eine lauschige Sommernacht am Seeufer, der Sternenhimmel, das Rauschen der Wellen … Mit ihrer Schmachterei ist sie Campetti wer weiß wie lange schon auf die Nerven gefallen, und er hat niemals einen Anlass gesehen, darauf einzugehen. Denn das hätte sie mir ganz sicher lang und breit berichtet. Nein, zwischen Campetti und Benedetta ist nie etwas vorgefallen, auch wenn sie sich nichts sehnlicher gewünscht zu haben scheint. Dafür wusste er aber, dass er bei ihr machen konnte, was er wollte. Also lässt er sie ein Abendessen zubereiten, isst und schickt sie dann, nachdem die Küche wieder blitzblank ist, nach Hause. Ich meine, er hätte sie aus Dankbarkeit auch auf ein Glas Wein einladen können, aus Lucios Weinkeller versteht sich. Das tut er nicht. Im Gegenteil, er sieht zu, dass sie verschwindet. Das kann zwei Gründe haben. Erstens: Sie geht ihm auf den Geist. Dass dieser Punkt zutraf, da bin ich mir absolut sicher. Und zweitens ist es durchaus möglich, dass er auf jemanden gewartet hat. Er hatte eine Verabredung, von der niemand etwas mitbekommen sollte, vor allem die geschwätzige Benedetta nicht.«

»Mhm.« Elena schien zu überlegen. »Denkbar ... Für deine zweite Theorie haben wir allerdings keinerlei Anhaltspunkte. Das *Paolo* auf Fingerabdrücke abzusuchen, erscheint mir wenig sinnvoll.« Elena schüttelte den Kopf. »Aber sein unangemessenes Verhalten könnte auch bei Benedetta das Fass zum Überlaufen gebracht haben. Irgendwann ist das Maß voll, selbst bei einer liebestollen Frau. Sie zieht ihm eins über die Rübe und hängt ihn an das Boot«, widersprach Elena.

Giulia hob skeptisch die Augenbrauen. »Wie sollte sie das bewerkstelligen? Ich bleibe dabei. Er wäre niemals mit ihr zum See gegangen.« Sie holte Luft. »Und selbst wenn er es getan hätte, dann nur als Abstecher auf dem Nachhauseweg, was bedeuten würde, er hätte sein Rad dabeihaben und diesen Umweg für sie machen müssen. Das Rad stand aber beim Restaurant. Sie hätte ihm also im Lokal eine verpassen müssen, um ihn dann – wie genau? – zum Boot zu befördern? Noch dazu ist sie viel zu schmächtig, um einem stattlichen Mann wie Campetti eine Schlinge um den Hals zu legen und ihn in den See zu werfen. Und wieso sollte ausgerechnet jemand, der sich nicht ans Wasser traut, einen Mord im Lago begehen?«

»Du glaubst ihr?«, fragte Elena erstaunt nach.

Giulia wiegte sanft ihren Kopf hin und her und stoppte dann abrupt. »Ich glaube Bruno Sala.«

»Trotzdem«, widersprach Elena. »Deine Theorie mit dem Rad taugt nichts. Er kann mitgegangen sein, und sie hat sich dann gleich nach der Tat sein Rad gegriffen. Woher wissen wir denn, dass sie es wirklich erst am Dienstag genommen hat? Keiner der Angestellten hat auf das Fahrrad von Campetti geachtet. Die waren doch froh, dass sie ihn nicht zu Gesicht bekommen haben.«

»Wenn du recht hast, ist sie dämlicher, als ich denke. Anderenfalls hätte sie nämlich das Rad zurück an seinen Platz gestellt und wäre nicht wie mit einer Trophäe damit herumstolziert. Abgesehen davon bleibt immer noch der Einwand seiner nicht erwiderten Liebe und ihrer fehlenden körperlichen Kraft …«

»Na ja, nach allem, was ich mitbekommen habe, war sie nicht die Hellste …«, wandte Elena noch ein.

»Sie hat ein Motiv, das mag schon richtig sein«, lenkte Giulia ein, »aber die Ausführung der Tat und die vermeintliche Täterin passen nicht zusammen. Sie hätte ihm in Gromows Küche viel leichter umbringen können. Ich bleibe dabei. Nachdem Benedetta nach Hause gegangen ist, muss Leopoldo von jemand anderem überrascht worden sein, im Lokal. Möglicherweise hatte er sogar eine Verabredung mit seinem Mörder. Das könnte auch eine Erklärung dafür liefern, wieso er es so eilig hatte, Benedetta loszuwerden, mal abgesehen davon, dass sie ihm mit ihrem Gebalze auf den Keks ging.«

»Sie kocht für ihn, er schlingt das Essen runter und setzt sie vor die Tür. Aber vorher darf sie noch die Küche putzen. Meine Güte, ich frage mich, wo solche Frauen ihren Stolz und ihre Würde gelassen haben. Hundert Jahre weibliche Emanzipation werden mit Füßen getreten. Man sollte diese Benedetta an den Haaren ziehen, bis sie es begreift.« Elena redete sich in Rage.

Giulia konnte sich ein Schmunzeln nicht verkneifen. Diese Züchtigungsmethoden sprachen auch nicht gerade für ein modernes Frauenbild. Aber was machte das schon? Elena brauchte mindestens einmal am Tag jemanden, dessen Weltbild sie geraderücken konnte. Für heute hatte sich das damit dann wohl erledigt.

Wenig später berichtete Elena im Schnelldurchlauf, was sie von den restlichen Kollegen Campettis erfahren hatte. Das unterschied sich nur in Nuancen von dem, was sie schon gehört hatten, und vervollständigte das Bild eines egoistischen, unangenehmen Zeitgenossen. Die Frage, ob Leopoldo offenkundige Feinde gehabt hatte, war jedoch unbeantwortet geblieben, denn niemand wollte etwas dergleichen mitbekommen haben. Dafür hatte Elena auch gleich die Aussage des Aushilfskellners Stefano Tavernini überprüft. Zehn Leute hatten in der Mordnacht mit ihm seinen Sieg beim Minigolfturnier gefeiert. Damit war Stefano raus. Eilig ging Elena zu dem nächsten

Punkt über, der sie offenkundig stärker umtrieb. »Was könnte Fontana gefunden haben?«

»In dem toten Campetti?« Giulia beschäftigte diese Frage ebenfalls. »Ich habe schon erlebt, dass Leute päckchenweise Drogen im Darm hatten. Aber das ist nichts, worüber der Professore nicht offen reden würde.«

»Der war heute schon seltsam drauf«, bemerkte Elena. »Ich habe immer gedacht, den bringt nichts aus der Ruhe.« Sie kicherte. »Womöglich war es Koks, das Campetti versteckt hatte, und er hat eine Nase genommen. Er muss doch sonst auch alles probieren.« Elena grinste amüsiert.

Giulia hingegen überlegte weiter. »Denkbar wäre auch Gift. Das wiederum würde deinem Freund, dem Sternekoch, ganz schön den Blutdruck hochtreiben.« Ihr fielen die zertretenen orangefarbenen Blüten wieder ein, das Unglücksomen, wie der Russe es beschrieben hatte. Für Giulia war das zwar Hokuspokus, aber immerhin konnte es sein, dass hinter dem toten Kellner mehr steckte, als sie bislang vermutete. Auf den Kreml wäre sie dabei im Leben nicht gekommen, aber heutzutage war sogar an ihrem geliebten See so einiges denkbar, zumal in den letzten Jahren vermehrt auch russische Staatsbürger die Schönheiten des Lario für sich entdeckt hatten. Die an einen Moskauer Unternehmer verkaufte Versace-Villa war das prominenteste Beispiel dafür.

Elena ließ den Kopf in Richtung Giulia schnellen und machte große Augen. Die Rücklichter des vor ihnen fahrenden Geländewagens kamen gefährlich nahe. »Bitte, guck auf die Straße«, sagte Giulia in scharfem Ton.

Elena brummte etwas Unverständliches, folgte aber der Anweisung. »Und wenn das doch eine Verwechslung war …« Sie blies die Wangen auf. »Oje. Der Koch ist ein Genie. Diese Pelmeni …« Sie fuhr sich mit der Zunge über die Lippen.

»Deine Schwächen für Russen, ich weiß«, foppte Giulia. »Oder sollte ich besser sagen, für alle außer Italiener?« Solange die beiden Frauen miteinander arbeiteten, hatte Elena noch nie einen festen Freund oder auch nur eine Affäre erwähnt. Giulia jedoch war niemand, der eine professionelle Beziehung, die ohne Zweifel auch von gegenseitiger Sympathie getragen wurde, in Richtung des Privaten überdehnte und ihr Gegenüber mit Fragen löcherte. Sie beobachtete lieber und wartete ab. Aber bei Elena gab es dahin gehend einfach nichts. Gegenüber Jacopo hatte sie sogar auch schon einmal die Vermutung geäußert, dass Elena auf Frauen stehen könnte, aber selbst dafür gab es nicht den geringsten Anhaltspunkt. Elena war nun einmal Elena, und sie schien sich selbst absolut genug zu sein.

»Na ja, bei deinem Freund Brutus könnte ich schon schwach werden.« Jetzt war es Giulia, die den Kopf herumriss, um Elenas überzeugenden Tonfall mit ihrem Gesichtsausdruck abzugleichen. Glücklicherweise war ihre Assistentin eine verdammt schlechte Schauspielerin und prustete schon los, kaum dass Giulia in ihrer Bewegung gestoppt und einen Schmerzenslaut von sich gegeben hatte.

»Den wirst du so schnell nicht los«, witzelte Elena.

Von schnell kann wohl kaum die Rede sein, dachte Giulia und grinste in sich hinein.

Keine zehn Minuten später standen die beiden vor einem schmucklosen, gelben Dreißigerjahre-Bau, dem *Istituto di Medicina Legale dell'Università degli Studi di Milano.*

»Wirkt ja nicht gerade einladend«, kommentierte Elena mit Blick auf die graue, schulterhohe Mauer davor, die noch von einem darauf stehenden Eisengitterzaun ergänzt wurde und deren zahlreiche Überwachungskameras sie garantiert schon ins Visier genommen hatten.

»Dann warte mal ab, was dich drinnen erwartet«, erwiderte Giulia, zwinkerte Elena zu und drückte ihren Oberkörper gegen die in die Jahre gekommene, ebenfalls vergitterte Eingangstür. Kaum dass diese nachgegeben hatte, wurden sie von einem so strengen Duft nach Linoleum, abgestandenem Kaffee, medizinischem Alkohol und diversen anderen undefinierbaren Chemikalien umhüllt, dass man Sorge haben musste, nach nur wenigen Minuten in diesem Gebäude den Geruch unwiderruflich an sich haften zu haben oder, schlimmer noch, davon in Ohnmacht zu fallen. Die Dutzenden Studenten, die sich Foyer tummelten und auf ihre Vorlesung warteten oder anderweitig zu tun hatten, schienen dagegen immun zu sein. Der Geräuschpegel jedenfalls ließ nicht darauf schließen, dass sie ihre Atmung gedrosselt hielten. Giulia bemühte sich, flach durch den Mund zu atmen, und steuerte, ohne weiter auf die jungen Leute zu achten, auf das Pförtnerhäuschen zu. Sie hob die Hand zum Gruß und ging, nachdem der ältere Herr ihr freundlich zugenickt hatte, in Richtung Treppenhaus. Statt jedoch die Treppe zu nehmen, öffnete sie eine direkt vom Flur abgehende schmale Tür, die ihrerseits wiederum zu einem dunklen Gang führte. Dieser endete in einem Raum, der mit ihrem Eintreten von gleißendem Neonröhrenlicht erhellt wurde und eher an ein Naturkundekabinett, wenn auch ein äußerst modernes, als an das Vorzimmer eines Professors erinnerte. Eigentlich bestand der Raum nur aus einem weißen Fliesenfußboden, der das grelle Licht reflektierte, und rundherum an den Wänden aufgestellten, hellgrauen, deckenhohen Glasvitrinen, die sich jeweils einem menschlichen Körperteil zu widmen schienen. Im ersten Glasschrank waren es Gliedmaßen, und Giulia zählte aus dem Augenwinkel allein jeweils fünf oder sechs Füße und Hände aus Kunststoff, so hoffte sie zumindest, die den Studenten als Anschauungsmodelle dienen sollten. Was in den nachfolgenden Schränken aufbewahrt wurde, sparte sie sich. Der flüchtige Blick auf die Gläser genügte ihr.

»Ist das abgefahren«, kommentierte Elena, die vor einem der Schränke stehen geblieben war und auf Zehenspitzen die Auslagen inspizierte. »Das ist ein gutes Dutzend Gehirne hier. Wow! Interessant, was man alles einwecken kann …«

»Pack sie ein für die Kollegen in der Questura«, bemerkte Giulia trocken und stoppte vor einer Tür, an die mit großen Lettern der Name des Professors angeschlagen war. Gerade als sie ihre Hand zum Klopfen erheben wollte, hörte sie die laute Stimme von Fontana und hielt inne.

»Ich habe auch Gefühle, und wenn man diese mit Füßen tritt, verletzt mich das«, sagte er und klang dabei eher wie die elektronische Zeitansage als wie ein gequälter Mann.

»Uh, da hat jemand Krach mit seiner Liebsten«, flüsterte Elena, die dicht neben Giulia stand und sich die Hand vor den Mund hielt, um die Lautstärke ihrer Stimme noch weiter zu dämpfen.

Giulia knuffte sie in die Seite. Dann machte sie zwei Schritte von der Tür weg. Elena tat nichts dergleichen.

»Hör auf zu lauschen.«

»Wer nicht lauscht, erfährt nichts«, brummte Elena, deren Kopf nun fast auf dem Türblatt lag. Schweigen. »Oje«, seufzte sie. Betretenes Kopfschütteln. »Die Signora Professora hat ihn garantiert vor die Tür gesetzt. Aber das mit den Hunden verstehe ich nicht. Womöglich darf er sie nicht mehr sehen. Na ja, was ansonsten nur für die Nachzucht taugt, gilt im Italien des 21. Jahrhunderts nun auch für die Haustiere. Wie traurig.«

»Das kann nicht sein«, entgegnete Giulia neugierig und trat nun wieder vor. »Unmöglich. Er hasst die Hunde«, widersprach sie wohl etwas zu laut, denn im gleichen Moment ging die Tür auf, und Fontana schaute sie mit starrem Blick an, während er sein Mobiltelefon in die Tasche seiner Hose gleiten ließ. Giulia hätte nichts von seinem Telefonat mitbekommen müssen, um zu sehen, dass der Professore angespannt war. Zunächst befürchtete sie sogar, es könnte ihre Indiskretion gewesen sein, die er ihr übel nahm. Aber er schien weder überrascht noch ungehalten. Im Gegenteil, kaum dass er ihrer gewahr wurde, bogen sich seine Mundwinkel nach oben, und Erleichterung huschte über sein Gesicht.

»Giuli, das ging aber schnell«, freute er sich, um sich umgehend auf die Lippe zu beißen und alles, was er noch sagen zu wollen schien, hinunterzuschlucken. Dann beugte er seinen Oberkörper hinaus in den Flur, schaute sich eilig nach rechts und links um, zog, nachdem niemand weiter zu sehen war, beide Frauen hintereinander an ihren Armen in sein Büro, drückte mit einer zackigen Bewegung die Tür fest ins Schloss und drehte den Schlüssel zweimal herum. »Gut, dass du da bist.« Sein Blick streifte Elena, er stutzte, erkannte sie dann offenbar und nickte beruhigt.

»Was hast du?«, fragte Giulia. »Spann uns nicht so auf die Folter.«

Er hielt kurz inne und machte eine ernste, nahezu feierliche Miene, wobei Giulia auffiel, dass sich an seinem Erscheinungsbild seit gestern nichts verbessert hatte. Im Gegenteil, durch den einen Tag älteren Bart wirkte er noch ein wenig ungepflegter. Wenn sie nicht alles täuschte, steckte er auch noch in dem gleichen Hemd, wobei sie sich, nach allem, was Elena mitgehört hatte, nun halbwegs einen Reim darauf machen konnte. Wer konnte es seiner Frau verdenken, dass sie irgendwann einmal die Nase voll hatte von seinen Eskapaden? Dass ihn die kalte Schulter der Signora Fontana derart mitnehmen würde, dass er darüber sein Äußeres vernachlässigte hätte Giulia nie vermutet. Sie schaute ihn gleichmütig an und tat so, als wäre alles wie immer. Der Professore begann, in den Knien zu wippen, und, als hätte es diesen Augenblick des Schwungholens gebraucht, umrundete schließlich mit lang gezogenen Schritten seinen Schreibtisch und griff sich ein darauf stehendes Glas, in dem unverkennbar eine menschliche Niere schwamm. Ohne auf die Frauen zu achten, begann er, es mit festem Druck, den seine weißen Fingerknöchel verrieten, zu öffnen.

»Professore, du hast in unserem Kellner eine Niere gefunden. Wir können sie sehen. Das genügt vollkommen«, beeilte sich Giulia zu sagen, bevor Fontana auf die Idee kommen konnte, ihr das Ganze unter die Nase zu halten oder was ihm sonst so damit einfiel.

Fontana verharrte in der Bewegung, schaute sie kurz an und schüttelte energisch den Kopf. »Giulia, Giulia«, seufzte er, als wäre ihm ihre Unwissenheit ein Graus. »Das wunderschöne Exemplar hier gehörte meiner Urgroßmutter. Sie hat es in ihrem einundzwanzigsten Lebensjahr bei einer Nierenbeckenentzündung eingebüßt. Tja, die so oft verteufelten Antibiotika waren nun mal noch nicht erfunden.« Während er das sagte, hatte er den Deckel abgeschraubt und das Glas behutsam wieder auf den Tisch zurückgestellt.

»Das ist ja mal eine echte Erinnerung an die lieben Verwandten«, kommentierte Elena trocken.

Fontana bekam das nicht mit. Konzentriert fummelte er an der Innenseite des Deckels. Behutsam zog er an ein paar Klebestreifen und löste damit etwas darin Befestigtes ab. Schließlich hielt er zwischen Daumen und Zeigefinger einen kleinen Druckverschlussbeutel in die Luft. Giulias Augen wurden größer. Sie trat direkt vor den Schreibtisch, nahm ihm das Tütchen aus der Hand und betrachtete den Inhalt ungläubig. Der warme, mit dem Geruch nach Pfefferminzkaugummi geschwängerte Atem in ihrem Nacken verriet ihr, dass Elena dicht hinter ihr stehen musste.

»Diamanten«, sagte Giulia.

»Falsch. Brillanten«, verbesserte Fontana mit erhobenem Zeigefinger.

Elena schnaubte.

»Das ist ein erheblicher Unterschied, junges Fräulein«, ereiferte sich der Professor an Elena gewandt. »Das Geheimnis liegt im Funkeln. Durch einen Brillantschliff kann ein Diamant mehr als fünfzig Prozent mehr Glanz erreichen. Entsprechend wertvoller ist er auch. Ich muss es wissen, da mir Signora Fontana jedes Jahr zu ihrem Geburtstag einen solchen abringt.« Er verzog das Gesicht.

»Ist ja schon gut«, entgegnete Elena wenig beeindruckt. »Machen Sie lieber die Oma wieder zu, nicht dass sich noch eine Fliege zu ihr verirrt.«

Fontana schien das in diesem Moment ebenfalls aufzugehen. Dem Ernst der Sache angemessen, setzte er den Deckel wieder auf das Glas, prüfte dessen Festigkeit und positionierte die Niere direkt neben dem Porträt seiner Gattin. Mit einem andächtigen Blick erst in Richtung Ehefrau und dann zur Niere hinüber beendete er diesen Akt.

»Siebzehn«, sagte Giulia noch immer auf die Brillanten schauend. »Siebzehn Steine. Und die hast du bei Campetti gefunden?«

»In«, korrigierte Fontana. Giulia warf ihm einen fragenden Blick zu, und er präzisierte: »In seinem Magen. Neben ein paar Knoblauchnudeln. Allerdings waren die deutlich besser verdaut.« Seine Mundwinkel verzogen sich zu einem Grinsen, das aber verschwand, als er ihr Gesicht sah.

»Siebzehn«, wiederholte Giulia, die Stirn nachdenklich in Falten gelegt. »Eine ungerade Zahl. Seltsam. Findet Ihr nicht? Und Knoblauchnudeln.« Sie legte das Tütchen vor sich auf den Tisch und schaute den Professor an. »Sind die echt?«

»Giuli, ich bitte dich«, echauffierte sich Fontana übertrieben. »Ich kann dir über den Körper des Toten vieles sagen, aber von Edelsteinen habe ich keinen blassen Schimmer. Allerdings würde ich einmal behaupten: Wenn jemand so etwas schluckt, muss er einen guten Grund dafür haben.«

»Mhm«, sie nickte. »Wie lange hatte er die Teile im Magen?«, fragte sie weiter.

Jetzt konnte sich der Professore das Grinsen nicht verkneifen. »Gut so, Commissario«, lobte er. »Normalerweise verdauen wir unsere Mahlzeiten innerhalb von etwa ein bis zwei Stunden, also die leichte Kost. Mit den Nudeln hat der Körper schon etwas länger zu tun, vor allem bei der Menge Knoblauch.« Er legte den Kopf in den Nacken und begann damit, sich das Kinn zu massieren. »Wenn du meine Theorie hören willst …«

»Will ich«, sagte Giulia, ohne ihn darüber in Kenntnis zu setzen, was ihr Benedetta erzählt hatte.

»Also«, hob der Professore an, und die alte Selbstsicherheit schien zurückgekommen zu sein. »Unser Mann hat irgendwann zwischen ein und drei Uhr am Montagmorgen den Tod gefunden. Genauer kann ich es nicht sagen, das kalte Wasser – na ja, das brauche ich dir nicht zu erklären. Ich habe erst vermutet, die Nudeln könnten sein Mittagessen gewesen sein.« Er räusperte sich. »Der Mann war Kellner. Wie viel Zeit hat man da in den Abendstunden für die Nahrungsaufnahme, vor allem bei dem Hochbetrieb, der bei Paolo immer herrscht?« Er beantwortete die Frage selbst. »Keine, genau. Aber dann hätte ich von den Nudeln, übrigens waren es Spaghetti, kaum noch etwas finden dürfen, also im Magen. In mehr als zwölf Stunden ist sogar eine Knoblauchknolle im Dünndarm angekommen. Es kann folglich nur sein Abendessen gewesen sein. Und …« Er streckte den Zeigefinger in die Luft. »Das hat er kurz vor seinem Tod zu sich genommen.«

»Zum Ende seiner Schicht«, ergänzte Giulia. »Zwischen Viertel vor und Viertel nach zwölf«, fügte sie noch leise an.

»Vermutlich«, bestätigte Fontana und schaute angesichts ihrer genauen Zeitangabe etwas irritiert. »Und die Brillanten gab es als Nachtisch.«

»Mhm.«

Elena warf Giulia einen fragenden Blick zu.

»Eigentlich hätte ich vermutet, er könnte mit seinem Mörder die letzte Mahlzeit eingenommen haben, und damit der nicht an die Steine kommt ...«, formulierte Giulia ihre Gedanken laut. Dabei fragte sie sich jedoch, wie zu jemandem wie Benedetta eine derartige Tat passte. Und wenn sie ihn angegriffen hätte, wäre Leopoldo ganz gewiss Manns genug gewesen, sich gegen die Aufwaschfrau zur Wehr zu setzen. Dafür hätte er die Kostbarkeiten nicht herunterwürgen müssen. Nein, Benedetta hatte nichts damit zu tun. Leopoldo hatte die Edelsteine vor jemand anderem versteckt, und der musste kurz nach dem Essen aufgetaucht sein.

»Du bist die Commissario«, antwortete Fontana. »Plastik wird nicht verdaut. Aber irgendwann räumt der Körper auf, und das Zeug landet im Darm, und dann, na ja Zumindest sollte das bei einem so kleinen Fremdkörper der Lauf der Dinge sein. Ich gehe davon aus, dass der unverdauliche Nahrungsbrei das Ganze mit in den Darm transportiert hätte. Natürlich muss das nicht so sein, und der Bursche kann die edlen Stücke schon viel länger in diesem hervorragenden Versteck gehabt haben, aber irgendetwas sagt mir, dass dies nicht so ist.«

Nun griff auch Elena nach dem Beweismittel und begutachtete es ausgiebig. »Seht euch allein die Tüte an. Wie neu.«

Fontana nickte, zog die oberste Schublade seines Schreibtisches auf, beförderte eine Lupe heraus und reichte sie Elena. »Unten rechts«, sagte er und bedeutete ihr, wo sie nachschauen sollte.

»Farmacia und ein Kleeblatt«, sagte Elena laut. »Meine Güte, das wäre mir nie aufgefallen.«

Der Professore lächelte selbstgefällig. »Jetzt müsst ihr nur noch die Apotheke finden, und dann seid ihr fast am Ziel«, frohlockte er.

Giulia gönnte ihm einen Moment der Genugtuung. Dann fixierte sie ihn mit strengem Blick. »Du hast noch etwas in petto?«

Der Rechtsmediziner wurde umgehend ernst. »Leopoldo Campetti war kerngesund. Und er hat noch gelebt, als ihn jemand an das Boot gebunden hat. Allerdings hat er vorher ziemlich eins über den Kopf bekommen, wie du weißt. Derjenige, der ihm das Licht ausknipsen wollte, hat einen stumpfen Gegenstand dafür benutzt. Leider konnte ich nichts finden, was auf Kanten, Profil oder Material hindeutet, das war vor allem auch nach dem ausgiebigen Bad, das Campetti genommen hatte, aussichtslos.« Er lächelte gequält. »Die Platzierung der Wunde an seinem Kopf offenbart womöglich mehr. Sie befindet sich recht weit oben, und da Campetti ein überdurchschnittlich großer Mann war, sollte der Täter mindestens gleich groß beziehungsweise etwas größer gewesen sein. Es sei denn, er hat erhöht gestanden, dann relativiert sich natürlich meine These. Na ja, wie dem auch sei, ob dem Opfer nach dem Schlag kurzzeitig das Licht ausgegangen ist oder es nur leicht benommen war, vermag ich nicht zu sagen, das ist allerdings auch unerheblich. Zum guten Ende jedenfalls ist er ertrunken, aber das hatten wir ja bereits vermutet. An den Algen bin ich noch dran. Hochinteressant, das kann ich dir sagen.« Er drehte den Kopf zum Fenster und schaute einen Moment gedankenversunken hinaus.

Giulia hatte Elenas strengen Seitenblick bemerkt, als der Professor den Schlag erwähnt hatte. »Sonst noch was?« Sie kannte Fontana gut genug, um zu wissen, dass er noch etwas auf dem Herzen hatte.

»Giuli«, entgegnete er leise. »Ich habe, wie gesagt, nicht viel Ahnung von Schmuck, aber diese Brillanten sind garantiert ein kleines Vermögen wert. Was auch immer der Kellner da getrieben hat, es muss ein echt fettes Ding gewesen sein. Pack das Zeug bloß ein, und nimm es mit zu euch auf die Questura. Wenn der Mörder es auf die Steine abgesehen hatte und Campetti die Dinger schlimmstenfalls vor den Augen seines Mörders geschluckt hat, dann weiß der auch …«

»Dann hätte ich an seiner Stelle nicht die Nummer mit dem Boot durchgezogen, sondern gleich ein Messer geholt«, kommentierte Elena, als gäbe es nichts Naheliegenderes.

Fontana hob die Augenbrauen. »Respekt. Aber nicht jeder ist mental dazu in der Lage, einem Menschen den Bauchraum zu öffnen. Manche warten auch ab und greifen sich den Rechtsmediziner, der den Schatz zwangsläufig finden muss.«

Giulia überlegte kurz. »Ich halte das nicht für wahrscheinlich.«

»Ich bitte dich, jeder halbwegs gute Chirurg kann den Magen finden und …«, widersprach Fontana.

»Das meine ich nicht«, unterbrach ihn Giulia. »Wenn der Mörder das mit den Steinen mitbekommen hätte, wäre die Tat anders verlaufen. Du bringst niemanden um, wenn du dann nicht auch die Beute kassieren kannst. Das macht keinen Sinn. Abgesehen davon gibt es Mittel und Wege jemanden zum Erbrechen zu bringen oder zum Durchfall, je nachdem. Hast du Anzeichen dafür gefunden?«

Fontana schüttelte den Kopf.

»Deine Sorgen sind unbegründet.« Giulia warf einen Blick auf das Glas mit der Niere von Fontanas Großmutter. »Darin hätte garantiert niemand gesucht.« Sie schmunzelte. »Ich lasse dich Einzelheiten wissen, sobald ich mehr habe«, versprach sie.

Fontana schien ein wenig beruhigter

Unter den überraschten Augen Elenas und des Professors schob Giulia das Tütchen vorsichtig in ihren Büstenhalter. »Was ist? Alles, was nicht wegkommen darf, trägt die kluge Frau an ihrem Busen«, lächelte sie verschmitzt.

»Ich entdecke immer wieder neue Seiten an dir«, bemerkte der Professor begeistert. Für einen kurzen Augenblick schien der alte Fontana wieder durchzublitzen. »Und ich lerne immer noch dazu.«

»Schön für dich«, entgegnete Giulia knapp und schickte sich an zu gehen.

Erst jetzt schien Fontana die riesige Platzwunde an ihrem Hinterkopf aufzufallen. »Du bist verletzt, Commissario?«, fragte er mit einer unüberhörbaren Sorge in der Stimme. »Soll ich mir das einmal ansehen?«

Elena konnte ihre Erheiterung nicht verbergen. »Der Schläger war größer als sie und hat eine Zaunlatte benutzt.«

Fontana riss die Augen auf.

Giulia winkte ab. Sie wollte davon nichts hören. Sie hatte eine gesunde Abneigung gegenüber Ärzten, und einen Rechtsmediziner von der Sorte Fontanas an sich heranzulassen, kam ihr erst recht nicht in den Sinn. Sie stand schon in der Tür, als sie sich noch einmal umdrehte. »Ach übrigens, Professore, Jacopo macht morgen Abend Felchen. Falls du also Lust hast? Gegen acht?« Die Einladung war als nette Geste unter Kollegen gedacht, wobei Giulia kaum mit einer Zusage rechnete. Fontana war nun einmal ein seltsamer Kautz. Zu ihrer Überraschung huschte jedoch ein sanftes Lächeln über sein Gesicht.

»Ausgesprochen gern, Giuli, ausgesprochen gern«, entgegnete er.

»Wer isst denn im Juli Felchen?«, fragte Elena, während die beiden durch den gespenstischen Flur zurück zum Ausgang liefen.

»Normalerweise kein Mensch, wieso?«, fragte Giulia arglos.

»Aber du hast doch gerade …?«, entgegnete Elena verdutzt.

»Ach, Elena«, seufzte Giulia und legte kurz den Arm um ihre Schulter. »Manchmal muss man einfach einen Kompromiss machen, vor allem dann, wenn man etwas erfahren will. Oder meinst du, Fontana erzählt mir einfach so, was er auf der Seele hat?«

***

Das Haus stand mitten im Wald und erinnerte von Weitem eher an einen alten Jagdunterstand als an eine feste Unterkunft. Seit Giulias letztem Besuch hier, und der mochte gute drei Jahre zurückliegen, schien sich nicht viel verändert zu haben. Das Holz, aus dem die Hütte gebaut war, wirkte ein wenig gealtert, stellenweise schien es sogar morsch zu sein, zumindest ließen das die feuchten Flecken hier und da vermuten. Das mit dünnen Kalksteinplatten aus dem angrenzenden Berg gedeckte Dach war von sattem dunkelgrünem Moos überzogen und sah etwas schiefer aus als in Giulias Erinnerung. Die Fensterläden waren geschlossen, wobei die einzelnen Latten unter der Witterung so gelitten haben mussten, dass ihre Verformung schmale Schlitze dazwischen hervorgebracht hatte. Alles in allem, und auch das war keine neue Entwicklung, versprühte das hier wenig Einladendes, was insbesondere auch an dem dichten Buschwerk aus Hagebutten, Vogelbeeren und Schwarzdorn lag, das sich um die Hütte herum zog und dessen natürlichem Wuchs niemand Einhalt gebot. Vor allem diese Wildnis war es, die Giulia zunächst hatte zweifeln lassen, ob sie hier oben auf dem Gebirgsplateau des Grigna noch etwas erreichen konnte. Aber dann war ihr der Geruch von verbranntem Holz in die Nase gestiegen, und sie hatte den schmalen Rauchfaden bemerkt, der zwischen den Bäumen aufstieg. Angespornt von dieser Entdeckung war sie mit Elena im Schlepptau in dem Dickicht verschwunden, was ihr deren offen zur Schau gestellten Missmut eingebracht hatte.

»Ich hasse die Natur«, quengelte Elena verärgert.

»Und warum gehst du dann zu diesen Umweltschutztreffen?«, konterte Giulia ein wenig außer Atem. »Außerdem warst du es doch, die unbedingt das wahre Leben einer Commissario am Lago di Como erleben wollte. Nicht immer hinter dem Schreibtisch sitzen – das waren deine Worte, oder etwa nicht?« Die Dornen einer Hagebutte zogen sich über Giulias Unterarm. Für einen kurzen Moment lenkte sie der brennende Schmerz von dem dumpfen Hämmern in ihrem Kopf ab. Sie waren nach ihrem Besuch beim Professore auf direktem Weg nach Lecco gefahren, um von dort die Gemeinde Ballabio anzusteuern. Ballabio, das auf einer Höhe von siebenhundert Metern auf dem Grigna lag, hatten sie nur über eine serpentinenartige, schmale Bergstraße erreicht. Von dem kleinen Ort aus hatte Giulia ihre Assistentin noch einmal weitere siebenhundert Meter den Berg hinaufgescheucht, was Elenas Fahrkünste an ihre Grenzen gebracht hatte. Bei einer halb zerfallenen Hirtenunterkunft hatten sie den Wagen dann abgestellt und waren zu Fuß über zuweilen ziemlich steile Waldwege weitergegangen. Giulia hatte zwischendurch einmal kurz die Orientierung verloren, ein Fakt, den sie Elena natürlich nicht mitgeteilt hatte, denn hier oben gab es nichts weiter als dichten Wald und konsequent fehlende Hinweise auf die menschliche Zivilisation. Glücklicherweise war die alte Waldhütte irgendwann wie von Geisterhand vor ihnen aufgetaucht.

»Das sind zwei verschiedene Dinge. Für den Erhalt der Natur zu kämpfen, ist etwas anderes, als in ihr herumzumarschieren«, schnaufte Elena nicht weniger erschöpft als Giulia. »Und wenn du dich das nächste Mal bewusstlos schlagen lässt, nimm jemand anderen auf deine Dschungelexpedition mit. Ich bin raus.«

»Hör auf zu meckern. Du verschreckst ihn bloß, wenn er überhaupt noch da ist«, forderte Giulia, die nun die Büsche hinter sich gelassen hatte und vor dem Haus auf Elena wartete.

Elena klopfte sich die Blätter ab. »Wen? Den Geist aller eigensinnigen Comascis? Einen Waldschrat? Deinen heimlichen Geliebten?« Elena hatte den Kopf in den Nacken gelegt und betrachtete eingehend das Haus, vor dem sie standen. Dabei rieb sie die Handflächen aneinander, als wäre sie über den Waldboden gekrochen und müsste sich nun des Dreckes entledigen. »Ich habe es mir anders überlegt. Ich bin gleich raus«, murmelte sie.

Giulia ignorierte ihre Worte, trat dicht an die Haustür heran und sagte mit gedämpfter Stimme: »Ich bin es, und ich brauche deine Hilfe.«

Nichts rührte sich.

»Ich weiß nicht, was du da treibst, aber es ist lächerlich«, nörgelte Elena ungeduldig.

Giulia wiederholte ihre Worte noch einmal eindringlicher. Kaum dass der letzte Satz verklungen war, öffnete sich die Tür einen Spaltbreit. Giulia hätte den hageren, graubärtigen Mann, der da vor ihr stand, fast nicht erkannt, wenn da nicht seine Augen gewesen wären, die sie durchdringend und mit einer Spur von Vertrautheit musterten.

»Du hast dich nicht verändert, Commissario«, ertönte seine knarzende Stimme. »Kompliment. Aber wenn ich dich nicht wiedergesehen hätte, wäre mir auch nichts abgegangen.« Seine Mundwinkel hoben sich.

»Letzteres gebe ich gern zurück, Baldo«, entgegnete Giulia, die erstaunt über sich selbst zur Kenntnis nehmen musste, dass sich in ihr ein wenig Freude über dieses Wiedersehen breitmachte. »Dürfen wir reinkommen?«

Baldo streckte den Kopf ein Stück hervor und schaute an ihr vorbei auf Elena. Das Licht fiel nun auf sein Gesicht und offenbarte auf schonungslose Weise den erbärmlichen Zustand, in dem der Mann sich befand. Seine Haut war aschgrau und von tiefen Furchen durchzogen, und selbst der dichte Bart konnte über seine eingefallenen Wangen nicht hinwegtäuschen. Die fast schwarzen Augen, die den einstmals auffallend attraktiven Baldo ausgemacht hatten, saßen tief in ihren Höhlen, was seinem Gesicht das düstere Aussehen verlieh, das man für gewöhnlich nur bei Menschen sah, die dem Tode geweiht waren.

Baldo fing Giulias Blick auf, und sie wusste, dass er ihre Gedanken darin lesen konnte. Sie bemühte sich dennoch um ein vertrauensvolles Lächeln.

»Ist sie sauber?«, fragte er wieder in Elenas Richtung blickend, wobei er Giulias Antwort schon nicht mehr abwartete, sondern umgehend abdrehte.

»Hundertprozentig«, erwiderte Giulia.

Er verschwand in der Dunkelheit, ließ dabei aber die Tür offen stehen, was für Giulia das Signal war. Sie winkte Elena, ohne sich zu ihr umzudrehen, heran. Behutsam schob sie die Tür auf, nur so weit, dass sie beide hindurchschlüpfen konnten, um sie, gleich nachdem Elena hinter ihr eingetreten war, wieder zu schließen. Obwohl ein paar Sonnenstrahlen durch die klapprigen Fensterläden hereinfielen, brauchten ihre Augen einen Moment, um sich an die Dunkelheit zu gewöhnen. Der Raum, in dem Baldo hauste, maß nicht mehr als ein paar Quadratmeter, und seine Ausstattung hatte nichts, was auf ein komfortables Leben schließen ließ. Bis auf eine schmale Liege, einen Sessel und einen Ofen, auf dem er augenscheinlich auch kochte und neben dem ein dicker Stapel Zeitungen aufgetürmt war, gab es nur eine kleine Truhe und ein Regal mit ein paar Haushaltsgegenständen. Der größte Luxus, den Baldo besaß, schienen die überall herumliegenden aufgeschlagenen Zeitungen und Zeitschriften zu sein.

»Hier hat sich kaum etwas verändert«, bemerkte Giulia, während Baldo ihr einen Platz auf dem Sessel anbot und Elena mit misstrauischem Blick einen Holzstumpf zuteilte. Das war nichts weiter als eine dahingesagte Floskel, um das Gespräch in Gang zu bringen. Der Zustand von Baldos Hütte war verheerend, wenn man davon ausging, dass ein Mensch hier längere Zeit leben sollte.

»Ist das gut oder schlecht?«, fragte er, während er an das Regal herantrat und aus dem dort stehenden Krug Wasser in eine Blechtasse goss, die er Giulia reichte. Schließlich sank er auf seiner Schlafstatt nieder und schaute ohne großes Interesse in die Runde. Dass ihm jeder Schritt Mühe bereitet hatte, war nicht zu übersehen.

»Sag du es mir«, entgegnete Giulia und bot Elena von dem Wasser an, bevor sie selbst einen Schluck davon nahm. Sie spürte, wie die kalte Flüssigkeit ihre Kehle hinunterrann und ihre Lebensgeister zurückkehrten.

Baldo sagte nichts, aber seine Augen verrieten, was er dachte. »Was kann ich für dich tun?«, fragte er, ohne einen Hehl daraus zu machen, dass es ihm lieber wäre, wenn die beiden Frauen so schnell wie möglich wieder verschwanden »Es ist nicht gut, dass du hier bist. Für dich, nicht für mich. Ich bin raus aus dem Spiel, zumindest in absehbarer Zeit.« In seinem Tonfall schwang Trotz.

Giulia fasste von oben in ihr T-Shirt, was Baldo nicht im Geringsten zu irritieren schien, holte das Tütchen mit den Brillanten hervor und reichte es ihm wortlos. Er wog die Tüte in der Hand, und es schien, als ob beim Anblick der Steine das Leben in ihn zurückgekehrt wäre. Seine Schultern, ja seine gesamte Haltung straffte sich, und in seinen Augen stand das alte Feuer, das Giulia von früher kannte.

»Woher hast du die?«, fragte er unvermittelt schroff, bemühte sich aber sofort um einen sanfteren Tonfall. »Entschuldige die Indiskretion, wenn man so lange allein ist, büßt man mitunter seine Manieren ein.« Er streckte seinen Arm in Richtung eines Regales, das neben seinem Bett angebracht war, und griff nach einem kleinen Kästchen. Ohne lange zu suchen, holte er eine Lupe daraus hervor, schüttete den Inhalt des Tütchens neben sich auf die dicke Wolldecke und begann damit, die Brillanten einen nach dem anderen eingehend zu betrachten.

Elena öffnete den Mund, um etwas zu sagen, was Giulia aber mit einer energischen Handbewegung unterband. Schweigend saßen sie da und warteten auf ein Wort von Baldo. Der ließ sich Zeit. Bereits beim ersten Brillanten konnte Giulia sehen, wie sich seine Züge verhärteten, und die Anspannung schien mit jedem neuen Stein noch zuzunehmen. Dazu kam das angestrengte Knacken seiner Kieferknochen. Giulia ahnte, dass sie ihm gerade etwas Besonderes präsentiert haben musste. Mit dem siebzehnten und letzten Stein, den er zurück in die Tüte packte, lehnte er sich zurück und schaute sie mit durchdringendem Blick an.

»Du bist in Gefahr, Commissario«, sagte er ohne erkennbare Erregung.

Elenas schweres Atmen durchbrach die Stille.

»Was kannst du mir sonst noch sagen?«, fragte Giulia ungerührt.

»Dass du das Zeug lieber dahin zurückbringst, wo du es herhast, und im gleichen Moment wieder vergisst, dass es existiert.« Er tippte sich an die Schläfe. »Ich habe es bereits vergessen.« Baldo blieb auch jetzt vollkommen ruhig. »Betrachte das als Rat eines Freundes, der dir etwas schuldig ist und diese Schuld nicht mit ins Grab nehmen will«, ergänzte er salomonisch.

»Du schuldest mir nichts«, erwiderte Giulia ebenso abgeklärt.

Er schloss kurz die Augen. »Brillanten, in Gelbgold gefasst, Art déco, also aus den Jahren 1920 bis 1930, im Altschliff gearbeitet, hervorragend verarbeitet«, sagte er als diktierte er ein Telegramm. »Es gibt bis heute nur einen, der diese Kunst so beherrscht hat. Der Römer Enzo Turriziani.« Pause. »Er ist seit fast sechzig Jahren tot, und wenn ich recht informiert bin, haben seine Nachfolger das Geschäft in den Neunzigerjahren aufgeben. Na ja, es kann immer nur einen König geben, alles andere bleiben Vasallen.« Baldo schmunzelte überheblich.

Giulia wartete ab.

»Siebzehn Steine und davon zwei in einem Rotton, der mir in seiner Klarheit in meinem ganzen Leben noch nicht untergekommen ist.« Pause. »Rot wie zwei liebende Herzen« Er machte eine Kunstpause, bevor er die Bombe platzen ließ. »Die Herzen von Benito Mussolini und Clara Petacci.« Baldo ließ seine Worte einen Moment wirken, dann fuhr er fort. »Die Steine an sich bringen etwa Hunderttausend, vielleicht etwas mehr. Ich bin nicht mehr so auf dem Laufenden, was die Preise angeht.«

»Oh Scheiße«, entfuhr es Elena. »Faschoschmuck.«

Er senkte erneut die Lider, um im nächsten Moment Giulia wieder mit seinem Blick zu fixieren. »Der Anhänger, den Mussolini seiner Geliebten geschenkt hat, besteht aus siebzehn Brillanten, aus denen die Buchstaben C und B geformt sind. Darüber hinaus hat er eine Gravur. *›Clara io sono te, tu sei me, Ben.‹* ›Clara, ich bin du, du bist ich, Ben.‹ Ich nehme an, du hast nur die Steine, sonst wärst du ja nicht zu mir gekommen.«

Giulia nickte. »Ohne den Anhänger sind es einfach nur Brillanten. Aber mit ihm …«, konstatierte sie.

Baldo nickte. »Mit oder ohne Anhänger geht der Sammlerwert in die Millionen, vorausgesetzt, man findet den richtigen Käufer, und glaub mir, den hat man schneller, als du einen Mörder dingfest machst. Aber zugegeben: Das vollständige Teil wäre deutlich einträglicher.« Baldos durchdringender Blick traf sie. Sie erwiderte diesen, ohne zu blinzeln, worauf er auswich und seine Augen scheinbar ziellos im Raum herumwandern ließ. Er weiß genau, wem man derartige Steine anbietet, dachte sie, und ihr war klar, dass sie ihn nicht danach fragen brauchte. Ohne Umschweife fuhr er mit seinen Ausführungen fort. »Es ist belegt, dass die Petacci die Kette an ihrem Todestag getragen hat. Seitdem gilt sie als verschollen. Mehr weiß ich nicht.«

Giulia stand langsam auf und gab Elena ein Zeichen. Baldo irrte sich nicht, davon war sie überzeugt. »Wenn ich irgendetwas für dich tun kann …«, sagte sie im Hinausgehen, wohl wissend, dass er niemals darauf eingehen würde. Elena folgte ihr schweigend.

Er deutete einen Dank an. »Commissario«, rief er, als sie schon die Türklinke in der Hand hatte. »Wenn du mit Kuno Alwin Wyss beim edlen Weißwein der Signora Walch sitzt, grüß ihn von mir, und sag ihm, dass ich in der Hölle auf ihn warte.« Auf seinem Gesicht deutete sich ein verzerrtes Lächeln an. »Jetzt sind wir quitt.«

Giulia blieb kurz stehen und schaute ihn an. Baldo hatte gerade seinesgleichen verraten, das erste und einzige Mal, seit sie ihn kannte. Ohne ein Wort nickte sie ihm zu.

»Leb wohl, und pass auf dich auf«, hörte sie noch, dann ließen sie ihn in der Dunkelheit allein zurück.

***

Giulia schwieg bis sie die Autostrada nach Abbadia Lariana erreicht hatten. Trotz ihrer Neugier ließ Elena sie gewähren. Jetzt allerdings schien sie es nicht mehr aushalten zu können.

»Du hättest mich niemals mit zu diesem Typen genommen, wenn du nicht so malade wärst«, sagte Elena vorwurfsvoll.

»Da ist wohl etwas dran«, entgegnete Giulia. »Einen Informanten gibt man nicht preis, nicht einmal gegenüber der weltbesten Assistentin.« Sie dachte daran, wie sie Baldo damals kennengelernt hatte, den wohl gerissensten Juwelendieb, dem sie bislang begegnet und auf die Schliche gekommen war, ohne ihm jemals etwas nachweisen zu können. Es hatte vor etwas mehr als fünf Jahren eine Serie von Raubüberfällen auf Juweliergeschäfte gegeben, die von Varenna bis nach Lecco hinunter die Menschen in Atem gehalten und der Polizei ein erhebliches Rätsel aufgegeben hatten. Das Muster, nach dem die Täter vorgegangen waren, hatte sich dabei relativ schnell offenbart: Ihr Interesse galt ausschließlich den teuersten Geschäften, die Tat geschah immer während der Öffnungszeiten, vorzugsweise gegen Mittag, die betroffenen Ladenbesitzer oder Angestellten waren allesamt weiblich und kamen niemals zu körperlichem Schaden. Baldos Masche war einzigartig, und sie funktionierte. Das hatten ein halbes Dutzend Zeugen bestätigt, die von einem äußerst attraktiven und auffallend edel gekleideten Mann berichtet hatten, der sich zielstrebig nur das Wertvollste hatte zeigen lassen, um dann nach einem ausgiebigen Fachgespräch sein Kaufinteresse zu bekunden und schließlich zu verschwinden – natürlich ohne die Rechnung zu begleichen. Das alles war auf den Überwachungskameras deutlich zu sehen gewesen, sogar die Momente, in denen die Damen scheinbar willenlos danebenstanden, während Baldo, dessen Gesicht auf den Bändern niemals vollständig zu erkennen gewesen war, seine Beute an sich nahm. Keine der Frauen konnte später erklären, wie ihnen der Mann den Schmuck entwendet hatte. Dieses Zeitfenster schien komplett aus ihrer Erinnerung verschwunden zu sein. Giulia hatte zunächst angenommen, dass es unter den Angestellten die eine oder andere Komplizin gegeben haben musste, aber nachdem sich die Fälle gehäuft und die Frauen niemals einen Anlass für eine derartige Verdächtigung gegeben hatten, war sie von dieser Theorie abgekommen. So unglaublich es klang: Baldo beherrschte die Kunst der Hypnose, und er nutzte sie ebenso charmant wie hinterhältig. Da das Vertrauen in die Polizei mit jedem weiteren Diebstahl sank und der Questore zunehmend unzufrieden wurde, hatte sie vorgeschlagen, als Lockvogel zu fungieren. Giulia, die nicht viel Ahnung von Schmuck hatte, war also an die Stelle der Juwelierin getreten und hatte auf den Dieb gewartet. Ein paar Tage waren vergangen, bis Baldo bei ihr aufgetaucht war. Der Gedanke an die Trance, in die er sie in Windeseile versetzt hatte, und ihre daraus resultierende Gefügigkeit, verursachte ihr heute noch eine Gänsehaut. Niemals hätte sie damit gerechnet, für so etwas empfänglich zu sein. Aber Baldo war wohl ein Meister seines Faches. Seine Verhaftung jedenfalls war unspektakulär gewesen, auch deswegen, weil er keine Gegenwehr gezeigt und alles mit stoischer Gelassenheit hingenommen hatte. Schon beim ersten Verhör war Giulia aufgegangen, warum er so entspannt gewesen war. Sie hatte ihm nichts beweisen können. Der Schmuck wurde niemals bei ihm gefunden, und er hatte für sämtliche Tatzeiten ein wasserdichtes Alibi. Aber das Überraschendste war, dass keine der Frauen ihn bei einer Gegenüberstellung wiedererkannt hatte. Giulia, die bis heute von Baldos Schuld überzeugt war, hatte in ihm immer bloß einen Teil einer hochprofessionellen Bande gesehen. Aber bis heute konnte sie auch das nicht beweisen. Nur kurze Zeit später hatte sich Baldo aus dem Geschäft zurückgezogen und war abgetaucht. Zu Giulias Erstaunen war es sie gewesen, die er darüber informiert hatte. Seine

Worte klangen ihr noch im Ohr. Er hatte nichts erklärt, aber die Botschaft war eindeutig gewesen: Er wollte mit ihr in Kontakt bleiben, und die Hütte bot die unscheinbare Möglichkeit dazu. Giulia hatte sich anfangs gefragt, wieso Baldo sich dazu ausgerechnet eine Zuflucht am See ausgesucht hatte, hier an seiner alten Wirkungsstätte, womöglich im Dunstkreis seiner ehemaligen Mitstreiter. Seine Verhaftung war unter diesen Leuten nichts, worüber man einfach so hinwegging. Er mochte zwar der Beste seine Faches sein, aber was nützte das, wenn ihm nun das Attribut »polizeibekannt« anhaftete? Baldo war von dem Moment seines Aufeinandertreffens mit der Polizei draußen gewesen. Und darin lag der Knackpunkt. Sein Ausscheiden war so nicht geplant gewesen. Giulia tippte darauf, dass man ihn sogar um seinen Anteil betrogen hatte. Kurzum, er hatte offene Rechnungen zu begleichen, und sie sollte sein Schlüssel dazu sein. Baldo war kein Mensch, an den man normale Maßstäbe anlegen konnte. Er war manipulativ, berechnend und am Ende sich selbst der Nächste. Dass er ihr weismachen wollte, dass sie die einzige Person war, die wusste, wo er zu finden war, gehörte ebenfalls zu diesem Spiel. Sie, die Commissario, der es gelingen könnte, die Drahtzieher zu schnappen und ihn zu rächen. Nur einmal, etwa vor drei Jahren, hatte sie geglaubt, die vermeintlichen Hintermänner erwischt zu haben, aber schlussendlich hatte sie auf die Indizien allein nicht setzen können. Das Schweigen Baldos hatte ihr den Beweis geliefert, war aber natürlich nicht die Zeit wert, den Telefonhörer in die Hand zu nehmen und die Staatsanwaltschaft zu kontaktieren. Damals hatte sie ihn das erste Mal in dieser Hütte besucht, aber das beklemmende Gefühl war das gleiche wie heute gewesen. Mittlerweile musste er um die siebzig sein, und nach allem, was Giulia vorhin gesehen hatte, waren seine Tage gezählt.

»Ich soll nicht weiter fragen, schon gut«, murmelte Elena. »Und du bist dir sicher, dass unser Ötzi sich nicht irrt? Also …« Sie machte eine Pause und schluckte hörbar. »Dass das der Schmuck von Clara Petacci ist?«

»Ganz sicher«, bekräftigte Giulia und fragte sich, ob Kuno Alwin Wyss, der Name, den ihr Baldo genannt hatte, wohl zu einem jener

Männer gehörte, mit dem er eine alte Rechnung offenhatte. Dabei kam ihr die Frage, in dem Augenblick, in dem sie sie innerlich aufgeworfen hatte, schon absurd vor. Wyss war zweifelsohne sein alter Mitstreiter, den Baldo ans Messer zu liefern gedachte. Und Giulia sollte den Racheengel spielen. Bei Baldo wusste man nie, woran man war. Aber in einem war er absolut verlässlich: Er tat niemals etwas ohne Hintergedanken.

»Dann sollten wir dringend die Zorzi in Kenntnis setzen und den Questore gleich mit. Das ist ein zu heißes Eisen, und es ist gefährlich, auch im heutigen Italien. Vor allem im heutigen Italien. Leider.« Sie schlug mit der Hand auf das Lenkrad. »*Dio mio*, was für ein Ding! Meine Leute und ich sollten endlich wieder eine Demo gegen rechts machen.« Elena redete schnell und durcheinander. »Ich wusste ja, dass sie den Scheißnazi samt seiner Mätresse in Mezzegra abgeknallt haben, aber dass man die beiden beklaut hat, ist mir neu. Das sollten sie mal in die Geschichtsbücher schreiben. Die Rolle der Clara Petacci in diesem ganzen Scheiß würde mich auch mal interessieren. So naiv und dumm kann ein Mensch, vor allem eine Frau, gar nicht sein.«

»Du liebe Güte, Elena. So sind die Menschen. Man weiß doch bis heute nicht einmal genau, wie sich das alles zugetragen hat. Da gibt es mehrere Wahrheiten. Und Clara Petacci«, Giulia zuckte mit den Schultern, »mit der habe ich mich ehrlich gesagt noch nie näher auseinandergesetzt.«

»Dann würde ich meinen, jetzt ist der richtige Zeitpunkt dafür«, konterte Elena in ihrer typisch vorlauten Art.

»Ja, ja«, wiegelte Giulia ab. »Aber vorher treibst du mir bitte alles auf, was du zu Kuno Alwin Wyss finden kannst.«

Elena riss den Kopf herum. »Ich wusste, dass es ein Tipp war. Ich wusste es.« Sie schlug mit der flachen Hand aufs Lenkrad. »Und dieser Baldo meint doch allen Ernstes, ich checke das nicht. Wieso traut mir eigentlich niemand irgendetwas zu. Schon klar, weil ich keine Comasci bin, weil ich nicht dem typischen Bild der rassigen Italienerin entspreche.« Giulia traf ein scheeler Seitenblick. »Weil ich zu jung bin, weil ich …«

»Weil du jetzt dein Temperament zügelst und dich auf Jacopos Abendessen freust und darauf, dass du uns Gesellschaft leisten wirst. Wenn du magst, kannst du auch gern auf dem Sofa schlafen.« Giulia gähnte ausgiebig. »Ich glaube nicht, dass ich morgen ohne dich auskommen werde.«

»Auf eurer Couch? Da liegt doch schon der Postbote«, entgegnete Elena grinsend, als bereits das Ortsschild von Abbadia Lariana in Sichtweite kam.

***

Das Blaulicht des Polizeiautos war in der schmalen Gasse, die zu Giulias und Jacopos Torre führte, schon aus einiger Entfernung auszumachen. Giulia, deren Glieder nach dem langen Tag unendlich schwer waren und die sich nach einem warmen Abendessen und ihrem Bett sehnte, verspürte keinerlei Lust, so kurz vor dem Ziel nun auch noch Claudio Marcello, dem hiesigen Carabiniere und von ihr meistgehassten Mann diesseits des Sees, zu begegnen. Leider kam dies alle paar Tage vor, denn Claudio kurvte nur allzu gern in den Abendstunden durch die Gemeinde, nicht etwa um seinen dienstlichen Pflichten nachzukommen und nach dem Rechten zu sehen, Gott bewahre! Das wäre ihm niemals in den Sinn gekommen. Claudio vertrieb sich auf diese Weise die Zeit zwischen dem Abendessen und dem Sportprogramm im Fernsehen, und, das war der erbauliche Nebeneffekt dieser Freizeitbeschäftigung, er hörte allerhand von den Leuten, die ihn sich hier und da auch mit Schafskäse, Wein oder Olivenöl gewogen hielten. Das eingeschaltete Blaulicht war dabei, verbotenerweise, ein unverzichtbarer Bestandteil, denn Claudio wollte keineswegs Gefahr laufen, übersehen zu werden. Er hielt sich für den wichtigsten Mann im Ort, noch vor seinem Bruder Davide, der das Amt des Bürgermeisters bekleidete, und das musste um jeden Preis zelebriert werden.

»Irgendetwas ist da los«, sagte Elena, der das Blaulicht selbstverständlich auch nicht entgangen war.

»Das ist nur der Spinner Marcello«, entgegnete Giulia, die den Kopf tief auf die Brust gesenkt hatte, um nicht in die Verlegenheit zu kommen, diesen Idioten auch noch grüßen zu müssen.

»Und was genau macht er in eurem Haus?«, fragte Elena verwundert.

Giulia riss den Kopf so schnell nach oben, dass ihr für einen Moment schwindelig wurde. Tatsächlich, der Wagen der Carabinieri stand direkt vor dem Torre, und als wäre das nicht genug, tummelten sich mindestens zwei Dutzend Schaulustige drum herum, deren Zahl durch weitere herbeieilende Dorfbewohner stetig zunahm. Als sie Giulia, die nur noch wenige Meter von ihrem Heim entfernt war, erblickten, löste das eine Kettenreaktion aus, bei der alle aufgeregt durcheinanderschrien, einige brachen sogar in Jubelschreie aus, wieder andere rannten auf Giulia zu, um sie zu an sich zu drücken oder ihr einfach die Hand zu schütteln.

»Sie lebt«, hörte man Eleonora Tommaso inbrünstig rufen.

»Gerade hast du etwas anderes behauptet«, entgegnete Fabrizio, der Koch der Osteria *Sali e Tabacchi*.

»Sei froh, dass sie einmal recht hat«, jubilierte Giovanni, der die schönste Frau des Dorfes an seiner Seite hatte und trotzdem unverhältnismäßig oft nicht zu Hause anzutreffen war.

»Ich weiß zwar nicht, was hier abgeht, aber normal ist das nicht«, kommentierte Elena, während sie Giulia mit festem Griff durch die Meute in Richtung des Torre schob. »Aus dem Weg, aber flott«, blaffte sie die Leute an, die sich ihnen in den Weg stellten. »Und nicht anfassen!«

»Jacopo«, hauchte Giulia besorgt. Ohne weiter auf die anderen zu achten, erreichten sie endlich den kleinen Innenhof ihres Hauses. Dort saß Brutus auf einer Bank, die Ellenbogen auf den Knien abgestützt, den Kopf in die Hände gelegt. Sein Rücken bebte, und er stieß ein ersticktes Schluchzen aus.

»Kümmere du dich bitte um ihn«, bat Giulia in einem Ton, der keine Widerworte zuließ. »Ich gehe rein.« Mit dem Anblick des weinenden Brutus hatte das flaue Gefühl in ihrem Magen zugenommen. Jacopo wollte spätestens gegen sieben zu Hause sein und kochen. So hatten sie es heute Morgen verabredet. Anders durfte es nicht sein. Auf Jacopo war Verlass. Immer. Ohne Ausnahme. Sie spürte, wie die Angst in ihr heraufkroch. Das war ihr zu Hause, ihr sicherer Rückzugsort. Niemand würde es wagen, hier einzudringen. Die warnenden Worte des Professore und vor allem von Baldo kamen ihr wieder in den Sinn. Sie war in Gefahr. Damit war es Jacopo auch.

»Giuli, das ist alles so schrecklich«, hörte sie Brutus hinter sich noch jammern. Mit festem Schritt ging sie auf den Eingang zur Küche zu. Die Tür war sperrangelweit geöffnet. Das Licht brannte. Stimmengemurmel drang zu ihr heraus.

Die Bilder, die sich ihr boten, schoben sich übereinander wie eine schlechte Collage und ergaben doch irgendwie Sinn. Sie blickte in die Küche, die sie heute Morgen gemeinsam mit Elena verlassen hatte und die doch nichts mehr mit dem Gewesenen gemein hatte. Etwas Fremdes, Furchteinflößendes hatte sich ihrer Welt bemächtigt, war darin eingedrungen und geblieben. Sie spürte, wie der Kloß in ihrem Hals so groß wurde, dass sie kaum noch schlucken konnte. Ihre schnellen Blicke huschten auf der Suche nach etwas Vertrautem durch den Raum. Aber nichts schien mehr an seinem angespannten Platz. Die Wandregale, die Jacopo fast schon meisterhaft bestückt und damit auch den kleinsten Rest Platz ausgenutzt hatte, bestanden nur noch aus kahlen Brettern. Ihr Inhalt, Töpfe, Pfannen, Gewürze, Geschirr und vieles mehr, lag verstreut auf dem Fußboden. Die gerahmten Fotos waren von den Wänden gerissen und bildeten nun einen auf dem Küchentisch liegenden Haufen aus Scherben und Papier. Mehl, Zucker, Tee, Kaffee, alles war umgestoßen und ausgekippt. Einzig der schwere gusseiserne Topf, den Jacopo für das Risotto nahm, stand auf dem Herd, und wenn Giulia ihren Sinnen noch trauen konnte, köchelte darin der Reis. Jacopo hatte gekocht. Also musste er zu Hause gewesen sein, als diejenigen auftauchten, die haben wollten, was Giulia noch immer bei sich trug. Als müsste sie sichergehen, fasste sie nach ihrer Brust, ertastete unter dem T-Shirt-Stoff das Plastiktütchen und atmete erleichtert aus. Angesichts des Anblicks, der sich ihr in der Küche bot, machte sie sich keine Illusionen bezüglich der anderen

Zimmer. Was aber war mit Jacopo passiert? Er hatte keine Ahnung von den Brillanten. Wieder drangen Stimmen an ihr Ohr. Und waren da nicht auch noch Schritte? Das Schlafzimmer. Giulia preschte zur Küche hinaus und unter dem verwunderten Blick von Elena, die Brutus gerade ein Taschentuch reichte, über die Außentreppe hinauf zur oberen Etage. Das Schlafzimmer hatte es nicht minder schwer getroffen. Und dennoch glaubte sie, bei dem was sie sah, dass ihr Herz jeden Moment aus ihrem Brustkorb springen könnte. Auf ihrem Bett saß Davide Marcello, der hiesige Bürgermeister, und blätterte sich amüsiert durch eines ihrer Fotoalben, während sein Bruder, Claudio, der Carabiniere vor den aufgezogenen Schubladen des Vertikos stand und eingehend Giulias Unterwäsche inspizierte.

»Wo ist Jacopo?«, platzte es aus ihr heraus. Giulia atmete schnell. Das Adrenalin in ihrem Blut schien den Kopfschmerz zu betäuben. Alles andere wohl auch, denn sie verspürte augenblicklich einen unbändigen Drang, die Marcellos mit ein paar gezielten Schlägen niederzustrecken.

Die Brüder traf Giulias Erscheinen so unerwartet, dass ihnen die Münder offen stehen blieben. Claudio sprang vor Schreck vom Bett, geriet auf seinen zu kurz geratenen Beinen ins Taumeln und blieb nur mühevoll stehen. Er war auch der Erste, der seine Stimme wiederfand. »Giuli, Giulia, äh, Commissario, es ist alles in Ordnung, nur ein Einbruch. Wir haben aufgepasst, auf eure Sachen«, stammelte er mit hochrotem Kopf.

»Wo ist Jacopo?«, wiederholte Giulia ihre Frage noch einmal und in einer Lautstärke, die sogar die Nachbarn, in jedem Fall aber die Meute vor ihrem Haus problemlos hören konnte.

»Brutus hat uns alarmiert«, meldete sich nun auch Claudio kleinlaut zu Wort. »Jacopo haben wir nicht gesehen.«

Brutus hat keinen Schlüssel zum Torre. Das Tor muss offen gewesen sein. Das Essen steht auf dem Herd und ist noch nicht verbrannt. Der Überfall kann also nicht lange her sein. In Giulias Kopf überschlugen sich die Gedanken. Ohne weiter auf die Marcellos zu achten, rannte sie wieder hinunter. Auf der letzten Stufe erwartete sie ein komplett aufgelöster Brutus. »Bei euch roch es so gut. Ich dachte, wir könnten gemeinsam essen«, schniefte er. »Aber als ich reinkam, war da dieses Chaos, und Jacopo war nirgendwo zu finden. Du bist nicht an dein Handy gegangen, und … ich hatte doch solche Angst.«

Giulia atmete tief ein, drückte fest seinen Oberarm, gab ihm einen Kuss auf die Wange und ließ ihn stehen. In der Küche kam ihr Elena aus dem angrenzenden Wohnzimmer entgegen. »Keine Spur von ihm«, sagte sie leise. »Aber auch kein Blut. Und ob hier ein Kampf stattgefunden hat …« Sie schaute sich ratlos um. »Das weiß der Teufel.«

Giulia trat an den Herd und nahm den Deckel des Topfes ab. Mit etwas Mühe fand sie unter den herumliegenden Sachen einen Schaber, den sie einmal durch den Reis zog, um seine Konsistenz zu prüfen. »Der braucht noch gut und gern zehn Minuten«, sagte sie schließlich zu sich selbst.

»Was heißt das?«, fragte Elena, die ihr über die Schulter schaute, irritiert. »Willst du jetzt etwa essen?«

»Das Ganze ist höchstens fünfzehn Minuten her«, fuhr Giulia nachdenklich fort. »Wohin auch immer sie Jacopo mitgenommen haben, sie können noch nicht weit sein.« Sie zog ihr Mobiltelefon aus der Gesäßtasche und wählte die Nummer der Questura.

»Er kann ihnen nichts sagen«, sagte Elena, und es klang nach einem mehr als dürftigen Versuch des Trostes.

»Und genau das ist das Problem«, antwortete Giulia, als vor dem Haus ein Tumult losbrach, wie ihn Abbadia Lariana zuvor noch nicht gesehen hatte.

6

Die Glocke von St. Antonio hatte lange Mitternacht geschlagen. Von Jacopo fehlte nach wie vor jede Spur. Der Einsatz der Kollegen, die sogar auf persönliches Geheiß der Zorzi mit zwei Suchhunden gekommen waren, war mit Einbruch der Dunkelheit beendet gewesen. Dennoch standen die Männer noch immer vor dem Torre, als wollten sie durch ihre Anwesenheit ihr Mitgefühl für eine von ihnen ausdrücken. Ihr dumpfes Gemurmel belebte die ansonsten ruhige Gasse und hatte, wenn man den Hintergrund ihres Kommens außer Acht ließ, sogar etwas von der Gemütlichkeit eines Straßenfestes. Daran hatten auch die Wirtin der Osteria *Sali e Tabacchi* und der Koch Fabrizio ihren Anteil, denn beide ließen es sich nicht nehmen, die Polizisten mit Kaffee und frisch gebackenem Bauernbrot, belegt mit Bito-Käse und Tomatenscheiben, zu versorgen. Einige Frauen des Dorfes hatten, angeführt von Eleonora Tomaso, ein paar Tische nebst Bänken aufgestellt, an denen sie nun saßen, strickten oder anderweitige Handarbeiten machten und gegen ihren Kummer mit selbst gemachtem Limoncello und ausgiebiger Unkerei über den Verbleib des Vermissten angingen. Nur von den männlichen Dorfbewohnern war nicht viel zu sehen, denn die streiften, nachdem sie sich mit viel Gewese über die Vorgehensweise geeinigt hatten, noch immer durch das Gelände, in der Hoffnung, *ihren* Jacopo eigenmächtig und vor allem vor der Polizei zu finden. Die Leute vom Berg zogen es von jeher vor, ihre Angelegenheiten selbst zu regeln, pragmatisch und vom Misstrauen gegenüber staatlichen Autoritäten getrieben, mit Ausnahme ihrer Giulia natürlich. Die stand neben dem Einsatzleiter und bemühte sich um eine halbwegs normale Unterhaltung. Bei aller Professionalität, die ihr in all den Jahren noch niemals abhandengekommen war, brachte sie das hier an ihre Grenze. Die Angst hielt sie wie ein Korsett umklammert, das sich Stück für Stück weiter zuschnürte, je mehr ihr der Mann berichtete. Die Kollegen hatten die Suche in Richtung des Waldes ausgedehnt, nachdem Lucrezia, Giulias greise Nachbarin, aufgeschreckt vom Tumult ans Fenster getreten war und von ihren vermeintlichen Beobachtungen berichtet hatte. Sie wollte gesehen haben, wie Jacopo, unanständigerweise ohne Notiz von ihr zu nehmen, eilig mit einem Fremden auf seinen Motorroller gestiegen und in ebendiese Richtung davongefahren war. Hinter dem Torre stand nur noch ein Haus. Darauf folgten eine lang gezogene Reihe Gärten und einige Wiesen, die sich bis zu einem Waldweg zogen, von dem ein dichtes Netz weiterer Wege und Pfade den Berg hinauf beziehungsweise hinüber zu den anderen Dörfern führten. Für alle, die sich hier oben nicht auskannten, war das ein Labyrinth, das, je weiter man zum Bergkamm emporkam, gefährlich werden konnte. Aber Jacopo kannte sich aus, und sein Entführer war clever genug, nicht die beiden offiziellen Straßen nach Abbadia Lariana zu nehmen, die zweifelsohne recht zügig von der Polizei kontrolliert werden würden, sondern mit ihm in unwegsames Gelände zu fliehen. Relativ schnell waren die Kollegen am Waldrand etwa fünfhundert Meter oberhalb von Giulias Haus auf Jacopos Vespa gestoßen. Diese Entdeckung hatte für einige Aufregung gesorgt, denn der Hinterreifen des Rollers war platt und, wie sich herausgestellt hatte, von Einschüssen durchsiebt. Noch dazu hatte man Blutspuren am Schutzblech und an der Verkleidung des Auspuffs gefunden. Womöglich hatte Jacopo erfolglos versucht, seinem Entführer zu entkommen. Aber wo war er jetzt, und vor allem: Wie schwer war er verletzt? Zu Fuß konnten sie nicht weit gekommen sein. Angesichts der Blutspuren war das wenig tröstlich, vor allem da die Kollegen direkt neben dem Roller dicke Reifenspuren ausgemacht hatten, die einen Umstieg in ein geländegängiges Fahrzeug vermuten ließen. Diese konnten allerdings auch von jedem Bauern stammen, der hier oben sein Feld bestellte. Da in der Dunkelheit kaum mehr etwas zu erkennen war, sollte die Suche am nächsten Morgen fortgesetzt werden.

Die Worte des überaus verständnisvollen Suchtruppleiters erreichten Giulias Ohren in der Qualität eines mit einer miesen Funkverbindung geführten Handytelefonates. Sie zwang sich, ihn unverwandt anzusehen, sah, wie sich seine Lippen bewegten und wie er sich mühte, Rücksichtnahme und Professionalität übereinzubringen. Dabei verflüchtigte sich ihre Aufmerksamkeit immer wieder zugunsten eines erbarmungslosen Gedankenkarussells. Vermutlich hatte Jacopo den Kerl beim Durchwühlen ihres Hauses erwischt. Aber warum hatte er dann nicht das getan, was jeder Einbrecher in einem solchen Fall zu tun pflegte? Eine zügige Flucht war immer noch das Sinnvollste. Stattdessen hatte er Jacopo gezwungen, ihn zu begleiten. Das ließ, und da machte sich Giulia wenig Illusionen, keine andere Deutung zu, als dass er Jacopo als Pfand brauchte: ihr Mann im Tausch gegen Mussolinis Brillanten. Unweigerlich schweiften ihre Gedanken zu Baldo. Seine warnenden Worte hallten in ihrem Kopf wie ein Echo, das kein Ende nehmen wollte, und sie spürte, wie das Adrenalin in ihre Adern schoss. Echte Juwelendiebe hatten nichts mit den Kleinkriminellen gemein, die in Einfamilienhäuser einstiegen, die Erbstücke der Hausherrin aus dem Nachttischschränkchen mitnahmen und schwarze Fußabdrücke auf dem weißen Hochfloreppich hinterließen. Das waren Profis wie Baldo und Komplizen, international hervorragend vernetzt, nur auf das Exquisiteste und Außergewöhnlichste fokussiert und vor allem, und das bereitete Giulia besondere Bauchschmerzen, eiskalt und skrupellos, sie schreckten auch vor Mord nicht zurück. In diesem besonderen Fall war es aber noch erheblich komplizierter. Die lange verschollen geglaubten und damit überaus wertvollen Devotionalien Benito Mussolinis, des einstigen Führers der italienischen Faschisten und des nicht weniger grausamen Pendants zu Adolf Hitler, vermochten noch ganz andere Leute auf den Plan zu rufen. Nostalgiker, Geschichtsvergessene und Irre, und das war nach Giulias Dafürhalten noch der normalere Teil der Duce-Verehrer, machten nur zu gern Jagd auf alles, was sie von ihrem Idol ergattern konnten. Dazu kamen die Neofaschisten, die in allen Teilen der Gesellschaft zu finden waren, deren einflussreichste Vertreter sogar im italienischen Parlament oder in den Chefetagen einiger Großunternehmen saßen und die alles daransetzten, die Demokratie nach ihren kranken Vorstellungen zu unterwandern. Nicht zuletzt gehörten dazu auch die Nachkommen der Mussolini-Familie, die, insbesondere in Gestalt seiner Enkelin, alles tun würden, um die Fahne der Familie hochzuhalten. Die Bewunderung für, ja der Kult um Mussolini waren bis heute bei nicht wenigen Italienern ungebrochen. Entsprechend blühte auch der Handel mit Souvenirs. Alles, was das Herz eines echten Duce-Fans begehrte, stand nicht nur in einschlägigen Geschäften, sondern war auch mitunter in ganz normalen Supermärkten zu finden. Büsten, Bilder, Anhänger, Kleidung, Weinflaschen mit seinem Konterfei auf dem Etikett, die Nachfrage war vorhanden, und so kannte das Angebot kaum Grenzen. Sogar kleine Fläschchen mit Rizinusöl konnte man käuflich erwerben. Dass die Faschisten seinerzeit ihre Gegner damit gefoltert hatten, war dabei Teil der makabren Verkaufsstrategie. Giulia zweifelte keinen Moment daran, dass es auch für das Luxussegment des Bösen einen Markt gab, nur war der mit Sicherheit nicht so öffentlich und durchschaubar. Alles in allem herrschte in Italien ein überaus laxer Umgang mit den düsteren Kapiteln der eigenen Geschichte, obwohl das Parlament schon seit Jahren um ein Gesetz über das Verbot der Verherrlichung des Faschismus stritt. Aber so war das nun einmal hier, je heftiger die Kontroversen, umso schneller gerieten sie wieder in Vergessenheit. Giulia sah das Konterfei des Duce so häufig, dass sie, wie viele andere Italiener wohl auch, kaum noch Anstoß daran nahm. Die Allgegenwärtigkeit des Bösen hatte es übersehbar gemacht, eine Feststellung, die sie vor allem angesichts ihrer aktuellen Situation erschaudern ließ.

Ohne dass sie ihr Kommen bemerkt hatte, stand unerwartet Elena neben ihr. »Du solltest etwas essen und dich dann hinlegen«, sagte sie besorgt. »Du hattest einen langen Tag, und momentan können wir ohnehin nichts machen.«

Der Kollege, der Giulia auf den aktuellen Stand gebracht hatte, bestätigte das durch eine entschiedene Kopfbewegung.

Giulia verabschiedete sich knapp und ließ sich ohne Gegenwehr in den Torre führen. Dort hatte Brutus die Küche, soweit das in der Kürze der Zeit überhaupt möglich war, halbwegs wieder hergerichtet und den Tisch gedeckt. Beim Anblick der vier aufgetragenen Gedecke schossen Giulia die Tränen in die Augen. Im nächsten Augenblick versagten ihre Beine, und sie sackte in sich zusammen.

***

Sie hätte nicht sagen können, wie lange sie geschlafen hatte. Da um sie herum noch tiefste Nacht herrschte, mochten es wohl nur ein paar Stunden gewesen sein. In ihren Gliedern spürte sie noch immer die Erschöpfung des vergangenen Tages, aber dafür schien das dumpfe, watteartige Gefühl in ihrem Kopf deutlich in den Hintergrund getreten zu sein. Allerdings hatte sie bislang keinen Versuch unternommen, sich von ihrem Bett zu erheben. Regungslos lag sie auf der Decke, von den Füßen bis zu den Hüften in ein Plaid eingeschlagen, und lauschte den gleichmäßigen Atemzügen, die vom Fußende zu ihr her aufdrangen. Noch im Halbschlaf waren diese Geräusche in ihr Bewusstsein gedrungen, und für einen kurzen Moment hatte sie tatsächlich geglaubt, Jacopo zu hören, der friedlich neben ihr schlummerte. Ein kurzer Griff auf die andere Seite des Bettes hatte umgehend jegliche Hoffnung zunichtegemacht. Die Laute kamen zweifelsohne von Brutus, der auf der Récamiere sein Nachtlager aufgeschlagen hatte. Immerhin war ihrem Freund nichts passiert, dachte Giulia, obwohl sie von der tröstlichen Beruhigung, die ihr diese Feststellung eigentlich hätte geben sollen, nicht viel empfinden konnte. Dass Jacopo unverschuldet und vor allem ahnungslos in einen ihrer Fälle hineingezogen wurde, hatte sie nicht gewollt. Dass er ein Opfer ihres Jobs geworden war, würde sie sich nie verzeihen können. Den Leuten, die hinter Mussolinis Brillanten her waren, würde schnell aufgehen, dass Jacopo ihnen keine Hilfe war. Alles, was er mitbekommen hatte, war die Ermordung eines Kellners in Menaggio. Wenn er das Gesicht des Kerls, der ihr Haus auf den Kopf gestellt hatte, nicht gesehen hatte, standen seine Chancen, heil aus der Sache herauszukommen, nicht schlecht. Und wenn doch …? Dann kam es darauf an, welchen Kalibers die Kriminellen waren, mit denen Leopoldo Campetti Geschäfte gemacht hatte. Aber da sie Campetti schon aus dem Weg geräumt hatten, bestand wohl kaum Hoffnung, auf Menschenfreunde zu treffen. Giulia klammerte sich mit beiden Händen an die Decke, sog die durch das weit geöffnete Fenster vom See hereinströmende kühle Luft ein und versuchte so, ihr bis zum Hals hinauf schlagendes Herz zu beruhigen. Dabei sagte sie sich immer wieder, dass sie nicht verzagen durfte. Irgendwann, nach endlosen Gedankenschleifen, schien die Lösung ganz einfach: Je schneller sie die Täter ausfindig machen würde, umso eher war Jacopo frei. Was sie bei klarem Verstand als naiven Plan abgetan hätte, schien ihr heute wie ein Rettungsanker aus dieser verflixten Misere, in der sie steckte. Halbwegs zufrieden mit dem Ergebnis ihrer Überlegungen beschloss sie, noch etwas zu schlafen und dann im Morgengrauen nach Mezzegra aufzubrechen und der Familie Campetti die sprichwörtliche Pistole auf die Brust zu setzen. Dass Leopoldo allein einen so fetten Fisch an Land gezogen hatte, hielt sie für abwegig. Die Geschwister steckten unter einer Decke, darauf hätte sie schwören können. Und bei Lichte betrachtet erklärte das auch deren seltsames Verhalten ihr gegenüber, vor allem ihren Knock-out. Sie streckte ihre Beine und richtete das Kissen unter ihrem Kopf, als sie ein Knarzen hörte. Mit geschlossenen Augen lauschte sie in die Nacht. Das Geräusch wiederholte sich und dauerte etwas länger an als beim ersten Mal. Der gleichmäßige Atem von Brutus verriet ihr, dass er nicht der Urheber sein konnte. Vorsichtig hob sie die Lider, nur so weit, dass sie ihr Umfeld ausmachen konnte. Der schmale Lichtkegel der Straßenlampe, der ins Zimmer fiel, verriet ihr, dass die Schlafzimmertür geöffnet worden war. Er wurde kurz unterbrochen, um nur Sekunden später den Raum wieder zu erhellen und dann sogleich ganz zu verschwinden. Jemand war hereinkommen. Giulia atmete flach und versuchte, sich auf ihre Wahrnehmung zu konzentrieren. Aber außer dem leisen Schnarchen ihres Freundes war nichts zu hören. Der Eindringling schien sich nicht zu bewegen. Wenn es Elena gewesen wäre, dann hätte sie nur ihren Kopf zur Tür hereingesteckt und nachgesehen, ob alles in Ordnung war. Es musste jemand anderes sein. Aber wer? Sollte es der vermeintliche Dieb wirklich gewagt haben, noch einmal zurückzukommen, um sein Werk zu vollenden, und das obwohl sie zu Hause war? Ein Schreck durchfuhr sie. Natürlich, gerade weil sie hier war. Immerhin war es nicht gänzlich unrealistisch, dass die ermittelnde Commissario die Edelsteine noch nicht bei den Kriminaltechnikern abgegeben hatte. Deswegen waren diese Leute ja bei ihr eingebrochen. Und da sie nichts im Haus gefunden hatten … *Merda!* Giulia wollte den Fund gleich morgen früh in die Questura bringen, aber eben erst morgen. Sie hatte keine Eile verspürt, obwohl es ein Leichtes gewesen wäre, noch einmal schnell nach Lecco zu fahren. Baldo hatte sie gewarnt, ihr aber war es wichtiger gewesen, pünktlich zum Abendessen zu Hause zu sein. Doch war das eigentlich von Bedeutung? Mit Sicherheit hätten der Einbruch und Jacopos Entführung auch stattgefunden, wenn sie sich an die Vorschriften gehalten hätte. Woher sollten die Diebe denn wissen, dass sie die Beute noch nicht ordnungsgemäß eingelagert hatte? Ganz einfach, weil sie sich so gut wie nie an die Vorschriften hielt und das jeder noch so kleine Taschendieb am See wusste. Sie spürte ein leichtes Kratzen auf der Haut ihrer Brust. Das Tütchen mit den Brillanten war noch da, und sie würde es nicht freiwillig herausgeben. Das Holz der Dielen gab knarrend und ächzend unter den Schritten nach. Der Eindringling kam auf sie zu. In wenigen Metern würde er an ihrem Bett angekommen sein. Ihre Waffe steckte in einem kleinen eingelassenen Wandschränkchen, das Jacopo eigens dafür gebaut hatte und dessen Tür sich von der Tapete kaum sichtbar abhob. Dass der Einbrecher das Versteck entdeckt hatte, bezweifelte sie, aber die Nische war zu weit weg, um ungehindert dorthin zu gelangen. Sie sah für sich nur zwei Möglichkeiten: Entweder sie stellte sich weiterhin schlafend, in der unrealistischen Hoffnung, der Eindringling würde wieder verschwinden, oder sie rollte sich, so schnell sie konnte, aus dem Bett, um sich in Deckung zu bringen. Nun stand er direkt neben ihr. Leichter Schweißgeruch stieg ihr in die Nase, sie spürte die klamme Kälte seiner Kleidung und vernahm das sanfte Rascheln seiner Bewegungen. Jetzt streckte er seine Hand aus und …

Den Schrei, der Brutus womöglich geweckt und ihr geholfen hätte, brauchte es nicht. Denn in dem Augenblick, in dem der Eindringling seine Hand auf ihren Oberarm legte, flog die Tür auf, und das Licht ging an. Es war Elena, die den Lauf ihrer Pistole direkt auf sie richtete.

»Jacopo!«, rief Elena ungläubig. In ihrem Aufschrei lag eine Mischung aus Erleichterung und Entsetzen. Sie riss die Waffe herunter und fluchte. »*Merda!*«

Erst jetzt bemerkte Giulia, wer sich da tatsächlich an sie herangeschlichen hatte. So schnell sie konnte, sprang sie auf und fiel ihrem Mann um den Hals. Sie nahm seinen Kopf in ihre Hände. »Ich dachte du bist … Wo warst du? Was ist passiert?«, stammelte sie, während sie sein Gesicht mit Küssen übersäte.

Jacopo ließ es mit einem zittrigen Lächeln geschehen. »Siehst du, Elena, so eine Begrüßung wird mir nur zuteil, wenn du mich erschießen willst. Wir sollten das öfter spielen.« Sein kurzes Auflachen wirkte ein wenig verkrampft.

Elena verzog das Gesicht, und man konnte ihr ansehen, dass ihr nichts Nettes auf der Zunge lag. Mürrisch sicherte sie die Waffe und schob sie in die Gesäßtasche ihrer Jeans.

Jacopo deutete, soweit das unter Giulias Umarmung möglich war, ein entschuldigendes Schulterzucken an. »Tut mir leid Elena, ich wusste nicht, dass du unten lauerst und nur darauf wartest, jeden Fremden in unserem Schlafzimmer abzuknallen. Aber wenn ich ehrlich bin, finde ich das gar nicht übel, also für den Fall, dass ich mal wieder eine Baustelle am Ende der Welt annehme und wochenlang nicht nach Hause komme. Wie man sieht, ist der Postbote dafür weniger geeignet.« Er deutet auf den verschlafen blinzelnden Brutus.

Elena schnaubte. »Wieso schleichst du dich überhaupt hier so herein? Nach dir wird gefahndet. Euer Postbote stand kurz vor einem

Nervenzusammenbruch, den er nur mit einer XXL-Portion deines verboten leckeren Risottos bekämpfen konnte. Die Dörfler sind zur Hochform aufgelaufen. Zwischen Volksfest und Bürgerwehr war alles drin. Mistgabeln im Kerzenschein, das war sogar für mich eine neue Erfahrung. Und die Commissario …« Elena biss sich auf die Lippen, kam zu Jacopo hinübergelaufen und verpasste ihm einen Boxhieb gegen den Oberarm. »Cool, dass du okay bist«, sagte sie grinsend.

Giulia hatte mittlerweile wieder von ihrem Mann abgelassen und hockte mit klopfendem Herzen auf dem Bett. Angespannt musterte sie Jacopo auf etwaige Blessuren, aber er schien absolut in Ordnung zu sein, wenn man von den Grasflecken an seiner Hose und den staubigen Schuhen absah. Sie wollte gerade etwas sagen, als Brutus lautstark zu Murren anfing.

»Könntet ihr vielleicht etwas leiser sein. Ich muss morgen pünktlich meinen Dienst antreten und brauche meinen Schlaf«, schimpfte er, drehte sich auf die andere Seite und zog sich die Decke über die Ohren. »Ach, und zum Frühstück hätte ich gern Porridge mit Erdbeeren. Aber nur wenn Jacopo es macht, das von Giulia schmeckt mir nicht.« Er schmatzte zweimal hintereinander genüsslich und döste wieder weg.

»Der Typ ist dermaßen krass«, kommentierte Elena kopfschüttelnd, um dann Jacopo wieder erleichtert anzulächeln. »Du hast es auch drauf, aber wirklich.«

»Habt ihr noch was zu essen?«, fragte Jacopo. »Ich sterbe vor Hunger. Dabei hatte ich das Gefühl, mein Risotto sei diesmal ausnehmend gut gelungen.«

»Das kann ich bestätigen.« Elena bedeutete ihm mitzukommen. »Ich frage mich, wie du an den beiden Knaben mit dem Mistgabeln vorbeigekommen bist, die bei euch vor dem Tor Wache halten«, murmelte sie im Hausgehen.

»Matteo und Francesco?«, fragte Jacopo sichtlich belustigt. »Die haben einen himmlischen Schlaf.«

***

Die Nacht war zu kurz gewesen, aber Giulia hatte sich selten so frisch gefühlt wie an diesem Morgen. Die Sonne war lange aufgegangen und hüllte die Dörfer auf der gegenüberliegenden Seite des Sees in ein warmes rostrotes Licht, das nur eine Nuance dessen war, was sie als sommerliches Farbenspiel zu bieten hatte. Seit den frühen Morgenstunden saßen sie in der Küche und redeten. Die Aufregung, aber vor allem die Sorge stand allen vieren noch ins Gesicht geschrieben, doch mit jedem Lachen, jeder netten Gebärde gewann die Normalität mehr und mehr Raum zurück. Von den Vorwürfen, die sich Giulia insgeheim machte, brauchte niemand etwas zu wissen. Jacopos liebevolle Seitenblicke, seine immer wieder nach ihr suchende Hand bedeuteten ihr, dass er sehr gut wusste, was sie beschäftigte, und dass er keinen Groll hegte. Sie genoss diese Nähe voller Dankbarkeit und Glück. Ihr gemeinsames Frühstück dauerte schon länger als sonst, was nicht nur Jacopos Ansprüchen an eine Mahlzeit, sondern vor allem seinem ausführlichen Bericht der gestrigen Ereignisse geschuldet war. Er war, ganz wie Giulia vermutet hatte, mit den Vorbereitungen des Abendessens beschäftigt gewesen, als ihm der vertrocknete Salbei in einem von Giulias Kräutertöpfen ins Auge gefallen war. Da für Jacopo ein Risotto nur unter Zugabe von ein paar frischen Salbeiblättern seinen höchstmöglichen Genuss entfaltete, war er zu Maria, Giulias Mutter, hinübergelaufen, um sich in deren Kräutergarten zu bedienen. Der kurze Weg und das kaum zehnminütige Schwätzchen mit Maria hatten dem Fremden genügt, um ins Haus zu gelangen und sich umzusehen. Jacopo jedenfalls hatte ihn bei seiner Rückkehr auf frischer Tat ertappt. Zu seiner Überraschung schien das dem Kerl allerdings nichts auszumachen. Anstatt zu türmen, hatte er einfach nur dagestanden und den aufgebrachten Jacopo angestarrt. Offenkundig war er unschlüssig darüber gewesen, was er tun sollte. Jedenfalls hatte Jacopo relativ schnell begriffen, dass es der Typ weder auf ihr Geld noch auf Wertsachen abgesehen hatte. Schließlich wäre es ein Leichtes gewesen, sich wenigstens die auf dem Küchentisch liegende Brieftasche zu greifen. Aber die schien der Eindringling nicht einmal bemerkt zu haben. Mit Jacopos Griff zum Telefon war er schließlich aus seiner Schockstarre erwacht, hatte ein Messer gezogen und Jacopo damit bedroht. Die Inbetriebnahme der auf dem Innenhof stehenden Vespa war dann nur noch eine Sache von wenigen Minuten gewesen. Der Kerl wollte durch den Wald entkommen, und er hatte kein Interesse daran gehabt, dass Jacopo derweil die Polizei alarmierte, was er ohne Frage getan hätte. Jacopo hatte bis dahin das alles in gänzlicher Ruhe geschildert, und auch mit ein paar Stunden Abstand zu dem Erlebten schien es ihn nicht sonderlich mitzunehmen. Der vermeintliche Dieb in seinem Haus hatte ihn zunächst zwar ein wenig erschreckt oder vielmehr, angesichts seiner verwüsteten Küche, verärgert, aber nachdem dessen Hilflosigkeit eklatant auffällig war, hatte er sich nur noch gewundert und ihn als irgendeinen von Giulias wild gewordenen Halbkriminellen abgetan. Was dann jedoch passiert war, hatte den Geschehnissen eine andere Wendung gegeben, eine, die ziemlich gefährlich hätte werden können.

»Der Campanaro?«, fragte Brutus erstaunt, während er in seinen noch nicht ganz leeren Mund einen weiteren gut gehäuften Löffel mit Haferbrei schob. Dabei vermittelte er nicht den Eindruck, als hätte er es besonders eilig, mit seinem Tagwerk zu beginnen. Die Erleichterung über die Rückkehr Jacopos und die Neugier ließen ihn förmlich auf Giulias Küchenstuhl festkleben.

»Chiappi?«, wiederholte Giulia ungläubig.

»Würde mich bitte mal jemand ins Bild setzen«, forderte Elena ungeduldig. »Ihr könnt nicht davon ausgehen, dass eure Mitbürger eine nationale Bekanntheit wie George Clooney haben oder nur annähernd so scharf aussehen, dass ich von ihrer Existenz Notiz nehmen würde.«

»Der Campanaro Chiapponi ist der Küster der hiesigen Kirchengemeinde, weit über neunzig, Deutschenhasser und ein böser Mensch«, schmatzte Brutus. »Er wollte Giuli mal erschießen, als sie seine Kirschen für mich geklaut hat. Obwohl …«

»Andere Kiste«, fiel Giulia Brutus ins Wort. Sie hatte heute einfach keine Nerven für die alten Geschichten.

»War das vor oder nach dem Krieg?«, wollte Elena amüsiert wissen.

Brutus reagierte auf den Spruch mit seinem kindlichen Kichern und sah sie bewundernd an. »Du hast das gestern Abend übrigens richtig toll gemacht, also wie du mich beruhigt hast und so. Seitdem du da bist, fühle ich mich gleich viel sicherer.« Er verzog den Mund zu einem breiten Grinsen und kratzte sich verlegen über seine Halbglatze. »Bei Giulia ist das ja auch so. Aber du bist irgendwie anders …«

»Aber so was von«, jauchzte Elena. Dann ahmte sie mehr schlecht als recht eine tiefe Männerstimme nach. *»Hasta la vista, baby!«*

Brutus lief knallrot an.

»Chappi ist ein wenig militant unterwegs. Gelobtes Italien und so. Die Begriffe Zucht und Ordnung wird man ihm wohl noch in seinen Grabstein meißeln«, erklärte Jacopo geduldig und ohne auf das Geplänkel der beiden einzugehen. Er wusste, dass Giulia darauf brannte, die Geschehnisse bis in alle Einzelheiten zu erfahren, in der Hoffnung, daraus Schlüsse für ihren Fall ziehen zu können. Aber er wollte natürlich auch gegenüber Elena nicht unhöflich sein.

»Und der hat auf dich geschossen?«, hakte Giulia nach.

»Wie ich mit dem Burschen auf meinem Sozius zwischen den Gärten hinaufgefahren kam, stand da Chiappi am Wegesrand, sein altes Repetiergewehr geschultert und mit einem Blick, als wäre er versehentlich in eine deutsche Reisegruppe geraten. Ich weiß nicht, was in dem Alten vorgegangen ist, aber irgendwie muss er gesehen haben, dass etwas nicht in Ordnung war. Das Messer, das mein Mitfahrer auf meine Rippen angesetzt hatte, kann es nicht gewesen sein. Ich vermute, die Sturmhaube des Kerls hat ihn misstrauisch werden lassen, vielleicht hat er sich auch nur daran gestört, dass ich ihn nicht gegrüßt habe. Das war nicht einmal mit böser Absicht, aber woher sollte ich denn wissen, dass der Typ hinter mir nicht die Nerven verliert und zusticht, wenn ich zu winken anfange?« Jacopo hob die Hände und legte sie dann wieder neben seinem Teller ab. »Wer kann das bei dem alten Schlitzohr schon genau sagen. Jedenfalls waren wir kaum an ihm vorbei, als ich einen dröhnenden Knall gehört habe. Im gleichen Moment fing der Roller an zu schlingern, und wir sind auf der Grasnarbe gelandet.«

Elena riss die Augen auf. »Der hat auf euch geschossen«, platzte es aus ihr heraus. »Peng! Einfach so? Nicht schlecht.« Sie schüttelte den Kopf. »Kaum zu glauben, was hier draußen am See so abgeht. Dagegen ist das Viertel um die Via Padova in Mailand ein Kindergarten.«

Giulia kamen kurz die Nachrichtenbilder von brennenden Autos, zerstörten Geschäften und Straßenschlachten in den Sinn, die sich die Polizei regelmäßig mit einigen der in dieser Gegend Mailands lebenden Migranten lieferte. Der Stadtteil war ein sozialer Brennpunkt, und bis heute hatten es die Stadtväter nicht geschafft, die Situation nachhaltig zu befrieden. Die eklatanten kulturellen Unterschiede und die teilweise bittere Armut auf so geballtem Raum bargen enormen Sprengstoff, und vor allem bereiteten sie der Kriminalität den Nährboden. Schon allein deswegen hinkte Elenas spöttischer Vergleich, aber zweifelsohne konnte es durchaus an einigen Orten in Mailand passieren, dass jemand eine Waffe auf einen richtete.

»Der Campanaro …«, murmelte Giulia verwundert.

Jacopo bemühte sich, alles mit einem offenen Lächeln herunterzuspielen.

»Er hat getroffen. Das erklärt das Blut an deinem Roller«, ergänzte sie leise. »Und ich dachte schon …« Giulia schluckte.

»Pipistrelli, ich bin unversehrt«, entgegnete Jacopo, streckte die Hände in die Luft und rutschte scheinbar vergnügt auf seinem Stuhl hin und her. »Aber der Bursche hatte weniger Glück. Er hat ganz schön geflucht, das könnt ihr mir glauben. Dem Humpeln nach zu urteilen, hat Chiappi ihn am Bein erwischt. Er ist trotzdem relativ schnell im Wald verschwunden, aber das kann auch das Adrenalin gewesen sein, das ihn betäubt hat.« Er hielt einen Augenblick inne. »Wenn ich es mir recht überlege, habe ich dort seine Stimme das erste Mal gehört. Vorher hat er nicht gesprochen, kein Wort. Ich hatte ihn im Haus mehrfach gefragt, was er sucht, aber der Kerl hat nicht reagiert. Deswegen hatte ich ihn zunächst auch für einen Ausländer gehalten.«

»An was genau erinnerst du dich noch?«, fragte Giulia geschäftsmäßig.

Jacopo schloss die Augen und rieb sie sich mit dem Daumen und Zeigefinger seiner rechten Hand. Als er sie wieder öffnete, sagte er: »Er war Italiener, und er war vom See. Diese derben Flüche können nur aus dem Mund eines Comasci kommen.« Er dämpfte seine Stimme, als würde das seine Erinnerung schärfen. »Aber das Alter kann ich nicht schätzen. Von zwanzig bis«, er wedelte mit der Hand, »ist alles drin.« Nachdenklich schwieg er. »Der Kerl hatte ungefähr meine Größe, also hochgewachsen, aber nicht ganz so kräftig wie ich, und er trug dunkle Klamotten, irgendein Allwetterzeugs, aber frag mich bitte nicht, welche Marke. Du weißt, darauf achte ich nicht. Ich habe mich noch gewundert, wieso jemand im Hochsommer in so einer Kluft daherkommt, aber nach meinem Marsch durch den nächtlichen Wald wusste ich es.« Jacopo verschränkte die Arme vor der Brust und schüttelte sich einmal kurz, als ob ihm die feuchte Kälte vom Vorabend noch in den Knochen sitzen würde.

»Chiappis Gewehr stammt noch aus dem Zweiten Weltkrieg«, plapperte Brutus in das Schweigen hinein. »Mir ist nicht klar, wieso die Soldaten ihre Waffen mit nach Hause nehmen durften, aber es muss wohl so gewesen sein. Er hat gegen Mussolinis Truppen gekämpft. Heute kennt er weder Freund noch Feind, sondern beschimpft sie einfach alle.«

Elena zwinkerte Giulia belustigt zu, während Jacopo mit den Gedanken abzuschweifen schien.

Giulia hatte Claudio Marcello schon ein halbes Dutzend Mal aufgefordert, das Gewehr zu konfiszieren. Chiappi war ohne Waffe schon Bedrohung genug für sein Umfeld, aber mit diesem nicht mehr taktfesten Museumsstück, für dessen Einsatz er nicht einmal einen triftigen Grund brauchte, konnte er als echtes Sicherheitsrisiko durchgehen. Ob sie Marcello angesichts dieser Aktion jedoch in naher Zukunft daran erinnern sollte, würde sie sich in Ruhe überlegen müssen. Letztlich war die Sache noch glimpflich ausgegangen, also zumindest gab es keine Toten, und womöglich hatte der Campanaro Jacopo mit dem Schuss auch vor Schlimmerem bewahrt.

»Ich weiß nicht, was der Typ vorhatte, womöglich hat Chiappis

Geistesgegenwart mir sogar das Leben gerettet oder zumindest meine Geiselnahme vereitelt«, sagte Jacopo, als könnte er Giulias Gedanken lesen. »Aber irgendwie seltsam war das schon. Er muss zu Fuß zum Torre gekommen sein, und er kannte sich aus. Wieso sonst hätte er den Rückweg durch den Wald wählen sollen?« Er schaute fragend auf Giulia, die ihm konzentriert zuhörte und bei jedem seiner Sätze zustimmend nickte.

»Hast du jemanden dort oben gesehen? Oder möglicherweise irgendein Fahrzeug?«, fragte sie.

Jacopo verneinte zögerlich. »Er ist in den Wald gehechtet und war nicht mehr auszumachen. Wenn da irgendwo in der Nähe ein Auto oder ein Motorrad gestanden hat, ist es mir nicht aufgefallen. Abgesehen davon hatte ich auch keine Ahnung, wie weit unsere Fahrt eigentlich gehen sollte, gut möglich, dass einen halben Kilometer weiter jemand auf ihn gewartet hat, aber mitbekommen, nein, mitbekommen habe ich davon nichts.« Kurze Pause. »Allerdings hatte ich die ganze Zeit das Gefühl, dass er ganz in der Nähe geblieben ist und uns beobachtet.« Er schaute Giulia grübelnd an. »Das ist absurd, ich weiß.«

»Das ist in der Tat seltsam«, bemerkte Giulia nachdenklich.

»Wenn das stimmt, dann war das ein echter Depp. Alles, was du ansonsten erzählst, hört sich zumindest danach an«, kommentierte Elena. »Oder ein armes Schwein, das ganz schön Druck hat, die Fascho-Brillanten zu finden.«

Giulia warf ihrer Assistentin einen alles sagenden Blick zu.

Brutus riss den Kopf nach oben und schaute mit weit aufgerissenen Augen in die Runde. »Was hast du gesagt? Was ist mit Faschisten?« Seine Stimme überschlug sich. »Giuli, du weißt, was Piergiuseppe dazu sagen würde. Denk an seinen Vater, deinen Großvater.« Er bekreuzigte sich. »Mit solchen Leuten haben wir nichts am Hut. Die sind fies und bösartig.« Er holte kaum Luft und legte nach. »Mezzegra, nicht wahr? Ihr redet über den toten Kellner aus Mezzegra.« Er wartete kurz, aber als niemand auf ihn reagierte, fuhr er fort: »Was habe ich euch gesagt! Mussolini wurde dort hingerichtet. Das ist ein schlechtes Omen. Und jetzt haben *wir* es mit den Faschisten zu tun.«

Elena biss sich auf die Unterlippe und senkte den Kopf.

»Du hast was falsch verstanden«, entgegnete Giulia besänftigend. »Mach dir keine Sorgen.«

»Giuli, ich weiß, was los ist. Mein Kumpel Mattia trägt dort die Post aus. Der hat da schon Dinge gesehen …« Brutus machte ein verkniffenes Gesicht. »Mir kannst du nichts vormachen, mir nicht. Nein, nein«, murmelte er vor sich hin. Er schaute niemanden am Tisch mehr an und verfiel in ein für ihn ungewöhnliches Schweigen.

Jacopo sagte nichts und nickte Giulia nur kaum merklich zu. In seinem Blick lag nicht einmal ein Vorwurf, nur ein wenig Sorge konnte sie erkennen. »Möglicherweise habe ich mir das auch nur eingebildet«, fuhr er ungerührt fort. »Oder mir von Chiappi einreden lassen. So spurlos ist das alles nicht an mir vorübergegangen. Es fühlt sich schon verdammt mies an, wenn man in die Schusslinie gerät.« Pause. »Ich weiß nicht, was in mich gefahren ist, aber mit einem Mal habe ich unser Leben in Gefahr gesehen. Ich meine, du bist seit Jahren Polizistin und hast so einige schwere Jungs hinter Gitter gebracht, aber noch niemals hat es jemand gewagt, in unser Haus einzudringen. Kurz und gut, wir haben uns auf die Suche nach dem Schwein gemacht.« Jacopos Gesicht war gerötet, und seine hektischen Bewegungen verrieten, wie aufgeregt er war. »Ich habe ehrlich gesagt nicht im Traum daran gedacht, was bei euch für ein Eindruck entstehen könnte«, er sah Giulia an »und welche Ängste du ausgestanden haben musst.«

»Der Campanaro und du?«, fragte Giulia ungläubig, ohne weiter auf Jacopos Entschuldigung einzugehen.

»Pipistrelli, ich weiß, das war kindisch, und vor allem war es leichtsinnig. Aber ich hatte von einem Moment auf den anderen das Gefühl, ich müsste uns beschützen.« Er beugte sich zu Giulia hinüber und fasste unter dem Tisch nach ihrem Bein. »Euer Freund, der Campanaro, jedenfalls ist angesichts des *Feindkontaktes*, wie er es nannte, zu Hochform aufgelaufen. Er war der Überzeugung, dass sich der Kerl in ein sicheres Versteck zurückziehen müsste, um seine Wunde zu versorgen und abzuwarten, bis sich die Situation beruhigt hatte. Dafür kam aus seiner Sicht nur ein altes Partisanenversteck in Frage.«

»Die Grotte des heiligen Sebastiano?!« Giulia konnte es nicht fassen. »Die ist fast eine Stunde Fußmarsch von der Stelle entfernt, an der wir deine Vespa gefunden haben. Das wäre mir im Leben nicht eingefallen. Da zieht es doch heute kaum noch jemanden hin.«

»Du kennst sie?«, wollte Jacopo erstaunt wissen.

»Jeder hier kennt sie«, entgegnete Giulia. Ihr Vater Piergiuseppe hatte sie schon als Kind einige Male mit dort hinaufgenommen und ihr dabei allerlei Geschichten von heldenhaften Freiheitskämpfern und mutigen Bauernburschen erzählt. Seine Augen hatten dabei immer ganz wundersam geleuchtet, und er hatte, während Giulia lieber am Eingang der Höhle auf einem Felsvorsprung sitzen geblieben war, das Innere huldvoll abgeschritten. Die Grotte war, was ihre Größe anging, eher unspektakulär, und auch geologisch hatte sie nichts Beeindruckendes zu bieten. Aber Piergiuseppe hatte sich in ihrer Nähe immer benommen, als betrete ein streng gläubiger Katholik das erste Mal den Petersdom in Rom. Für Giulia hatte dieser dunkle Ort von jeher etwas Unheimliches gehabt, und sie hatte ihn nie sonderlich gemocht, ganz zu schweigen von dem schmalen in den Fels hineingehauenen Trampelpfad, den man, um dorthin zu gelangen, entlangbalancieren musste.

»Also ich war noch nie vorher dort, gab Jacopo zurück. »Aber ich stamme ja auch von der falschen Seeseite.« Er zog Giulia häufig mit ihrer unterschiedlichen Herkunft auf. Ob Westen oder Osten machte für einen Comasci einen elementaren Unterschied. Heute aber stieg sie nicht darauf ein.

»Ich kenne die Grotte auch nicht.« Brutus sah aus, als wollte er Giulia deswegen Vorhaltungen machen, doch dazu kam es glücklicherweise nicht, denn Elena grätschte dazwischen.

»Schweres Gelände«, konstatierte sie und klopfte Brutus dabei auf die Schulter. »Zu risikoreich, ein Absturz …« Sie bedeutete ihm mit der Hand, was sie meinte. »Und der wichtigste Mann der *Posteitaliane* ist futsch.«

Das schien ihn zu besänftigen. »Das stimmt wohl«, nickte er.

»Na ja«, wiegelte Jacopo ab. »Jedenfalls sind wir dort hinaufgestiegen …« Er nahm einen Schluck Kaffee, bevor er weiterredete. »Wer auch immer da gewesen ist, er kann nur ein paar Minuten vor unserem Eintreffen verschwunden sein, denn seine Zigarette konnte ich noch ganz deutlich riechen.«

***

»Hast du gesehen, wie den Jungs die Kinnlade heruntergefallen ist, als Jacopo uns verabschiedet hat?«, feixte Elena. »Bei euch hier oben ist es genauso cool wie im Mailänder Zoo.« Sie schnalzte fröhlich mit der Zunge und kaute dann weiter an ihrem Kaugummi. Nebenbei versuchte sie, aus einer Parklücke auszuparken, in die ein Kleinbus gepasst hätte.

»Jetzt erlaube mal«, echauffierte sich Giulia zugegebenermaßen etwas künstlich. Ihr war heute nicht danach, den Heißsporn neben sich in die Schranken zu weisen. Sie war einfach nur dankbar und glücklich, dass Jacopo nicht zum Opfer ihrer, wie Elena es ausdrücken würde, egoistischen Selbstverwirklichung geworden war. Elena hatte schon recht, wenn sie ihr öfter mal ein gewisses Maß an Rücksichtslosigkeit, gepaart mit einem ausgeprägten Tunnelblick in Bezug auf die Arbeit, attestierte. Aber wie sollte man sonst einen Job machen, der einen quasi rund um die Uhr beschäftigte, zumindest gedanklich, und der zu allem Überfluss auch noch zu einer Bedrohung für das eigene Leben werden konnte? Giulia war nun einmal kein Mensch, der am Ende des Arbeitstages abschaltete. Sie nahm ihre Fälle mit nach Hause, spürte das Grauen der Opfer, durchlebte den Druck der Täter und war getrieben von der Suche nach Gerechtigkeit.

»Wir fahren auf die Questura«, rief Elena aus der heruntergelassenen Fensterscheibe der Fahrertür jedem vorbeieilenden Passanten zu. Die Bewohner von Abbadia Lariana nahmen dies zunächst mit sichtbarer Verwunderung, aber auch nicht ohne einen gewissen Stolz zur Kenntnis. Sie winkten herzlich, bedachten die beiden mit freundlichen Worten oder drückten ihre Erleichterung über die schnelle Rückkehr Jacopos aus. Nur Matteo und Francesco, die vor der Kirche St. Antonio standen und dem *prete* sicherlich die neuesten Neuigkeiten berichteten, schauten ein wenig bedröppelt drein, als sie Giulia und Elena vorbeifahren sahen.

»Was soll das bringen?«, fragte Giulia verwundert angesichts Elenas Mitteilungsbedürfnis.

»Der Unterschied zwischen den Mailändern und den Comasci ist, dass letztere miteinander reden. Wenn Jacopo recht hat und der Maskenmann hier vom See stammt, dann weiß er jetzt, dass er sich die Brillanten ein für alle Mal abschminken kann.« Elena zwinkerte ihr verwegen zu. »Das ist meine Art, die Kuh vom Eis zu holen.«

»Noch sind wir nicht in Lecco angekommen«, murmelte Giulia und drückte die flache Hand auf ihre Brust. »Abgesehen davon bringst du mich bitte erst nach Mezzegra. Ich muss dringend mit der Familie Campetti reden.« Eigentlich hätte Giulia wieder allein fahren können, aber auch wenn dieses Gefühl nur äußerst langsam in ihr reifte und sie es die meiste Zeit für eine ihrer Kopfverletzung geschuldete vorrübergehende Fehleinschätzung hielt, empfand sie die engere Zusammenarbeit mit Elena als Bereicherung.

»Wir schaffen jetzt die Brillanten in die Questura. Dort sind sie wenigstens sicher«, entschied Elena. »Eine offizielle Registrierung als Beweismaterial kann auch nicht schaden, vor allem wenn die Brillis wirklich so wertvoll sind. Ich will der Zorzi nicht erklären müssen, dass irgendein Bauernbursche dir deinen BH entrissen hat.« Elena freute sich wie so oft über ihr vorlautes Mundwerk.

»Lass uns erst zu den Campettis ...«, wiederholte Giulia. Sie wollte mit der Familie von Leopoldo über die Steine sprechen. Viel Hoffnung, von diesen Leuten etwas zu erfahren, hatte sie nicht, aber mit etwas Glück könnte sie seine Schwester Anna allein erwischen und sie zum Reden bringen. Wenn die Brillanten wirklich Teil eines Goldanhängers waren, wie es Baldo versichert hatte, dann könnte dieser vielleicht noch im Besitz der Campettis sein. Siebzehn wertvolle Steine ließen sich womöglich unauffälliger verkaufen als ein Einzelstück mit Gravur von Mussolini, zumindest dürfte der Käuferkreis größer sein. Giulia konnte das nur vermuten, aber eine andere Erklärung, wieso jemand den Anhänger in seine Einzelteile zerlegen sollte, hatte sie nicht, vorausgesetzt natürlich, das Schmuckstück in Gänze war überhaupt noch existent.

»Vergiss es«, fuhr Elena ihr über den Mund. »Das Zeug muss weg, wenn nicht noch ein Unglück passieren soll. Bei euch zu Hause wird keiner mehr suchen, aber weiß denn ich, ob dich nicht gleich einer aus meinem Auto zerrt, um an die Beute zu kommen. Du vergisst jetzt zur Abwechslung mal den zügigen Fortgang der Ermittlungen und denkst an unsere Sicherheit. Und an die Vorschriften.«

Giulia nahm Elenas Ansage zähneknirschend, aber ohne Widerspruch hin. Sie hielt sich an die Regeln, das war schon korrekt, selbstverständlich. Die vermeintlich verlorene Zeit, die ohnehin weitestgehend nur auf Giulias Ungeduld basierte, würden sie schon irgendwie wieder aufholen.

»Klapp mal mein iPad auf«, bat Elena, ohne weiter über das Ziel ihrer Fahrt zu diskutieren.

Giulia zog das Gerät, das zwischen ihrem Sitz und der Mittelkonsole steckte, hervor und öffnete es.

Während sie darauf herumwischte, gab Elena weitere Anweisungen. »Unter ›Fotos‹. Kriegst du das hin?«

»Ach, das ist kein Föhn?«, frotzelte Giulia, wobei sie das Teil in die Luft hielt und von allen Seiten betrachtete.

»Nun mach schon«, sagte Elena ungeduldig. »Ich bin letzte Nacht nicht untätig gewesen. Und wenn wir einmal dabei sind: Euer Sofa geht gar nicht.«

Giulia schaute zu ihr herüber. »Danke übrigens«, sagte sie in vertrautem und für sie ungewöhnlich liebevollem Tonfall.

»Wofür? Dass ich beinahe deinen Mann ins Jenseits befördert habe? Keine Ursache.« Elena grinste stolz. »Großeinsatz im Schlafzimmer meiner Commissario, und der kongeniale Postbote schnarcht weiter vor sich hin. Mhm. Porridge mit Erdbeeren.« Sie verschluckte einen Seufzer. »Wie er so etwas immer sagt, echt cool. Und dieses Pflichtbewusstsein ... Man merkt, dass ihr zusammen im Sandkasten gesessen habt.« Sie wurde nachdenklich. »Aber er ist zartbesaiteter als du. Das macht ihn echt sympathisch. Feinfühlige Männer sind selten. Und wie er sich um uns gesorgt hat …« Elena lächelte, als könnte sie das alles nicht so recht glauben.

Die Worte hatten Giulia stutzig gemacht. Es war nicht so sehr das, *was* Elena von sich gegeben, sondern *wie*. Es hatte irgendwie nach stiller Bewunderung geklungen. Giulia schaute Elena prüfend von der Seite an und erwog kurz nachzuhaken, ließ es dann aber bleiben. Elena und Brutus waren erwachsene Menschen. Die würden ohne ihre Einmischung klarkommen, und eventuell hatte sie auch mehr hineininterpretiert, als eigentlich dahintersteckte. Egal, wie die Dinge standen, sie wollte auf keinen Fall wie die Anstandsdame von Brutus wirken. Diesen Platz beanspruchte bereits ihre Mutter Maria, was, schon von außen betrachtet, ziemlich anstrengend sein konnte.

Elena schien den Blick zu bemerken, überging ihn aber souverän. »Hast du sie nun gefunden?«, fragte sie, ohne ein weiteres Wort über Brutus zu verlieren. »Ich musste ein bisschen zaubern, aber man sieht sie ganz gut«, sagte sie selbstbewusst.

Man sah es sogar ganz hervorragend, das Amulett mit dem C und dem B, das die junge Dame auf dem Schwarz-Weiß-Foto um ihren Hals trug. Es war zweifelsohne ein privater Schnappschuss von Clara Petacci, denn die Frau, die hier so ausgelassen im Bikini posierte, wirkte darauf nicht wie eine der zahlreichen Geliebten eines viel älteren und zudem verheirateten Diktators. Aber wie stellte man sich auch so jemanden vor? Es gab Videoaufnahmen von Eva Braun, Hitlers späterer Ehefrau, wie sie im Badeanzug einen Handstand übte oder im Wasser planschte. Das war nichts anderes, wenngleich Giulia nur schwer nachvollziehen konnte, wie diese Frauen die Augen vor der Wahrheit verschließen konnten. Dass mächtige Männer als sexy galten, lieferte für sie nur eine schwache Erklärung. Giulia hatte schon einige Aufnahmen der Petacci gesehen, aber entweder waren es die wenigen, die nach ihrem Tod gemacht worden waren und die nichts als die ihr widerfahrene rohe Gewalt ausdrückten, oder es handelte sich um professionelle Bilder, die bis auf ihre Schönheit ohne Aussage blieben. Das hier jedoch war anders.

»Super, Elena! Danke, Elena! Mit diesem Fund untermauerst du die Expertise des morbiden Waldmenschen«, plapperte Giulias Assistentin übermütig drauflos. »Damit können wir nämlich fast sicher sein, dass wir ihm nicht auf dem Leim gehen.« Sie riss die rechte Hand nach oben. »Es gibt ihn wirklich, den verschollenen geglaubten Schmuck der Schwarzhemden, und die große Commissario Cesare hat ihn gefunden. Dank ihrer ist Italien nun um ein Geheimnis ärmer.«

»Krieg dich wieder ein«, forderte Giulia. »Wo hast du das Foto her?«

»Ein Freund von mir arbeitet in der Villa Carpena«, erklärte Elena, als wäre es ganz selbstverständlich, diesen Ort zu kennen. Für Elena, die politisch interessierter und auch versierter war als ihre Vorgesetzte, traf dies zweifelsohne zu, aber Giulia musste an dieser Stelle passen.

Sie warf Elena einen fragenden Seitenblick zu.

Elena schnaubte. »Wie kann es sein, dass du von den wesentlichen Dingen, die außerhalb deines Dorfes passieren, so wenig mitbekommst? Die Villa Carpena steht ganz in der Nähe von Mussolinis Geburtsort Predappio. Der Kerl hat in diesem Haus sogar ein paar Jahre gelebt, seine Witwe Rachele ist dort gestorben. Jedenfalls hat ein fanatisches Ehepaar die Hütte vor einigen Jahren von den Mussolini-Söhnen gekauft und ein Studienzentrum errichtet.«

»Das klingt doch nicht schlecht«, antwortete Giulia.

»Nee, nicht, was du denkst, ganz und gar nicht«, empörte sich Elena. »Die leben den totalen Duce-Kult, stellen seinen Morgenmantel aus, seinen Rasierer und, wenn sie ihn auftun könnten, auch noch seinen Nachttopf. Das Haus ist eine einzige Verherrlichung des Faschismus. Und weil es so nett ist, kannst du auch noch zum Friedhof pilgern und das Grab dieses Verbrechers besuchen, persönlicher Eintrag ins Kondolenzbuch inklusive. Die, die das tun, formulieren so herzzerreißende Botschaften wie: *Komm zurück! Führer, mein Licht!* Brauchst du noch mehr Beispiele für dieses eklige Geblubber?«

»Schon verstanden«, entgegnete Giulia. »Und da arbeitet ein Freund von dir?«, fragte sie ungläubig nach.

»Zu Recherchezwecken«, antwortete Elena. »Wir sind mehrfach gegen diesen Geschichtsrevisionismus Sturm gelaufen, aber die haben sich immer herausgeredet. Jetzt sammeln wir eben Beweise. Irgendwann muss der Staat ja mal was unternehmen.«

»Oh, Elena.« Giulia staunte immer wieder über Elenas Engagement, das mitunter nicht ganz konform mit ihrer Arbeit war.

»Du weißt nichts davon. Versprochen!«, forderte ihre Assistentin ungewohnt ernst. »Die Typen, die da ein und aus gehen, verstehen keinen Spaß.«

Giulia legte die Hand aufs Herz. »Versprochen!« Dabei dachte sie nicht nur an die schwarzen Kameraden, sondern auch an den Questore. Den würde Elenas Umtriebigkeit mit Sicherheit am wenigsten beeindrucken, im Gegenteil, er konnte es ihr sogar untersagen, aber so wie Elena tickte, würde sie auf eine solche Anweisung pfeifen. Im schlimmsten Fall würde sie in ihrer Empörung ihren Job hinwerfen, und das war ganz und gar nicht in Giulias Sinne.

»Jedenfalls haben die Hinterbliebenen, also die Familie Mussolini, ein riesengroßes Problem mit der Petacci. Am liebsten würden sie die Erinnerung an diese Frau auslöschen. In ihren Augen hat es nie eine Liaison gegeben. Sie behaupten sogar, die Petacci wäre eine Stalkerin gewesen, geisteskrank und unzurechnungsfähig. Ihre Tagebücher klingen zuweilen so, aber das hat etwas damit zu tun, dass sie diese ganze faschistische Sülze, die ihr Geliebter von sich gegeben hat, nicht nur verinnerlicht, sondern auch aufgeschrieben hat, um sie für die Nachwelt zu erhalten. Ansonsten geht es darin um Sex und die bedingungslose Liebe zu diesem ... Individuum.« Das letzte Wort spuckte sie fast aus. »Blöd nur, dass das dann aber auch zu ihrem Ende passt. Deswegen hat die Familie Mussolini alles darangesetzt, die Veröffentlichung zu verbieten. Die Petacci, dieses törichte Weib, hat sich zu Lebzeiten nicht von seiner Vielweiberei abschrecken lassen, was an Selbsterniedrigung kaum noch zu überbieten ist. Nein, sie ist ihm auch noch in den Tod gefolgt.«

»Ich weiß, ich weiß.« Giulia winkte ab.

»Jedenfalls ist die Hauptmätresse auf diese Art in die Geschichte eingegangen. Unschön für seine Familie. Deshalb liegt ihr viel daran, alle Beweise für diese Affäre zu negieren. Und wie das so in diesen Kreisen ist, es gibt genügend echte Jünger, die dabei helfen und immer schön das Gegenteil behaupten.«

»Und wie, bitte schön, soll denn das gelingen?«, fragte Giulia ungläubig. »Allein das Internet ist voll von den Fotos der beiden nebeneinanderliegenden Leichname oder von dieser gruseligen Szene in der Mailänder Tankstelle, du weißt schon, das Erhängen der ohnehin schon Toten, um sie ein letztes Mal zu demütigen.« Innerlich schüttelte es sie. »Wie steht eigentlich die Familie der Petacci zu alldem? Wenigstens die können doch das Bild ihrer Vorfahrin geraderücken, also wenn sie sich nicht dafür schämen.«

»Tun sie nicht. Einige von ihnen beschwören das Verhältnis sogar. Na ja, am Ende bringt eben sogar das Geld. Aber egal. Bei den ganzen Erinnerungstücken, die mein Freund da gerade sichtet, sind auch viele Fotos dabei. Unter anderem ist er auf das da gestoßen.« Elena deutete mit dem Kopf auf das iPad in Giulias Schoss. »Ein Glückstreffer, aber er wusste, was er suchen muss.«

»Du hast es nicht geglaubt?«, wollte Giulia wissen, der so langsam aufging, was Elena antrieb.

»Commissario, ich glaube dir fast alles, aber der Typ war ein Freak, und ich gehe nicht davon aus, dass er seine Expertise vor der Zorzi oder dem Questore wiederholen würde. Wir hatten nichts in der Hand, was seine These untermauert hätte. Außerdem gilt der Schmuck seit 1945 als verschwunden. Woher sollten wir denn wissen, dass er wirklich existiert hat. Jetzt jedoch …«

Giulia blieb still. Elena hatte wohl recht mit dem, was sie sagte.

»Das ist aber noch nicht alles«, frohlockte Elena selbstbewusst.

Giulia schaute erwartungsvoll zu ihr hinüber.

»Dieser Name, den dein Waldmensch genannt hat …«, hob sie an, redete dann aber nicht weiter und schimpfte stattdessen über den dichten Verkehr auf der Autostrada.

»Kuno Alwin Wyss«, bemerkte Giulia.

»Genau. Dem gehört das erfolgreichste Schweizer Auktionshaus, die Galerie Wyss in Zürich«, entgegnete Elena. »Nach allem, was ich im Internet finden konnte, sind die vor allem auf Schmuck spezialisiert, seit mehr als hundert Jahren. Ha! Zumindest deutet das mal daraufhin, dass dein Waldschrat nicht ganz plemplem ist.«

Giulia dachte an Baldo, an seine Warnung und an die Absonderlichkeit, die in ihrer Begegnung gelegen hatte.

»Während du heute früh mit Jacopo und deinem Postboten geturtelt hast, habe ich ein wenig herumtelefoniert. Ich habe einen guten Draht zu den neuen Kollegen aus dem Diebstahl …«

»In der Questura?«, fragte Giulia dazwischen.

»Oh, wow, Commissario!«, rief Elena mit gespielter Verzückung. »Wir haben für jedes noch so fiese Verbrechen Menschen, die sich damit beschäftigen, seit der letzten Umstrukturierungsmaßnahme sind es sogar noch mehr geworden. Die sind aus Fleisch und Blut, gehen jeden Morgen ins Büro und jeden Abend nach Hause. Wenn du auf deine Artgenossen achten würdest, wäre dir das bestimmt aufgefallen. Die meisten von denen können sogar sprechen …«

»Schon gut, schon gut«, maulte Giulia. Die Worte dröhnten in ihren Ohren, und deren Inhalt trug auch nicht gerade zu ihrem Wohlbefinden bei. Früher hatten die Commissarios alle schweren Verbrechen ihres Bezirkes auf dem Tisch gehabt, aber seitdem die Zorzi die Abteilung führte, hatte sie Zuständigkeiten entzerrt, angeblich um die Teams schlagkräftiger zu machen. Für Giulia hatte das den Vorteil, dass sie relativ losgelöst an ihren Fällen arbeiten und nach Bedarf auf das Expertenwissen der Kollegen zurückgreifen konnte. Zugleich, und das lag wohl eher in ihrem speziellen Wesen begründet, lebte sie mit dem Nachteil, kaum noch etwas von der Arbeit der anderen mitzubekommen, denn dafür brauchte es die konsequente Teilnahme an Dienstberatungen und Gesprächsbereitschaft, beides Dinge, die Giulia größtenteils abgingen. »Was hast du herausbekommen?«, fragte sie, ohne auf die Spitze einzugehen.

»Nichts«, antwortete Elena. »Dieser Wyss ist auf seinem Gebiet der Platzhirsch und deswegen allen ein Begriff, aber es gibt nichts, was man ihm vorwerfen kann. Bis vor ein paar Jahren hat man ihn sogar in dem ein oder anderen Fall als Berater herangezogen, aber seit sein Name im Zusammenhang mit dem Schmuckdiebstahl im Dogenpalast auftauchte, ist er raus.«

Giulia erinnerte sich gut an diesen Coup, der vor drei Jahren die venezianische Polizei in Atem gehalten hatte. Aus dem Dogenpalast waren eine Brosche und ein paar Ohrringe im Wert von 2,65 Millionen Euro verschwunden. Elf Monate später waren fünf Männer in Kroatien gefasst worden.

»Was heißt, sein Name ist aufgetaucht?«, wollte Giulia wissen.

»Einer der Diebe hat geplaudert und behauptet, Wyss würde mit drinhängen, angeblich als *der* Kontaktmann auf dem Schwarzmarkt«, entgegnete Elena.

»Wenige Stunden nach dem Verhör hat man den Typen in seiner Zelle tot aufgefunden, am Fenstergriff erhängt. Zufälle gibt es … Wyss jedenfalls hat alles abgestritten und sogar mit einer Anzeige wegen Verleumdung gedroht. Seit dem Vorfall sind unsere Leute ihm gegenüber ein wenig bösgläubig. Er steht seit geraumer Zeit unter näherer Beobachtung. Sie vermuten, dass er neben seinem normalen Auktionsbetrieb auch auf dem Schwarzmarkt recht umtriebig ist, zumindest gegen ordentliche Prozente Verkäufer und Käufer zusammenbringt. Vermutlich ist er zu schlau, um selbst tätig zu werden. Er ist die graue Eminenz im Hintergrund, derjenige, dessen Expertise man vertraut, bevor man dann auch gern einmal zweifelhafte Ware kauft. Bislang gibt es dafür aber keine handfesten Beweise.«

»Wir wissen beide, dass gegen üble Nachrede kein Kraut gewachsen ist«, gab Giulia zu Bedenken. »Wenn er ein erfolgreicher Mann ist, sind die Leute schnell mit solchen Behauptungen.«

»Die Kollegen sind sich sicher, dass es weit mehr ist als das«, entgegnete Elena. »Sie haben ihn im Auge.«

»Puh.« Giulia überlegte. Baldo hatte diesen Wyss bewusst ins Spiel gebracht, und das mit Sicherheit nicht, weil er ihr einen Informanten nennen wollte. Nein, es ging eher darum, Wyss ans Messer zu liefern. Im Umkehrschluss konnte das aber nur bedeuten, dass er mehr wusste, als er ihr gegenüber preisgegeben hatte. Auch das gehörte zu ihrem

Spiel, bei aller Sympathie und gegenseitigem Respekt. Sie war die Polizistin und er der Kriminelle. Ab und zu musste sich Giulia das erneut bewusst machen. Baldo war ein gewiefter Manipulator und Menschenfänger, der nichts ohne Hintergedanken tat. Giulia erinnerte sich an diese wundersame Mär von seinem geläuterten Einsiedlerdasein hoch oben über dem See, wo er weitab von jeglicher Zivilisation und umgeben von einer traumhaften Natur seinen kriminellen Neigungen abschwören wollte. Bis zu ihrem ersten Besuch war sie fast noch geneigt gewesen, ihm das abzunehmen, auch weil es in den Kreisen, in denen Baldo sich bewegte, zum guten Ton gehörte, sich nach einem gescheiterten Coup für eine Weile aus dem Geschäft zurückzuziehen. Der Makel, der mit der Festnahme durch die Polizei an einem haftete, musste erst ein wenig in Vergessenheit geraten. Die meisten wählten sicherlich irgendeine karibische Insel als Rückzugsort, also zumindest jene von Baldos Kaliber, aber was sprach dagegen, die abgelegenen Schönheiten des Lario zu nutzen? Dennoch hatte Giulia bereits damals eine seltsame Ahnung beschlichen, eine Befangenheit, die man verspürte, wenn die Dinge augenscheinlich nicht zusammenpassten, jemand anderes einen dies aber mit aller Vehemenz Glauben machen wollte. Damals hatte er auf der Bank vor seiner Hütte gesessen, die Beine lässig ausgestreckt, die Pfeife zwischen seinen Lippen hängend. Sie sah ihn vor sich, seine stechenden, flink hin und her wandernden Augen, die das Dickicht absuchten. Aus der Deckung des Waldes heraus hatte sie ihn eher bemerkt als er sie. In seinem rastlosen Blick hatte sie Angst gelesen, womöglich auch lesen wollen. Die Fronten waren ihr so klar erschienen. Auf der einen Seite das Opfer, der gejagte Baldo, und auf der anderen Seite die Täter, seine ehemaligen Geschäftspartner, die allein schon in seiner Verhaftung den Verrat gewittert hatten. Und Baldo hatte mit seinem Abtauchen, aber auch damit, dass er Giulia ins Vertrauen gezogen hatte, genau das bedient. Aber es war keine Angst gewesen, die ihn umgetrieben hatte. Er wusste, dass sie kommen würde, er hatte auf sie gewartet. Genauso wie er gestern auf sie gewartet hatte. Sie hatte sich die ganze Zeit gefragt, was bei ihrem Besuch nicht gestimmt hatte. Es waren die Kleinigkeiten, die sie zwar gesehen, aber nicht hinterfragt hatte. Die alten, feuchten Zeitungen, das verstaubte Geschirr, das dürftige Reisigfeuer im Kamin, mit dem man es selbst im Hochsommer in den Nächten da oben kaum aushalten konnte und das eher wie ein Alibi als wie eine Wärmequelle gewirkt hatte. All das hatte darauf hingedeutet, dass Baldo die Hütte nur für ihr Kommen betreten hatte, und sie war so töricht gewesen, dies nicht auf Anhieb zu erkennen. Der Lario war am Ende nicht mehr als ein großes Dorf. Die Dinge sprachen sich herum, vor allem wenn ein Köder wie die Brillanten der Petacci ausgeworfen worden war. Baldo hatte sich zu keinem Zeitpunkt aus seinem Geschäft verabschiedet. Er zog nach wie vor im Hintergrund die Fäden, sann womöglich sogar auf Rache und ganz sicherlich auf den Triumph eines besonderen Coups. Er lauerte auf seine Beute, und Giulia war Teil seines Plans. »Kannst du dir bitte mal die alten Akten zu der Diebstahlserie in den Juweliergeschäften ansehen. Ich glaube, das hieß bei uns der Copperfield-Fall. Mich würde interessieren, ob dort auch der Name Kuno Alwin Wyss auftaucht«, bat sie Elena.

Elena versprach, der Bitte nachzukommen. »Dieser Wyss gäbe einen guten Hehler für die Brillanten der Petacci ab«, bemerkte sie. »Die Frage ist, ob er sich wirklich für so etwas hergibt. Den Makel, mit Faschistenschmuck Geld zu verdienen, will nicht jeder auf dem Revers kleben haben, ein neutraler Schweizer vielleicht erst recht nicht. Abgesehen davon kann das Zeug ja nur geklaut sein, 1945 direkt vom Hals der Petacci. Jedenfalls hat dieser Wyss ein Anwesen in Gravedonna. Die Kollegen haben mir schon mal die Adresse geschickt, nur für den Fall, dass du ihm einen Besuch abstatten möchtest.«

»Mhm.« Zweifelsohne wollte Giulia das. Wenn Baldo sie auf diese Fährte setzte, dann würde sie sich darauf begeben, jedoch nach ihren Regeln, nicht nach seinen.

»Es geht nicht einfach nur um ein paar Klunker, Commissario«, schwor Elena sie ein.

»Das wird man sehen. Uns soll der Hintergrund der Steine zu dem Täter führen, wenn das eine überhaupt mit dem anderen in Zusammenhang steht. Mehr nicht«, erklärte Giulia. »Ich habe nur ein Verbrechen aufzuklären.«

»Wenn du dich da mal nicht täuscht.« Elena runzelte nachdenklich die Stirn.

***

Carmelo Riso, der Chef der Kriminaltechniker war in sein Frühstück vertieft, als Giulia in seinem Büro stand, um ihm den kostbaren Fund zu übergeben. Eine ganze Batterie Frischhaltedosen vor sich aufgereiht, arbeitete er sich von links nach rechts durch, wobei Giulia sich darüber wunderte, dass jede Obstsorte extra eingepackt war, er aber trotzdem alles gemischt verspeiste. Womöglich war seine Frau Tilda auf irgendeine neue esoterische Farbenlehre bei der Nahrungsaufnahme gestoßen, die sie nun praktizierten, bis ein neuer Fimmel sie noch mehr faszinierte. Ob Carmelo nun in die korrekte Reihenfolge seines Essens oder in das Spiel auf seinem Computer vertieft war, konnte sie nicht sagen, jedenfalls bekam er nichts von ihrem Erscheinen mit.

Giulia räusperte sich.

»Ach bitte, das kann doch nicht sein«, beschwerte er sich, ohne den Blick vom Bildschirm abzuwenden. »Enrico Caruso war ein Afrikaforscher, kein Operntenor. Und das soll ein Wissenstest sein?! Ts, ts, ts.« Er rümpfte die Nase und schob sich ein Viertelstück Pfirsich in den Mund. »Tenor … Dass ich nicht lache! Egal. Nächste Frage.« Er klickte auf seine Maus und betrachtete weiter konzentriert den Bildschirm.

»Carmelo?«

Erleichterung huschte über sein Gesicht, als er den Kopf hob. Erleichterung, wie sie jemand empfand, der sich in einer Situation unwohl fühlte und nur auf Erlösung von außen wartete. »Giuli!« Sein Ausruf klang fast nach einem Jubelschrei. »Schön, dich zu sehen.« Er schob seinen Stuhl zurück, sprang auf und lief ihr mit ausgestreckten Armen entgegen. Küsschen links, Küsschen rechts. »Was führt dich zu mir?«

»Es geht um den Fall Campetti«, sagte sie ohne Umschweife. »Der ertrunkene Kellner aus der Marina in Menaggio.«

Riso hielt in seiner Bewegung inne. Auf seiner Stirn zeigten sich tiefe Falten. »Der ertrunkene Kellner?«, fragte er, als hätte er erstmals von ihm gehört.

Giulia verdrehte innerlich die Augen. »Ihr habt das Boot, untersucht, die *Sofja*. Habt ihr was gefunden?«

Riso machte zwei Schritte zurück, umrundete seinen Schreibtisch, stützte sich auf dessen Platte ab und betrachtete etwas konfus seinen Monitor. »Ich müsste nachsehen, was in dem Bericht dazu steht«, erklärte er mit lang gezogenen Vokalen. »Jetzt sofort?«

»Ja, sofort.« Giulia hatte Mühe, ihre Ungeduld zu verbergen.

»Mhm.« Er bewegte sich nicht.

Er weiß nicht, wie er zwischen den Programmen wechselt, dachte Giulia. Aber wie sich herausstellte, war es das nicht.

Sein verzweifelter Blick traf sie. »Ich müsste das hier erst zu Ende bringen. Sie … also, Tilda merkt sonst … Na ja, wir treten gegeneinander an und …« Risos Augen hafteten nun wieder an dem noch geöffneten Wissenstest. Kurz darauf ertönte eine kurze, absteigende Tonfolge, und er schlug mit der Faust auf den Tisch. »Siehst du, jetzt hat sie schon wieder gewonnen!«

Giulia sagte nichts.

»Hier hast du deine doofen Ergebnisse«, murrte er wie ein bockiger Schuljunge, machte ihr den Schreibtischstuhl frei und sah demonstrativ aus dem Fenster.

Giulia nickte ihm dankbar zu und nahm Platz. Mit zusammengekniffenen Augen betrachtete sie den Bildschirm und überflog den Bericht. So wie sich die Spurenlage darstellte, hatte sich niemand die Mühe gemacht, das Boot des russischen Spitzenkochs Gromow gründlich zu reinigen. Daraus jedoch, das wusste sie zur Genüge, ließen sich keine Schlüsse auf ein stattgefundenes beziehungsweise nicht stattgefundenes Verbrechen ziehen. Ein Mörder, der es eilig hatte, nahm nicht den Putzlappen zur Hand, um vermeintliche Spuren zu beseitigen. Das Boot jedenfalls war mit Fingerabdrücken übersät. Diese stammten jedoch allein von drei Personen, wobei ein Kind darunter sein musste. Gromow schien also die Wahrheit gesagt zu haben. Ein Abgleich mit ihm und seiner Familie würde sich relativ zügig bewerkstelligen lassen. Leopoldo Campettis Abdrücke hatten die Kollegen leider nicht finden können. »Kein stumpfer Gegenstand, der für einen Schlag auf Campettis Kopf getaugt hätte«, las Giulia laut. »Wäre ja auch zu schön gewesen.« Etwas enttäuscht scrollte sie weiter. »*Merda!*«, entfuhr es ihr.

»Steht wohl nichts Bedeutendes drin?«, fragte Riso, den Blick unverwandt aus dem Fenster gerichtet.

Der Chef der Kriminaltechniker kannte seine eigene Arbeit nicht. Alles andere hätte Giulia auch gewundert. Aber was war das? Speichel. Die Kriminaltechniker hatten Speichelreste auf dem Fußboden und an den hinteren Wänden des Bootes gefunden. Giulia pfiff durch die Zähne. »Na, das ist ja mal eine Überraschung«, triumphierte sie. Wenn Leopoldo Campetti dem Russen nicht nur im Vorbeigehen ins Boot gespuckt hatte, was bei der Feindschaft zwischen den beiden Männern nicht gänzlich ausgeschlossen war, musste er an Bord gewesen sein. Sie überlegte. Wenn man davon ausging, dass Campetti dort gewesen war … Das Seil. Natürlich! Wenn jemandem die Luft abgeschnitten wurde, konnte es zu unkontrolliertem Speichelfluss kommen. Campetti muss demnach schon auf dem Boot gewesen sein, als ihm sein Mörder die Schlinge um den Hals gelegt hat. Er könnte also auch den vorangegangen Schlag auf den Kopf erst dort abbekommen haben. Campetti hatte seinen Mörder nach Schichtende am Hafen getroffen. Auf ein unbeleuchtetes Boot unterhalb einer Kaimauer achtete nachts niemand. Sie hatten gestritten, möglicherweise um die Steine. Campetti wollte seinen Schatz nicht herausgeben. Er bekam eins über die Rübe, taumelte. Sein Gegenüber nutzte diesen Augenblick der Schwäche und schnappte sich das Fenderseil. Campetti, ohnehin benommen, erhielt, ehe er sich versah, einen Stoß und landete im Wasser. Wenig später brausten sie über den See. Ja, so konnte es gewesen sein. Und die Steine? Die waren in Campetti sicher. Womöglich hatte der Mörder sein Opfer gründlich gefilzt, doch er hatte Campettis ungewöhnliches Versteck nicht gefunden. Und mit dem Mord, der, wenn es um die Beute ging, unsinnig gewesen war, stieg der Druck auf den Täter. Die Schlussfolgerung, dass sich die Steine irgendwo anders befinden mussten, höchstwahrscheinlich bei den persönlichen Sachen seines Opfers, war naheliegend. An diesem Punkt kam der Einbruch in Giulias Torre ins Spiel. Giulia war die ermittelnde Commissario. Sie würde bei der Suche nach dem Schuldigen Campettis Leben auseinandernehmen und mit etwas Glück die Klunker finden. Dass der Täter offenbar annahm, sie würde das Zeug zu Hause bunkern, mochte auf den ersten Blick weit hergeholt anmuten, war aber nachvollziehbar, wenn man von Commissario Cesare und ihren unorthodoxen Methoden gehört hatte. Das wiederum sprach entweder dafür, dass der Täter selbst ein Comasci oder aber extrem gut und hochprofessionell war. Alles in allem ließ darauf schließen, dass Mörder und Einbrecher einem Personenkreis entstammten beziehungsweise sogar ein und dieselbe Person waren. Giulia überlegte. Jacopo hatte von einem großen Mann gesprochen. Der Professore, der den Schlagwinkel überprüft hatte, hatte dies bestätigt. Das sprach für Zweiteres. Sie schluckte. Wenn Mord und Einbruch zwei Glieder einer logischen Kette waren, dann störte sie ein Aspekt gewaltig daran: Wieso war der Kerl nicht auch ins Haus der Campettis oder ins *Ristorante di Paolo* eingestiegen? Das hätte er problemlos lange vor Giulias Auftauchen bewerkstelligen können. Immerhin war der Kellner bereits seit Sonntagnacht tot und sie erst seit Dienstagvormittag im Geschäft. Dazwischen lag genug Zeit, die Brillanten in Ruhe zu suchen, zumal der Einbruch bei einer Commissario wirklich so einiges an Chuzpe verlangte. Wenn die Steine so begehrt waren, dann wartete doch niemand, bis eine Polizistin sie für ihn einsammelte. Wer sagte aber, dass der Kerl nicht lange vor Giulias Erscheinen alle Möglichkeiten genutzt hatte? Im Restaurant hatte niemand einen Einbruch erwähnt. Abgesehen davon war Leopoldos Spint bis auf ein altes, ausgetretenes Paar Schuhe leer gewesen. Aber was war diese Tatsache wert? Im Restaurant gab es genügend Mitarbeiter, die jederzeit problemlos Leopoldos Schrank hätten durchforsten können, lange bevor Giulia ihn untersucht hatte. Das wäre niemandem aufgefallen. Gromow war einer davon. Und bei den Campettis? Giulia hätte sich selbst ohrfeigen können. Sollte ein Plan dahinterstecken, war es der Familie mit dem Überfall hervorragend gelungen, sie von Leopoldos Sachen fernzuhalten. Im Umkehrschluss würde dies aber bedeuten, dass sie mit ihrem Gefühl richtiglag: Die Familie hatte etwas zu verbergen. Und das war ihr aufgrund der dröhnenden Commissario-Rübe auch gelungen. *Merda!* Entweder wussten die Campettis von den Brillanten und fürchteten diejenigen, die sie haben wollten, mehr als die Carabinieri. Das würde erklären, wieso sie mit der Polizei nicht offen geredet hatten. Oder sie wollten die Steine selbst in Sicherheit bringen, was wiederum auch dafür sprechen konnte, dass sie etwas mit dem Mord zu tun hatten. Natürlich war nicht ganz auszuschließen, dass die Familie nicht in Leopoldos Geheimnis eingeweiht war, dann musste es allerdings einen anderen Grund für ihr ausgesprochen seltsames Verhalten geben. Momentan drehte sich Giulia im Kreis. Sie zog ihr Zopfgummi fest und schaute hinüber zu Riso. Der hatte ihr immer noch den Rücken zugewandt und beobachtete eine Taube, die sich auf dem Fensterbrett niedergelassen hatte. Mit ihm den Tathergang zu rekonstruieren, war Zeitverschwendung.

Gromow war der Eigentümer des Bootes. Er lag mit Leopoldo im Klinsch. Dass die beiden zusammen eine nette Bootstour gemacht hatten, war eher unwahrscheinlich. Leopoldo war aber nachweislich an Bord gewesen und kurz darauf gestorben. Und: Der Russe hatte sein Eigentum weder als gestohlen gemeldet, noch hatten die Kollegen irgendeinen Hinweis auf einen unsachgemäßen Umgang mit dem Zündschloss gefunden. Derjenige, der das Boot mit Campetti gefahren hatte, war im Besitz des Schlüssels gewesen. Gromow würde ihr einiges erklären müssen, und Elena würde an dieser Begegnung dieses Mal wenig Vergnügen haben. Die Familie Campetti musste noch warten.

»Wie weit bist du? Ich müsste dann mal wieder …« Riso hatte sich ihr zugewandt und schaute sie fragend an. »Ich kann dir den Bericht auch per Mail schicken. Ich würde gern mein Frühstück beenden.« Er begann, ungeduldig mit dem Fuß zu wippen.

»Sowieso«, entgegnete Giulia, die nur mit halbem Ohr zugehört hatte. Risos Mannschaft hatte ganze Arbeit geleistet. Sogar an dem Fenderseil, das sie im Hafenbecken gefunden hatten, waren sie fündig geworden. Einzelne Haare von Campetti hatten sich so fest in dem Gewebe verhakt, dass sie dem Seewasser getrotzt hatten. Es fügte sich alles zu einem klaren Bild zusammen. Zufrieden mit den Ergebnissen erhob Giulia sich von Risos Bürostuhl, allerdings nicht ohne vorher den ausführlichen Bericht per Mail an Elena zu senden. Bei Riso würden bis dahin ohnehin Stunden vergehen, wenn er überhaupt noch daran dachte, vor allem angesichts dessen, was sie ihm jetzt beibringen musste. Sobald es etwas brenzliger wurde, was bei den Kriminaltechnikern erfreulicherweise eher selten vorkam, trat Risos dünnes Nervenkostüm zutage. Giulia musste also abwägen, was sie ihm erzählte, auch weil sie wusste, dass er es, ohne darüber nachzudenken, umgehend in der Kantine zum Besten geben würde.

»Du, Carmelo, ich hätte da noch etwas für dich«, hob sie an, während sie unter ihrem T-Shirt hantierte.

Carmelos Augen wurden immer größer. »Giuli, ich, also, ich bin ein verheirateter Mann …«, haspelte er. Er schaute sich unsicher nach allen Seiten um. »Wenn Tilda davon … und Jacopo erst. Ist der eigentlich wieder aufgetaucht?«

Sein verklärter Blick ließ Giulia ein wenig erschaudern. Sie zog das Tütchen mit den Brillanten hervor und hielt es ihm unter die Nase. »Bitte sicher aufbewahren«, sagte sie nur. »Beweismittel im Fall Leopoldo Campetti, der ermordete Kellner in Menaggio.«

Er schluckte laut. Angestrengt fixierte er Giulias Oberweite mit seinen Augen. »Augusto kommst du mal bitte!«, rief er, ohne den Blick abzuwenden.

Augusto, ein junger, schmalgesichtiger Mann mit schütterem Haar und einer Hakennase, der im Nachbarbüro saß und den Giulia schon von einigen Einsätzen kannte, kam umgehend herbeigelaufen. »Commissario!«, rief er schon von Weitem, die Hand zum Gruß erhoben.

Giulia erwiderte die Begrüßung mit einem erleichterten Nicken. Augusto war ein fähiger Mann. »Können Sie das so aufbewahren, als handele es sich um das Herz Ihrer Mutter?«, fragte sie ihn.

Riso rührte sich immer noch nicht.

»Der Kellner aus Menaggio«, sagte er, und es klang nicht nach einer Frage. »Selbstverständlich.« Er nahm die Brillanten an sich und hielt sie gegen das Licht. »Die Steinchen hier haben die Kerle also gesucht«, konstatierte er. »Sie haben Nerven, Commissario.«

Giulia lächelte. Über die Schnelligkeit, mit der sich in der Questura Neuigkeiten verbreiten, dachte sie nicht einmal mehr nach.

»Brauchen Sie dazu eine Expertenmeinung?«, fragte er.

Sie verneinte. »Nur einen absolut sicheren Platz.«

Er nickte stumm und wollte wieder von dannen ziehen, als Giulia ihn noch einmal ansprach. »Habt ihr eigentlich schon was zu den DNA-Spuren? Die von der Vespa?«, fragte sie.

Der junge Kollege schüttelte entschuldigend den Kopf. »Seien Sie mir nicht böse, Commissario, aber das geht nicht so schnell, wie Sie es gern hätten. Sobald wir mehr wissen, gebe ich Bescheid.« Sein Blick streifte Riso, der weiterhin völlig abwesend wirkte.

»Ihr lasst das Ergebnis durch unsere Datenbank laufen?«, hakte Giulia nach. Sie wusste, dass dies das übliche Prozedere war, wollte aber ganz sichergehen.

Er lächelte nur, so selbstverständlich war diese Vorgehensweise.

»Und ich hätte gern noch einen Abgleich mit unserem Opfer«, ergänzte sie.

Er zog fragend die Augenbrauen hoch, nickte dann aber.

»Die bucklige Verwandtschaft«, scherzte Giulia augenzwinkernd. Sie traute insbesondere diesem Milo so einiges zu und wollte alle Eventualitäten geprüft haben.

Der junge Mann grinste, reckte den Daumen in die Höhe und verschwand.

»Du, Giuli, also, wenn du Lust hast, dann könnten wir mal gemeinsam ...« Riso, der sich an dem Gespräch in keiner Weise beteiligt hatte, schien aus seiner Trance erwacht.

Giulia war schon hinaus in den Flur getreten. Sie hörte den zweiten Teil des Satzes nicht mehr. Vermutlich war das auch besser so.

***

»Für die schwierigen Umstände Ihrer Ermittlungen sind Sie gut vorangekommen.« Chiara Elisa Zorzi, die Leiterin der Kriminalpolizei in der Questura und Giulias direkte Vorgesetzte, sprach nicht nur ungewohnt leise, sondern war auch noch von einer Zugänglichkeit, die man von ihr nicht kannte. Sogar ihre Körpersprache, die ansonsten nur so von Selbstbewusstsein und Kampfeswillen strotzte, schien heute verändert. Sie saß auf dem einzigen Stuhl, den Elenas Büro neben ihrem eigenen zu bieten hatte – ein Umstand, der noch nie vorgekommen war, da sie es immer als unter ihrer Würde empfunden hatte, sich im Zimmer eines Untergebenen niederzulassen –, und hörte gebannt zu, was Elena zum Fall Campetti zu sagen hatte. Sogar ihre Kleidung, ein graubrauner Hosenanzug nebst farblich passendem T-Shirt und flachen Wildlederpumps wirkte heute auf eine erstaunliche Weise konservativ, ja fast schon angestrengt dezent. In ihrer Hand hatte sie eine eng zusammengerollte Aktenmappe, die sie so fest umklammert hielt, dass ihre Fingerknöchel weiß hervortraten. Giulia, die unbemerkt im Türrahmen lehnte und lauschte, wurde erstmals ein komplett anderes Bild der Zorzi geboten. Sie vermutete private Probleme, wie eine ernste Erkrankung oder die Trennung von ihrem Lebenspartner. Frauen wie die Zorzi, so ihre Vorstellung, übertrugen ihre Gemütsverfassung auf ihr Äußeres, um ihrem Umfeld das mitzuteilen, was sie vor lauter Stolz nichts auszusprechen vermochten. Aber Giulia lag, wie sich gleich herausstellen sollte, weit daneben.

»Commissario Cesare«, sagte die Zorzi, nachdem sie Giulia bemerkt hatte, und sie klang dabei heute alles andere als vorwurfsvoll. Eilig winkte sie Giulia herein und hielt sie dabei freundlich an, die Tür hinter sich zu schließen. »Ich freue mich, dass die Sache mit Ihrem Mann so glimpflich ausgegangen ist. Es war absolut korrekt, dass Sie die …«, sie zögerte kurz, »die Beweismittel sofort gestern Nachmittag auf die Questura gebracht haben.« Eine anerkennende Kopfbewegung folgte. »Wir dürfen in dieser Sache keine Fehler machen.«

Giulia fing ein Augenzwinkern von Elena auf. Sie wollte nicht wissen, wie sie das mit dem Datum auf dem Übergabeprotokoll wieder gedeichselt hatte.

»Ich habe den Questore selbstverständlich sofort in den Fall eingeweiht. Wir haben vor allem gegenüber der Presse absolutes Stillschweigen vereinbart«, monologisierte die Zorzi weiter. »Derzeit beschränkt sich die offizielle Sprachregelung auf den Mord an einem Kellner aus Menaggio. Vorerst muss das genügen. Auf keinen Fall sollte jemand von den Brillanten Wind bekommen. Das setzt uns zu sehr unter Druck. Wenn die Steine tatsächlich echt sind, wird das so oder so für einige Furore sorgen.« Sie machte eine Kunstpause. »Sie haben, so nehme ich an, einen Experten dazu konsultiert?«

»Habe ich natürlich«, bestätigte Giulia verhalten. »Wir sind allerdings momentan noch nicht weit genug, um irgendetwas Sinnvolles von uns zu geben«, erklärte sie. »Und inwieweit sich rechtsnationale Abgründe auftun«, sie zuckte mit den Schultern, »das wird sich zeigen.«

Der zweite Teil der Antwort schien die Zorzi nicht zufriedenzustellen. Entgegen ihrer sonstigen Art blaffte sie Giulia aber nicht gleich an. Stattdessen wiegte sie andächtig den Kopf. »Ich hoffe, wir bleiben davon verschont.« Sie holte Luft. »Das können Sie mir glauben. Aber ehrlich gesagt, würde es mich wundern.« Ihr Stimme klang matt. Sie räusperte sich, dann sagte sie mit der gewohnten Entschiedenheit: »Wie dem auch sei. Nach allem, was wir haben, sieht das nicht nach einem einfachen Juwelendiebstahl aus. Das Muster passt nicht, beziehungsweise es gibt keins.« Sie zählte an den Fingern ihrer rechten Hand ab. »Erstens, Leopoldo Campetti ist ein einfacher Kellner, unscheinbar, ohne einschlägige Kontakte ins kriminelle Milieu. Ich habe in meiner ganzen Laufbahn noch niemals erlebt, dass so jemand, in einen derartigen Coup eingebunden wird. Wir alle wissen, dass Juwelendiebe eine besondere Spezies sind …«

Giulia wollte einwenden, dass die Familie des Ermordeten durchaus kriminelles Potential aufwies, aber ihr fehlten die Argumente, um den Campettis glaubhaft ein Verbrechen dieses Ausmaßes zu unterstellen. Die Zorzi hatte Elenas Memos aufmerksam studiert, und sie hatte sich dazu ihre eigenen Gedanken gemacht. Dagegen würde Giulia allein mit ihrem Bauchgefühl nicht ankommen, obwohl das eindeutig zu Ungunsten der Familie Campetti ausschlug. Aber um die Zorzi davon zu überzeugen, müsste sie ihr die unschöne Zusammenkunft mit Sebastiano Campetti beichten, und dazu konnte sie sich beim besten Willen nicht durchringen. Die Zorzi war zwar weder schadenfroh noch in anderer Weise gehässig, aber sie war von einer Korrektheit, dass es jedem deutschen Beamten die Neidblässe ins Gesicht getrieben hätte. Dieser Überfall auf Giulia würde einen ganzen Rattenschwanz an Belehrungen nach sich ziehen, einschließlich eines ausführlichen Vortrages über Versicherungsfragen und der entsprechenden Formulare.

Die Zorzi hob den Zeigefinger. »Zweitens, ein Mord in solchen Kreisen zielt auf eine Beute ab. Ein Profikiller lässt sich diese nicht entgehen.« Sie hielt kurz inne und schaute in die Runde, als wartete sie auf Bestätigung. Giulia, die diese Feststellung ebenfalls getroffen hatte, signalisierte Zustimmung, worauf die Zorzi fortfuhr. »Drittens, die Mordmethode würde ich eher als ausgefallen bewerten. Sie braucht Zeit, was das Risiko einer Entdeckung vergrößert, und sie zeugt eher von Hass als von Gier. Aber liegt im Hass die Triebkraft eines echten Juwelendiebes? Unwahrscheinlich.« Sie beugte sich leicht nach vorne, wobei Giulia auffiel, dass die Zorzi sogar auf ihren opulenten Halsschmuck verzichtet hatte. »Jemanden an einem Boot durch den Lario zu ziehen, um ihm Angst einzujagen, das leuchtet mir noch ein, aber einem Profi wäre das nicht entglitten. Der hätte die Todesangst genutzt, um an die Brillanten zu kommen, und wenn es nur eine Information über ihren Verbleib gewesen wäre. Alles andere hätte sich in den nächsten Tagen auf natürliche Weise geregelt.« Sie ballte ihre freie Hand zur Faust, hielt kurzzeitig inne und strich sich dann eine Strähne ihrer roten Mähne aus dem Gesicht. »Selbst wenn dem Täter ein Missgeschick unterlaufen wäre, hätte er den Leichnam doch mitten auf dem See zurückgelassen. Das spart Spuren.«

Giulia kniff nachdenklich die Augen zusammen. »Nicht wenn er eine Botschaft hatte«, erwiderte sie langsam und sich selbst ihrer Schlussfolgerung noch nicht sicher.

Die Zorzi hob interessiert die Brauen.

»Eine Botschaft an die anderen, eine Warnung.« Das könnte Sinn ergeben. »Campetti sollte eine öffentliche Leiche sein, die Leute am See sollten von seinem gewaltsamen Ableben erfahren.«

»Welchen Sinn machen dann die Brillanten in seinem Magen?«, fragte die Zorzi, ohne dass es wertend klang. »Die sehen die Leute nicht. Und jeder Idiot wird ahnen, dass wir diese Information so lange wie möglich geheim halten.«

»Es geht um die, die von den Steinen wissen. Es ist eine Mitteilung an einen Kreis von Eingeweihten.« Giulia überlegte kurz. »Womöglich eine Warnung, dass es allen Widersachern ebenso ergehen wird wie dem armen Kellner. Hass spielt hier aber eine größere Rolle als Gier. Deswegen haben wir die Brillanten noch bei Campetti gefunden. Vielleicht sind sich die beiden nicht über den Preis einig geworden, oder Campetti hat es sich anders überlegt. Jedenfalls sind unserem Täter die Sicherungen durchgebrannt, und als er wieder bei Verstand war, wollte er sich die edlen Stücke bei mir holen.« Sie rieb sich das Kinn. »Das alles klingt in der Tat recht ungewöhnlich für einen Juwelendieb.«

»Es geht hier ja auch nicht um die Steine als solche«, murmelte die Zorzi vor sich hin. Laut und an Giulia gewandt sagte sie dann: »Wir haben keinerlei Anhaltspunkte, dass das Amulett überhaupt noch existiert, oder?«

Giulia und Elena schüttelten fast synchron den Kopf.

»Welchen ideellen Wert haben die Brillanten eigentlich ohne das Liebesgesäusel des Diktators?«, fragte die Zorzi weiter.

Giulia dachte an Baldo, der hier eher vage geblieben war. »Ich habe keine Vorstellung, was Teile einer funkelnden Liebesbotschaft des Duce an seine bekannteste Mätresse wert sind. Etwas Einmaliges, Unwiederbringliches ist es in jedem Fall, vor allem für einen fanatischen Mussolini-Anhänger. Wahrscheinlich ist man da schnell bei einer Million, vielleicht auch deutlich mehr.«

»In München sind bei einer Auktion vor zwei Jahren persönliche Gegenstände aus dem Besitz von Adolf Hitler und Eva Braun über den Tisch gegangen. Sechshunderttausend Euro für einen Faltzylinder, eine Zigarrenkiste, eine Schreibmaschine … Alles wertloser Kleinkram, eigentlich. Allein die Annahme, dass die Sachen einmal Hitler gehört haben könnten …« Elena schaute hinter ihrem Computer hervor. »Der Name genügt, um die Preise galoppieren zu lassen. Jetzt könnte man einwerfen, dass Hitler wertvoller ist als Mussolini, also mal ganz politisch unkorrekt formuliert, am Ende kommt es aber immer auf die Vorlieben des Käufers an.« Elena wartete kurz auf die Wirkung ihrer Worte. »Was ist schon eine lumpige Schreibmaschine gegen einen Liebesschwur vom Hals einer erschossenen Mätresse?«

Die Zorzi nickte langsam. »Konnten Sie etwas zu den Käufern dieser *Erinnerungsstücke* finden?« Das vorletzte Wort spie sie fast aus.

»Das Auktionshaus spricht von Museen. Angeblich soll auch ein reicher Libanese unter den Kunden gewesen sein. Er will die Sachen wohl dem Staat Israel überlassen.« Elena gab einen Zischlaut von sich. »Aber wer gibt schon gern zu, dass er die Nazis aus ihren Kellern lockt und sich an ihnen eine goldene Nase verdient?«

»Mhm. Kranke Welt«, murmelte die Zorzi.

»Die hatten wohl sogar mal eine seidene Unterhose von Göring im Angebot«, ergänzte Elena amüsiert.

»Gut, aber dann bringen die Brillanten auch ohne den Anhänger einiges an Geld«, sagte die Zorzi. »Die Frage ist allerdings, wie viele Menschen auf der Welt die siebzehn Brillanten eindeutig Mussolini und seiner Geliebten zuordnen können?«

»Auf jeden Fall genug. Das Foto von der Petacci mit der Kette um den Hals, die beiden dunkelroten Steine, die sehr außergewöhnlich sind …« Giulia konnte sich gut vorstellen, dass es auch hierfür Experten gab. Sie hatte sich die ganze Zeit gefragt, wieso jemand den Schmuck in seine Einzelteile zerlegt hatte, und war nur darauf gekommen, dass es das Amulett entweder nicht mehr gab oder die damit unbelasteten Steine sich leichter veräußern ließen. Aber gerade Letzteres schien ihr zunehmend unwahrscheinlich.

»Aber wenn der Anhänger noch existiert, entfernt man doch nicht die Brillanten!«, warf die Zorzi ein. »Abgesehen davon, dass ich dies an einem kostbaren Schmuckstück als Frevel empfinden würde, bringt das Teil als Ganzes deutlich mehr Geld ein.«

»Das ist anzunehmen«, entgegnete Giulia.

»Was ist, wenn es den Anhänger trotzdem noch gibt«, bemerkte Elena eifrig, »und derjenige nur den weniger wertvollen Teil, also die Brillanten, herausgenommen hat, um potenzielle Käufer anzulocken?«

»Da würde auch ein Foto reichen«, konterte Giulia und bügelte Elena damit etwas unsanft ab. »Ich frage mich allerdings, wie jemand wie Leopoldo Campetti an die Brillanten gekommen ist?«

Die Zorzi sah aus, als würden sich ihre schrecklichsten Befürchtungen erfüllen. Sie wirkte plötzlich um Jahre gealtert, was auch an der tiefen Falte auf ihrer Stirn liegen konnte. »Haben Sie etwas über die politische Gesinnung von diesem Campetti herausgefunden? Vielleicht war er in rechten Kreisen aktiv.«

Giulia hatte nichts dergleichen von irgendjemandem aus Campettis Umfeld gehört. Abgesehen davon musste man kein Faschist sein, um die Brillanten zu besitzen.

»Möglicherweise war er auch nur ein Lockvogel oder ein Bote, das Werkzeug von anderen?«, überlegte die Zorzi weiter. »Ein paar Euro werden für ihn schon drin gewesen sein.«

Giulia teilte diese Vermutung. »Die Hintermänner wussten schon, warum sie ihn vorschicken. Augenscheinlich ist mit dem oder den Geschäftspartnern nicht zu spaßen.«

»Mh«, machte die Zorzi zustimmend. »Campetti hat die Brillanten nicht rausgerückt. Eventuell hat irgendetwas nicht geklappt, und der Deal ist gar nicht zustande gekommen. Haben Sie Geld bei ihm gefunden, Commissario? Möglicherweise gab es ja eine Anzahlung auf seinen Anteil an dem Geschäft.«

Giulia verneinte zögerlich und versuchte dabei, ihren Ärger über ihren eigenen Fehler zu verbergen. Und gesetzt den Fall, es wäre Geld geflossen, dann hätten es die Campettis lange in Sicherheit gebracht. »Wenn, dann hatte er ein hervorragendes Versteck.«

»Vielleicht wollte er auch auf eigene Rechnung arbeiten«, warf Elena ein. »Für einen Kellner wie Campetti wäre der Erlös wie ein Sechser im Lotto gewesen.«

»Dann muss er wohl lebensmüde gewesen sein«, antwortete die Zorzi.

»Na ja, passt ja«, gab Elena zurück.

»Wie dem auch sei«, fuhr die Zorzi fort, ohne weiter darauf einzugehen. »So wie das alles anmutet, würde ich sagen, diese Leute, die Mussolini-Devotionalien ihr Eigen nennen, gehen im *Ristorante di Paolo* ein und aus. Wie sonst sollte ein einfacher Mann wie Campetti an derartige Kontakte kommen?« Die Zorzi schaute an sich herunter, als hätte sie ein Fleck auf ihrem Designerkostüm entdeckt. »Eigentlich mochte ich die illustren Gäste im *Paolo* immer, vor allem da sie nur aus wenigen Touristen bestehen«, sagte sie versonnen. Dann wandte sie sich wieder an Giulia. »Sie werden dem Inhaber noch einmal auf den Zahn fühlen müssen.«

Giulia schwieg. Sie wusste, was sie zu tun hatte. Ihre erste Anlaufstelle würde Gromow, der Starkoch, sein. Der hatte ihr bezüglich Campettis Speichelspuren so einiges zu erklären.

Die Zorzi erhob sich langsam, wobei sie sich immer noch an die Akte klammerte, als wäre die ihr wertvollster Besitz. »Nach der Erschießung des Duce gab es so einige sonderbare Ereignisse um seine Leiche. Ich denke, Sie sollten sich die alten Ermittlungsakten der Kriminalpolizei in Mailand dazu einmal ansehen. Ich hatte während meiner Ausbildung das zweifelhafte Vergnügen. Es könnte für unseren Fall aufschlussreich sein. Warum das Spiel allerdings fast achtzig Jahre später erneut beginnt, erschließt sich mir nicht. Man sollte doch meinen, dass das Interesse an diesem Teil unserer Geschichte irgendwann einmal verpufft.«

Wann hat sie das letzte Mal einen Supermarkt betreten?, fragte sich Giulia, hütete sich aber, den Gedanken laut auszusprechen.

»Weil das Böse niemals endet«, entgegnete Elena nachdenklich.

Überrascht sah die Zorzi sie an. Dann nickte sie anerkennend. »Ein sehr kluger Satz, Signorina Pellegrini. Sehr klug«, sagte sie und verließ das Büro, allerdings nicht ohne Giulia vorher die zusammengerollte Akte zu übergeben. »Viel Glück, Commissario.«

***

Glück. Das Wort hallte in Giulias Gedanken immer noch nach. Sie saß auf dem Beifahrersitz von Elenas Wagen und betrachtete durch die von Insektenresten beschmierte Frontscheibe den vor ihnen liegenden tiefblauen, leuchtenden See. Sie dachte an den gestrigen Abend, an Jacopos erleichtertes Lachen und seinen klugen Großmut, ihr keine Vorwürfe zu machen; an das ausgemergelte Gesicht von Baldo, das zunehmend von der Dunkelheit der Hütte aufgesogen wurde und an Anna Campetti, die so traurig und zerbrechlich schien und deren Einsamkeit im Kreise ihrer Familie förmlich ein Aufschrei der Ungerechtigkeit war.

»Wirst du jetzt schwermütig?«, fragte Elena. »Du hast, seitdem du mit Zorzis Akte in deinem Büro verschwunden bist, kein Wort von dir gegeben. Was stand denn drin, dass du so sprachlos bist?«

»Mhm.« Giulia zuckte leicht mit den Schultern. »Ich weiß es selbst noch nicht so genau«, entgegnete sie, während sie nach dem Türgriff fasste. Sie hatte sehr wohl alles aufmerksam gelesen, aber es gelang ihr noch nicht, die Dinge in ihrem Kopf dahin zu schieben, wo sie hingehörten. Der Wahnsinn, der um Mussolinis Leiche betrieben wurde, hatte sie zutiefst verstört und damit gleichzeitig für ihren aktuellen Fall weiter sensibilisiert. Fraglos war es das, was die Zorzi mit dieser Zusammenstellung hatte bezwecken wollen. Sie hatte den Eisberg kommen sehen, während Giulia noch ihrem Navigationssystem vertraut hatte. Das war ohne Frage eine Stärke der Zorzi. Sie hatte einen anderen Blick auf die Dinge, dachte in größeren Dimensionen. Giulia hingegen konzentrierte sich vornehmlich auf das Zwischenmenschliche und interessierte sich relativ wenig für die Welt außerhalb ihres Sees. Bei diesem Fall jedoch musste sie über den Tellerrand schauen, das war ihr spätestens jetzt absolut klar. Die Zorzi, aber auch Elena lagen mit ihrer Unkerei bezüglich der politischen Brisanz dieses Falls, die sie nur allzu konsequent ausgeblendet hatte, richtig, und das gefiel ihr ganz und gar nicht.

»Du machst wieder ein Geheimnis daraus«, erwiderte Elena nicht frei von einem Vorwurf.

Eins nach dem anderen, dachte Giulia. »Hast du was für mich?«

»Meinst du die gestochen scharfen Ausdrucke deiner Schnappschüsse von den Steinen, oder sprichst du vom Copperfield-Fall?«, fragte Elena.

»Beides.«

Elena klopfte auf eine dünne Aktenmappe, die vor ihr auf dem Armaturenbrett lag. »Alles erledigt, Commissario. Was die Copperfield-Sache angeht, hatte ich noch keine Zeit, die Akte zu lesen, weil die Zorzi heute ihre Freundschaft zu mir entdeckt hat, aber ein paar Fotos davon waren drin. Schau auf meinem iPad nach.«

»Was hast du eigentlich gemacht, bevor es diese Maschinen gab?«, wollte Giulia wissen, während sie das Teil hervorzog.

»Da war ich glücklicherweise noch nicht geboren«, lachte Elena. »Hast du es?«

»Ja«, entgegnete Giulia mit lang gezogenem Konsonanten. Eilig überflog sie die alten Protokolle. Na, wer sagte es denn? Einer der bestohlenen Juweliere hatte damals behauptet, eine seiner Cartier-Uhren im Internet wiederentdeckt zu haben. Die Polizei war dem nachgegangen und dabei auf einen Kontakt in der Schweiz gestoßen. Jetzt fiel es auch Giulia wieder ein. Es war die Nummer eines Prepaid-Handys gewesen, hinter dem ein junger Römer gesteckt hatte. Bei der Auswertung seiner Telefondaten waren sie auch auf die Nummer von Kuno Alwin Wyss gestoßen. Mehr hatte es nicht gegeben, und irgendwann war diese Spur im Sande verlaufen. »Der Mann scheint ziemlich clever zu sein«, murmelte Giulia. Das musste man auch, wenn man mit Baldo zusammengearbeitet hatte. Abgesehen davon, dass es Wyss womöglich gelungen war, Baldo zu hintergehen. Wieso sonst sollte der ein Interesse daran haben, den alten Kompagnon an die Polizei zu verpfeifen? »Na ja.« Sie klatschte in die Hände. »Jetzt möchte ich aber erst einmal von deinem russischen Freund wissen, wie Campettis Speichel auf sein Boot kommt, und auch sonst bin ich gespannt, was er so zu erzählen hat.«

»Sei bloß nett zu ihm«, sagte Elena mürrisch, während sie das Auto in eine Parklücke setzte. »Wer so kochen kann, darf sogar den Kellner ertränken.« Sie knuffte Giulia feixend in den Oberarm, öffnete die Tür und stieg aus dem Wagen.

Lew Artjom Gromow wohnte mit seiner Familie in einer der neu gebauten Luxuswohnanlagen am Rande von Menaggio. Die Häuser, die vor kaum zwei Jahren mit einem riesigen Tamtam durch den Bürgermeister eingeweiht worden waren, zählten zu den Vorzeigeprojekten eines hiesigen Bauunternehmers, der sich nicht nur auf moderne Architektur, sondern auch auf hochwertige, nachhaltige Baustoffe spezialisiert hatte. Die Glaskästen, wie Giulia sie nur nannte, bildeten eine Kette aus einzelnen mal mehr und mal weniger in die Landschaft ragenden Gebäuden, die vor dem Berghang zu schweben schienen. Insgesamt waren die Wohneinheiten, allesamt riesengroße Eigentumswohnungen, ein klug miteinander verbundenes System, das seinen Bewohnern Annehmlichkeiten wie private, nicht einsehbare Gärten, Außen- und Innenpool, eine Tiefgarage und einen Fahrstuhl bescherte. Der unverbaubare Blick auf den Lago bildete dabei das i-Tüpfelchen. Obwohl die Anlage von ihren Ausmaßen wie ein kleines Dorf anmutete, schätzte Giulia die Zahl der Bewohner auf höchstens fünf bis sechs Familien, was deren Exklusivität noch einmal unterstrich. Gromows Appartement befand sich am äußeren Rand des Komplexes, und bereits der Weg, der zu seinem Grundstück führte, war durch eine eiserne Sicherheitstür für Fremde abgeriegelt. Ein ähnliches, aber weitaus ansprechenderes Modell erwartete sie dann vor dem Betreten des kleinen Innenhofes, der die Hinterseite seiner Wohnung einfasste. Gromow hatte vorgesorgt, aber ob dies im Zweifel die russischen Auftragskiller, vor denen er sich so inständig fürchtete, abhalten konnte, stand zu bezweifeln. An der Haustür lehnte Signora Gromow entspannt rauchend und verspürte, ihrer Mimik nach zu urteilen, wenig Interesse daran, Giulia und Elena hereinzubitten. Die Frau fühlte sich gestört, was ihre gesamte Körpersprache zum Ausdruck brachte. Sie mochte um die vierzig sein, womit sich Giulias klischeehafte Vermutung einer ausnehmend jungen Signora Gromow nicht bestätigte. Ihre dezent geschminkten Augen musterten die Ankommenden gleichmütig und ohne jeglichen Anflug einer typisch weiblichen Taxierung von Geschlechtsgenossinnen. Kein Wunder, so verschwenderisch wie die Natur mit ihr umgegangen war. Sie war von einem dunklen, rassigen Typ, wohlgeformt, mit makellos gebräunter Haut und schlanken Beinen, die niemals zu enden schienen. Um ihre offenkündigen Vorzüge noch herauszustellen, trug sie einen dunkelroten Overall mit Spaghettiträgern und knapp über dem Hintern endenden Hosenbeinen, dessen seidiger Stoff jede ihrer Bewegungen aufnahm und noch geschmeidiger aussehen ließ. Obwohl sie sich in der Wohnung aufzuhalten schien, komplettierten ein paar Ton in Ton gehaltene Peeptoe-Pumps ihr Outfit, aus denen ihre perfekt pedikürten, schwarz lackierten Fußnägel herausschauten.

Nachdem sie mit spitzen Lippen noch einen genüsslichen Zug genommen hatte, schnippte die Signora ihre halb aufgerauchte Zigarette vor Giulia und Elena in den Kies, machte mit ausladendem Hüftschwung auf ihren Absätzen kehrt und verschwand wortlos durch die Tür ins Innere.

»Lew, Liebling, ich denke, du solltest nun dein Unwohlsein beenden und deinen Besuch empfangen«, rief sie in bissigem Ton scheinbar ins Nichts, während sie den Flur durchschritt, um an dessen Ende durch eine Glastür hinaus auf den Balkon zu treten und sich dort mit einer Illustrierten auf einer Liege niederzulassen. Das alles geschah, ohne dass sie irgendeine weitere Notiz von Giulia und Elena nahm. Die beiden blieben im Eingangsbereich stehen und warteten.

»Für die braucht er keine Pelmeni zubereiten«, flüsterte Elena zu Giulia herüber. »Ein Blatt Salat und ein Spritzer Balsamico genügen.« Sie stieß die Luft zwischen ihren Zähnen hervor.

Giulia sparte sich den Kommentar, denn aus dem Augenwinkel sah sie auf den oberen Stufen der Glastreppe, die ins Obergeschoss führte, ein Mädchen sitzen. Die Kleine mochte kaum sieben oder acht Jahre alt sein und wirkte wie die kindliche Kopie ihrer Mutter, wenn man von den Stöckelschuhen absah. »*Ciao, bella*«, grüßte Giulia herzlich. »Du musst Sofja sein.«

Das Mädchen, das bisher genauso wenig Interesse an dem Besuch gezeigt hatte wie ihre Mutter, schien aufzuhorchen. »Kennt man als Polizistin alle Leute beim Namen?«, fragte sie aufgeweckt.

»Vielleicht nicht gleich alle …«, erklärte Giulia mit einem Augenzwinkern. »Aber du weißt ja auch, dass wir Polizistinnen sind. Das ist übrigens Elena, und ich bin Giulia.«

Vor Elenas Gesicht wuchs derweil eine rosafarbene Kaugummiblase, die schnell die Größe ihres Kopfes einnahm. Das schlussendliche Platzen sah aus Giulias Sicht so unappetitlich aus wie immer, aber bei Sofja schien diese Attraktion das Eis endgültig zu brechen. Sie stand auf und kam ein paar Stufen heruntergehüpft. Dabei strahlte sie voller Begeisterung.

»Mama hat mir gesagt, dass die Polizei uns besucht. Angeblich hat sich jemand über Papas Essen beschwert. Aber das glaube ich nicht. Deswegen kommt die Polizei nicht. Außerdem kocht niemand besser als Papa Gromow«, plapperte sie, ohne dabei Elenas Mund aus den Augen zu lassen. »Mama hat heute frei. Wir wollten an den See, aber nun seid ihr ja da.«

»Wir bleiben nicht lange«, bemerkte Elena, griff in ihre Hosentasche, zog eine Packung Kaugummis hervor und streckte sie Sofja entgegen. »Auch eins?«

Die Kleine nickte eifrig. »Kommt mein Papa ins Gefängnis?«, fragte sie, während sie gierig das Papier von dem Gummistreifen entfernte.

Giulia war froh, dass das zeitgleiche Auftauchen von Lew Artjom Gromow ihr eine Antwort ersparte. Sie konnte nicht gut lügen, und dem Mädchen zu erklären, dass sein Vater momentan als ihr Hauptverdächtiger in einem Mordfall galt, war nichts, worauf sie besonders erpicht war.

»Ah! Die Commissario und meine Russlandfreundin«, flötete Gromow schon von Weitem.

In seinem Freizeitoutfit, einer bläulichen Chinohose nebst weißem Poloshirt und dunkelblauen Wildlederslippern, hätte Giulia ihn fast nicht erkannt. Mit einem breiten Lächeln stürzte er quasi auf sie zu, nahm erst Elenas Hand, die er euphorisch schüttelte, und trat dann vor Giulia. Auch hier streckte er seine Hand aus, aber anstatt ihre zu greifen, umfasste er ihren Unterarm, hielt dann aber in seiner Bewegung inne, korrigierte sich und drückte fest und unter überschwänglicher Freude ihre Hand.

Giulia sah im Augenwinkel, wie Elena neben ihr stutzte.

»Was führt Sie zu mir?« Bevor sie jedoch etwas sagen konnten, wandte er sich ab und eilte in Richtung Balkon. Den Kopf hinausgestreckt, säuselte er: »Mara, bitte sei so lieb, und leiste uns Gesellschaft. Commissario Cesare ist eine Berühmtheit am See, und ich würde sie dir gern vorstellen.«

»Der Kameradengruß«, flüsterte Elena, und trotz ihrer leisen Stimme konnte Giulia den Ekel, der darin lag, nicht überhören.

»Ach bitte, so kann man das nicht sagen. Berühmtheit?«, warf Giulia zügig und gespielt genierlich ein, um die Situation zu übergehen.

Gromow, der an der Balkontür stehen geblieben war, hatte nur Augen für seine Frau.

Giulia brauchte nicht hinzusehen, um zu wissen, dass Mara Gromow der Bitte ihres Mannes nachkam. Das Rascheln und das darauffolgende Klappern ihrer Absätze waren eindeutig. Kurz darauf tauchte ihr perfekt geschminktes Gesicht im Türrahmen auf.

Gromow lächelte zufrieden, warf seiner Frau einen Luftkuss zu und bedeutete Giulia und Elena, ihm zu folgen.

»Sag mal, Sofja, was hältst du davon, wenn ich dir zeige, wie du riesengroße Blasen machst?«, fragte Elena, den Blick hinauf zu dem Mädchen gerichtet.

Die hüpfte vor Freude von einem Bein auf das andere, schaute kurz zu ihrer Mutter, und als diese nickte, sprang sie leichtfüßig die wenigen noch verbleibenden Stufen hinunter und schob Elena raus auf den Balkon.

Gromow bekam davon schon nichts mehr mit, denn er war zwischenzeitlich in einen der angrenzenden Räume verschwunden, wo man ihn mit Gläsern hantieren hörte.

»Kann ich Ihnen einen Kaffee anbieten?«, fragte Mara Gromow nun gänzlich verändert. Sie lächelte herzlich, wobei sie zwei strahlend weiße Zahnreihen entblößte.

»Ein Wasser wäre mir lieber«, entgegnete Giulia, die seit dem Frühstück nicht dazu gekommen war, etwas zu sich zu nehmen, was sie vor allem im Kopf spürte. Im Büro hatte sie es schlicht vergessen.

»Sofort.« Mara Gromow ließ sie allein zurück, worauf sie in das Zimmer ging, in dem sie den Russen vermutete. Gromow saß dort, den Kopf in den Nacken gelegt, in einem dicken Ohrensessel und starrte an die Decke. Dabei balancierte er auf seinem rechten Oberschenkel ein halb volles Whiskyglas. Als er sie bemerkte, schnellte sein Kopf plötzlich nach vorne, das Glas schwankte bedrohlich. Dank seines schnellen Reaktionsvermögens blieb der kleine Zwischenfall jedoch ohne Folgen, worauf er Giulia mit einer Mischung aus Erleichterung und Unsicherheit anlächelte. »Ab und zu gönne ich mir einen guten Tropfen«, erklärte er fast entschuldigend. Er hielt das Glas ins Licht, in dem der Whisky golden leuchtete. »Mit Wasser aus dem Baikalsee … Wir Russen brauchen keinen Grund zum Trinken, nicht einmal zu dieser frühen Stunde.«

Giulia nahm auf einem Sofa ihm gegenüber Platz. Sie schaute den Mann an und war sich mittlerweile sicher, dass er es gewesen war, den Faustino Bertera gestern so freundschaftlich vor dem Ristorante begrüßt hatte. In seiner Arbeitskleidung hatte er komplett anders ausgesehen, vor allem mit dem Kopftuch, aber jetzt gab es keinen Zweifel. Sie hatten sich mit dem Kameradengruß, wie Elena ihn genannt hatte, begrüßt. Sicherlich war der für Giulia so nicht gedacht gewesen. Aber Gromow war nervös, und das hatte ihn einen Moment unachtsam werden lassen. Giulia hätte sich dabei nichts gedacht, wenn da nicht Elenas Reaktion gewesen wäre. Gromow und Bertera junior waren also Kameraden, und das bezog sich ganz sicher nicht auf ihre Arbeit im Ristorante.

»Aber Sie haben recht, derzeit gibt es ganz gewiss genug Gründe zum Trinken«, ergänzte Gromow, nachdem Giulia weiterhin beharrlich schwieg. »Sonst wären Sie wohl kaum hier.«

»Wir haben den begründeten Verdacht, dass Leopoldo Campetti auf Ihrem Boot war und daran angebunden den Tod gefunden hat«, sagte Giulia in einer der Botschaft entsprechenden Tonlage.

Der Satz schien die bis dahin einigermaßen entspannte Atmosphäre mit einem Schlag zunichtezumachen. Gromow beugte sich fast schon in Zeitlupe nach vorn, legte die Unterarme auf seinen Oberschenkeln ab und betrachte Giulia mit leerem Blick. »Campetti tot auf meinem Boot *Sofja*. Das steht fest. Polizei hat keine Zweifel mehr«, sagte er sich vergewissernd und klang dabei auch ein wenig so, als müsste er selbst erst verstehen, was Giulia da gerade von sich gegeben hatte.

Mara Gromow, die mit einem schweren Tablett eintrat, kam gerade noch rechtzeitig, um die letzten Sätze aufzuschnappen. Mit energischen Schritten steuerte sie auf das Beistelltischen zu und stellte eine Flasche Wasser nebst Gläsern sowie eine Etagere mit allerlei Kleingebäck und Obst darauf ab. Ihrem starren Blick, der auffallend angestrengt an ihrem Mann vorbeiging, nach zu urteilen, war die Sache mit Campetti neu für sie, aber sie war clever genug, dies nicht zu zeigen. Mit der Contenance einer Frau, die ihren Mann liebte, aber eine Gefahr auf ihn zukommen sah, reichte sie Giulia ein Glas Wasser und nahm schließlich auf einem anderen Sessel Platz.

»Die Spurenlage auf der *Sofja* ist eindeutig«, sagte Giulia nachdrücklich. »Leopoldo Campetti ist an Ihrem Boot gestorben.«

»Dann kann man wohl nichts machen«, bemerkte Gromow, lehnte sich zurück und nahm einen Schluck von seinem Drink. »Aber Sie kriegen heraus, wer mir da etwas in die Schuhe schieben will, nicht wahr?« Seine Zweifel an der italienischen Polizei waren offenbar stärker als die Sorge, dass ihn jemand für den Mörder von Campetti halten könnte. Was diesen Punkt anging, schien er sich nicht zu sorgen beziehungsweise es nicht zu zeigen. Oder war das hier gerade nur eine Schauspieleinlage für seine Ehefrau?

»Ich muss Sie noch einmal fragen«, hob Giulia an, wobei ihr das leichte Zucken um die Mundwinkel der Signora nicht entging. »Wann haben Sie Campetti zum letzten Mal gesehen?«

Gromow räusperte sich. »Sie sind korrekt, absolut. Ich werde Ihnen alles sagen, die ganze Wahrheit«, erklärte er mit auffallend fester Stimme. »Am Sonntag gegen dreiundzwanzig Uhr habe ich das Lokal verlassen. Leopoldo war noch mit Aufräumen beschäftigt. Benedetta, die Aufwaschfrau auch. Sie wäre lange fertig gewesen, aber Leopoldo war ein Grund für sie zu trödeln.« Er lächelte fast schon sanftmütig. »Ich fahre mit dem Auto, also keine zehn Minuten bis hierher. Dann Füße hoch und Feierabend. Die Wochenenden im *Paolo* brauchen ganze Kraft.«

Giulia entging nicht, dass die Eheleute Gromow, während er redete und auch danach, keinen einzigen Blick miteinander wechselten. Es schien, als wollten sie selbst den leisesten Verdacht einer Absprache vermeiden. Nicht einmal jetzt, da die meisten Ehefrauen ihrem Mann beigesprungen wären und sein Alibi untermauert hätten, reagierte die Signora. Stattdessen schwieg sie beharrlich.

»Kann das jemand bestätigen?«, fragte Giulia.

»Ich hatte Abschied von Benedetta.« Ein glückliches Lächeln überzog sein Gesicht. »Und willkommen mit Mara.«

»Signora?«, fragte Giulia.

Mara Gromow schien nicht überlegen zu müssen, dennoch ließ sie sich mit ihrer Antwort Zeit. »Ich trage nie eine Uhr, deswegen kann ich Ihnen die genaue Stunde nicht nennen. Dass Lew weit vor Mitternacht zu Hause war, weiß ich jedoch ganz sicher. Im Radio lief Beethovens Klavierkonzert Nummer fünf. Das haben wir gemeinsam gehört. Es dauert etwa vierzig Minuten und endete mit den stündlichen Nachrichten.« Sie schien absolut ruhig zu sein. »Das können Sie problemlos nachprüfen. RAI Radio 3.«

»Hat Ihr Mann danach noch einmal das Haus verlassen?«, hakte Giulia nach.

»Nein. Mit Sicherheit nicht«, antwortete die Signora entschieden.

»Wie können Sie da so sicher sein? Ich meine, es ist doch denkbar, dass Sie eingeschlafen sind und nichts von seinem Weggang mitbekommen haben.« Giulia beugte sie zu dem Tischchen hinüber und stellte das Wasserglas ab.

»Weil ich das Haus verlassen habe«, erwiderte sie, abermals ohne erkennbare Regung.

»Sie?« Giulia war einigermaßen perplex über die sich ihr so spontan nicht erschließende Logik.

»Mir gehört die Apotheke in der Via Quattro Novembre. Ich übernehme diese Woche den nächtlichen Notdienst. Gegen Mitternacht habe ich meine Angestellte abgelöst. Es gibt dort eine Liege, auf der ich die Nacht verbringen kann, mehr schlecht als recht, aber immerhin.« Sie schlug ein Bein über das andere und schaute Giulia mit offenem Blick an. »Bis gestern Morgen war ich dort.«

»Ich verstehe nicht«, gab Giulia zurück.

»Wir lassen Sofja nachts niemals allein«, erklärte die Signora. »Ich würde es versuchen, aber mein Mann …« Sie warf ihm einen liebevollen Blick zu. »Na ja, Sie haben sicherlich schon mitbekommen, was ihn umtreibt. Lew lässt sich von seiner Russland-Paranoia wie ich sie nenne, nicht abbringen. Deswegen bin ich absolut überzeugt, dass er hier war. Abgesehen davon verfügen wir bloß über ein Auto, und Lew hätte an den See hinunterlaufen müssen, aber das nur am Rande.«

Giulia verstand, vollständig überzeugen konnte sie der Einwand allerdings nicht. Eilig überschlug sie die Entfernung vom Haus der Gromows bis zur Marina. Gromow hätte zu Fuß mindestens dreißig Minuten gebraucht, für eine Strecke. Das würde zeitlich trotzdem aufgehen. Alles in allem wäre seine Tochter höchstens zwei Stunden allein gewesen, was sie schlafend unmöglich hätte bemerken können. Giulia kramte nach ihrem Mobiltelefon.

»Darf ich fragen, auf welcher Grundlage Sie meinen Mann des Mordes verdächtigen?«, erkundigte sich die Signora ausnehmend höflich. »Dass unser aller Fingerabdrücke auf dem Boot zu finden sind, ist ja wohl selbstverständlich.« Sie veränderte ihre Beinhaltung. »Auch ist die Zündung eines Bootes nichts, was man nicht knacken kann. Womöglich hat derjenige, der Signor Campetti umgebracht hat, sogar einen Schlüssel dafür gehabt. Mein Mann ist in diesen Dingen äußerst nachlässig.«

Gromows Mimik ließ sich nicht deuten. »Ich schwöre bei Leben meiner Tochter, dass ich diesem Kerl kein Haar gekrümmt habe«, sagte er voller Theatralik.

»Wurde das Boot gewaltsam in Betrieb genommen?«, fragte die Signora und zeigte damit deutlich mehr Pragmatismus als ihr Gatte.

Giulia verneinte. »Wie meinen Sie das mit dem Schlüssel? Wer hätte denn darauf Zugriff gehabt?«

Gromow zuckte mit den Schultern. »Einen Schlüssel habe ich in meiner Angeltasche. Die nehme ich immer, wenn wir fahren zum Boot. Ich weiß nicht genau, wo andere sind.« Seine Unbekümmertheit war wirklich erstaunlich.

»Einen habe ich in meinem Schreibtisch verwahrt, zur Sicherheit«, mischte die Signora sich ein. »Der dritte liegt vermutlich im Restaurant. Sie würden erstaunt sein, was mein Mann dort alles lagert. Wenn ich ihn irgendwann einmal aus der Wohnung werfe, braucht er sich nicht einmal eine Tasche zu packen.« Dieser Gedanken amüsierte sie offensichtlich.

»Ach, Liebling«, seufzte Gromow. »Das ist nur Vorsorge. Wenn Russen kommen und mich wollen holen …«

»Dann hast du deine Zahnbürste schon eingepackt. Ich weiß.« Sie grinste.

»Du nicht nachvollziehen können. Das kann ich nachsehen.« Er nickte großzügig.

»Würden Sie bitte mit mir hinunter ins Restaurant fahren und mir den Schlüssel aushändigen«, bat Giulia. Mittlerweile hatte sie das Handy und das damit festgehaltene Foto gefunden.

Gromow sprang auf. »Ich zu allem bereit.«

Giulia bat ihn um etwas Geduld. »Verwenden Sie diese Tütchen in Ihrer Apotheke?«, fragte sie, wobei sie der Signora das Display ihres Telefons entgegenstreckte. Selbstverständlich hatte sie die Beweismittel, bevor sie diese Risos Leuten ausgehändigt hatte, fotografiert. Das Bild, das Mara Gromow relativ desinteressiert zur Kenntnis nahm, zeigte allerdings nur die leere Tüte. Mehr Wissen wollte sie den Gromows noch nicht zugestehen.

»Das Kleeblatt ist mein Glückssymbol. Sie finden es bei mir entsprechend häufig, selbstverständlich auch im Geschäft«, bestätigte die Signora.

»Ich verstehe nicht«, erregte sich Gromow. »Was hat Tüte mit Mord zu tun? Das ergibt keinen Sinn, null Komma null Sinn. Meine Frau kannte diesen Menschen nicht einmal, zweimal gesehen im Restaurant, mehr nicht.« Er lief im Zimmer auf und ab. »Mara hat nichts mit dieser Sache zu tun, ich auch nicht!«

»Leopoldo Campetti gehörte nicht zu Ihren regelmäßigen Kunden?«, fragte Giulia das Naheliegende. Menaggio war nicht sonderlich groß, und die Apotheke in der Via Quattro Novembre war nur eine von zweien, die es in der Gemeinde gab. Die Wahrscheinlichkeit, dass Leopoldo Campetti ein Kunde von Signora Gromow gewesen war, lag also bei fünfzig Prozent.

Bevor die Signora antwortete, goss sie sich ebenfalls ein Glas Wasser ein. Sie nahm einen Schluck, dann sagte sie: »Nicht, dass ich wüsste. Aber ich kann gern in meine Datei schauen. Dann kann ich Ihnen das mühelos sagen, vorausgesetzt natürlich, er war nicht nur Laufkundschaft. Ich vermute aber, dass seine Schwester Anna die gesamte Familie mit Arzneimitteln versorgt hat. Sie kommt häufiger, schon allein wegen der Neurodermitis ihrer Tochter.«

»Sie kennen Anna Campetti näher?«, hakte Giulia nach.

»Sie ist eine recht gute Kundin, wenn man das so sagen kann. Ich rühre die Salbe für Isabella selbst an. Sie wollte die Inhaltsstoffe genau wissen und auch die Anwendung. Darüber sind wir ins Gespräch gekommen. Mehr nicht.«

»Wie lange kommt Anna schon zu Ihnen in die Apotheke?« Giulia dachte an das geheimnisvolle Abtauchen von Anna Campetti, auf das Elena bei ihrer Recherche gestoßen war.

Die Signora neigte den Kopf. »Bevor ich Ihnen etwas Falsches erzähle, rufen Sie einfach im Geschäft an. Ich kläre vorher mit meinen Mitarbeitern, dass man Ihnen uneingeschränkt Auskunft gibt.« Sie erhob sich auf äußerst elegante Weise, ging zu einem kleinen Sekretär hinüber und kam mit einer Visitenkarte zurück.

Giulia nahm diese dankend entgegen. *Dottore Mara Spinelli-Gromow* stand darauf in geschnörkelten Buchstaben nebst sämtlichen Kontaktdaten. Daneben prangte ein leuchtend grünes Kleeblatt.

Dottore Spinelli-Gromow setzte sich wieder, schien aber keine Geduld mehr für diese Unterhaltung aufzubringen. »Haben wir alles geklärt?«, fragte sie deutlich reservierter als zuvor.

»Leider nein. Sie verstehen sicherlich, dass das Alibi Ihres Mannes recht dünn ist. Dazu kommen seine dauernden Auseinandersetzungen mit Campetti und natürlich die Konkurrenzsituation beim Kauf des Restaurants«, erklärte Giulia, die nicht dahinter kam, ob die Eheleute etwas zu verbergen hatten.

»Wie meinen Sie das mit Konkurrenz?«, empörte sich Gromow. »Jemand wie Campetti kann nicht sein in Wettstreit mit mir. Ausgeschlossen. Außerdem: Wie hätte diese Mann das Ristorante bezahlen wollen?« Er lachte. »Absurd!« Seine Bewegungen wurden unruhig, fast ein wenig hektisch. »Faustino hat Handschlag gegeben«, beharrte er. »Ich hätte nur startschießen müssen.«

Die Signora verfolgte aufmerksam das Gespräch.

»Sie und Faustino sind gute ... Kameraden?«, fragte Giulia scheinbar arglos, wobei ihr die Formulierung nicht so leicht über die Lippen ging, wie sie gedacht hatte.

Gromow sprang nicht darauf an. »Faustino ist anständiger Geschäftsmann«, entgegnete er ruppig.

»Faustino ist nicht der Eigentümer des Lokals. Noch hat Lucio Bertera das Sagen«, konterte Giulia. Sie hatte keinen Schimmer, ob und welche Absprachen es bezüglich des Restaurantverkaufs gab, aber sie pokerte. Irgendwie musste sie den aalglatt daherkommenden Gromow zu packen kriegen. »Und Lucio schwört große Stücke auf Leopoldo Campetti.«

»Lucio ein alter Narr«, blaffte Gromow und machte eine abwertende Handbewegung. »Sentimental, rührselig und dumm wie eine Horde Kriegswitwen am Tag der Befreiung.«

Giulia staunte über die derbe Formulierung, die ihr zugleich jedoch verdeutlichte, dass sie einen Nerv getroffen hatte.

»Egal, Leopoldo tot und damit Frage erledigt«, konstatierte der Russe.

Seine Frau öffnete den Mund, als wollte sie dem etwas hinzufügen, ließ es dann aber bleiben.

»Und da sind wir wieder am Anfang«, sagte Giulia.

Die Signora atmete tief durch und wechselte nun schon zum wiederholten Male ihre Beinstellung.

Es entstand eine unangenehme Pause, in der Gromow unverwandt an die Decke starrte.

»Sind Sie ein Sammler, Signor Gromow?«, fragte Giulia in das Schweigen hinein.

Gromow verharrte zunächst in seiner Position, senkte dann aber langsam den Kopf und lächelte breit. »Jetzt weiß ich, was Leute meinen, wenn sie sagen, man sollte sich vor Ihnen in Acht nehmen. Sie feuern gleichzeitig aus allen Löchern.« Er hob den ausgestreckten linken Zeigefinger und fuchtelte damit herum, als wollte er ein ungehorsames Kind ermahnen. Nachdem Giulia ihn mit den Augen fixierte und keinerlei Anstalten machte, auf diese aus ihrer Sicht blödsinnige Bemerkung einzugehen, senkten sich seine Mundwinkel wieder. Sein hektisch wippendes Bein und der unstete Blick verrieten seine Nervosität. »Ich nicht verstehen.«

»Haben Sie eine Leidenschaft neben dem Kochen? Die meisten Menschen zum Beispiel sammeln irgendetwas. Bei meinem Mann sind es Gewürze, mein bester Freund hat es mit Briefmarken, wieder andere sind da etwas ausgefallener. So habe ich von einem Mann gelesen, der es auf die Korrespondenz von Adolf Hitler abgesehen hat und nach entsprechenden Stücken die halbe Welt abgrast. Womöglich gibt es auch Leute, die sich für Mussolinis Krawatten begeistern.« Giulia schaute betont arglos. »Wieder andere sammeln Schmuck. Die Geschmäcker sind ja bekanntlich verschieden.«

Gromow wirkte belustigt. »Als ich acht war, hatte ich eine beachtliche Sammlung an Matroschkas. Sie wissen?« Er hob beide Brauen. »Eine Puppe in der viele weitere Puppen stecken. Für mich war das faszinierend und wunderschön.«

»Das verstehe ich«, gab Giulia unverhohlen enttäuscht zurück. Hier kam sie nicht weiter. »Wie würden Sie sich eigentlich politisch verorten, Signor Gromow?«

Der Koch kniff die Augen zusammen. »Sind wir in einer Plauderei, oder geht es noch um Campetti?«, fragte er misstrauisch.

»Wie Sie wollen«, entgegnete Giulia.

»Was hat meine politische Meinung, falls ich eine hätte, mit all dem hier zu tun? Ist es für meine Befragung wichtig, ob ich den italienischen Ministerpräsidenten mag? Machen Sie es auch wie Russen? Wenn du auf Putins Seite, du ein freier Mann, und wenn nicht …« Mit seiner flachen Hand, die er an seiner Kehle vorbeiführte, deutete er an, was er meinte. Er rang sich ein künstliches Lachen ab.

Signora Gromow schien das Ganze nicht mehr mitansehen zu können. Ohne auf ihren Mann zu achten, übernahm sie das Wort. »Mein Mann ist Russe. Er ist wegen seiner politischen Äußerungen quasi ins Exil gegangen. Worauf wollen Sie also hinaus, Commissario?«

»Es deutet sich eine Verquickung Campettis in rechtsnationale Kreise an«, entgegnete Giulia.

Die Signora war zu anständig, um sich zu einem Naserümpfen hinreißen zu lassen, aber Giulia konnte ihr ansehen, dass sie es nur mühevoll verbarg.

Gromow lehnte sich entspannt zurück. Er wirkte zufrieden. »Ich lebe nur noch für meine Familie und das Kochen.« Er zuckte mit den Schultern. »Politik habe ich mir abgewöhnt.«

Das Flackern in seinen Augen verriet Giulia, dass dies eine glatte Lüge war.

***

»Nie hätte ich Gromow in die rechte Ecke geschoben, niemals. Jetzt ärgere ich mich, dass der Typ mir sogar sympathisch war. Ein Fascho – und das mir.« Sie presste die Lippen zusammen und schüttelte den Kopf. »Hundertprozentig hängt der bei dem Mord an Campetti mit drin.« Der Motor von Elenas Auto heulte auf, sie hatte mal wieder den falschen Gang erwischt.

In Giulias Ohren klang der letzte Satz wie eine Vorverurteilung. Und so etwas konnte sie nicht leiden. »Das wissen wir nicht mit Sicherheit«, beschwichtigte sie, obwohl ihre Vermutung in eine ähnliche Richtung lief. Elena jedoch musste irgendwann einmal lernen, die Dinge klug gegeneinander abzuwägen und nicht immer vorzupreschen, als ob es kein Morgen gäbe. »Seine politische Einstellung macht ihn nicht automatisch zu einem Kriminellen.«

Elena drehte abrupt den Kopf in ihre Richtung. »Hallo?! Commissario? Aber so was von kriminell. Das liegt schon in der Natur der Sache.« Sie schnaufte wütend. »Was hast du vorhin nicht mitbekommen? Das war der Kameradengruß. Ganz eindeutig. Für dich hätte er vielleicht noch ein: »*Duce a noi!* – Führer mit uns!«, schmettern müssen. Wobei … selbst darüber wärst du wahrscheinlich noch hinweggegangen.«

»Unsinn. Ich möchte die Leute nur nicht vorschnell verurteilen«, widersprach Giulia. »Und nicht in jedem politisch Unkorrekten steckt automatisch ein Mörder.«

»Commissario, du bist naiv«, entgegnete Elena schroff. »Es gibt nicht nur die heile Welt auf deinem Berg.«

»Es reicht!«, fuhr Giulia sie harsch an. Elenas Political Correctness in allen Ehren, aber Giulia war fast drei Jahrzehnte bei der Polizei und hatte so manches gesehen, was sie am liebsten sofort vergessen wollte. Stattdessen hatten sich die Bilder in ihrer Erinnerung eingegraben und wüteten dort in schwachen Momenten mit aller Erbarmungslosigkeit. Der vermeintliche Rückzug auf ihren Berg und damit aus dieser Welt, in der sie tagtäglich den schlimmsten Auswüchsen der menschlichen Spezies begegnete, war für sie der Ausgleich, ohne den sie diesen Job sicherlich nicht so viele Jahre ertragen hätte.

»Entschuldige«, murmelte Elena kleinlaut. »Aber bei solchen Typen vergesse ich meine Kinderstube. Es macht mich krank, wie man so menschenverachtende, die eigene Nation verherrlichende Ideen gut finden kann, vor allem nachdem die Geschichte uns gezeigt hat, was das bringt. Dabei müsste Gromow doch wissen, wie es in einer Diktatur abläuft. Er ist Russe und ein Gegner Putins.« Elena schüttelte verständnislos den Kopf. »Er musste seine Heimat verlassen, um unbehelligt weiterleben zu können. Was geht in einem solchen Menschen vor?« Ihre Tonlage wurde mit jedem Wort schriller.

»Das eine muss ja nicht unweigerlich das andere nach sich ziehen«, warf Giulia ein.

Elena runzelte die Stirn. »Der Gruß dir gegenüber jedenfalls war keine Unachtsamkeit. Darauf wette ich«, konstatierte sie. »Das war zu offensichtlich.«

Dieser Gedanke geisterte Giulia auch die ganze Zeit schon im Kopf herum.

»Weißt du, was ich denke: Er wollte dich warnen. Du solltest wissen, dass die Kameraden dich im Auge haben und dass du besser nichts unternimmst, was ihnen nicht passt. Der Einbruch und die Sache mit Jacopo fügen sich übrigens auch ganz hervorragend in dieses Schema. Noch ist das alles harmlos abgegangen, aber wenn du zuckst ... Puh!« Sie stoppte unerwartet und winkte zwei ältere Damen über die Straße. »Dieser Gruß von Gromow zeugt eindeutig von einer rechten Gesinnung, genau wie der Römische Gruß, der ausgestreckte Arm, den Hitler und seine deutschen Nazis übernommen haben«, erklärte sie.

»Den Römischen Gruß hätte ich sofort erkannt«, witzelte Giulia, um die seltsame Stimmung zu vertreiben, die über dem Gespräch lag, doch Elena ging nicht darauf ein.

»Sofja hat mir vorhin übrigens erzählt, dass sie mit Papa Gromow am Sonntag bis nach ein Uhr vor dem Fernseher gesessen hat. Ich darf es allerdings unter keinen Umständen ihrer Mutter verraten.«

»Mhm«, machte Giulia nur. Sie hatten Menaggio inzwischen verlassen und fuhren nun auf der Seestraße in Richtung Gravenna, um dort Kuno Alwin Wyss, dem Schmuckhändler, dessen Namen Baldo ins Spiel gebracht hatte, einen Besuch abzustatten.

»Glaubst du, dass die Kleine flunkert? Sie kann nichts von dem Verdacht wissen, auch nicht von der Tatzeit«, redete Elena weiter.

»Wenn sie sich nicht in der Uhrzeit geirrt hat, ist Gromow womöglich aus dem Schneider«, antwortete Giulia. »Jedenfalls was den Mord angeht.«

Elenas Mundwinkel zuckten. »Und da ich mir dachte, dass du so etwas sagst, habe ich sie mehrmals nach der Uhrzeit gefragt.« Mit betont unschuldigem Gesichtsausdruck fuhr sie fort: »Meine Armbanduhr ist ja kaputt, und ich wollte sie nicht zu lange vom Baden abhalten … Sie beherrscht die Uhr tadellos.« Sie grinste Giulia von der Seite an. »Nicht schlecht, was?«

»Clever, das muss ich schon sagen«, schmunzelte Giulia. Sie dachte an Sofja. Die Kleine war ein kluges Mädchen, und sie vergötterte ihren Vater. Was, wenn sie auch auf seine Bitte hin eine Geschichte wiedergab, die so nicht stattgefunden hatte? Sie hielt das nicht für besonders wahrscheinlich, aber völlig ausgeschlossen war es auch nicht. Man würde sehen müssen, wie sich die Dinge entwickelten. »Demnach hat unser einziger Hauptverdächtiger wohl ein Alibi«, redete sie weiter, ohne Elena ihre Bedenken mitzuteilen. »Trotzdem verschweigt er uns etwas. So arglos, wie er zu sein vorgibt, ist er nicht, nicht einmal ansatzweise.« Sie waren noch gemeinsam mit dem Russen ins *di Paolo* gefahren, um den Schlüssel seines Bootes zu holen, der, wie seine Frau vermutet hatte, tatsächlich im Restaurant gewesen war. Erstaunlicherweise war Gromow bezüglich des genauen Ablageortes ganz und gar nicht ahnungslos gewesen. Im Gegenteil, er war schnurstracks auf die entsprechende Küchenschublade zumarschiert. Dass diese unverschlossen und der Schlüssel damit für alle mühelos greifbar war, machte seine Lüge auch nicht besser. Giulia fragte sich die ganze Zeit, ob er sie mit seiner widersprüchlichen Aussage an der Nase herumführen wollte. Jedenfalls hatten sie die drei Bootsschlüssel eingepackt, um sie von den Kriminaltechnikern näher untersuchen zu lassen. Giulia schätzte die Chancen, darauf Fingerabdrücke zu finden, gen null, aber einen Versuch war es wert. »Was wäre sein Motiv?«, fuhr sie fort. »Selbst zu einer Komplizenschaft muss ihn irgendetwas treiben.«

Elena rutschte aufgeregt auf ihrem Sitz hin und her. »Meinst du, er hat einen russischen Auftragskiller engagiert, um Campetti beseitigen zu lassen?«

»Ein teurer Profi, der sich die Zeit nimmt, um über den See zu schippern bis sein Opfer endlich den letzten Atemzug gemacht hat?« Giulia schmunzelte. »Eher unwahrscheinlich.«

Elena schaute wieder konzentriert auf die Straße. »Die Übernahme des Restaurants ist womöglich ein Grund, aber aus der Perspektive unseres Opfers absolut größenwahnsinnig. Gromow hätte ihn eher auslachen können, als ihn umzubringen.«

»Das mit dem Lokal sehe ich auch nicht. Gromow hätte nicht nur einige andere Läden haben können, er hätte Campetti auch immer ausgestochen. Egal, ob der Junior oder der Senior, am Ende zählt für beide das Geld, für den Alten womöglich noch der gute Ruf. Jedenfalls ein Rennen, das der berühmte Gromow mit Leichtigkeit gewonnen hätte«, bemerkte Giulia. »Campetti hätte niemals mithalten können. Selbst wenn er die Brillanten auf eigene Rechnung verkauft hätte. Erstens hätte er mit einem Diebstahl kein ruhiges Leben gehabt, und zweitens hätte das Geld, das er dafür bekommen hätte, niemals die Kaufsumme für das Restaurant abdecken können.«

»Genau. Schau dich hier mal um.« Elena wandte sich nach rechts und deutete mit der Hand auf den an ihnen vorbeiziehenden See. »Wenn du mich fragst, gibt es neben Menaggio noch andere Orte, die einiges hermachen. Zudem macht es keinen Sinn, sich auf das *Paolo* zu versteifen.«

»Das ist Geschmackssache«, entgegnete Giulia. »Wenn der Russe sein Herz nicht nur an Russland, sondern auch ans *Paolo* verschenkt hat …« Sie hob und senkte die Schultern. »Gromow hatte eine Auseinandersetzung mit Campetti um die Restaurantnachfolge nicht nötig, vor allem nachdem er und Bertera junior sich offenkundig längst einig sind. Faustino Bertera ist ein cleveres Bürschchen. Er geht kein Risiko ein. Und Gromow und er stehen sich, sagen wir mal, nahe. Gromow sagte etwas von Faustinos Wort. Das gilt in diesen Kreisen noch etwas.«

Elena horchte auf.

»Ich habe gesehen, wie beide sich gestern vor dem Lokal mit dem Kameradengruß begrüßt haben«, ergänzte Giulia.

Elena umklammerte mit beiden Händen das Lenkrad, als wollte sie es herausreißen. »Faustino Bertera auch?«, presste sie zwischen zusammengebissenen Zähnen hervor. »Ich sage es immer, sogar dein eigener Nachbar, die Bäckersfrau um die Ecke, der Eisverkäufer – jeder kann dabei sein.« Sie schlug mit der Faust auf das Armaturenbrett. »Man sieht denen, die schwarze Grütze, die in ihrem Kopf herumschwappt, verflixt noch mal nicht an.«

Giulia drückte sich tiefer in ihren Sitz und hielt sich krampfhaft am Haltegriff über der Tür fest.

Elena schien das nicht mitzubekommen. »Wir müssen an dieser Front viel aktiver werden. Aufklärungsarbeit! Immer und immer wieder. Reden. Erklären. Zuhören!«, rief sie.

Giulia hob besänftigend die Hände. »Ist ja gut, ich hab's verstanden.« Mit ihrem Anliegen mochte Elena richtigliegen, aber Giulia war, was Politik anging, zu desillusioniert, um sich auf eine derartige Diskussion einzulassen. Italien war von jeher ein politisch gespaltenes Land. Von links außen bis rechts außen spiegelten sich in der Gesellschaft sämtliche Facetten wider. Vieler ihrer Landsleute lebten dabei heute noch in den Kategorien von *Don Camillo und Peppone*, und sie meinten das absolut ernst.

»Dann gehören die Brillanten einem von den beiden«, mutmaßte Elena. »Vermutlich Gromow, wegen des Kleeblatttütchens aus der Apotheke seiner Frau.«

Giulia neigte den Kopf. »Du wirst bei der halben Gemeinde diese Kleeblatttütchen finden. Die Campettis waren Kunden in der Apotheke, die Berteras sind es bestimmt auch …« Während Elena mit Gromow im Lokal gewesen war, hatte Giulia mit der Angestellten von Signora Gromow telefoniert. Ein Leopoldo Campetti war in der Kundendatenbank nicht zu finden gewesen. Dafür jedoch gab es darin, wie Signora Gromow bereits berichtet hatte, eine Anna Campetti, und das fast auf den Tag genau seit einem Jahr. Bei einem Massenprodukt wie einem Tablettentütchen half das am Ende aber alles nicht weiter.

»Du wirst wohl wie immer richtigliegen«, entgegnete Elena und klang dabei ein wenig resigniert.

»Stellen wir die Frage, wem die Brillanten gehören, erst einmal zurück, und gehen wir mal davon aus, dass Faustino Bertera und Lew Gromow irgendeiner nationalen Bewegung angehören beziehungsweise nahestehen und damit über genügend Kontakte in Kreise verfügen, die ein Interesse an solchem Zeug haben. Für gewöhnlich sind diese Leute ja hervorragend vernetzt, zum Beispiel mit einem Schweizer Schmuckhändler.« Giulia konnte sich beim besten Willen nicht vorstellen, wer ansonsten als Käufer in Frage kommen sollte. Dass ein Museum Interesse an derartigem Schwarzmarktschmuck haben könnte, erschien ihr abwegig. »Und sie haben Campetti ins Feld geschickt, um sich nicht selbst die Hände schmutzig zu machen. Jetzt will es natürlich keiner mehr gewesen sein.«

»Aber auf die Brillis werden sie nicht einfach so verzichten«, ergänzte Elena. »Das haben wir ja schon gesehen.«

»Mhm.« Giulia spürte, wie die Angst vom gestrigen Abend sie kurzzeitig wieder ergriff. Sie hatten Glück gehabt, verdammt viel Glück. »In die Questura werden sie nicht einbrechen. Dafür finden solche Leute andere Wege. Es gibt kein Verbot, die Brillanten von Clara Petacci zu besitzen. Wenn der Mord aufgeklärt ist, erhält der Questore einen Anruf, und dann wandern die edlen Stücke wieder zurück zu ihrem Eigentümer, vorausgesetzt, er ist nicht der Mörder.«

»Diebesgut bleibt Diebesgut, oder meinst du die Erben der Petacci würden freiwillig darauf verzichten?«, bemerkte Elena.

»Wenn sie davon wüssten, sicherlich nicht. Aber offiziell gilt das Amulett nach wie vor als verschollen, und wer weiß schon, ob es wirklich gestohlen wurde.« Für Giulia war es müßig, darüber nachzusinnen. Die Brillanten waren zu bedeutsam, als dass sie lange in der Asservatenkammer verstauben würden. Und je wichtiger derjenige war, dem sie gehörten, umso schneller hatte er sie wieder. Italien war nun einmal Italien, auch wenn sie sich jeden Tag bemühte, dieses durchaus zutreffende Klischee ein wenig mehr aufzubrechen.

»Anderes Thema und auch irgendwie nicht«, sagte Elena, zog ihr iPad zwischen der Mittelkonsole und Giulias Sitz hervor und hielt es ihr hin. »Die finanziellen Verhältnisse der Familie Gromow. Gut, dass ich all deine Aufträge umgehend ausführe.«

»Braves Mädchen«, entgegnete Giulia lächelnd und studierte die von Elena ermittelten Fakten. Die Gromows waren vermögende Leute, das musste man schon sagen, aber etwas anderes hatte Giulia auch nicht erwartet.

»Die sind gut dabei, aber das Ristorante hätten sie auch nicht mal eben aus der Portokasse zahlen können, nicht wahr Commissario? Für das Geld muss Gromow lange am Herd stehen. Wobei seine Pelmeni wirklich jeden Euro wert sind …«

»Faustino und der Russe wollen ein Geschäft machen. Ob beiden anteilig die Steine gehörten, der eine dem anderen nur einen Gefallen tun wollte oder sie für jemand anderen die Hehler spielen, ist jetzt erst einmal Nebensache.« Giulia versuchte, ihren knurrenden Magen zu ignorieren. »Und an dieser Stelle kommt Campetti ins Spiel. Vielleicht war er ein politisch Gleichgesinnter, möglicherweise brauchte er auch nur Geld oder wollte sich bei seinem künftigen Chef beliebt machen. Wir wissen es nicht. Aber irgendetwas muss ihn bewogen haben, bei der Sache mitzuspielen. Und ich könnte schwören, dass die Familie Campetti eingeweiht war, zumindest die Brüder. Ansonsten glaube ich, was meine, nun ja, Verunfallung«, sie zog den Mund breit, »angeht, irgendwann wirklich noch an einen dummen Zufall.«

Elena bedachte sie mit einem skeptischen Blick, sagte jedoch nichts. »Aber dass Gromow dem verhassten Kellner vertraut haben soll? Immerhin geht es bei diesem Deal um richtig viel«, gab sie zu bedenken.

»Überleg doch mal. Wer hat uns von dem angeblichen Hass zwischen Campetti und Gromow erzählt?«, fragte Giulia.

Elena überlegte. »Na ja, Gromow …«, entgegnete sie zögerlich. »Und Faustino Bertera. Alle anderen Angestellten mochten Campetti zwar nicht, haben allerdings bei der Frage nach seinen Feinden den Koch nicht explizit genannt, und Lucio Bertera, der Seniorchef, hat sich ebenfalls absolut bedeckt gehalten.« Sie hielt einen Moment inne.

»Aber indem der Russe uns erzählt, dass er den Kerl nicht leiden kann, macht er sich doch eigentlich verdächtig?«

»Er wollte nicht, dass wir ihn mit Campetti in Verbindung bringen, und er weiß sehr genau, dass er ihn nicht umgebracht hat. Das könnte eine Erklärung sein«, antwortete Giulia. »Aber wenn die Geschichte, die sie uns auftischen wollten, wahr wäre, dann gäbe es keinen Grund, dass Campetti sich mit seinem Mörder ausgerechnet auf Gromows Boot trifft. Stell dir mal die Dreistigkeit vor. Jeder weiß, dass die *Sofja* dem Russen gehört, und Campetti marschiert da einfach drauf, obwohl die beiden angeblich einen Krieg gegeneinander führen? Leopoldo mag kein besonders umgänglicher Mensch gewesen sein, aber er war nicht blöd.«

»Vielleicht wollte er dem Russen eins auswischen?«, schlug Elena vor.

»Mit was? Mit seiner Leiche?« Giulia schüttelte den Kopf.

»Dann wusste Gromow davon«, murmelte Elena unsicher.

»Ja, so richtig überrascht wirkte er doch gar nicht, als wir ihm die Nachricht von dem toten Campetti an seinem Boot überbracht haben. Und er hätte sich furchtbar aufregen können. Immerhin ist das Diebstahl, und wer will schon mit seinen Liebsten sonntags mit einem Boot auf den See hinausfahren, an dem ein Mensch qualvoll gestorben ist. Nichts dergleichen ist passiert. Ich denke, er hat sein Eigentum für den Deal bereitgestellt.«

»Aber er war nicht dabei«, ergänzte Elena.

»Nein«, bestätigte Giulia. »Das war er nach der Faktenlage sicherlich nicht.«

»Faustino Bertera?« Elena schien zu überlegen. »Aber der war doch angeblich zur Tatzeit bei einem Geschäftsessen in Varenna.« Sie schlug sich mit der Hand an die Stirn. »Mist, das habe ich noch nicht überprüft. Das mache ich gleich …« Sie griff hinter sich nach der auf dem Rücksitz stehenden Tasche, um nach ihrem Handy zu suchen.

»Hörst du wohl auf damit!«, sagte Giulia scharf. »Das hat Zeit, bis wir angekommen sind.« Wenn sie daran dachte, wie offen und wohlwollend ihnen Faustino sein Alibi präsentiert hatte, gab es daran todsicher nichts zu rütteln. Faustino Bertera war ebenfalls kein Mörder, das sagte zumindest ihr Bauchgefühl. Er und der Russe hatten den Deal eingefädelt und das Boot zur Verfügung gestellt. Dann ist irgendetwas nicht nach Plan gelaufen, denn warum sonst hätte Leopoldo Campetti die Ware in Sicherheit bringen müssen, und das auch noch auf diese ungewöhnliche Weise?

1

»Wenn ich mich um diese Jahreszeit zwischen meinen Rhododendronbüschen bewege, erfasst mich immer ein wenig Schwermut.« Kuno Alwin Wyss spazierte inmitten der mannshohen Azaleensträucher umher und knipste hier und da mit Daumen und Zeigefinger die Überbleibsel einer verwelkten rosa Blüte ab. »Aber so ist nun einmal das Leben. Selbst die größte Herrlichkeit löst sich irgendwann in nichts auf.« Er hielt in seiner Bewegung inne und bedachte Giulia mit einem flüchtigen, auf unangenehme Weise salomonischen Lächeln. »Und wird, oh Wunder, immer wieder neu zum Leben erweckt. Ach, wie liebe ich das Frühjahr und die Monate bis dahin, die ich mit sehnsuchtsvollem Warten verbringe.« Ein paar vertrocknete Rispen segelten zu Boden. »Ich gebe zu, ich bin in all dieser Pracht«, er deutete auf den parkähnlichen Garten, der sie umgab, »nur ein Zaungast. Zwei Gärtner dürfen sich hier tagtäglich verlustieren.« Sein Lächeln verschwand von einem Moment auf den anderen, und er wandte sich von den Pflanzen ab wie von einer erkalteten Liebe, ließ seinen glänzenden Spazierstock, den er bislang unter seinen rechten Arm geklemmt hatte, zu Boden gleiten und stolzierte davon. Wyss war ein älterer Herr jenseits der sechzig, von durchschnittlicher Größe und mit einer durchaus als unförmig zu bezeichnenden Figur. Das Größenverhältnis zwischen seinem Oberkörper und dem Bereich von der Taille bis zu den Füßen wirkte unstimmig, was an seinem dicken, weit über den Hosenbund hinausragenden Bauch lag. Nichtsdestotrotz war er mit seiner weißen Baumwollhose und dem rosafarbenen Hemd, dessen Ärmel er bis zu den Ellenbogen aufgeschlagen hatte, elegant gekleidet und in seiner Gesamterscheinung äußerst gepflegt. Das Bild komplettierten ein Panamahut und eine goldumrandete, dunkle Sonnenbrille, die er zu Giulias Bedauern nicht einmal zur Begrüßung abgenommen hatte. Das Einzige, was sie demnach bis jetzt von seinem Gesicht gesehen hatte, waren pockennarbige Wangen, eine flache Nase und ein ungewöhnlich schmaler Mund, aus dem von Zeit zu Zeit zwei kastenförmige weiße Zahnreihen hervorblitzen, von denen die oberen Eckzähne jeweils mit einem funkelnden Edelstein besetzt waren. Giulia hatte diese Art von Zahnschmuck noch nie zuvor gesehen, und es verlangte von ihr einiges an Selbstbeherrschung, diesem Mann nicht andauernd in den Mund zu starren. Ob Wyss dies bemerkte und sich darüber amüsierte oder generell eine Frohnatur war, konnte sie nicht sagen, jedenfalls strahlte er bei allem, was er von sich gab, eine enthusiastische Freude aus. Ohne sich zu Giulia und Elena umzudrehen, schritt er auf den nächsten Rhododendron zu, der ihn um mindestens einen Meter überragte. Er stoppte, erblickte eine der letzten Blüten, brach sie und überreichte sie Elena mit einer angedeuteten Verbeugung. Die wirkte angesichts dieses ungewohnten Charmes fast peinlich berührt, und obwohl Azaleen im Allgemeinen wenig Duft versprühten, steckte sie ihre Nase in die Blume und lächelte versonnen. Wyss erwiderte diese Geste seinerseits mit einem huldvollen Nicken und einem Strahlen, das beim genaueren Blick auf ihren T-Shirt-Aufdruck, *Resistenza Italiana 2.2,* abrupt erstarb. Doch gleich darauf erschien ein gezwungenes Lächeln auf seinem Gesicht. Von nun an schien Elena sein Interesse geweckt zu haben, denn er bedachte sie ein ums andere Mal mit einem scheelen Seitenblick, so wie man es bei einem exotischen Tier tat, das einem nicht ganz geheuer war. »Commissario … *Scusi!* Wie war noch einmal Ihr Name? Sie müssen mein schlechtes Gedächtnis wirklich entschuldigen, aber der Herr dosiert die Talente, die er uns Menschen gibt, und das Behalten von Namen gehört nicht zu den meinigen«, erklärte er geschwollen und schon wieder im Gehen begriffen.

»Commissario Cesare, Questura Lecco«, sagte Giulia zum wiederholten Mal. »Und das ist meine Assistentin Signorina Pellegrini.«

Wyss drehte sich halb zu ihnen um und machte eine anerkennende Kopfbewegung.

»Wir untersuchen den Mordfall Leopoldo Campetti. Seine Leiche wurde in Menaggio im See gefunden«, fügte Giulia noch an, aber auch das hatte sie bei ihrer Ankunft bereits erklärt.

»Tja, also der Name sagt mir nichts. Muss ich den Mann kennen?«, wollte Wyss wissen, der nun vor einem Gewächs stehen geblieben war, das Giulia nicht kannte, dessen Blätter aber wohl so interessant waren, dass er sie ausgiebig betrachtete.

»Nun, Signore, ich weiß es nicht, aber da Sie als ausgewiesener Kenner historischen Schmucks gelten, hatte ich die Hoffnung, dass Sie Leopoldo Campetti schon einmal begegnet sind.« Giulia holte ihr Handy hervor und zeigte ihm das Bild des Toten.

Er blieb zunächst regungslos, beugte sich dann aber ein wenig nach vorn, hob seine Brille an und betrachtete ausgiebig das Foto.

Giulia wiederum nutzte diesen Augenblick und versuchte, in seinen Augen irgendeine Regung zu entdecken. Dieses Unterfangen blieb jedoch erfolglos. Dafür fiel ihr etwas anderes auf. Seine Iris war von einem hellen, leicht gräulich schimmernden Grün, was den Kontrast zu der blutunterlaufenen Bindehaut noch stärker hervortreten ließ. Erstaunlicherweise waren beide Augen von diesen geplatzten Äderchen betroffen – ein Anblick, der durchaus verstörend wirken konnte, wenn man nicht darauf gefasst war.

Nach geraumer Zeit, die er offenbar gebraucht hatte, um sicher zu sein, Campetti nicht zu kennen, verbarg er seine Augen wieder hinter den getönten Gläsern und entschuldigte sich übertrieben wortreich für seinen, wie er erklärte, ramponierten Zustand. Diesen führte er ohne Umschweife auf sein in Übergewicht und Bluthochdruck gipfelndes lasterhaftes Leben zurück und lachte dabei herzhaft.

Giulia bat Elena, ihr die Fotos der Brillanten zu reichen. Sie zog eins heraus, das alle siebzehn Steine zeigte, und hielt es Kuno Alwin Wyss hin. »Schauen Sie bitte hier, Signore.«

Dieser wiederholte die Prozedur von gerade eben, wobei ihm diesmal wenige Sekunden genügten, um zu wissen, was sie ihm da vor die Nase gehalten hatte. Eigentlich hatte sich an seiner Mimik kaum etwas verändert, wenn da nicht dieses kurze Flackern seiner Lider gewesen wäre. Giulia hatte sowohl Überraschung als auch Verzückung herausgelesen. »Nichts ist so beseelend wie der Glanz von edlen Steinen«, säuselte er und seufzte dabei fast lüstern. In diesem Satz lag so viel Oberflächlichkeit, dass die ihm innewohnende Ablenkung förmlich greifbar war. Zweifelsohne hatte Wyss die Brillanten erkannt.

»Diese Steine haben wir im Magen des toten Leopoldo Campetti gefunden«, erklärte Giulia. »Es würde mir sehr helfen, wenn ich dazu eine fachliche Expertise bekommen könnte.«

Elenas Atemgeräusche verstummten kurz.

»Anhand eines Fotos?«, fragte Wyss, wobei er nun deutlich ernster als zuvor wirkte, aber überhaupt nicht den Eindruck machte, als wäre so etwas ungewöhnlich.

»Wenn das möglich wäre …«, entgegnete Giulia übertrieben kleinlaut. »Es gibt noch mehr Bilder«, sagte sie und hielt sie kurz hoch. Sie wusste sehr wohl, welchen Unsinn sie da verlangte, aber ein wenig Naivität hatte noch nie geschadet, vor allem wenn man einen vor Selbstbewusstsein und Eigenliebe strotzenden Mann wie Wyss vor sich hatte. Er würde sich gebauchpinselt fühlen, eine kleine Commissario zu unterweisen, und genau das wollte Giulia aus ihm herauskitzeln. »Sie mit Ihrer Erfahrung …«

»Mhm.« Er wiegte den Kopf, als müsste er darüber nachdenken, was, so schnell wie seine Antwort kam, offenkundig nicht notwendig gewesen war. »Könnte ich die Fotos etwas genauer sehen, bitte«, bat er. »Und es wäre mir lieb, wenn wir uns dazu hinsetzen könnten. Ich bin ein alter Mann, und das lange Stehen gehört nicht mehr zu meinen liebsten Tätigkeiten.« Er wirbelte mit seinem Stock durch die Luft und deutete auf einen etwas abseitsliegenden Pavillon, der fast vollständig von den orangefarbenen Blüten einer Trompetenblume überwuchert war und damit ein wunderschönes, schattiges Plätzchen in der Nachmittagshitze bot. »Für Schmuck muss man sich Zeit nehmen – ebenso wie für schöne Frauen.« Er zwinkerte ihnen zu.

Kurz darauf saßen sie auf ausladenden Korbstühlen. Wyss hatte, ohne von ihrer Ablehnung Notiz zu nehmen, eine Flasche gut gekühlten Weißwein bringen lassen und ihnen unter begeisterten Lobesworten eine Kostprobe eingeschenkt. Die Flasche steckte nun in einem Kühler, und Giulia kam nicht umhin, das Etikett zu betrachten. Weingut Elena Walch, Südtirol, stand in goldenen Lettern darauf gedruckt. Ihr kamen die Worte von Baldo wieder in den Sinn. Der Name war gefallen, ganz gewiss. Sie überlegte, wie nah man einem Menschen sein musste, um seine Weinvorlieben zu kennen. Wyss' nachdenkliches Räuspern holte sie aus ihren Gedanken. Er hatte die Fotos vor sich auf dem Tisch ausgelegt, als handelte es sich um Tarotkarten, aus denen er die Zukunft lesen wollte. Eine ganze Weile verging, in der er immer wieder einen einzelnen Ausdruck aufnahm, ihn, so weit es ging, von sich weghielt, um ihn dann wieder bis auf wenige Zentimeter vor seine Nase zurückzuholen. Irgendwann nahm er einen tiefen Schluck von seinem Wein und hob, nachdem er sich den Mund mit einer Serviette abgetupft hatte, an: »Nun ja, Commissario, da hat sich jemand viel Mühe gegeben. Das muss ich schon sagen. Der Schliff, die Farbgebung, ein schickes Art déco …« Er stoppte und wischte sich mit dem Einstecktuch, das in der Brusttasche seines Hemdes steckte, den Schweiß von der Stirn. »Die Steine sehen zumindest nach Brillanten aus. Aber …« Er ließ die Bilder langsam sinken, ohne den Blick davon zu lösen. »Ein Brillant, das ist Symmetrie, die perfekte Harmonie von Winkelverhältnissen und Proportionen. Einerseits sehen sie danach aus. Schauen Sie hier, wie bei diesem einen hier das Licht reflektiert wird.« Er drehte die Bilder in Giulias Richtung und drückte seinen dicken Zeigefinger darauf.

Giulia bemühte sich, das zu sehen, was er gesehen hatte. Erfolglos.

»Andererseits, nun ja …« Er hob die Hände. »Das sind hervorragende Fotos, sehr gut, aber mir fehlt das Feuer in den Steinen. Deswegen denke ich …«

»Sie sind nicht echt?«, fragte Giulia, die ahnte, worum es ihm eigentlich ging. Er wollte die Steine in natura sehen, das musste er sogar zwingend, wenn er deren Echtheit prüfen wollte, und trotzdem kam es ihm aus irgendeinem Grund nicht über die Lippen. War es Vorsicht vor der Polizei? Wartete er darauf, von Giulia darum gebeten zu werden? Wyss war ein komischer Kauz, schmierig und undurchschaubar. Das machte er auch durch sein Charmieren nicht wett. »Bei einem Besuch in der Questura könnten Sie die Steine in Augenschein nehmen«, versicherte Giulia, um das Ganze abzukürzen.

Wyss setzte eine nachdenkliche Miene auf, darum bemüht, den Eindruck zu vermitteln, dass er daran überhaupt noch nicht gedacht hatte. »Nun ja, das lässt sich anhand eines Stückes Papier tatsächlich nicht beurteilen. Dafür müsste ich die Brillanten schon in den Händen halten.« Er hielt einen Moment inne, als wollte er Giulias Reaktion abwarten. Nachdem sie stumm blieb, redete er weiter. »Für Sie würde ich mich natürlich umgehend nach Lecco aufmachen. Ein Hilfeersuchen einer so reizenden Commissario duldet keinen Aufschub.« Er grinste, und die Edelsteine in seinen Zähnen blitzten. »Das wäre außerordentlich freundlich von Ihnen«, entgegnete Giulia steif. Der Zahnschmuck und die schmierige Art dieses Mannes ließen sie innerlich schaudern. »Meine Kollegin wird sich um alles kümmern.« Sie nickte Elena zu.

»Sehr schön«, rief Wyss aus. »Ich bin immer bereit, der Gerechtigkeit einen Dienst zu tun. Das ist eine absolute Selbstverständlichkeit.« Er nickte bedeutsam. »Wo, sagten Sie, hat dieser tote Mann die Steine noch gleich her?«

»Das wissen wir nicht«, entgegnete Giulia wahrheitsgemäß und freute sich, dass Wyss angebissen hatte. »Ich finde die Zusammensetzung sehr ungewöhnlich, zwei dunkelrote Steine und fünfzehn weiße. Ich könnte mir vorstellen, dass die Brillanten Teile eines Schmuckstückes waren. Denken Sie nicht?«

»Möglich«, erwiderte er ein wenig zu zügig.

Giulia zuckte mit den Schultern. »Es war nur eine Vermutung. Ich kenne mich mit Schmuck nicht sonderlich gut aus.«

Wyss räusperte sich. »Ich werde sehen müssen, was die Steine mir erzählen können.« Seine Stimme schien vor Erregung zu vibrieren. »Jeder Brillant hat eine Geschichte, und wenn man wie ich die Gabe besitzt, genauer hinzusehen …« In seinem Gesicht zeichnete sich Stolz ab, und er drückte den Rücken durch. »Dann erzählt er sie auch«, schloss er mit feierlicher Mimik. Im nächsten Moment jedoch fiel seine Miene in sich zusammen, und vor Giulia saß ein getriebener Mann. »Aber wenn jemand so etwas schluckt, wird er wohl seine Gründe haben. Dann sollte das schon wertvoll sein. Schließlich steht sein Tod ja damit in Zusammenhang, nicht wahr? Also, ich meine nur, bei einer Leiche, in der man auf so edle Steine stößt, liegt die Vermutung nahe … Aber Sie sind natürlich die Expertin, Commissario Cesare.« Er fasste in vertrauensvoller Geste nach Giulias Unterarm und legte seine Hand kurz darauf. »Und Sie wissen wirklich nichts über die Herkunft der Brillanten?«, fragte er noch einmal mit etwas mehr Nachdruck.

Giulia schüttelte bedauernd den Kopf. »Sagen Sie, Signore Wyss, kennen Sie das *Ristorante di Paolo* in Menaggio, beziehungsweise sind Sie dort vielleicht ein häufiger Gast?«

»Im *Paolo*? Aber natürlich!« Wyss fuhr sich mit der Zunge über die Lippen. »Ein ganz ausgezeichnetes Lokal. Seitdem ich mir vor etwa fünf Jahren dieses Haus hier gekauft habe, verkehre ich dort regelmäßig, also mindestens zwei, drei Mal im Monat. Die Grünbarbe, gebacken in einer Basilikum-Spinat-Brotkruste …« Er bildete mit Daumen und Zeigefinger seiner rechten Hand einen Ring, die restlichen Finger wiesen gespreizt nach oben. »*Perfetto!* Mein absolutes Leibgericht. Eigentlich esse ich nichts anderes. Nirgendwo sonst am See bekommt man so etwas. Das *Paolo* ist ein Geheimtipp. Sie kennen das Restaurant?« Er lehnte sich zurück und stützte beide Hände auf den Armlehnen seines Sessels ab. »Ach, wissen Sie was, machen Sie mir doch die Freude, und gehen Sie beide mit mir dort essen, quasi als kleines Dankeschön für meinen Besuch in Lecco.« Er zwinkerte Elena zu. »Sie werden die Barbe lieben.«

Elenas Magen gab knurrende Laute von sich.

»Sehr gern, Signor Wyss«, antwortete Giulia mit einem verbindlichen Lächeln, um dann abrupt das Thema zu wechseln und den angenehmen Gesprächsverlauf für sich zu nutzen. »Nehmen wir einmal an, unser Opfer wollte die Steine verkaufen. Wo macht man so etwas bei uns am Lago?«

Er zuckte mit den Schultern. »Bei Ebay? Auf dem Flohmarkt?« Ein dumpfes Lachen folgte. Dann wurde er ernst. »Ich kenne diesen Herrn nicht, und ich weiß auch nichts über ihn.« Er hob abwehrend die Hände. »Ich will ihm nicht zu nahe treten, aber ein seriöser Schmuckhändler achtet bei allem, was er ankauft, auf eine zertifizierte Herkunft. Selbst wenn die Eigentümer in der Öffentlichkeit anonym bleiben wollen, weiß ich, mit wem ich Geschäfte mache. Und die Finanzpolizei weiß es anhand meiner Buchführung im Zweifel auch. Kein seriöser Sammler kauft Ihnen ohne entsprechende Dokumente einfach mal so siebzehn Edelsteine ab. Der Verdacht der Hehlerware steht dabei immer im Raum, und daran will sich in meiner Branche niemand die Finger verbrennen. Ist der Ruf erst einmal beschädigt, können Sie es vergessen. Ein Auktionshaus wie das meinige lebt von dem Vertrauen, das ihm die Kunden entgegenbringen. Und das Vertrauen bestimmt den Preis.«

»Aber es gibt doch für alles einen Schwarzmarkt«, entgegnete Giulia unbeeindruckt. »Heutzutage wohl fast ausschließlich über das Internet.«

»Davon versteht ein alter Mann wie ich nichts, Commissario. Rein gar nichts«, entgegnete Wyss und sah sie an, als könnte er kein Wässerchen trüben.

***

Die dampfende Pizza war so groß, dass ihr goldbrauner Rand über den Teller auf die grün-weiß karierte Tischdecke hing. Der intensive würzige Geruch nach Käse und Sardellen hüllte im Nu alles rundherum ein, und Giulia lief das Wasser im Mund zusammen. Seit ihrer letzten Pizza mussten Monate vergangen sein. Jacopo war nun einmal kein Mann, mit dem man sich nach einem anstrengenden Arbeitstag schnell auf eine Pizza in der benachbarten Osteria verabredete. Er hielt den belegten Teigfladen für das verkehrteste italienische Gericht überhaupt und erfüllte ihr diese Gelüste nur unter Protest und entsprechend selten. Gerade allerdings hatte nicht Jacopo eine Quattro Formaggi mit extra viel Gorgonzola serviert bekommen, sondern Elena, und die betrachtete dieses Kunstwerk mit genauso viel Vorfreude wie Giulia. Nach ihrer Tour nach Gravenna und dem Gespräch mit dem aalglatten Signor Wyss hatten sich die beiden dieses verspätete Mittagessen mehr als verdient. Und da Giulia ohnehin noch einmal mit Milo Campetti, dem Bruder ihres Mordopfers, reden wollten, fügte es sich ganz hervorragend, dass dieser in einer der besten Pizzerien Bellagios vor dem Ofen stand.

»Wenn dieser Milo ein guter Pizzabäcker ist, gehst du mit ihm nur halb so streng ins Gericht, oder?«, frotzelte Elena. Sie säbelte wie wild durch ihre Käsepizza, wobei eine Hälfte über den Tellerrand rutschte und auf der Tischdecke landete.

»Ich kann nichts versprechen«, entgegnete Giulia. »So etwas Ähnliches hast du bei unserem russischen Spitzenkoch auch schon verlangt.« Sie zwinkerte Elena provozierend zu. »Du bist übrigens eingeladen, als kleines Dankeschön.«

»Aha.« Elena schnitt ein Stück ihrer Pizza ab und schob es sich genüsslich in den Mund. Sie kaute schnell. Auf Giulias Bemerkung ging sie nicht ein. »Was hältst du von Wyss?«, fragte sie und schob sich schon das nächste Stück in den Mund. Ein breites Grinsen erschien auf ihrem Gesicht, und sie sagte kauend: »Nimm diesen Milo bloß nicht zu hart ran, Chefin. Die Quattro Formaggi ist wirklich ausgezeichnet.«

»Ich glaube, Wyss ist ein alter Charmeur, der es gewohnt ist, Menschen um den Finger zu wickeln, und der lügt, ohne rot zu werden«, erwiderte Giulia. »Er hat die Steine sofort erkannt und wollte uns trotzdem aufs Glatteis führen. Nach dem Motto: Billige Repliken können für die Polizei nicht von Interesse sein. Dafür war er aber ziemlich scharf drauf, sie live zu sehen. Findest du nicht?«

»Du bist sicher, dass dieser Baldo sich nicht irrt?«, fragte Elena.

»Absolut, und frag mich jetzt bitte nicht nach einer Begründung«, entgegnete Giulia.

Elena grinste. »Ha! Du stehst auf den Waldschrat. Das war nicht zu übersehen. Deswegen vertraust du ihm.«

Giulia verschluckte den Bissen, den sie sich gerade in den Mund geschoben hatte. »Du spinnst ja …«, sagte sie hustend. Sie trank einen großen Schluck Wasser, bevor sie weiterredete. »Für Baldo ist es unerheblich, ob die Brillanten echt sind oder nicht. Er will Wyss ans Messer liefern, quasi die letzte Tat, bevor er diese Welt verlässt. Und ich habe den Eindruck, dass er, was unseren Fall angeht, einen guten Grund dafür hat.«

»Commissario, alles easy«, beschwichtigte Elena. »Der Kerl sah in seinem maladen Zustand noch bombig aus, da kann ich mir ungefähr vorstellen, was er in Saft und Kraft hergemacht hat …« Elena kämpfte mit einem Mozzarellafaden, der zwischen ihrer Gabel und der Pizza auf ihrem Teller immer länger wurde. »Und dieser Wyss war mir auch nicht ganz geheuer.«

Giulia verdrehte die Augen. »Jedenfalls nehme ich nicht einmal seinen Tagesgruß für bare Münze, auch wenn er sich alle Mühe gegeben hat, uns von seiner Rechtschaffenheit zu überzeugen.« Sie wischte sich den Mund mit einer Papierserviette ab, legte sie auf dem leer gegessenen Teller ab und schob ihn beiseite. Dann winkte sie dem Kellner.

»Du warst aber auch wie Zucker«, kicherte Elena. »So kenne ich dich überhaupt nicht. Sogar seine Einladung zum Essen hast du dankend angenommen.« Sie stutzte. »Aber immerhin hat er zugegeben, dass er regelmäßig im *Paolo* verkehrt.«

»Wenn das so wäre, hätte er Leopoldo Campetti kennen müssen. Nun gut, angesichts seines Namensgedächtnisses will ich ihm das nicht ankreiden. Aber …« Giulia hob den rechten Zeigefinger. »Er müsste wissen, dass die Barbe in der Brotkruste letzten Sonntag das erste Mal auf der Speisekarte gestanden hat. Er war im *Ristorante*, ganz sicher, aber erstmals an dem Abend, an dem Leopoldo Campetti den Tod gefunden hat.«

Elena hatte Mühe, den Mund wieder zuzubekommen, und als sie es endlich geschafft hatte und ansetzen wollte, etwas zu sagen, ertönte eine anstrengende näselnde Stimme neben ihnen.

»Na, das ist ja mal eine besondere Ehre. Commissario Cesare!«, polterte Milo Campetti, nachdem er unangenehm dicht an den Tisch herangetreten war, an dem Giulia und Elena nun bei einer Tasse Espresso ihre Nasen in die Sonne hielten, um noch kurz zu verweilen. Giulia hätte ihn nicht einmal sehen müssen, um die muffige Ausdünstung, die von seiner Kleidung ausging, wiederzuerkennen. Das Haus der Campettis verströmte diesen Geruch, den sie bei ihrem Besuch am Dienstag sofort bemerkt hatte und der an jedem zu haften schien, der das Gebäude betrat. Selbst nach ihrem vergleichsweise kurzen Aufenthalt hatte sie ihre Kleidung zu Hause gleich in die Waschmaschine stecken müssen. »Sie sind wieder fit. Freut mich ehrlich, das zu sehen. Eine derartige Verletzung kann ja mitunter böse enden.« Milo Campetti legte den Kopf zur Seite und musterte sie unverhohlen abschätzig.

Giulia froren die Gesichtszüge ein. »Signor Campetti, ach, Sie treten gerade erst Ihre Schicht an. Wir haben uns schon gewundert, dass die Pizzen so ausnehmend lecker sind«, gab sie in zuckersüßem Tonfall zurück. Die Worte verfehlten ihre Wirkung nicht. Milos überhebliches Lächeln verschwand. Wie jeder italienische Pizzabäcker konnte er die Beleidigung von Frau und Mutter eher verkraften als ein übles Wort über seinen Pizzaofen oder die Konsistenz seines Hefeteigs. Giulia fuhr fort. »Aber wenn wir schon das Vergnügen haben, Sie zu treffen, nachdem leider vorhin bei Ihnen niemand zu Hause war, hätte ich noch ein paar Fragen. Es macht Ihnen doch sicherlich nichts aus. Anderenfalls würde ich Ihren Chef natürlich um Erlaubnis bitten, unter ausführlicher Darlegung der Sachlage, versteht sich.« Giulia fasste sich demonstrativ an den Hinterkopf. »Nicht, dass sie noch Ärger für Ihr Zuspätkommen kriegen.« Sie zeigte ihr schönstes Lächeln.

Milo machte ein Gesicht, als hätte ihm jemand einen Kinnhaken verpasst. »Was wollen Sie?«, blaffte er. »Ich habe nicht viel Zeit.«

»Nun, wir haben bei Ihrem toten Bruder einen, sagen wir mal, ungewöhnlichen Schatz gefunden, siebzehn wertvolle Brillanten. Können Sie mir etwas dazu sagen?« Giulia klimperte provokant mit den Wimpern.

»Keine Ahnung«, entgegnete er schroff und mit unergründlicher Miene.

»Nun, lieber Signor Campetti, und genau das glaube ich eben nicht.« Giulia sprach betont langsam und mit weichem Zungenschlag, obwohl ihre Worte messerscharf daherkamen. »Ich denke eher, Sie, Ihr Bruder Sebastiano und Ihre Schwester Anna haben ein sehr enges Verhältnis. Ob dies auf Zuneigung oder Abhängigkeit beruht, kann ich nicht sagen, noch nicht, aber immerhin leben sie seit jeher gemeinsam unter einem Dach. Dafür werden Sie schon einen guten Grund haben. Oder etwa nicht?«

»Ich mische mich trotzdem nicht in die Angelegenheiten meiner Geschwister ein«, konterte er. »Da muss ich Sie enttäuschen.«

»Natürlich nicht, Signore«, erwiderte Giulia, und ihr höhnischer Ton strafte ihre Worte Lügen. »Aber Sie geben sich doch bestimmt gegenseitig Ratschläge. Und wenn Leopoldo, nehmen wir einmal an, eine Chance hatte, auf einfache und schnelle Weise an einen Batzen Geld zu kommen, wären Sie doch der Letzte gewesen, der ihm seine Hilfe verweigert hätte.« Sie fixierte seinen Blick. »Oder war Ihr Verhältnis etwa gar nicht so rosig, wie es aussieht? Immerhin war Leopoldo ja der Älteste und damit das Familienoberhaupt. Bei Ihnen wird das doch so gehandhabt. Der Erstgeborene hat das Sagen, nicht wahr? Das war für jemanden wie Sie natürlich nicht immer leicht wegzustecken.«

Milo Campetti presste die Lippen fest zusammen und bedachte Giulia mit einem düsteren Blick. »Wie gesagt, ich kann Ihnen nicht weiterhelfen.« Er beugte sich leicht nach vorn, was ihn sogleich bedrohlicher wirken und seine Ausdünstung noch intensiver werden ließ. »Und meinem Bruder Leopoldo nach seinem Ableben kriminelle Machenschaften unterstellen zu wollen, ist ja wohl das Allerletzte. Die Campettis waren immer ehrenhafte Leute. Und wir halten zusammen.« Er hielt ihr seine rechte Hand unter die Nase und drückte den Zeigefinger fest auf den Daumen. »Sehen Sie das! Dazwischen geht kein Blatt Papier, und so war es auch bei Leopoldo und mir, so ist es bei uns allen.«

»Daran zweifle ich keine Sekunde«, gab Giulia heuchlerisch zurück. »Trotzdem sind Sie nicht unglücklich, nun die Nummer eins in der Familie zu sein.«

»Ich befinde mich in Trauer«, blaffte er.

»Selbstverständlich. Dennoch ist es doch zu schade, dass Sie mir nichts zu den Brillanten sagen können.« Sie zuckte mit den Schultern und schickte sich an, ihren Espresso auszutrinken. Mitten in der Bewegung stoppte sie jedoch und fuhr fort. »Mit den persönlichen Sachen, die wir bei einem Mordopfer finden, verhält es sich ja so, dass diese nach Abschluss der Untersuchungen an die Familie ausgehändigt werden.« Giulia unterschlug dabei geflissentlich das kleine Detail, dass vermeintlich gestohlene Dinge selbstverständlich davon ausgenommen waren. »Wenn Sie allerdings nichts von den Steinen wissen und wir auch sonst keine Anhaltspunkte haben …« Sie machte eine Pause, nahm nun doch einen Schluck und setzte die Tasse sorgfältig wieder ab. »Dann müssen wir wohl davon ausgehen, dass diese nicht Ihrem Bruder gehörten.« Giulia hob und senkte die Schultern. »Da freut sich am Ende womöglich der italienische Staat. Das ist doch auch nett. Nicht wahr?«

Milo Campetti gelang es nicht mehr, seinen Zorn zu verbergen. Fast konnte Giulia die wütenden Schwingungen spüren, die von seinem angespannten Körper ausgingen, aber die folgenden Worte kamen ganz ruhig, ja fast schon ein wenig gleichgültig aus seinem Mund. Offenbar versuchte er, Giulia einer Lüge zu überführen. »Wo soll er das Zeug gehabt haben? Seine Kleidung war ja total zerfetzt, als sie ihn aus dem See gezogen haben. Nicht einmal eine Tasche hatte er bei sich. Sebastiano und ich haben ihn im Leichenschauhaus identifiziert und den Kram eingepackt bekommen. Ich weiß, was ich gesehen habe.«

Und ich bin nicht so blöd, dass ich nicht merke, wie du mich für dumm verkaufen willst, dachte Giulia. »Leopoldo hat die Brillanten verschluckt. In seinem Magen waren sie gut aufgehoben«, antwortete sie. »Ich weiß nichts von irgendwelchen Brillanten«, wiederholte er, und man konnte ihm ansehen, dass es hinter seiner Stirn förmlich ratterte. Ob er sich dabei jedoch fragte, wie sein Bruder an derartige Kostbarkeiten gekommen sein könnte, oder ob er sich über deren Entdeckung ärgerte, stand ihm leider nicht ins Gesicht geschrieben. »Bevor Sie ehrbaren Leuten irgendwelchen Schwachsinn unterstellen, sollten Sie sich lieber darum kümmern, dass wir Leopoldos Fahrrad wiederbekommen.« Campetti versuchte, den Spieß umzudrehen. »Das war bestimmt ein Beweisstück, das die Polizei für ihre Ermittlungen brauchte, und nun ist es weg. Was soll man denn davon halten?«

»Nur dass wir unsere Arbeit eben äußerst gründlich machen«, konterte Giulia schlagfertig. So wie der Kerl auf die einzige Hinterlassenschaft seines Bruders bestand, hätte er die Aufwaschfrau Benedetta Sala verprügelt, wenn er sie mit Leopoldos Rad erwischt hätte.

»Wer's glaubt«, blaffte Milo.

»Spätestens in ein paar Tagen wird Ihnen das Beweisstück«, Giulia betonte das Wort überdeutlich, »ausgehändigt. Daran habe ich keine Zweifel.«

Milo Campetti stieß einen kurzen Pfiff durch die Zähne aus und machte eine abwertende Handbewegung.

»Ach, so ist das Leben, wer weiß schon so genau, wie sich das alles verhält«, säuselte Giulia. »Leopoldo hat ja auch so seine Geheimnisse gehütet. Übrigens munkelt man im *Paolo*, Leopoldo habe den alten Bertera beerben wollen, also was das Ristorante angeht. Signore Lucio hat auch so etwas erwähnt. Dann wäre Ihr Bruder womöglich ganz groß rausgekommen. Das Paolo ist ja nicht irgendein Laden.«

Milo schaute sich nervös nach allen Seiten um, ganz so, als müsste er sichergehen, dass niemand etwas von Giulias Worten mitbekommen hatte.

Seine verstohlenen Blicke verrieten ihr, dass die Geschichte stimmte und Milo zweifelsohne eingeweiht war. Sie registrierte das zufrieden und redete deutlich lauter weiter. »Davon haben Sie aber wenigstens gewusst, nicht wahr? Daraus hat Leopoldo kein Geheimnis gemacht. Nein, ganz sicher nicht.« Sie gab sich betont verbindlich. »Wären Sie eigentlich im *Ristorante di Paolo* der Küchenchef geworden, oder hätten Sie sich hinter dem russischen Starkoch einreihen müssen? Man sagt ja, niemand kann eine Pizza machen, wie ein echter Italiener. Aber die italienische Kochkunst hat nun einmal deutlich mehr zu bieten, und meines Wissens gehörte belegter Hefeteig bislang nicht zu den kulinarischen Highlights im Paolo. Und seien wir ehrlich: Von Sterneküche haben Sie doch keinen blassen Schimmer.« Giulia hielt inne und ließ die Beleidigung wirken. »Dennoch sind Familienbande womöglich mehr wert, vor allem die engen zwischen Leopoldo und Ihnen. Sie hätten einen florierenden Familienbetrieb daraus machen können.« Sie legte sich die flache Hand auf die Stirn, als wäre ihr gerade etwas eingefallen. »Anna wäre natürlich auch dabei gewesen. Aber natürlich. Wow! Dann wären die Campettis groß rausgekommen. Das hätte Ihre Eltern stolz gemacht. Zu schade, dass sie es nicht mehr erleben können. Aber ganz Mezzegra hätte sich den Mund darüber fusselig geredet. Das wäre doch mindestens halb so viel wert gewesen.«

Während Giulia das alles von sich gab, hatte Milo seine rechte Hand in den über seiner Schulter hängenden Gurt seiner Umhängetasche gekrallt und den Riemen mittlerweile so zugedrückt, dass seine Fingerknöchel schlohweiß leuchteten. »Commissario, ich befürchte, Ihr Kopf hat doch Schaden genommen«, bemerkte er, wirkte dabei aber längst nicht mehr so souverän wie noch vor ein paar Minuten. Sein Ärger darüber, dass sie von den Plänen mit dem Restaurant wusste, war unübersehbar. Und er schien sich bis zum Tod seines Bruders gute Chancen auf den Deal ausgerechnet zu haben. Aber was um alles in der Welt hatte ihn darin bestärkt?

»Das mit Ihrem Gesundheitszustand ist sehr bedauerlich«, erklärte Milo. »Ich habe aber leider keine Zeit mehr für Ihre Märchenstunde.« Ohne ein weiteres Wort drehte er ihnen den Rücken zu und stapfte davon.

***

»Ich weiß jetzt nicht so richtig, was …« Anna Campetti stand mit aschfahlem Gesicht in der Tür ihres Hauses und druckste herum. »Isabella ist bei einer Freundin. Milo ist auch nicht zu Hause, und ich kann nicht … Es ist schon … Ich sollte nicht …«

Giulia teilte ihr höflich mit, dass sie gerade von Milo kamen. »Ihr Bruder hat uns ermuntert, Sie zu besuchen, da Sie nachmittags immer etwas Zeit hätten«, flunkerte Giulia. Eigentlich war das nicht einmal falsch. Denn die Erkenntnis aus dem Gespräch mit Milo Campetti war so dürftig gewesen, dass sie keine andere Wahl hatten, als es bei seiner Schwester zu versuchen. Und die hatte ganz offensichtlich Angst, das Falsche zu tun.

Elena unterstrich Giulias Behauptung durch ein Nicken.

»Das stimmt wohl«, gab Anna Campetti noch immer unentschlossen, aber schon ein wenig beruhigter zurück. »Donnerstagnachmittags backe ich immer Kuchen. Dabei hatte ich Schussel gar keine Eier mehr im Haus. Glücklicherweise hatte Ernestina ihren Marktstand noch nicht ganz abgebaut.« Während sie das sagte, betrachtete sie die Spitzen ihrer ausgetretenen Halbschuhe. Dabei lächelte sie leicht versonnen. Einige Zeit verharrte sie so, und gerade als Giulia sich und Elena wieder in Erinnerung bringen wollte, hob sie den Kopf und sagte: »Wissen Sie eigentlich, was aus dem Fahrrad von Leopoldo geworden ist?« Sie errötete. Die Frage schien ihr peinlich zu sein. »Na ja, ich … ich könnte es schon brauchen.« Sie wiegelte mit den Händen ab. »Nicht, weil ich es zu Geld machen will, um Gottes willen. Ich bin auch ganz gut zu Fuß, und ein Bus fährt ja hin und wieder auch. Aber es wäre schon einfacher, ein Rad zu haben, wenn ich runter nach Menaggio auf den Markt muss, vor allem würde es schneller gehen.«

Giulia dachte an die acht Kilometer pro Strecke, und daran, dass die arme Frau die Einkäufe für vier Leute den Berg hinaufschleppen musste. Sie versprach, sich darum zu kümmern. Der Carabiniere Bruno Sala würde seiner Schwester Benedetta schon beibringen, dass sie sich nach der Untersuchung des Teils durch die Kriminaltechnik wohl oder übel ein anderes Erinnerungsstück an ihren heiß geliebten Leopoldo suchen musste.

Annas Gesichtszüge hellten sich auf. »Mögen Sie Schokoladentorte? Ich mache sie mit echter Schokolade, nach einem Rezept meiner Großmutter Loretta.« Ihre mittlerweile entspannte Mimik verkrampfte sich jedoch umgehend wieder. »Leopoldo hat meine Kuchen geliebt.« Tränen drängten sich in ihre Augen, und sie schluckte mühsam. In ihrer Schürze kramte sie nach einem Taschentuch, tupfte sich die Augenwinkel trocken und bemühte sich um ein Lächeln. »Genau wie Sebastiano. Bei meinem Schokoladenkuchen kannten die beiden kein Halten mehr. Einmal haben sie sogar vier Stück hintereinander gegessen, jeder. Aber da Sebastiano nun auch erst einmal weg ist, bleibt genug für Sie übrig.« Sie zuckte kurz, da sie wohl befürchtete, der letzte Satz könnte ihre Einladung etwas unhöflich erscheinen lassen, trat dann aber beiseite und bedeutete den beiden, hereinzukommen. Zu Giulias Überraschung ließ der nicht von ihrer Seite weichende Vierbeiner das alles geschehen, ohne einen Ton von sich zu geben.

»Sebastiano ist nicht da, sagten Sie?« Giulia nahm den Faden auf dem Weg ins Haus wieder auf. Der Flur kam ihr heute noch dunkler und ungemütlicher vor. Dafür gelang es dem wunderbaren Duft nach frischem Kuchen, der sich in Anna Campettis Nähe noch intensivierte, den abgestandenen Muff zu übertünchen. »Bedauerlich. Wir hätten ihn gern auch noch einmal gesprochen.«

Anna stoppte und sah Giulia mit großen Augen an. »Wegen Ihres Kopfes, nicht wahr?« Erschrocken schlug sie die Hand vor den Mund. »Der Junge ist immer so aufbrausend. Das war er als Kind schon. Aber er ist kein schlechter Kerl, nein, wirklich nicht.«

Giulia bemühte sich, ihre Skepsis zu verbergen.

»Sie haben ihn doch nicht angezeigt? Bitte …. Ich möchte nicht, dass er Ärger bekommt. Er hat es so schon schwer genug.« Sie stockte. »Ich meine, als Kleinster von uns Geschwistern. Er war nie das verwöhnte Nesthäkchen, wissen Sie. Den Luxus gab es bei uns nicht. Wir mussten alle gleichermaßen ran, und Sebastiano hat immer versucht, mit uns Großen mitzuhalten, vor allem mit Milo.« Sie schloss kurz die Lider und schaute Giulia dann mit bittendem Blick an. »Der Angriff auf Sie war ein dummer Zufall, das müssen Sie mir glauben. Sebastiano dachte, Sie wären eine Einbrecherin.« Sie gestikulierte wild mit ihren Händen, um ihre Worte zu unterstreichen. »Er hatte Angst, Sie hätten mir etwas getan. Dass ich auch immer so überreagieren muss. Wenn ich nicht in Ohnmacht gefallen wäre, hätte er Sie nicht angerührt. Ganz sicher nicht. Ich allein bin schuld daran …«

Giulia bezweifelte das, und Elenas Atemgeräuschen nach zu urteilen, ging es ihr genauso.

»Anna, wir sind neugierig auf Ihren Kuchen, aber könnten Sie uns vorher bitte noch Leopoldos Zimmer zeigen. Das ist nicht mehr als eine Formalität. Beim letzten Mal war ich ja leider nicht … Na ja, Sie wissen schon.« Giulia drehte sich ein wenig zur Seite, sodass Anna Campetti die verkrustete Platzwunde an ihrem Hinterkopf erkennen konnte. Der Anblick verfehlte seine Wirkung nicht.

Mit schweren Schritten und spürbar unsicher führte Anna Campetti die beiden Frauen über eine schmale Stiege hinauf ins Obergeschoss. Zu Giulias Erstaunen war auch diese Etage nicht viel heller als die darunterliegende. Leopoldos Zimmer lag am Ende des Ganges, von dem ein kleines Fenster hinaus in den Hof ging. Giulia schaute durch die blitzblanke Scheibe, registrierte den in allen Ecken herausgefallenen Kit und die vier Ziegen, die auf einem schmalen Grünstreifen ihr Dasein fristeten.

Anna schien ihren Blick zu bemerken. »Seit Leopoldos Tod habe ich es noch nicht geschafft, die armen Tiere auf die Weide zu bringen. Ich weiß, wie wichtig ihm das war, aber ich bin einfach noch nicht dazu gekommen …« Sie öffnete die Tür, und Giulia trat gefolgt von Elena ein. Anna hingegen blieb auf der Schwelle stehen. Sie hätte allerdings auch nicht mehr mit in den winzigen Raum hineingepasst, also zumindest nicht, wenn Giulia und Elena sich ohne Einschränkungen bewegen wollten. Die Größe eines Zuhauses war das eine, aber dessen Gemütlichkeit, der persönliche Touch, das andere. Davon jedoch war hier überhaupt nichts zu erkennen. Leopoldo Campetti hatte eine überschaubare Anzahl an Möbeln besessen, gerade das, was man zum Leben brauchte, einschließlich eines Orchideentopfes auf der Fensterbank, eines Plattenspielers und der dazugehörigen, beachtlichen Plattensammlung. Sein Bett war akkurat gemacht, und auf den Oberflächen der Gegenstände fand sich kein Staubkorn. Giulia trat an den Kleiderschrank heran. Dabei fiel ihr auf, dass beide Türen nur angelehnt waren. Zudem wies das Umfeld des Schlüsselschildes ein paar unschöne Schäden im Holz auf, wobei der Schlüssel fehlte.

»Leopoldo konnte manchmal ein richtiger Schussel sein. Aber selbst wenn man den Schlüssel verbummelt, muss man ja trotzdem irgendwie an seine Sachen kommen«, erklärte Anna Campetti, ohne dass Giulia danach gefragt hatte.

Giulia öffnete den Schrank, doch auch da kam nichts Spektakuläres zum Vorschein. Socken, Unterwäsche, zwei Paar Schuhe, einige T-Shirts. Langsam schob sie einen Kleiderbügel nach dem anderen zur Seite. Leopoldo Campetti besaß ein Dutzend weiße Hemden, zwei schwarze Bundfaltenhosen einschließlich der passenden darüber hängenden Westen, eine verschlissene Strickjacke und einen Wintermantel. Der jedoch schien von einer anständigen Qualität zu sein. Ohne den Schrank wieder zu schließen, wandte sie sich ab und ging zum Nachtkasten herüber. Dass Leopoldo auch mit diesem Schloss seine Probleme gehabt haben musste, fiel ihr sofort ins Auge. Giulia brauchte nicht in die Schubladen zu sehen, um zu wissen, dass sie hier nichts finden würde, ein paar Papiere, ein Brillenetui, eine Packung Taschentücher. Bis zu dem Moment, an dem sie die wackelige Diele neben dem Heizlüfter bemerkte, hätte sie Anna Campetti die Geschichte von ihrem flattrigen Bruder womöglich abgenommen. Schließlich war so etwas durchaus menschlich und konnte vorkommen. Das Holzbrett aber war nicht, wie man zunächst hätte annehmen können, der Altersschwäche oder einem Holzwurmbefall anheimgefallen, stattdessen hatte sich irgendjemand gewaltsam daran zu schaffen gemacht und es von den darunterliegenden Balken gelöst. Es war ein Leichtes, das Brett aufzunehmen und darunterzuschauen. Natürlich gab es da nichts als eine staubige Masse aus Lehm und Stroh, aber dass da noch etwas anderes gewesen sein musste, ließ eine etwa zehn mal zehn Zentimeter große Einbuchtung erkennen. Giulia befestigte die Diele wieder an der vorgesehenen Stelle.

»Das Haus ist schon sehr alt. Da gibt es hier und da auch unschöne Ecken«, sagte Anna Campetti, ganz so, als wäre es nicht offenkundig, dass irgendjemand mit brachialer Gewalt die Nägel herausgezogen hatte, um den Fußboden aufzumachen, und sich in ebenso unschöner Manier an den Schränken vergriffen hatte. An Einbrecher glaubte Giulia dabei keinen Moment, die hätten sich die Schränke vorgenommen, nicht aber einen unscheinbaren Dielenfußboden. Nein, hier wusste jemand genau, wo er zu suchen hatte. Wie viele Geheimnisse hatte man wohl noch, wenn man mehrere Jahrzehnte unter einem Dach lebte? Trotzdem erstaunte sie der Dilettantismus, mit dem die Brüder vorgegangen waren. Die Nägel wieder ordentlich einzuschlagen, wäre mit geringem Aufwand machbar gewesen. Gleiches galt für die Möbel, die ein geschickter Handwerker mit wenigen Griffen wieder ansehnlich gemacht hätte. Vielleicht war ihnen das nicht in den Sinn gekommen. Unter Umständen hatten sie einen zweiten Besuch durch die Polizei auch für abwegig gehalten. Aber irgendetwas sagte Giulia, dass beides nicht zutraf. So wie sie die Kerle einschätzte, war es denen schlichtweg einerlei. Leopoldo war tot, und Milo, der nicht mehr war als ein ungehobelter Kerl, hatte das Zepter der Familie nun in der Hand. Der einfältige, willfährige Sebastiano fügte sich. Dass die brave Anna die in dieser Familie vorherrschenden Achtlosigkeiten durch eine konsequente Reinlichkeit und Ordnung sowie das Hochhalten aller anderen hausfraulichen Pflichten wettzumachen versuchte, war tragisch genug, gehörte aber wohl zu ihrem Schicksal. Sebastiano und Milo Campetti waren, gleich nachdem sie von dem Tod ihres Bruders erfahren hatten, hier oben eingefallen, um alles auf den Kopf zu stellen, das war für Giulia so sicher wie das Amen in der Kirche. Dass sie nicht fündig geworden waren, ebenso. Das Chaos, das sie dabei hinterlassen haben mussten, war so groß gewesen, dass Anna alles unmöglich bis zu Giulias Eintreffen wieder hatte richten können. Eventuell war Giulia auch schneller als vermutet aufgetaucht, und die Suchaktion hatte noch nicht einmal angefangen. Der Schlag auf ihren Kopf hatte jedoch für die nötige Zeit gesorgt. Nichtsdestotrotz passte da etwas nicht zusammen. Einerseits hatte man sie nicht mit der Nase darauf stoßen wollen, dass irgendetwas in Leopoldos Besitz war, woran die Familie großes Interesse hatte, andererseits gab es hier immer noch genug Spuren, die genau darauf hindeuteten. Giulia blieb mitten im Raum stehen und schaute Anna unverwandt an. Die wich ihren Blicken aus, so unbehaglich schien ihr die Situation zu sein. Sie wusste, was ihre Brüder gesucht hatten. Natürlich. Und sie hatte ihnen Vorhaltungen gemacht und darauf gedrungen, alles wieder herzurichten. Das hatte sie gründlich und soweit sie dazu in der Lage war auch getan. Milo und Sebastiano wiederum hatten ihren Teil der Abmachung wie so oft nicht erfüllt, die Diele war lose geblieben. Giulia hatte sich vorhin am Fenster bereits gefragt, was in einem Menschen vorgehen musste, der sich die Mühe machte, jede Schliere in einer Fensterscheibe wegzupolieren, während die Dichtmasse so porös war, dass der kleinste Windhauch das Glas herausdrücken könnte. Anna stieß in dieser Familie permanent an ihre Grenzen, aber ihr Mühen schien deswegen noch nicht erschöpft. Warum tat sie sich das an, aus finanzieller Abhängigkeit, Angst, Verantwortungsbewusstsein, Liebe? Momentan jedoch stand in ihrem Gesicht nichts als Scham. Sie war nicht dumm und wusste sehr wohl, dass Giulia ihre Schlüsse aus den Entdeckungen in Leopoldos Zimmer zog. Nicht nur, dass diese Anstandslosigkeit ein schlechtes Licht auf die Familie warf, es war vor allem der Verdacht, der darin unweigerlich mitschwang. Leuten, die nach dem Ableben des eigenen Bruders nichts Besseres zu tun hatten, als dessen Sachen zu durchwühlen, traute man einiges zu – vielleicht sogar einen Mord. Blieb noch die Frage, was genau Leopoldo vor seinen Brüdern zu verstecken versucht hatte? Geld? Die siebzehn Brillanten? Womöglich sogar das Liebesamulett?

»Wir sind hier fertig. Vielen Dank für Ihre Freundlichkeit«, sagte Giulia so neutral wie möglich beim Verlassen des Zimmers. »Und jetzt bin ich gespannt auf Ihren Kuchen.« Um ihre Vorfreude zu unterstreichen, rieb sie sich die Hände.

Anna nickte erleichtert und beeilte sich, nach unten zu kommen. Der Hund, der vor der ersten Stufe auf sie gewartet hatte, wedelte bei ihrem Anblick erfreut mit dem Schwanz. Sie bückte sich zu ihm hinunter und kraulte ihn hinter den Ohren. »Ich setze gleich das Wasser auf«, sagte sie und verschwand schon hinter einer der Türen.

»Du hattest recht, die hängen alle mit drin«, flüsterte Elena, während sie von Giulia in Richtung Küche geschoben wurde.

Anna Campetti füllte emsig den Kaffeebereiter, schnitt den wunderbar duftenden Kuchen in großzügige Stücke und verteilte das Geschirr. Dabei entschuldigte sie sich mehrfach für ihre Brüder. Wofür genau kam nicht mehr zu Sprache, aber es gab genug gute Gründe.

Elena hockte auf dem Sofa, auf dem Giulia vor zwei Tagen gelegen hatte, und streichelte den Hund.

Giulia stand mit verschränkten Armen vor der Bilderwand und studierte die Aufnahmen. Auf mehreren Fotos war Isabella zu sehen, als kleines Mädchen, mit Leopoldo beim Radfahren, im Schwimmbad … Auch Milo und Sebastiano hingen hier, in ihren Sonntagsanzügen waren sie kaum wiederzuerkennen. Daneben gab es einige Schwarz-Weiß-Fotos, auch große Porträtaufnahmen, die Giulia bereits bei ihrem ersten Besuch gesehen hatte. »Das sind Ihre Eltern«, bemerkte sie.

Anna nickte, und ihr Blick bewölkte sich. »Ja, Adolfo und Betta. Die beiden sind vor vier Jahren verstorben, nur drei Tage lagen zwischen ihnen. Meine Mutter hatte Krebs, und mein Vater konnte nicht ohne sie leben.« Sie machte eine kurze Pause. Dann wanderte ihr Blick zum nächsten Foto. »Die Frau mit dem Hund, das ist übrigens meine Mutter, als sie jung war. Schauen Sie nur, wie schön sie war.«

Giulia betrachtete das Bild eingehend. »Sie sieht Isabella sehr ähnlich.«

Anna lächelte überrascht. »Niemand außer mir will das bemerken. Ich freue mich, dass Sie es sehen. Daneben, das ist meine Großmutter, Loretta Campetti.« Ihre Stimme wurde ein wenig brüchig. »Sie war ein ganz außergewöhnlicher Mensch.« Sie seufzte.

Giulia ließ ihre Augen weiterwandern. Auf dem Foto war eine junge Frau zu sehen. Sie stand auf der Eingangstreppe, über die sie vorhin hereingekommen waren. Allerdings war der Zustand des Hauses trotz der Abstriche, die man bei einer verblichenen Schwarz-Weiß-Fotografie machen musste, ein gänzlich anderer als heute. Die Stufen waren intakt und mit kleinen Blumentöpfen bestückt, der Putz zeigte keinerlei Schadstellen, und um die Pfosten des glänzenden Eisentores rankte sich ein üppig blühender Rosenstock. Die Familie Campetti hatte offenkundig schon bessere Zeiten erlebt. Die junge Frau, die mit verkniffenem Gesicht für die Kamera posierte, schien das nicht so zu sehen. Das mochte an ihrem hochgeschlossenen Kleid liegen, vielleicht aber auch an der Ziege, die sie mit einem Strick festhielt und die fast noch freundlicher dreinschaute. Ein anderes Bild zeigte ebenfalls Loretta, mit schlohweißen Haaren und tiefen Falten. »Wann ist Ihre Großmutter gestorben?«, wollte Giulia wissen.

Etwas fiel klirrend zu Boden. »Ach, ich Dummkopf«, schimpfte Anna mit flatternder Stimme und machte sich mit übertrieben hektischen Bewegungen daran, ein Kehrblech nebst Handbesen zu holen, um die Überreste der Tasse, die auf den Fliesen lag, zusammenzuschieben.

Elena warf Giulia einen fragenden Blick zu.

»Am 7. April 2020«, flüsterte Anna irgendwann, ohne dabei zu den beiden aufzuschauen. »Einundneunzig Jahre ist sie geworden. Sie hat meine Mutter gepflegt und den Haushalt gemacht. Bis zum letzten Tag hat sie die Ziegen auf die Weide gebracht. Nur ich bin dazu nicht in der Lage …« Sie wischte sich mit dem Unterarm über das Gesicht und schniefte.

»Aber Sie waren ihr doch sicherlich eine große Hilfe«, warf Giulia ein, wohl wissend, dass Anna bis letztes Jahr nicht hier gelebt hatte. Womöglich lag im Ableben ihrer Großmutter der Grund für ihre Rückkehr. Das schien naheliegend, denn irgendjemand musste sich ja um das Haus und die drei Brüder kümmern. Trotzdem interessierte es Giulia, wo sie die vielen Jahre über gewesen war. »Was ha…«, hob sie an.

»Die Ziege hieß übrigens Josefa«, fiel Anna ihr ins Wort. Sie hatte sich wieder aufgerichtet und trug die Scherben zu einem neben dem Herd stehenden Mülleimer. »Meine Großmutter war das einzige Kind meiner Urgroßeltern und Josefa die einzige Ziege«, erzählte sie. »Ich vermute, deswegen mussten die beiden gemeinsam auf das Bild. Wir hatten damals auch noch drei Kühe, aber für die war kein Platz mehr. In unserer Familie herrscht eine seltsame Art von Humor.« Es sollte wohl heiter klingen, aber in ihren Worten schwang Bitterkeit mit. »Lorettas Eltern, also unseren Urgroßeltern, haben wir dieses Haus zu verdanken«, ergänzte sie. »Damals lief es mit der Landwirtschaft besser als heute. Sogar bei unseren Eltern ging das alles noch irgendwie. Wir machen dahin gehend nichts mehr. Viel Land haben wir auch nicht, also eigentlich nur die kleine Weide oberhalb der Kirche.« Sie hielt inne. »Morgen früh führe ich Leopoldos Ziegen dort hinauf. Ja, das mache ich. Ganz sicher.«

»Haben Sie eigentlich Ihr gesamtes bisheriges Leben hier in Mezzegra verbracht?«, fragte Elena dazwischen und klang dabei so harmlos wie jemand, der in der Schlange vorm Bäcker einen Plausch über das Wetter anfing.

Doch Anna ließ sich nicht täuschen. Sie wirkte verdutzt, wenn nicht sogar etwas überrumpelt. Es verging einige Zeit, bis sie reagierte. Ihr lang gezogenes »Ja« wirkte wenig überzeugend. Sie fuhr fort: »Die Familie, sie brauchte mich, Großmutter Loretta war alt und … Nun, das hier ist mein zu Hause«, stammelte sie.

Giulia dachte an die vier Geschwister und die vier Ziegen, die sie unten im Hof gesehen hatte. Die Lüge, die Anna ihnen gerade auftischen wollte, lag quasi greifbar vor ihnen, aber es schien ihr momentan wenig sinnvoll, sie damit zu konfrontieren. Anna würde sich herausreden und jedes weitere Gespräch abblocken. Giulia wechselte das Thema. »Heutzutage kann man sein Geld hier am See fast nur noch im Tourismus verdienen«, warf sie ein. Großmutter Josefa hatte ihren Enkeln nicht nur dieses Haus überlassen, sondern auch die Nase, die alle, bis auf Isabella, so unverwechselbar machte. »Oder im Handwerk, so wie Sebastiano.«

»Er ist sehr talentiert, wirklich, vor allem was Holzarbeiten angeht.« Anna schien froh über den Themenwechsel. »Das weiß auch Enrico, sein Chef. Er wird ihn irgendwann fördern, da bin ich mir sicher. Na ja, als Handlanger auf dem Bau ist es nicht ganz einfach. Und mit Sebastianos Temperament …« Den letzten Teil des Satzes verschluckte sie fast. Nebenbei schenkte sie Kaffee aus und reichte Elena ein Stück von dem Schokoladenkuchen.

Die griff beherzt zu, und noch ehe alle anderen am Tisch Platz genommen hatten, kaute sie an ihrem ersten Bissen. »Superlecker«, schmatzte sie mit vollem Mund.

Anna strahlte.

Giulia dachte an Brutus, der ähnliche Tischmanieren aufwies. Sie stieß die Luft aus und schüttelte leicht den Kopf. An die Gastgeberin gewandt sagte sie tröstend: »Sebastiano ist noch jung, das gibt sich bestimmt irgendwann.«

Anna setzte sich und lächelte Giulia dankbar an. »Ich bete dafür, jeden Tag. Gerade ist er in Como auf einer großen Baustelle. Vier Wochen hat er da zu tun, sogar am Wochenende.« Sie seufzte. »Jetzt ist das Haus fast leer. Ich glaube, solange ich hier lebe, hat es das noch nie gegeben.« In ihren Augen lag Wehmut.

»Er kommt nicht jeden Tag nach Hause?«, fragte Elena, die das ebenso zu verwundern schien wie Giulia. Wenn man die Autostrada über Cernobbio nahm, konnte man bei flüssigem Verkehr in einer Dreiviertelstunde in Mezzegra sein, vorausgesetzt natürlich, man verfügte über ein Auto. Aber auf den Hauptstrecken am See fuhren Busse, und das durchaus in regelmäßigen Abständen. Selbst die Fähre bis Menaggio benötigte nur etwas mehr als eine Stunde.

Anna verneinte. »Die haben wohl richtig Druck und müssen entsprechend Überstunden machen. Da bleibt er lieber bei einem Freund.« Sie knetete ihre Hände, die vor ihrem Gedeck auf dem Tisch lagen. »Eine so große Stadt hat für zwei junge Männer einiges zu bieten. Unser kleines Mezzegra kann da nicht mithalten. Aber das ist ja auch richtig so, die Jugend muss hinaus in die Welt.« Um ihren Mund lag ein Hauch von Melancholie.

»Ihr Kuchen ist ganz großartig«, sagte Giulia während sie mit ihrer Gabel einen zweiten Happen von dem Tortenstück abstach. »Wirklich etwas Besonderes. Ist das Rezept geheim, oder dürfte ich das haben?«

Anna war sichtbar beseelt von diesem Kompliment. Sie sog es auf wie ein trockener Schwamm das Wasser. »Ich schreibe Ihnen alles auf, selbstverständlich. Es ist ganz einfach, Sie werden sehen.« Sie ließ von ihren Händen ab, zog eine Schublade, die unter der Tischplatte verborgen war, auf und holte Zettel und Stift heraus. »Ich freue mich immer, wenn jemand ein Rezept der Familie Campetti haben will«, erklärte Anna. »Ich habe ansonsten nichts, was ich weitergeben kann, und meine Großmutter war eine so hervorragende Bäckerin. Ich bemühe mich ja, alles in ihrem Sinne zu tun, aber es ist schwer, vor allem mit …« Sie brachte den Satz nicht zu Ende und nahm stattdessen einen Schluck von ihrem Kaffee.

Giulia hatte eine ungefähre Ahnung, was Anna hatte sagen wollen, und es hatte gewiss nichts mit ihren Backkünsten zu tun. Bei den Brüdern hatte sie nichts zu lachen. »Es ist sehr viel, was Sie geben, Anna«, entgegnete sie und fasste nach dem Arm der Frau.

Anna starrte über den Rand ihrer Tasse ins Nichts. Klirrend stellte sie die Tasse ab und senkte den Blick. »*Nonna* fehlt mir jeden Tag … Ich kann niemanden mehr fragen, wenn ich nicht weiterweiß.« Sie hob den Kopf und sah Giulia mit einem nicht zu deutenden Blick an. »Wen fragen Sie um Rat?« Noch bevor Giulia darauf reagieren konnte, ruderte sie zurück. »Sie sind verheiratet, nicht wahr? Eine so schöne Frau wie Sie hat einen Mann an ihrer Seite.«

Elena hatte aufgehört zu kauen. Mit schokoladenverschmiertem Mund beobachtete sie gebannt das Geschehen.

Statt eine Antwort zu geben, sagte Giulia: »Sie leben mit Ihrer Familie zusammen. Und Sie haben Isabella«, antwortete sie, ohne zu wissen, wie viel Trost diese Sätze ihrem Gegenüber wirklich spenden konnten.

»Tja, Isabella ist ein tolles Mädchen«, entgegnete Anna stolz. »Sie wird es einmal weiter bringen als ich, ganz gewiss.«

»Sagen Sie, Anna, ich möchte Sie nicht unnötig belasten, aber wir brauchen Ihre Hilfe, um den Mörder von Leopoldo zu finden«, erklärte Giulia in dem Versuch, das Gespräch wieder auf ihren Fall zu lenken.

Anna straffte die Schultern, strich mit ihren Händen über die nackte Holzplatte des Tisches und blickte Giulia fest in die Augen. »Was kann ich tun?«

Giulia dankte es ihr mit einem anerkennenden Blick. »Wir haben bei Leopoldo einige Steine gefunden, Brillanten, ziemlich wertvolle sogar. Haben Sie eine Ahnung, woher diese stammen und was er damit vorhatte?«

Anna entglitten nicht nur die Gesichtszüge, sie büßte auch ihren gesunden Teint ein. Ungelenk sprang sie von ihrem Stuhl auf, worauf der hinter ihr zu Boden knallte. »Sie gehen jetzt bitte. Schnell, bitte!« Mehr hatte sie nicht zu sagen. Keine Minute später fanden sich Giulia und Elena auf der Straße wieder. Anna Campetti hatte sie mehr als rüde vor die Tür gesetzt.

***

Der Kleinwagen der *Posteitaliane* stand nur ein Haus weiter, wobei er so weit auf dem schmalen Gehweg parkte, dass die rechter Hand stehenden Reifen leicht über die Betondecke hingen und damit den Vorgarten des Nachbargrundstückes touchierten. Angesichts dessen verwilderten Zustandes war das nicht weiter verwerflich, aber Giulias Augen entging eine derartige Schluderei selten. In diesem Fall hatte sie das Auto sofort bemerkt, vor allem weil durch die Frontscheibe direkt über dem Lenkrad das Schild einer Mütze zu sehen war, die ihr bekannt vorkam. Die Kopfbedeckung gehörte zur kleidungstechnischen Grundausstattung eines jeden Postbeamten in Italien, aber diese hier wies gleich links neben dem großen »P« von *Posteitaliane* ein Signum auf, das es in dieser Konstellation wohl nur ein einziges Mal auf der Welt gab. Es handelte sich um drei Superman-Sticker, die sie ihrem Freund Brutus vor mehr als vierzig Jahren zu seinem Geburtstag geschenkt hatte und die er nicht ganz so lange, aber doch eine halbe Ewigkeit schon an seiner ausrangierten Postmütze trug.

»Also was war das denn?«, schimpfte Elena während sie auf ihr Auto zusteuerten. »Meinen Kuchen hätte sie mich wenigstens aufessen lassen können. Lügen ist nicht ihre Stärke, aber backen kann sie.«

Giulia entgegnete nichts, sondern scherte zum Postauto aus. Sie blieb auf der Fahrerseite stehen und steckte den Kopf durch das heruntergelassene Fenster. Ihr Blick fiel auf Brutus, der sich so tief wie möglich in den Sitz gedrückt hatte und wie gebannt in Richtung

Straße starrte. Dabei bemühte er sich angestrengt, sie nicht zu bemerken.

Sie räusperte sich.

»Giuli, jetzt nicht. Du lässt meine Tarnung auffliegen«, zischte er leise und ohne großartig seine Lippen zu bewegen. »Geh!« Dabei sah er sie noch immer nicht an.

Giulia stemmte die Hände in die Hüften. »Was machst du hier?«, fragte sie ärgerlich. So wie es aussah, observierte Brutus das Haus der Campettis.

»Geh, bitte!«, flehte Brutus nun fast.

»*Ciao*, Kumpel«, salutierte Elena, die nun ebenfalls an den Wagen herangetreten war. »Neue Postroute oder Mittagsschläfchen?«

Brutus zog die Mütze noch tiefer ins Gesicht. Ansonsten bewegte er sich nicht. »Elena, wie schön«, säuselte er verzückt, um dann ein ungehaltenes Knurren nachzuschieben. »Da, jetzt geht es los.«

»Was geht los?«, wollte Giulia wissen.

»Äh, Commissario, ich glaube unser Freund meint die Kollegen dort«, sagte Elena mit einer Mischung aus Erstaunen und Abneigung in der Stimme.

Giulia folgte Elenas Blick. Auf der anderen Straßenseite bewegte sich eine Prozession aus fünf Männern in dunklen Anzügen in würdevollem Schritt die kleine Anhöhe hinauf. Ihre Köpfe waren tief auf die Brust gesenkt, und sie liefen hintereinander in drei Reihen, wobei der Vorangehende einen ausladenden Kranz aus weißen Lilien trug, den er, damit dessen zwei schwarze Schleifen nicht über den Gehweg hingen, verkrampft nach oben hielt. Die Männer waren kaum noch hundert Meter entfernt, aber man konnte deutlich ausmachen, dass sie die Choreografie, zu der auch ihr Schweigen zu gehören schien, einstudiert hatten. Ihr Gleichschritt und der zwischen ihnen penibel eingehaltene Abstand ließen jedenfalls darauf schließen. Jetzt, da sie nur noch wenige Meter von ihnen entfernt waren, bemerkte Giulia, dass nicht einmal das Klappern ihrer Sohlen auf dem Asphalt zu hören war. Schon versammelten sich ein paar Schaulustige auf der Straße, die das Treiben mit ausdruckslosen Gesichtern verfolgten. Die

Gruppe der fünf stoppte schließlich vor dem großen Gartenportal des schräg gegenüberliegenden Hauses. Wie auf Kommando wandten sich die Herren nach rechts und verharrten in ihrer Position, die Augen stur auf das Tor gerichtet. Giulia betrachtete das Gebäude. Es handelte sich um eine weit in den Garten zurückgesetzte Villa, die man durch das dichte Blätterwerk der sie umgebenden Bäume kaum ausmachen konnte. Das Grundstück schien weitläufig zu sein, zumindest deutete die rechts und links von dem Tor abgehende, jeweils mindestens fünfzig Meter lange Feldsteinmauer darauf hin. Da die Mauer nicht besonders hoch war, wurde sie durch einen dunkelgrauen Eisenzaun und eine dichte, aber akkurat geschnittene Lorbeerhecke aufgestockt. Damit blieb Passanten der Blick auf das Grundstück verwehrt.

Das »*Duce a noi!*«, welches die Männer wie aus dem Nichts schmetterten, durchbrach die Stille des Nachmittags in dem lieblichen Örtchen Mezzegra und ließ einem förmlich das Blut in den Adern gefrieren. Nicht einmal das zeitgleiche zackige Emporstrecken ihrer rechten Arme vermochte den Effekt noch zu toppen. Mit dem Verhallen des Rufes trat der einzeln stehende Mann nach vorn, verneigte sich und lehnte mit Bewegungen, die größten Respekt und Anerkennung ausdrückten, den Kranz gegen den linken Torpfosten. Es folgte das Ausrichten der Schleifen, das eine halbe Ewigkeit in Anspruch nahm, bis es seinen Ansprüchen zu genügen schien. Er verneigte sich erneut und trat zur Seite, sodass die anderen den Raum bekamen, um ihre Ehrbekundung zu leisten. Nachdem auch dies vollzogen war, löste sich die offenkundige Spannung, und die Männer gingen herzlich aufeinander zu. Auch einige der Schaulustigen, die sich bisher eher am Rand gehalten hatten, mischten sich in den Pulk. Irgendwann hörte Giulia auf, die Kameradengrüße zu zählen. Diese Szenerie war so abstoßend und auf eine beängstigende Weise aus der Zeit gefallen, dass sie den Anblick sicherlich ihr gesamtes Leben nicht würde vergessen können. Zwei unweit von ihnen stehenden älteren Damen schien das Schauspiel ebenfalls zu widerstreben. Während sich die eine gegen die Wiederholung der Geschichte unentwegt bekreuzigte, spukte die andere immer wieder demonstrativ auf den Bürgersteig, wobei sie jedem Auswurf eine Salve Schimpfwörter hinterherschickte. Aber niemand reagierte auf sie.

Nur ein paar Minuten später war der Zauber vorbei. Der Kranzträger sammelte seine Begleiter ein. Suchend schaute er sich um, und für einen kurzen Augenblick schien es Giulia, als hätte sein Blick dabei ein wenig zu lange auf dem Haus der Campettis verharrt. Unschlüssig, ob der Mann der war, den sie zu erkennen geglaubt hatte, wartete sie darauf, dass er sich noch einmal dem Haus zuwandte. Just in dem Moment, in dem sich seine Truppe zum Abmarsch bereit machte, passierte es, und Giulia blickte in ein bekanntes Gesicht: Es war Faustino Bertera, der Juniorchef des *Ristorante di Paolo*, der die Männer angeführt und den Blumenkranz niedergelegt hatte. Ihre Augen trafen sich, und in seinem Blick stand so viel Überheblichkeit, dass es Giulia schwerfiel, ihm standzuhalten. Diese Schwäche konnte und wollte sie sich jedoch nicht geben, und so fixierte sie ihn, bis er und seine Getreuen abdrehten und über den Weg verschwanden, den sie gekommen waren.

»Wie im Gruselkabinett«, sagte Elena ungläubig, die als Erste ihre Stimme wieder fand.

Brutus rutschte in seinem Sitz nach oben. »Mein Kollege Mattia sagt, das kommt hier regelmäßig vor. Mindestens jeden 28. April und 29. Juli, aber auch an Feiertagen.« Er nahm seine Mütze ab und fächerte sich damit Luft zu. »Heute geht es wohl noch, Mussolinis Geburtstag ist nicht so begehrt, aber am 28. April, seinem Todestag«, er blies seine Wangen auf und ließ die Luft langsam wieder entweichen, »da gibt es hier richtige Menschenaufläufe. Matteo sagt, am 28. April fährt er keine Post. Die Leute passen nicht auf und hampeln unkontrolliert auf der Straße herum, das ist ihm zu gefährlich. Und ob die paar Briefe einen Tag später ausgeliefert werden, spielt keine Rolle. In Mezzegra hat sich noch niemand darüber beschwert. Matteo meint, seine Sicherheit und die des Autos gehen vor. Immerhin ist der Wagen Eigentum der Posteitaliane.«

»Der Geburtstag des Duce, wie konnte ich den vergessen?«, bemerkte Elena spöttisch und setzte sich mit festem Schritt in Richtung der anderen Straßenseite in Bewegung.

Giulia beugte sich abermals zu Brutus in das Auto hinein und küsste ihn auf die Wange. »Du solltest hier verschwinden«, sagte sie. »Du hast mir genug geholfen.«

Brutus strahlte über beide Wangen. »In Mezzegra sind die Leute komisch, aber mein Freund Matteo ist in Ordnung. Ich bringe ihm erst einmal das Auto zurück. Kann ich heute Abend zum Essen kommen, Giuli?«

Giulia zuckte zusammen. Die Felchen. Der Professore. Das hatte sie in der Aufregung ganz vergessen. »Könntest du noch Felchen organisieren, bitte. Und sag Jacopo Bescheid, dass wir einen Gast mehr haben.« Giulia streichelte seinen Oberarm und rannte zu Elena hinüber.

»Ach, deine allerliebste Kollegin ist auch wieder dabei«, frohlockte Brutus. Er ließ den Motor an. »Wird erledigt, Giuli«, rief er winkend und brauste davon.

»Schau dir das mal an, Commissario«, sagte Elena entgeistert, als Giulia bei ihr angekommen war.

Links neben dem Tor machte die Mauer eine leichte Biegung, bevor sie in dem Pfosten aufging. Durch dieses bauliche Detail entstand eine kleine und nicht von allen Seiten einsehbare Nische, in der ein Kreuz hing. Der schwarze Granitstein, der fast bis auf die Pflastersteine reichte, war aufpoliert und mit Blattgold eingefasst. In seiner Mitte stand in goldenen Lettern: *Benito Mussolini*. Darunter konnte man das Datum *28. April 1945* lesen, wobei der untere Teil der Schriftzeile durch den mächtigen Lilienkranz, den Faustino Bertera soeben abgestellt hatte, verdeckt wurde. Das war jedoch noch nicht alles. Rechter Hand vom Eingang hingen zwei schwarz gerahmte Fotos mit den Konterfeis von Clara Petacci und Benito Mussolini. Für alle Interessierten hatte sich jemand die Mühe gemacht, die Hintergründe in einem kurzen Text zu erläutern. Darin war zu lesen, dass beide genau an dieser Stelle, vor dem Tor der Villa Belmonte, am 28. April 1945 von kommunistischen Partisanen erschossen worden waren.

»Das hat was von einem Schrein«, kommentierte Elena, und die Einschusslöcher hat bestimmt schon irgendein Fanatiker rausgeknibbelt und unter Glas für die Nachwelt erhalten.«

»Ich wusste, dass die Erschießung in Mezzegra passiert sein soll, aber ich habe mir nie Gedanken gemacht, wo genau«, entgegnete Giulia. »Ehrlich gesagt war ich immer der Meinung, dass man die beiden in den Wald gebracht hat. Wieso erschießt man jemanden, den man ohnehin schon in Gewahrsam hat, auf offener Straße?«

»Mh. Um die Geschehnisse ranken sich so viele Legenden.« Elena winkte ab. »Ich wusste auch nur, dass man ihn und die Petacci in einem Bauernhaus in den Bergen versteckt gehalten und sie dann angeblich irgendwo anders erschossen hat.«

»In einem Bauernhaus in Mezzegra«, murmelte Giulia nachdenklich. Ihr Blick fiel auf das Wohnhaus der Familie Campetti. Dabei war es ihr, als bewegte sich ein Schatten hinter einem der Fenster der oberen Etage. Ein Schauer lief ihr über den Rücken. Jemand beobachtete sie.

***

»Meine Güte, wie lange habe ich keine solchen Felchen mehr gegessen«, lobte Professore Fontana den Gastgeber überschwänglich.

Jacopo fühlte sich sichtbar geschmeichelt. »Mit Reis und Gemüse sind sie tatsächlich ein passables Sommergericht.« Er tupfte sich mit der Serviette die Lippen ab. »Normalerweise gibt es bei uns erst im Oktober Missoltini.«

Der Professore, der schon gut und gerne drei Gläser Rotwein getrunken hatte und sich gerade das nächste einschenkte, stützte seine Ellenbogen auf dem Tisch auf und beugte sich leicht nach vorn. »Was ist das Geheimnis der getrockneten Felchen? Ich esse sie immer, wenn ich in der Gegend bin.« Er warf Giulia einen vielsagenden Blick aus glasigen Augen zu. »Aber meistens sind sie … Na ja, sie sind nichts.«

»Es ist das Olivenöl. Das muss eine erstklassige Qualität haben«, erklärte Jacopo. »Und man sollte darauf achten, dass sie richtig gepresst werden. Der Druck ist das entscheidende. Ach so, und sie dürfen nicht die Gelegenheit haben, sich wieder mit dem Öl, in das sie eingelegt waren, vollzusaugen. Wissen Sie was, Professore, wenn ich nächstes Jahr welche einlege, leisten Sie mir einfach Gesellschaft.« Jacopo hob sein Glas und prostete ihm zu.

Fontana erwiderte diese Geste erfreut und trank auf Jacopos Wohl und das aller anderen am Tisch, also auf Giulia und Brutus. Der Professore trug einen hellblauen Leinenanzug und ein blütenweißes Hemd. In seiner Reverstasche steckte ein dunkelgrünes Einstecktuch, dessen Farbe von dem Leder seiner Mokassins wieder aufgegriffen wurde. Wenn er nicht alle zwei Minuten zu seinem Wein gegriffen hätte, hätte man fast annehmen können, er wäre der Alte. »Wie läuft es mit deinem mysteriösen Fall, Commissario?«, fragte er.

Giulia musste darauf ein ziemlich abweisendes Gesicht gemacht haben, denn er ruderte sofort zurück. »Wenn du nicht in deiner Freizeit über deine Fälle reden willst, kein Thema.« Er hob entschuldigend die Hände. »Ich halte das ja grundsätzlich so …«

»Wer will denn von Ihnen etwas wissen?«, mischte sich Brutus maulend ein. Die Enttäuschung darüber, dass Elena heute Abend lieber in ihre Wohnung nach Lecco gefahren war, um dort die Wäsche zu wechseln und sich um ihre Angelegenheiten zu kümmern, was auch immer sie damit gemeint hatte, nagte an ihm. So hatte er ziemlich bedröppelt aus der Wäsche geguckt, als plötzlich der Professore im Innenhof des Torre aufgetaucht war, um ihn in seiner jovialen Art darüber aufzuklären, dass er ein Gast des Hauses war. Nachdem er dann aber sogleich verlautbart hatte, dass er vor einem Zusammentreffen mit den Gastgebern zunächst seine Hände waschen müsse, und Brutus eine Flasche Champagner mit der Bitte, diesen ordentlich kalt zu stellen, in die Hand gedrückt hatte, war Brutus aufgegangen, dass dieser fremde Mann nur aus Mailand sein konnte. Damit war das bei Brutus ohnehin kaum vorhandene Interesse an einer neuen Bekanntschaft bei null angekommen. Mailänder galten am Lago per se als oberflächlich, arrogant und neureich, ein Vorurteil, das Brutus spätestens jetzt bestätigt sah.

»Da haben Sie auch wieder recht, junger Freund«, jauchzte der Professor. »Nicht einmal meine Frau will wissen, warum ich Überstunden machen muss. Dabei bin ich in allem absolut transparent. Heute ein zerschmetterter Schädel, morgen ein ertrunkener Kellner … Ich hätte durchaus etwas zu berichten.«

»Ich frage meine Frau auch nie, was sie den ganzen Tag so treibt«, entgegnete Jacopo belustigt.

Giulia beobachtete Fontanas Reaktion. Die Bemerkung amüsierte ihn. Sollte etwas mit Signora Fontana im Argen liegen, konnte er es ausgezeichnet verbergen.

»Wir waren heute Nachmittag zusammen in Mezzegra, bei einer Kranzniederlegung zum Geburtstag des Duce«, warf Brutus wie nebenbei ein. »Gibt es noch Nachtisch?«

Fontana entglitten die Gesichtszüge. Er schaute erst auf Giulia, dann auf ihren Freund Brutus. Schließlich blickte er fragend Jacopo an.

»Ich habe doch gesagt, ich mische mich nicht ein«, scherzte er. »Zu aufregend.«

Giulia, die Fontanas schnelle Auffassungsgabe und seinen scharfen Verstand kannte, wusste, dass sie jetzt an der Reihe war, etwas zu erklären. Das hatte sie ihm ohnehin bei ihrer letzten Zusammenkunft versprochen. Außerdem freute sie sich, dass er ihrer Einladung endlich einmal gefolgt war, zwar ohne seine Gemahlin, aber immerhin. Jacopo schien der interessante Gesprächspartner auch gut zu gefallen. »Die Brillanten, die du in dem Kellner gefunden hast, stammen aus einer Kette von Clara Petacci«, hob Giulia an. »Genauer gesagt aus einem Liebesamulett, das sie von Mussolini bekommen hat. Das scheint aber nicht mehr zu existieren.«

Fontana lehnte sich langsam auf seinem Stuhl zurück und starrte sie mit großen Augen an. »Du liebe Güte, Giuli«, murmelte er. »Ich wusste, das Zeug bringt Ärger. Brillanten bringen immer Ärger. Deswegen verziert man damit nur allzu gern Eheringe, nehme ich an.« Er zog den Mund breit, wurde aber schnell wieder ernst. »Puh! Das erklärt auch die Platzwunde an deinem Hinterkopf und natürlich das außergewöhnliche Versteck, das du für die Steine gewählt hast.« Er rieb sich das Gesicht.

»Ich hatte auch erst ein bisschen Bammel, aber dann habe ich gedacht: Wenn wir auf der Hut sind, wird keiner mehr entführt«, bemerkte Brutus trocken, wie immer ohne Hintergedanken.

»Entführt?« Die Stimme des Professore klang schrill, und sein Schlucken war deutlich zu hören. »Wen? Wen hat man entführt?«

Giulia und Jacopo winkten fast gleichzeitig ab. »Alles absolut harmlos«, sagte Jacopo.

»Keine Sorge, die Steine sind jetzt auf der Questura«, beschwichtigte Giulia eilig. »Nur den Mörder zu fassen, das ist uns noch nicht gelungen.«

»Mezzegra«, hauchte der Professore.

»Alles Blödmänner dort«, gab Brutus zurück. »Wie in Mai...«

Giulia versetzte ihm unter dem Tisch einen Tritt. »Dort hat man beide angeblich erschossen, und es gibt tatsächlich noch Leute, die regelmäßig zu der Stelle pilgern«, erklärte sie weiter.

Fontana legte nachdenklich die Stirn in Falten. »Mezzegra, natürlich! Dort haben die beiden ihre letzte Nacht verbracht. Den Hinrichtungsort muss ich mir in der Tat einmal ansehen.«

Giulia schluckte. »In einem Bauernhaus in Mezzegra«, flüsterte sie.

Der Professore nickte eilig. »Etwas anderes gibt es in dem Örtchen ja nicht, na ja, bis auf diese Villa, aber die war den Partisanen sicherlich zu naheliegend, also für ein sicheres Versteck.«

Eine Zeit lang hing jeder seinen Gedanken nach, und es herrschte Schweigen. Dann sagte der Professor wieder an Giulia gewandt: »Du weißt aber, dass einer meiner Vorgänger damals an der Leichenschau des Duce beteiligt war? Man munkelt, er hätte die rechte Hand des Duce behalten und in Formaldehyd eingelegt. Angeblich soll sie sich noch irgendwo bei unseren Präparaten befinden. Ich werde einen Teufel tun, sie ausfindig zu machen.«

»Bringt bestimmt einen Haufen Geld«, bemerkte Brutus. »Ich meine, das war doch die, die er immer in die Luft gestreckt hat, um seine Untergebenen zu grüßen ...«

Jacopo gab ein unterdrücktes Lachen von sich.

Giulia warf ihrem Freund einen scharfen Seitenblick zu. Dann begann sie zu berichten, was sie in der Akte der Zorzi gelesen hatte. Die Geschehnisse um die Leiche von Mussolini waren vollkommen absurd, aber damit den Ereignissen, die sich in den letzten Tagen hier zugetragen hatten, irgendwie ähnlich. »Die Entführung der Leiche Mussolinis füllt eine ganze Kriminalakte. Dazu kommen Grabschändungen, Diebstähle, Anzeigen der Familie und der Nachkommen einschließlich der Gegenmaßnahmen der Familie Petacci beziehungsweise ihrer Nachkommen«, hob sie an.

Der Professore nickte wissend.

»Man hat den Leichnam geklaut?« Jacopo hatte davon ebenso wenig gewusst wie Giulia, bevor sie die Akte gelesen hatte.

Fontana behielt seine bestätigende Kopfbewegung bei. »Man hat das kleine Grüppchen um den Duce in Dongo gefangen genommen und die wichtigsten Geiseln, also ihn selbst und seine Geliebte, dann hier herauf in dieses Bergdorf gebracht. Die Sorge, dass die Alliierten den Kerl noch retten könnten, war wohl zu groß«, dozierte er. »In Mezzegra haben sie angeblich ihre letzte gemeinsame Nacht verbracht, bevor man sie dort erschossen hat. Es gibt Quellen, die behaupten, dass man nach ihrem Tod noch mal auf die Leichen geschossen hat, also um eine anständige Hinrichtung zu simulieren, aber darüber streiten die Historiker wohl immer noch.« Fontana schaute Giulia auffordernd an. »Entschuldige, aber Geschichte gehört zu meinen Steckenpferden, wie du weißt.«

Giulia wartete einen Moment, als der Professor jedoch schwieg, redete sie weiter. »Die Leichen hat man nach Mailand geschafft und dem Pöbel überlassen. Nachdem die Gewaltaktionen außer Kontrolle geraten sind, hat man die Toten kopfüber an einer Tankstelle aufgehängt.«

»Das Bild kennt jedes Kind in Italien«, warf der Professor ein.

Giulia nickte.

»Danach war er das erste Mal bei uns«, fuhr der Professor fort. »Angeblich wollte man die Todesursache ermitteln, was ich bei sieben Einschüssen im Bereich des Halses und des Brustkorbes ein skurriles

Unterfangen finde, aber egal.« Er machte eine wegwischende Bewegung mit der linken Hand. Mit der rechten hielt er den Stiel des Weinglases umfasst, das er nach jedem Satz ansetzte. »Ich vermute, man wollte bei ihm irgendetwas finden, was man ausschlachten konnte. Das Syphilis-Gerücht hat ihn jahrzehntelang treu begleitet, eine angesichts seiner Promiskuität plausible Vermutung, aber schlussendlich war es eben nichts als eine böse Unterstellung. Es gab ja auch damals schon Mittel und Wege, dieses Ungemach zu verhindern.« Er zwinkerte Giulia verschmitzt zu. »Sie haben Magengeschwüre gefunden. Aber dass er daran litt, war lange bekannt. Irgendwann wäre er an den inneren Blutungen gestorben.«

»Man hat die Leichen auf den *Cimitero milanese di Musocco*, den Friedhof am Stadtrand von Mailand gebracht. Dorthin, wo man auch die deutschen Soldaten begraben hatte«, fuhr Giulia fort.

»Ich weiß nicht, warum sich die Entscheidungsträger immer in Humor versuchen müssen, damals wie heute«, bemerkte Fontana mit gespitzten Lippen.

»Jedenfalls sind die beiden in einem Massengrab gelandet, Feld Nummer 16, Grab 384«, sagte Giulia.

»Du hast dir sogar die Grabnummer gemerkt?«, fragte Brutus erstaunt. »Meine Telefonnummer vergisst du andauernd.«

Giulia ignorierte den Kommentar. Sie konnte Brutus' Telefonnummer im Schlaf aufsagen, und es lag sicher nicht an ihrer Vergesslichkeit, dass sie ihn nicht jeden Tag anrief.

»Und dann waren unsere Leute raus«, ergänzte der Professore. »Zunächst.«

Brutus hörte mit offenem Mund zu.

»Im April 1946 sind ein paar seiner Anhänger gekommen und haben die Leiche ausgegraben«, sagte Giulia.

»Das ist ein Witz, oder?«, wollte Jacopo wissen. »Davon habe ich ja noch nie gehört.«

Doch Giulia war nicht zum Lachen zumute. »Die Männer haben einen der Stiefel des Duce im leeren Grab zurückgelassen und den Propagandazettel einer faschistischen Partei. Manche sprechen auch von einem ganzen Bein, aber laut Akten war es wohl nur ein Stiefel, quasi als Beweis, dass es der Echte ist. Von da an beginnt eine Odyssee, die wirklich abscheulich ist, vor allem wenn man bedenkt, dass der Mann schon ein Jahr unter der Erde lag und dorthin bereits in einem wirklich üblen Zustand gekommen ist. Jeder kennt die Bilder seines zertrümmerten Schädels.« Giulia brauchte jetzt auch einen ordentlichen Schluck Wein oder besser gleich einen Schnaps. Sie stand auf, ging zum Kühlschrank und kam mit einer Flasche Grappa zurück. Ohne weiter auf die anderen zu achten, goss sie einen großzügigen Schluck in ihr leeres Wasserglas. »Die Reise ging zunächst in einer Holzkiste in ein Dorf im Veltlin und danach in ein Mailänder Kloster. Schließlich ist die Polizei der Diebe habhaft geworden und hat den Leichnam erneut nach Mailand zur Obduktion gebracht.«

»Hatte sich etwas geändert?«, fragte Jacopo provokant.

Der Professore holte Luft. Bevor er jedoch zum Sprechen ansetzen konnte, erklärte Giulia: »Sie wollten bloß sichergehen, dass es sich wirklich um den Duce handelt, nachdem man seine Einzelteile zwischendurch würdevoll in einem Sack transportierte hatte.«

Der Professore nickte nur zustimmend.

»Schließlich hat die Polizei dafür gesorgt, dass er im Kloster Certosa di Pavi, dreißig Kilometer von Mailand entfernt, aufbewahrt wird, immerhin in einer Holzkiste mit Zinkeinsatz. Es gab keine Beerdigung, stattdessen wurde er in einer Kapelle zwischengelagert. Seit 1957 hat er übrigens ein richtiges Grab auf dem Friedhof in Predappio, seinem Geburtsort.«

»Falls er da noch drin ist«, witzelte Jacopo.

»Und sie?« wollte Brutus wissen. »Was ist aus seiner Geliebten geworden? Die war wirklich schön und noch so jung … Armes Ding.«

Jacopo sog scharf die Luft ein, sagte aber nichts.

»Sie befand sich erst mit in dem anonymen Mailänder Grab und wurde 1959 in das Grab ihrer Familie nach Rom umgebettet«, wusste der Professore. »Ich habe mir das einmal angesehen, vor vielen Jahren, als ich anlässlich eines Kongresses in der Stadt war. Die Familie Petacci hat eine wirklich noble Grabstätte und eine faszinierende Familiengeschichte. Die Mutter der Clara Petacci war wohl eine Verwandte von Papst Pius XI., und ihr Vater, ein erfolgreicher Arzt, soll ihn behandelt haben, so intensiv, dass er seinen Tod beschleunigt hat.« Der Professore machte eine wegwerfende Handbewegung. »In diesen Kreisen redet man viel. Aber Pius distanzierte sich nun einmal in seinen letzten Lebensjahren entschieden vom Duce, da können bei einem treuen Anhänger wie dem alten Petacci schon mal Mordgedanken aufgekommen sein. Wir werden es nie erfahren.«

Jacopo konnte nicht mehr an sich halten. »Schlimm genug, dass sich nicht nur die Tochter, sondern auch die Eltern an den Hals dieses Verbrechers geschmissen haben«, warf er ein. »Die haben schön von dem Verhältnis profitiert. Dafür sollte die Familie sich heute noch schämen.«

»Aber wenn sie ihn doch wirklich geliebt hat«, widersprach Brutus. »Schließlich hat sie ihn auch im Tod nicht alleingelassen. Das spricht zumindest für ihren Charakter. Zwei Menschen können sich ja lieben und trotzdem verschieden sein. Ihr seid schließlich auch …«

»Liebe und Fanatismus sind zwei unterschiedliche Paar Schuhe«, entgegnete Jacopo, ohne Brutus ausreden zu lassen. »Dann könntest du auch behaupten, Eva Braun war ein guter Mensch.«

»Es ist müßig, heute darüber zu spekulieren. Nicht nur der zeitliche Abstand, auch die Tatsache, dass wir nicht dabei waren, verbietet uns ein Urteil. Liebe, Besessenheit, Fanatismus, Abhängigkeit – was wissen wir schon, welche Triebfeder die Menschen zu ihren Taten treibt.« Fontana machte nicht den Eindruck, als unterhielte er sich noch über die Petacci. »Menschen kommen zusammen, und manchmal gehen sie auch wieder auseinander. Es gibt so viele klitzekleine Begebenheiten in unserem Dasein, die über den Verlauf einer Beziehung entscheiden können.« Nachdenklich schnippte er mit den Fingern. »Zack, und alles ist anders. Man kann nichts dagegen tun.« Er begoss seine eigenen Worte mit dem Inhalt seines Glases und schenkte sich selbst nach, kaum dass er es abgesetzt hatte. Giulia musterte ihn kritisch. Sie wartete geduldig, ob er noch etwas zu ergänzen hatte, was seine derzeitige Gemütsverfassung erklären könnte, aber der Professore schwenkte wieder auf das eigentliche Thema um.

»Vor ein paar Jahren hat man gemutmaßt, dass die kommunistischen Partisanen, die Mussolini und die Petacci in Gewahrsam hatten, sie sogar vergewaltigt haben sollen, kurz bevor sie sie erschossen haben. Im Protokoll dieser Kerle – ja, es gab sogar eine schriftliche Abfassung zu den Geschehnissen – steht, dass sie vor ihrer Hinrichtung noch nach ihrem Slip gesucht hat. Eine Erklärung darüber wurde natürlich nicht verfasst. Na ja. Das gab den entsprechenden Raum für Spekulationen, was aber damals wirklich passiert ist, weiß bis heute keiner. Wie denn auch? Die Beteiligten sind mittlerweile alle tot, und zu Lebzeiten hat man darüber geflissentlich den Mund gehalten. Egal, was man gesagt hätte, irgendjemandem wäre man immer empfindlich auf die Füße getreten.« Er schnalzte abwertend mit der Zunge und hielt einen Moment inne. »Sicher weiß man allerdings, dass der Leichnam der Dame unter dem Rock nackt war. Das konnten alle sehen, nachdem sie an den Füßen an der Mailänder Tankstelle gebaumelt hat. Ein Priester hat sich dann wohl erbarmt und ihr den Rock zwischen den Beinen zusammengebunden. Das sieht man auf dem Foto auch sehr deutlich.« Der Professore machte ein nachdenkliches Gesicht.

»Das ist ja schrecklich, die arme Frau. Ob sie die Freundin von Mussolini war oder nicht, das überschreitet alles. Pfui!«, schimpfte Brutus. Dann wandte er sich Giulia zu. »Weiß Piergiuseppe davon?« Sein Ton war übertrieben scharf.

Giulia zuckte nur gleichgültig mit den Schultern.

»Wenn ich ihm das erzähle.« Er blies die Wangen auf und fuchtelte wild mit den Händen. »Davon will er garantiert nichts hören. Aber auch unter seinen Kommunistenfreunden gibt es schwarze Schafe.« Ein gleichmäßiges Nicken begleitete seine Worte. »So wie dieser Signor Lucio aus dem Restaurant.«

»Dein Vater ist Kommunist?«, wollte Fontana verwundert wissen. Ein Naserümpfen konnte er sich augenscheinlich gerade noch so verkneifen. »Na ja, jeder muss schließlich irgendetwas sein.«

Noch bevor Giulia etwas entgegnen konnte, hakte Jacopo ein. »Ich würde sagen, er sieht sich gern in dieser Rolle, aber Piergiuseppe ist so politisch wie ein Sack Risottoreis am Weihnachtstag. Sein Vater war einer der Soldaten, die im Krieg beim Befreiungskomitee für Norditalien gekämpft haben. Das hat so auf ihn abgefärbt, dass er meint, er wäre selbst dabei gewesen.« Jacopo winkte ab. »Jeder braucht ja irgendwie eine Rolle, das ist schon korrekt, am liebsten eine gute. In diesem Fall beschränkt die sich allerdings auf reines Gerede.«

»Er ist eben stolz auf seinen Vater«, entgegnete Giulia milde. »Daran ist nichts Verwerfliches. Und er ist ein alter Mann.«

»Ich weiß, ich weiß«, antwortete Jacopo abwiegelnd. »Ich gönne ihm all das, solange ich nicht diese schrecklichen Partisanenlieder mit ihm singen muss.« Er lachte auf, und der Professore stimmte schallend ein.

Brutus holte Atem, schloss die Augen und fing überraschend laut und unmelodisch zu singen an: *»O bella, ciao, bella, ciao, bella, ciao, ciao, ciao!«* Der Professor starrte ihn entgeistert an. Plötzlich öffnete Brutus die Augen wieder und fragte, als wäre nichts gewesen: »Gibt es nun noch etwas Süßes?«

Jacopo, der Giulia ansah, dass ihr etwas unter den Nägeln brannte, erhob sich, ohne den Blick von ihr zu nehmen. »Pipistrelli, geht es dir gut?«, fragte er besorgt. Giulia war tief in Gedanken. Was Brutus da gerade gesagt hatte, stimmte und war auch hinlänglich bekannt. Lucio Bertera war politisch auf der gleichen Wellenlänge wie ihr Vater, alte Kommunisten, die heute noch glaubten, die Welt retten zu können. Daraus machten sie keinen Hehl, auch wenn das nur noch peinlich daherkam. Umso erstaunlicher war die eindeutig rechtsnationale Gesinnung von Lucios Sohn Faustino. Wie sonst sollte man seinen Aufmarsch in Mezzegra deuten? Kein Wunder, dass Vater und Sohn miteinander über Kreuz lagen. Und Giulia hatte angenommen, dass dies allein in ihrer unterschiedlichen Auffassung über die Zukunft des Restaurants begründet lag. Faustino war ein seltsamer Kerl, das musste sie schon sagen. Aber sein Vater Lucio war auch nicht besser.

»Ich hätte mir die Wunde doch mal ansehen sollen«, bemerkte der Professore besorgt. »Die Folgen einer Kopfverletzung können mitunter heimtückisch sein. Hat sich das jemand mal angeschaut, also warst du im MRT?«

Brutus verzog den Mund. »Giulia hasst Ärzte«, erklärte er.

»Heute, vor dem Tor der Villa Belmonte, diese Kranzniederlegung für den Duce«, hob Giulia stockend an, ein tiefer Atemzug folgte. »Genau gegenüber steht ein altes Bauernhaus, das Haus der Campettis …«

»Und du meinst, das könnte der Ort sein, an dem die Petacci und Mussolini ihre letzte Nacht verbracht haben?«, schlussfolgerte der Professore sofort.

»Ich würde jedenfalls nicht dagegen wetten«, antwortete Giulia.

8

Giulias Handy klingelte. Ungerührt stand sie neben dem Küchenregal und polierte die Gläser, die Jacopo ihr eins nach dem anderen reichte. Es war kurz vor ein Uhr, und Brutus hatte sich gerade für die Nacht verabschiedet. Sie konnte hören, dass er noch nicht weiter als bis zur Hoftür gekommen war und dort angeregt mit Matteo und Francesco über die Geschehnisse im Torre plauderte. Die beiden hatten seit Jacopos kurzzeitigem Verschwinden darauf bestanden, nachts vor Giulias Wohnhaus Wache zu halten. Giulia ließ sie gewähren, denn sie verschliefen ohnehin den größten Teil der Nacht, und wenn sie sich damit besser fühlten, sollte es so sein. Was den Professore anging, der war nicht mehr in der Lage gewesen, ein Auto zu steuern, und so hatte Jacopo ihm eilig ein Bett auf der Couch im Wohnzimmer zurechtgemacht, wo er nun seit fast einer Stunde leise schnarchte. Und auch Giulia, die ansonsten eher zu den Nachtschwärmern zählte, hatte nach den beiden turbulenten Tagen, die hinter ihr lagen, keinen sehnlicheren Wunsch, als in ihr Bett zu kriechen. Das Telefon verstummte, um im nächsten Augenblick erneut loszulegen. Bei der Hartnäckigkeit des Anrufers kam Giulia nicht umhin, dranzugehen. Sie sah Jacopo entschuldigend an, zuckte mit den Schultern, nahm das Telefon aus dem Regal und ging ran. Zu ihrem Erstaunen war die Nummer des Anrufers unterdrückt. Das konnte sie überhaupt nicht leiden, vor allem nicht um diese Uhrzeit. Entsprechend barsch kam ihr »*Pronto?*« heraus.

»Giuli, bist du das?«, wisperte eine ängstliche Stimme.

»Wer ist da?«, fragte Giulia, während sie in ihrer Bewegung innehielt und angestrengt auf die Atemgeräusche am anderen Ende lauschte. »Wer ist da?«, fragte sie noch einmal.

»Ich bin es«, antwortete der Anrufer mit zittriger Stimme. »Ich bin es doch.«

»Wer ist ich?«, fragte Giulia mit einer Mischung aus Gereiztheit und Sorge.

Jacopo, der damit beschäftigt war, die Spülmaschine auszuräumen, ließ vom Geschirr ab und trat dicht neben sie, sodass er mithören konnte. Gerade als er nach dem Telefon greifen wollte, um das Gespräch zu beenden, setzte der Anrufer sein Reden fort.

»Tilda hat gesagt, ich soll dich anrufen«, ertönte die Stimme wieder, wobei sie nun in ein kindliches Wimmern übergangen war. »Ich kann nicht schlafen.«

»Tilda? Carmelo, was um alles in der Welt … Hast du getrunken?«, wollte Giulia wissen.

Jacopo schnaubte, tippte sich mit dem Zeigefinger an die Stirn und widmete sich wieder der Ordnung in seiner Küche.

»Ich trinke nicht. Das solltest du wissen!«, entgegnete Carmelo Riso halb beleidigt und rutschte dabei wieder in sein normales Timbre nebst entsprechender Lautstärke zurück. Dass dies nicht beabsichtigt war, verdeutlichte sein hektisches Atmen und das sich daran anschließende erneute Flüstern. »Die Jungs haben sich heute Nachmittag das Fahrrad angesehen. Ich habe gar nicht aufgepasst, meine Güte, nur ein altes, verrostetes Rad habe ich gedacht, was soll man daran schon finden, ein paar Fingerabdrücke des Fahrers, eine gebrochene Speiche, etwas Straßenstaub …«

Giulia hörte, wie jemand im Hintergrund auf ihn einredete. Das Gesagte blieb undeutlich, aber die Stimme gehörte eindeutig Tilda Riso.

Carmelo räusperte sich und klang nun etwas gefasster. »Na ja, Fingerabdrücke gab es da etliche, aber die beiden Carabinieri, die es gebracht haben, hatten dafür eine Erklärung. Irgendetwas mit einer Frau.« Er schien zu überlegen. »Ich kann es nur gerade nicht wiedergeben …«

»Was habt ihr gefunden?« Giulia musste nicht fragen, welches Rad er meinte und um wen es sich bei der Frau handelte. Warum er sie deswegen erst jetzt kontaktierte, wollte sie auch nicht wissen. Sicherlich gab es irgendeinen wichtigen Strickkurs oder einen Tantraabend. »Was, Carmelo? Was?«, hakte sie ungeduldig nach, nachdem er noch immer nicht reagierte.

»Ein Amulett«, hauchte er nahezu tonlos. »Ein goldenes Amulett. »Es war mit Klebeband im Deckel der Fahrradklingel befestigt. Tilda sagt, das ist …« Er stöhnte. »Das hat … Giuli, das ist so was von gruselig.« In seiner Stimme schwang Ekel mit. »Faschistische Devotionalien.« Er stieß einen undefinierbaren Laut aus, der wie ein Würgen klang.

»Wo ist es jetzt?«, fragte Giulia um Fassung bemüht.

»In Tildas Ultraschallreiniger, damit es wieder schön glänzt …«

Giulia hatte das Gespräch beendet. Sie sah Jacopo fragend an.

Der drückte mit dem Knie die Spülmaschine zu. »Wo soll ich dich hinbringen?«

»Zu den Risos, bevor noch ein Unglück passiert.«

***

Da lag es. Das Amulett. Es sah genauso aus wie auf den Fotos, die Elena ihr gezeigt hatte, vielleicht war der Glanz des Goldes etwas intensiver, aber nachdem Tilda Riso Hand angelegt hatte, verwunderte das niemanden. Giulia nahm das Schmuckstück und hielt es direkt unter den Lichtkegel ihrer Küchenlampe. Vorsichtig, so als könnten die Buchstaben unter ihrem Finger verschwinden, strich sie darüber und las laut vor: *»Clara, ich bin du, du bist ich, Ben.«* Dann berührte sie das C und das B, das nur noch durch die kleinen Auslassungen im Metall zu erkennen war. Sie zählte siebzehn dieser Lücken. Alles war genauso, wie Baldo es gesagt und wie sie es auf den Bildern gesehen hatte. Behutsam legte sie den Anhänger wieder auf dem nackten Holz des Tisches ab und schaute Jacopo an.

»Pipistrelli, das ist echt abgefahren«, sagte er, und seine Blicke wechselten mehrfach zwischen dem Schmuckstück und Giulia. »Aber morgen früh ist das Teil hier weg, ja?« Jacopo zog die Stirn kraus. »Ich will nicht noch einmal mit dem Campanaro in den Wald.« Er knuffte sie in den Oberarm und grinste breit. Dann stand er auf und holte die Flasche Grappa aus dem Kühlschrank. »Ich weiß nicht, wie es dir geht, aber ich brauche noch einen Schluck. Diese unfreiwillige Zeitreise verursacht bei mir eine leichte Übelkeit. Dagegen hilft nur ein Schnaps.«

Giulia warf einen flüchtigen Blick auf die Wanduhr, deren Zeiger auf kurz nach drei standen, und stimmte verhalten zu. Sie waren sofort nach Carmelos Anruf mit der Vespa aufgebrochen und hatten, obwohl Jacopo nur Nebenstraßen benutzt hatte, Lecco erstaunlich zügig erreicht. Die Risos wohnten seit Kurzem in direkter Nähe zum Zentrum in einer umgebauten Textilfabrik, die momentan als einer der angesagtesten Orte in der Stadt galt. Giulia hatte den neuen Straßenzug noch nie vorher gesehen, zumal sie die Einladung zur Einweihungsparty der Risos in üblicher Manier ausgeschlagen hatte. Aber nach der Anzahl der hell erleuchteten und gut besuchten Bars, die sie hier gezählt hatte, konnte sie nachvollziehen, wieso es die halbe Stadt in dieses Viertel zog. Carmelo war bei ihrer Ankunft hektisch vor dem Haus auf und ab gelaufen, in Boxershorts und Flipflops, und er hatte, kaum dass der Motor des Rollers verklungen war, Giulia untergehakt und sie unter wildem Gestikulieren und Lamentieren in den Hauseingang geschoben. Für Jacopo hingegen hatte er lediglich einen flüchtigen Gruß übriggehabt, offensichtlich war er darauf bedacht, ihm nicht in die Augen sehen zu müssen. Vermutlich hatte er befürchtet, Giulia könnte ihrem Mann von seiner zweifelhaften Einladung erzählt haben. Carmelos Exaltiertheit, die neben seiner quietschbunten Unterwäsche sogar in Leccos Nachtleben einiges an Aufmerksamkeit auf sich gezogen hatte, war Giulia angesichts ihres verstörenden, überaus ängstlichen Telefonates zunächst unerklärlich gewesen. Absolute Unauffälligkeit und Diskretion wären hier sicherlich angemessener gewesen, aber offenbar hatte Carmelo dies nicht für notwendig erachtet, vermutlich weil seine Frau Tilda mit seiner entsicherten Dienstpistole auf dem Sofa gesessen hatte, um jeden niederzumetzeln, der ihr und dem Beweisstück unerlaubt näher kam.

Wieso man das auch noch durch eine weit geöffnete Wohnungstür provozieren musste, war Giulia ein Rätsel geblieben, aber womöglich wollte Tilda einfach nur schnell genug zur Stelle sein, falls ihrem Mann auf der Straße etwas zustieß. Tilda war klug genug gewesen, zu wissen, was ihr anstrengender Gemahl in größter Naivität mit nach Hause geschleppt hatte. Er hatte sich, ohne darüber nachzudenken, wer hinter den eingravierten Namen steckte, an der Idee eines Liebesamulettes erfreut und wollte ihr das Schmuckstück schlichtweg zeigen, womöglich um sich irgendwann selbst etwas Ähnliches anfertigen zu lassen. Wenigstens hatte sein Team die notwendige Vorsicht walten lassen. Die Fingerabdrücke jedenfalls, die man auf dem Gold gefunden hatte, waren eindeutig gewesen. Sie stammten von Leopoldo Campetti und, auch das war bei Giulia auf wenig Überraschung gestoßen, von seinem Bruder Milo. Die größte Verblüffung jedoch war gewesen, dass der Abgleich der DNA, die sie an Jacopos Vespa gefunden hatten, schließlich doch noch ein Ergebnis gebracht hatte: Der Eindringling und Entführer war eindeutig ein Campetti gewesen. Giulias Hinweis, die Spuren mit den Proben von Leopoldo Campetti zu vergleichen, war der entscheidende Punkt gewesen. Wer auch immer den Torre auf der Suche nach den Brillanten verwüstet hatte, er musste in einem direkten Verwandtschaftsverhältnis mit Leopoldo stehen. Dafür kamen nicht einmal eine Handvoll Leute in Frage, und wenn man deren Physiognomie dann auch noch mit den von Jacopo beschriebenen Merkmalen abglich, gab es eigentlich nur zwei: Milo und Sebastiano Campetti.

Jacopo schaute Giulia an und nippte an seinem Wein. »Du hast keinen Zweifel mehr, dass die Campettis die Bauernfamilie sind, die den Kerl nebst seiner Geliebten während ihrer letzten Nacht in ihrem Haus aufgenommen hat?«, fragte er.

»Kannst du dir das vorstellen?«, hob Giulia entrüstet an. »Die Partisanen nehmen Mussolini und die Petacci gefangen und verstecken beide bei einfachen Bauern. Der einstmals so mächtige Duce über einem stinkenden Ziegenstall – darauf wäre niemand gekommen.« Giulia atmete tief ein. »Das alles wirkt irgendwie wenig vorbereitet, natürlich. Woher sollten seine Verfolger denn auch wissen, welchen Weg er in sein Schweizer Exil nehmen wird? Aber egal, die Campettis haben ihm Unterschlupf gewährt …«

»Womöglich waren sie auch Kommunisten«, warf Jacopo ein.

Giulia zuckte mit den Schultern. »Oder sie hatten Angst vor den Schergen des Befreiungskomitees. Die Zeiten waren chaotisch und entsprechend gefährlich. Was auch immer dahintersteckte, kannst du dir vorstellen, dass eine Frau, die ahnt, dass sie ihrem Geliebten in den Tod folgen wird, vorher ihren Schmuck ablegt?« Sie dachte nach. »Selbst wenn sie gehofft hatten, an die Alliierten übergeben zu werden, hätte sie das Amulett doch bei sich behalten, unbedingt sogar.«

Jacopo wollte etwas erwidern, doch Giulia ließ ihm keine Zeit zu antworten. »Das ergibt aus meiner Sicht keinen Sinn«, fuhr sie fort und redete sich in Rage. »Sie trägt sein Amulett auf der Flucht und nachweislich auch bei ihrer Gefangennahme. Es ist ein Symbol ihrer Liebe, genauso wie die Tatsache, dass sie sich ihm und seinem Tross niemals hätte anschließen müssen und es trotzdem tut – für ihn. Und dann, nachdem sich immer mehr herauskristallisiert, dass es keine Gnade gibt, nimmt sie das Amulett ab, legt es auf den Nachtschrank der Campettis und lässt sich ein Haus weiter erschießen? Das glaube ich nie im Leben!«

»Vielleicht hat sie versucht, die Bauern damit zu bestechen«, bemerkte Jacopo. »Es waren arme Leute, die womöglich empfänglich dafür waren. Am Ende hat dann eben die eigene Angst gegenüber der Fairness gesiegt. Oder sie hat den Anhänger verloren. Dass es ein Gerangel gegeben hat, ist nicht unmöglich, vor allem nicht, wenn das mit der Vergewaltigung stimmt. Möglicherweise hat man ihr den Anhänger auch nach ihrem Tod abgenommen. Wir wissen nicht, ob die Leichen vor ihrem Abtransport nach Mailand noch gefleddert wurden. Es kann einige Gründe dafür geben. Dass diese nicht anständig waren, steht außer Frage.«

»Die Campettis«, murmelte Giulia. »Die vielen, vielen Jahre.«

***

»Signora, wo wollen Sie denn hin?« Der grimmig dreinblickende Mann hatte sich direkt vor Giulia aufgebaut und versperrte ihr mit seinem massigen Körper und den in die Hüften gestemmten Händen demonstrativ den Zutritt zu der kleinen Lichtung, auf der Baldos Hütte stand. »Das hier ist Privatbesitz. Haben Sie das Schild am Anfang des Pfades nicht gelesen? Fremde sind nicht erwünscht.«

Giulia, die auf sein Gerede nicht eingegangen war und zunächst sogar noch versucht hatte, an ihm vorbeizukommen, stemmte ebenfalls die Hände in die Hüften. Der Kerl war einfach zu dreist. »Ich kenne mich hier aus«, entgegnete sie wütend. Sie wollte keine Zeit verlieren, Baldo das Amulett präsentieren und noch einmal mit ihm reden. Möglicherweise würde ihn der Anblick dieses Schmuckstückes ein wenig gesprächiger machen. Sie war überzeugt davon, dass Kuno Alwin Wyss der Mann war, der die Brillanten kaufen wollte. Seine zwielichtige Vorgeschichte, aber vor allem die Beflissenheit, die er im Gespräch mit ihr an den Tag gelegt hatte, bestärkten sie darin. Wenn sie allerdings etwas gegen diesen mit allen Wassern gewaschenen Mann in der Hand haben wollte, reichte kein bloßer Verdacht, dann musste sie stärkere Geschütze auffahren, und Baldo konnte die liefern, davon war sie mittlerweile felsenfest überzeugt.

»Umso schlimmer«, schimpfte der Mann. »Verschwinden Sie, aber auf der Stelle!«

Widerwillig zog Giulia ihren Polizeiausweis aus der Hosentasche. Sie hasste es, sich mittels eines Stückes Papier Respekt verschaffen zu müssen, aber bei diesem Kraftprotz kam sie anders nicht weiter.

Ihr Ausweis zeigte Wirkung. »Äh … Also, wenn das so ist«, stammelte der Kerl. »Wieso sagen Sie das nicht gleich? Was wollen Sie denn in der Hütte meines Vaters?«

Giulia stutzte. Ihr Gegenüber hatte das sechszigste Lebensjahr lange überschritten. Dass er also von Baldo sprach, war absolut ausgeschlossen. Ohne auf seine Fragen zu antworten, quetschte sie sich an ihm vorbei.

»Da war seit Jahren niemand mehr. Ich komme ja auch nur ganz selten«, plapperte er, und aus der Lautstärke seiner Stimme und dem

Knacken der Äste unter seinen Füßen, konnte sie schließen, dass er ihr nachlief. »Die Hütte ist so verfallen, ich habe schon überlegt, sie abreißen zu lassen. Aber das Holz den Berg runterzuschleppen, ist mir zu aufwendig, und es hier liegen zu lassen, dafür ist es zu schade. Mein Vater wollte, dass ich mich um den Schuppen kümmere. Aber was soll ich denn damit? Ich brauche es nicht. Und auch sonst interessiert sich niemand dafür, vor allem da man nicht einmal mit einem Motorrad, geschweige denn mit einem Auto hier hochkommt …«

Giulia ließ ihn reden. An der Tür angekommen, blieb sie wie angewurzelt stehen. Irritiert betrachtete sie die dicken Bretter, mit denen der Eingang vernagelt war. Das gleiche Bild bot sich ihr an den rechts und links daneben liegenden Fenstern. Sie drehte sich zu dem dicht hinter ihr stehenden Mann um. »Seit wann ist das so?«, herrschte sie ihn an.

Sein fragender Blick sagte ihr, dass er nicht folgen konnte. »Was meinen Sie?«

»Die Tür! Sie ist vernagelt«, entgegnete sie.

»Ach so«, er winkte ab. »Das sagte ich ja bereits: Hier war seit Jahren niemand mehr. Und bevor hier irgendjemand campiert und mir das alles abfackelt, habe ich einige Sicherheitsmaßnahmen getroffen.«

Aufgewühlt umrundete sie die Hütte. Das konnte nicht wahr sein. Elena und sie waren hier gewesen, vor kaum drei Tagen. Das Feuer im Kamin hatte gebrannt, sie hatten Baldo im Wohnzimmer gegenübergesessen … Die Gedanken hämmerten förmlich in ihrem Kopf, in ihren Ohren pochte das Blut.

»Sagen Sie, was suchen Sie denn eigentlich?«, wollte der angebliche Besitzer wissen, der nun schon wieder hinter ihr stand.

Giulia entdeckte ein Fenster an der Rückseite, dessen Läden zwar geschlossen waren, das aber nicht mit Brettern vernagelt war. »Helfen Sie mir, das zu öffnen«, forderte sie forsch.

»Also wirklich …«, empörte sich der Mann. »Ich habe einen Schlüssel. Wir können die Tür nehmen. Jedenfalls wenn ich runter ins Dorf laufe und ein Stemmeisen hole, um die Nägel in den Brettern herauszuziehen.«

»So viel Zeit habe ich nicht. Nun helfen Sie mir«, sagte Giulia.

Knurrend fasste er nach einem Laden und zog ihn mit festem Ruck aus den Angeln. »Ist ja sowieso schon egal.«

Giulia tat es ihm mit dem anderen gleich. Dann wackelte sie vorsichtig an den Fensterflügeln, bis das Klacken des innen angebrachten Sicherungshakens verriet, dass er nachgegeben hatte, und stieß sie auf. Ohne auf ihren Begleiter zu achten, kletterte sie hinein. Alles schien an seinem Platz. Nur die Zeitungen waren verschwunden. Sie trat an den Kamin heran, griff sich einen Feuerhaken und stocherte in der Asche herum. Verkohlte Zeitungsschnipsel wirbelten auf. Ihr Blick fiel auf das Bett, auf dem Baldo gesessen hatte. Mitten darauf stand ein kleines Holzkästchen. Sie nahm es von der Matratze und öffnete es. Darin lag nichts weiter als eine Lupe. Baldos Lupe.

***

»Fasst mich bloß nicht an, ihr Idioten«, blaffte Sebastiano Campetti, als sich einer der Polizisten anschickte, ihm beim Aussteigen aus dem Auto behilflich zu sein. Unwirsch schlug er nach dessen ausgestreckten Händen. »Was soll das Ganze? Das ist Freiheitsberaubung. Dafür kriege ich euch dran.« Etwas schwerfällig kletterte er aus dem Wagen, um, als er Giulia und Elena vor seinem Elternhaus stehen sah, erneut loszuwettern. »Ihr zahlt mir den Verdienstausfall! Das ist locker ein halber Tag, der mir durch die Lappen geht.« Er stand neben der offenen Autotür, die Hand auf deren Rahmen gelegt und funkelte sie aus wütenden Augen an. »Das mag für euch, die der Staat bezahlt, nichts wert sein, aber Leute wie ich, wir müssen hart arbeiten für ein paar Kröten.«

»Ich liebe diese Neiddiskussion«, murmelte Elena und rollte mit den Augen. »Ich habe fast die Hälfte meines bisherigen Lebens die Schulbank gedrückt. Das will aber nie jemand sehen. So was kann ich vielleicht leiden.« Während sie vor sich hin grummelte, lächelte sie, als gäbe es nichts Schöneres auf der Welt, als hier zu stehen und sich herunterputzen zu lassen.

»Das bereden wir alles in Ruhe, Sebastiano«, gab Giulia höflich zurück. »Kommen Sie, wir gehen ins Haus.«

Unschlüssig blieb er stehen, wobei er sichtlich bemüht war, Giulias Winken zu ignorieren. Stattdessen steckte er sich in aller Seelenruhe eine Zigarette an und paffte gierig. Schließlich musste er sich fügen. Langsam kam er näher, und obwohl er sich alle Mühe gab, sein Humpeln zu verbergen, war sein Handicap unübersehbar. Irgendetwas stimmte mit seinem rechten Bein nicht.

»Sebastiano!« In dem Aufschrei, den Anna Campetti ausstieß, als sie ihren Bruder sah, lag die nackte Angst. Giulia hatte mit Absicht mit dem Klingeln gewartet, bis er auf dem Gehweg gestanden hatte und damit vom Haus aus gut zu sehen war. Sie wusste, dass Anna ihr allein nicht die Tür geöffnet hätte.

»Ciao, Anna«, sagte Giulia. Annas versteinerte Gesichtszüge bestätigten ihr Vorgehen. »Die Kollegen waren so freundlich, Sebastiano in Como abzuholen und ihn herzubringen. Die Fahrt mit den öffentlichen Verkehrsmitteln ist ja doch etwas beschwerlich, vor allem mit seiner Einschränkung.« Sie deutete auf den heranhumpelnden Sebastiano, der umgehend stoppte. Giulia hatte Elena am Morgen gebeten, die Baustelle ausfindig zu machen, auf der Sebastiano gerade arbeitete. Das war nicht besonders aufwendig gewesen, schließlich gab es in Mezzegra nur eine Firma, deren Inhaber mit Vornamen Enrico hieß. Der hatte sich nicht sonderlich erbaut über Elenas Anruf gezeigt, denn wenn Mitarbeiter die Polizei auf den Plan riefen, stand meistens Ärger ins Haus. Und Sebastiano war nun einmal ein unberechenbarer Kerl, dem er, ohne mit der Wimper zu zucken, unterstellte, dass er wieder mal über die Stränge geschlagen war. Elena hatte diese Bedenken wegwischen können, was Enrico ein wenig ins Plaudern gebracht hatte. So übel, wie alle sagten, war Sebastiano eben doch nicht. Denn es war nicht selbstverständlich, dass jemand so viel Pflichtgefühl besaß und mit einer offenkundig schmerzhaften Beinverletzung zur Arbeit erschien. Bei Elena hatten in Erinnerung an den schießwütigen Campanaro alle Alarmglocken geschrillt, und obwohl sie wusste, dass Giulia eigentlich vorgehabt hatte, den Kleinsten der Campetti-Brüder an seiner Arbeitsstelle in Como zu befragen, hatte sie ihn kurzerhand von den Kollegen hierher chauffieren lassen. Giulia freute sich über den Scharfsinn ihrer Assistentin, und nachdem sie ihr die neuesten Erkenntnisse berichtet hatte, hatte sie Elena gebeten, sich ebenfalls auf den Weg an den See zu machen. Das Schweigen der Campettis würde heute ein Ende finden. Dafür war es eine hervorragende Voraussetzung, alle an einem Tisch zu haben, und das würde sich, was den fehlenden Milo anging, gleich von allein regeln.

»Was ist passiert? Was hast du gemacht?«, schluchzte Anna aufgelöst. Ihre sorgenvollen Blicke, die zwischen Giulia und den uniformierten Kollegen wechselten, sprachen Bände. »Sebastiano, um Gottes willen!« Sie bekreuzigte sich. Da sie von ihrem wortkargen Bruder offenkundig keine Antwort zu erwarten hatte, stürzte sie zurück ins Haus.

»Milo wird gleich da sein«, murmelte Giulia zufrieden. Sie ahnte, dass Anna das Schlimmste befürchtete und nach Unterstützung rief. Abgesehen davon waren die Rollen im Hause Campetti klar verteilt, und wenn jemand die Verteidigung der Familie in die Hand nehmen konnte, dann war es Milo.

Sebastiano wackelte mürrisch an ihnen vorbei. Als in der Nachbarschaft ein Fenster aufging und eine ältere Frau neugierig ihren Kopf herausstreckte, bedachte er sie mit ordinären Gesten und wüsten Beschimpfungen.

»Das lassen wir mal sofort bleiben«, maßregelte Giulia ihn.

Sebastiano lachte höhnisch auf. »Sie können mir gar nichts.« Er spuckte vor ihr aus und verschwand im Haus. Über die Dreistigkeit, die Tür hinter sich zu schließen, verfügte er allerdings doch nicht.

Etwas später saßen sie in der Küche, die für Giulia nun fast schon etwas Vertrautes, dadurch aber keineswegs Einladenderes hatte, und Anna stürzte sich auf den Kaffeebereiter, als hinge ihre Leben davon ab. Giulia konnte es nach der kurzen Nacht und ihrem frühzeitigen Aufstieg zu Baldos vermeintlichem Unterschlupf kaum erwarten, eine Tasse abzubekommen.

»Sie sind verletzt. Hatten Sie einen Unfall, Sebastiano?«, fragte sie betont arglos, aber in scharfem Tonfall.

Seine Augen blitzten sie hasserfüllt an. »So was passiert schon mal auf einer Baustelle.« Er zog die Nase hoch und schaute seine Schwester herausfordernd an. »Ich habe Hunger. Gibt es was?«

Anna ging zum Backofen und zog das Blech mit dem Schokoladenkuchen heraus, von dem Giulia und Elena gestern bereits eine Kostprobe abbekommen hatten. »Die Ziegen sind oben auf der Weide, ich konnte noch nicht mehr … Ein paar schnelle Tortellini hätte ich aber auch«, antwortete sie, wobei sich die Worte überschlugen.

Sebastiano streckte den Hals und grinste. »Her damit!«, forderte er. Anna kam dem so eilig nach, dass sie die Höflichkeit, Giulia und Elena etwas anzubieten, vollkommen vergaß.

»Wie genau ist das denn passiert?«, hakte Giulia unbeeindruckt von seiner Schroffheit nach.

Er hatte nur einen abschätzigen Blick für sie übrig.

»Ihr Chef Enrico wusste nichts von einem Unfall«, bemerkte Elena, und Giulia konnte ihr ansehen, dass sie sich ebenfalls Hoffnung auf ein Stück von dieser Leckerei machte, aber einen Teufel tun würde, danach zu fragen. »Er hatte nur von einem kleinen Unfall auf der Ziegenweide gehört. Von Ihnen.«

Anna schob die Augenbrauen so dicht zusammen, dass eine steile Falte ihre Stirn teilte. Sie sagte jedoch nichts.

»Mir egal«, schnauzte Sebastiano mit vollem Mund und spachtelte seinen Kuchen mit breit auf dem Tisch aufgestellten Ellenbogen und einem fast auf dem Teller aufliegenden Kopf in sich hinein.

»Aber so etwas musst du melden, Sebastiano«, sagte Anna besorgt. »Dafür hat Enrico eine Versicherung. Er ist doch sonst so gewissenhaft.« Giulia fragte sich erneut, woher diese arme Frau diesen schier unbändigen Gleichmut und ihre scheinbar grenzenlose Vertrauensseligkeit nahm. Die Unverfrorenheit Sebastianos hätte aus ihrer Sicht eine andere Reaktion erforderlich gemacht. Darum würde sie sich kümmern.

»Gut!«, sagte sie harsch. »Dieses Affentheater endet jetzt. »Sie waren am Dienstagabend in meinem Haus, um nach den Brillanten zu suchen. Den Brillanten aus dem Amulett der Petacci.«

Anna kreischte schrill auf, dann brach sie in Tränen aus.

»Womöglich haben Sie sogar gehofft«, fuhr Giulia fort, »auch den Anhänger zu finden, denn beides war ja aus Leopoldos Zimmer verschwunden. Pech gehabt. Der Schatz der Familie Campetti liegt ebenso vollständig wie sicher in der Questura, und dass Sie ihn jemals wieder zu Gesicht bekommen, bezweifle ich. Diebesgut bleibt Diebesgut, auch nach fast achtzig Jahren.«

»Ich habe keine Ahnung, wovon Sie da quatschen«, gab Sebastiano sich abgebrüht.

So langsam verlor Giulia die Geduld. »Ach, Junge, wir haben Fingerabdrücke von deinen beiden Brüdern auf dem Teil gefunden. Dazu kommen die Spuren an der Vespa. Die sagen viel aus, weißt du. Ein Schuss, etwas Blut, eine schmerzhafte Verletzung am Bein, eine eindeutige Verwandtschaft zum Mordopfer … Du verschwendest nur meine Zeit.« Sie winkte genervt ab

»Ich verstehe nicht. Wir sind doch keine Diebe«, schluchzte Anna. »Und wieso Schuss? … Dein Bein? Sebastiano!« Sie schlug entsetzt die Hand vor den Mund und schickte sich an, seine Verletzung in Augenschein zu nehmen, worauf er sie grob von sich wegstieß.

Elena spitzte den Mund und setzte ein förmliches Gesicht auf. »Sie können auch eine Vorladung auf die Questura bekommen, den DNA-Abgleich inklusive. Ich brauche die Kollegen nur zurückpfeifen. Geht ganz schnell.« Sie zog demonstrativ ihr Mobiltelefon aus der Tasche. »Das wird allerdings ungemütlicher als der nette Kaffeeklatsch bei Ihrer Schwester, vor allem wenn sich tatsächlich herausstellen sollte, dass Sie bei der Commissario eingebrochen sind. Bei so etwas verstehen wir Polizisten keinen Spaß. Wenn es um einen von uns geht …« Eine dicke Kaugummiblase quoll zwischen ihren Lippen hervor, und sie ließ sie geräuschvoll platzen. »Du bist am Arsch, Herzchen.«

Giulia störte sich zwar an Elenas Wortwahl, ließ sie aber gewähren.

Die Botschaft verfehlte ihr Ziel nicht. Sebastiano machte den Eindruck, als fühle er sich zunehmend in die Ecke gedrängt. Er schob sein krankes Bein, so weit es ging, unter den Tisch und aus dem Blickfeld »Sie wagen es sich nicht, sich an unserem Eigentum zu vergreifen«, krakelte er wie von Sinnen. »Das Zeug gehört uns, uns allein! Und pack das Handy weg, du dumme Kuh!«

Elena zuckte nicht einmal.

»Halt den Mund!« Der Zeitpunkt des Eintretens von Milo Campetti hätte nicht besser sein können. Dank des durchdringenden Organs von Sebastiano hatte er zweifelsohne den letzten Teil der Unterhaltung mitbekommen. Sein wutverzerrtes Gesicht ließ diesen Schluss ebenfalls zu.

Giulia staunte, wie schnell Milo hier aufgeschlagen war. Von seinem Arbeitsplatz in Bellagio konnte er jedenfalls nicht gekommen sein, nicht in zehn Minuten. Aus dem Augenwinkel sah sie, wie Elena das Mobiltelefon zurück in ihre Tasche gleiten ließ. Dabei stand ihr eine diebische Freude ins Gesicht geschrieben.

Der gebellte Befehl seines Bruders hatte Sebastiano vor Schreck zusammenfahren lassen. Er zog seine Schultern ein, und seine Nasenspitze klebte nun fast auf dem Schokoladenüberzug des Kuchenstückes. Es war unübersehbar, dass er sich am liebsten in Luft aufgelöst hätte. Giulia hätte nicht sagen können, ob ihm bewusst war, wie sehr er seine eigene Familie gerade in Schwierigkeiten gebracht hatte. Milo allerdings war sich absolut im Klaren darüber, welche Folgen diese Aussage hatte, das verriet ihr seine Reaktion.

»Commissario Cesare«, sagte er in sanftem Ton, »wir können doch über alles reden. Es tut mir leid, dass wir dies nicht schon lange getan haben. Glauben Sie mir. Aber das alles ist eine äußerst heikle Angelegenheit, und wir Campettis schweigen lieber darüber.« Er nahm auf dem freien Stuhl direkt neben Giulia Platz und schaute sie lange und durchdringend an. »Das Amulett ist ein Erbstück von unserer Großmutter Loretta.« Er machte eine längere Pause. »Es ist uns sehr wichtig, dass es in der Familie bleibt.« Milo Campetti setzte auf Kooperation, da er darin womöglich derzeit die einzige Möglichkeit sah, den Familienschatz zu retten. Er streckte seinen Arm nach der vor ihm stehenden Kaffeekanne aus, worauf Anna aufsprang und eine

Tasse aus dem Schrank holte und vor sich auf den Tisch stellte. »Bitte noch eine für die Commissario und ihre freundliche Begleitung«, säuselte Milo. »Sie trinken doch einen Kaffee mit uns?«, fragte er an Giulia gewandt.

Die ließ seine Schöntuerei an sich abprallen. »Die rechtmäßigen Besitzer des Amulettes heißen Petacci«, entgegnete Giulia kühl. »Und ja, in der Tat, es hätte einiges erleichtert, wenn Sie eher ein Wort darüber verloren hätten. Immerhin geht es um Ihren Bruder Leopoldo.«

Hinter ihr klapperte Anna mit dem Geschirr. Sie ging dabei so fahrig vor, dass ihr die Tassen aus der Hand rutschten und unsanft auf der Tischplatte landeten.

Milo faltete die Hände und legte den Kopf in den Nacken. Mit halb geschlossenen Augen erklärte er feierlich: »Wir haben unserer Großmutter versprochen, niemals ein Wort darüber zu verlieren, was auch immer passiert.«

»Ist ein geplanter Verkauf in diesem Versprechen inbegriffen, oder hat das eine mit dem anderen nichts zu tun?«, fragte Giulia spitz.

Milo reagierte nicht. »Am 27. April 1945 wurde unsere Urgroßeltern von Partisanen gezwungen, Clara Petacci und Benito Mussolini für eine Nacht aufzunehmen. Hier oben in der Gegend wimmelte es nur so von Kämpfern des Befreiungskomitees für Norditalien, viele der hiesigen Bauern hatten sich diesen Truppen angeschlossen.« Er zuckte mit den Schultern. »Da unsere Urgroßmutter, sie hieß übrigens Dorina, eine sehr anständige Frau war, hat sie die prominenten Gefangenen in ihrem eigenen Schlafzimmer untergebracht. Die Aussichtslosigkeit für das Paar war wohl so offensichtlich, dass unsere strenggläubige Dorina Mitleid hatte, vor allem mit Clara Petacci. Gemeinsam mit ihrer Tochter Loretta hat sie die Gefangenen mit Brot und Wein versorgt und wohl auch ansonsten darauf geachtet, dass es ihnen an nichts fehlte. Loretta war ein patentes junges Mädchen. Mit ihren kaum sechzehn Jahren hat sie vermutlich das Herz der Petacci gerührt. Die beiden haben hin und wieder ein paar Worte gewechselt, und nachdem Loretta der Gefangenen eine Schüssel mit warmem Wasser zum Waschen gebracht hatte, hat sie ihr aus reiner Dankbarkeit den Anhänger geschenkt. Die Signora ahnte vermutlich, dass sie nicht mehr die Gelegenheit haben würde, ihn zu tragen.« Milo nahm seinen Kopf wieder nach vorn und sah sie unverwandt an. »Es ist ein Geschenk an unsere Großmutter Loretta gewesen, für ihre Hilfsbereitschaft und ihren Anstand, und damit kein Diebesgut.«

»Können Sie das beweisen?«, fragte Giulia. Sie hatte dieser Behauptung nichts entgegenzusetzen. Natürlich konnte es sich genau so zugetragen haben. Dass die Campettis das wertvolle Präsent dann aber nicht schon lange zu Geld gemacht hatten, konnte Giulia, vor allem wenn sie sich umsah, nicht nachvollziehen.

»Können Sie Ihre dreiste Unterstellung beweisen?«, hielt Milo Campetti dagegen.

Pause.

»Der Schmuck hätte niemals dieses Haus verlassen dürfen«, warf Anna, noch immer um Fassung ringend, ein. »Das haben wir Loretta auf dem Sterbebett versprechen müssen. Sie hat ihn ihr gesamtes Leben wie ihren Augapfel gehütet. Er hat Clara Petacci Unglück gebracht und wird den Campettis auch Unglück bringen, das hat sie immer gesagt, und genauso ist es gekommen. Genau so.«

Ein scharfer Blick Milos brachte sie zum Schweigen.

»Sie haben die Brillanten und das Amulett bei unserem Bruder gefunden«, erklärte er ernst. »Da er keine Kinder hat, sind wir seine rechtmäßigen Erben. Ich bitte Sie, dies zu respektieren.«

»Was genau meinte Loretta damit?«, hakte Giulia nach, wobei sie Milos Einwurf ignorierte. Ihre Vermutung war, dass Nonna Loretta vor ihrem Tod das Familienerbe an den ältesten Campetti übergeben hatte, womöglich in der Annahme, er würde es sicher verwahren. Dem Versteck unter der Diele nach zu urteilen, hatte Leopoldo dies eine geraume Zeit wohl auch getan. Giulia zweifelte nicht im Geringsten daran, dass Leopoldo den Verbleib des Amulettes hauptsächlich vor seinen beiden Brüdern hatte geheim halten wollen. Dafür hatte er unbestreitbar allen Grund gehabt. Aber das Ding nur allein aufgrund der abergläubischen Anwandlungen von Loretta nicht zu verscherbeln, ergab für sie noch immer keinen Sinn.

Anna biss sich auf die Lippen und ließ ihr Kinn auf die Brust sinken.

Milo hielt Giulias Blick stand. »Warum hat Leopoldo den Schmuck denn überhaupt am Sonntag bei sich gehabt?«, fragte Giulia weiter. Die Antwort lag für sie auf der Hand, aber sie wollte nichts unversucht lassen, sie von den Campettis selbst zu hören.

»Vielleicht hatte er vor, ihn reinigen zu lassen«, entgegnete Milo abgebrüht.

Giulia kniff die Augen zusammen. »Leopoldo wollte das *Erbe*«, sie betonte das letzte Wort übertrieben, »zu Geld machen, und er hat eine konkrete Chance dafür gesehen. Da ihm das Ganze nicht geheuer war, hat er das Amulett in seine Einzelteile zerlegt. Mit den großen Fischen sind die Campetti-Brüder nie geschwommen. Hier kannten Sie sich nicht aus. Deshalb haben Sie es für sicherer gehalten, den Käufer mit den Brillanten anzufixen, vor allem bei einem solch fragwürdigen Stück. Erst nachdem Sie im Geschäft waren, wollten Sie das eigentlich Wertvolle, nämlich das Amulett nachschieben. Womöglich haben Sie auch geglaubt, bei einem Einzelverkauf mehr heraushandeln zu können. Kein Profi käme auf eine solche Idee, aber das spielt keine Rolle. Leopoldo brauchte Geld, viel Geld, und das war die einzige Möglichkeit, an welches zu kommen. Loretta ist letztes Jahr verstorben. Damit war die Bahn frei. Und Sie, Milo, waren in seinen Plan eingeweiht.«

»Wie konntet ihr so etwas nur tun? Großmutter Loretta würde sich im Grab herumdrehen«, schluchzte Anna. »Ihr wisst genau, wie gefährlich das für uns alle werden kann. Sie hat uns immer wieder gewarnt«, jammerte sie. »Und sie hat recht behalten. Leopoldo ist tot.« Tränen liefen ihr über die Wangen. »Wenn die Commissario nicht bald seinen Mörder findet, trifft es womöglich auch noch einen von uns. Hast du einmal an Isabella gedacht, Milo, hast du?« Sie klang hysterisch. »Dafür bin ich nicht zurückgekommen, dafür nicht.«

»Und wieso weiß ich davon nichts?«, polterte Sebastiano.

Milo erwiderte nichts. Er schaute Giulia nur seelenruhig an. Dass der Hinweis auf seine Nichte an ihm nagte, konnte sie ihm trotzdem ansehen.

»Wie hoch war denn das Angebot?«, legte Giulia nach. »Hätte es für den Kauf von Signore Lucios *Ristorante* genügt? Darum ging es Ihnen doch. Lucio liegt mit seinem Sohn Faustino dermaßen über Kreuz, dass er nicht auf sein eigenes Ableben warten, sondern die Zukunft seines Lokals noch selbst regeln wollte, in jedem Fall ohne Faustino. Und der fleißige, loyale Leopoldo war sein favorisierter Nachfolger, trotz seiner eingeschränkten Sozialkompetenz. Aber darüber konnte Lucio großzügig hinwegsehen, Hauptsache, der rechtsnationale Sprössling kam nicht zum Zuge. Normalerweise hätte Leopoldo aber niemals so viel Geld aufbringen können. Dann ist Ihnen, Milo, aber glücklicherweise eingefallen, was da noch bei Ihnen zu Hause schlummerte. Es war nicht ganz einfach, Leopoldo zu überreden, oder? Aber schließlich war die Chance, die Familie Campetti ein für alle Mal in ein besseres Leben zu katapultieren, zu verlockend. Hätte das Geld aus dem Verkauf des Amulettes eigentlich gereicht? Nicht ganz, möchte ich meinen, aber mit der Anzahlung wären Sie schon ziemlich weit gekommen, nicht wahr?« Giulia lehnte sich auf ihrem Stuhl zurück und verschränkte die Arme. »Den Rest hätten Sie über einen Kredit regeln können oder auch über einen großzügigen Lucio. Aber was hat dessen Sohn Faustino eigentlich zu Ihrem Angebot gesagt? Oder der Koch, Gromow, der das Lokal ebenfalls gerne übernommen hätte? Und wer wollte Ihnen das Amulett abkaufen? Lucio selbst wird es kaum gewesen sein. Und Faustino?« Sie wackelte mit dem Kopf hin und her. »Der wird kein Interesse daran gehabt haben, dass Sie zu Geld kommen – oder vielleicht gerade doch, damit er das ihm lästige Restaurant los ist? Wer war es, Milo? Wer?«

»Ich weiß es nicht«, antwortete Milo, ohne mit der Wimper zu zucken. »Ich weiß nur, dass Leopoldo einen Käufer gefunden hatte, mit dem er sich am Sonntag nach seiner Schicht treffen wollte.« Seine Stimme wurde immer leiser. »Mehr wollte er nicht sagen, um uns, seine Familie, zu schützen.«

Giulia hatte das Gefühl, dass er die Wahrheit sagte. Die Gelassenheit, die er trotzdem bei allem hier bewahrte, war erstaunlich. Für ihn spielte es keine Rolle, welche Schlussfolgerungen Giulia zog. Den

Tod seines Bruders würde sie so oder so aufklären. Er hatte damit nichts zu tun und entsprechend wenig zu verlieren, bis auf das Amulett und die Brillanten natürlich, und er gab sich alle Mühe, das zu verhindern. Die Frage war nur, wie lange er sich so unter Kontrolle haben würde. »Wie könnte Leopoldo an einen potenziellen Käufer gekommen sein?«, fragte sie.

Milo machte ein ratloses Gesicht.

»Signor Campetti, Sie sagen, niemand wusste von der Existenz des Schmuckes, niemand durfte davon wissen. Das kann ich nachvollziehen. Dennoch muss Leopoldo irgendjemanden ins Vertrauen gezogen haben, zumindest teilweise, vorausgesetzt, er ist nicht von selbst auf einen Käufer gestoßen. Das wiederum glaube ich nicht, dafür fehlten ihm die Verbindungen. Er muss einen Helfer, einen Vermittler gehabt haben. Faustino Bertera zum Beispiel? Der verkehrt in Kreisen, die Interesse an etwas so Außergewöhnlichem haben könnten. Oder war es womöglich Lew Artjom Gromow?«

Milo grinste verschlagen. »Der Russe? Ausgeschlossen. Leopoldo hat Gromow gehasst. Niemals hätte er ihn um irgendetwas gebeten.«

»Immerhin muss Leopoldo auf seinem Boot gewesen sein«, warf Giulia ein.

Milo schnalzte unangenehm mit der Zunge. »Nicht freiwillig, das können Sie glauben.«

»Und Faustino?«

Er zuckte mit den Schultern. »Leopoldo hat ihn nie als so wichtig erachtet. Unwahrscheinlich.«

»Aber Lucio Bertera hat er als wichtig erachtet. Dem hat er vertraut? Immerhin war Leopoldo seit drei Jahrzehnten bei ihm beschäftigt und ihm gegenüber absolut loyal.«

»Onkel Lucio?«, rutschte es Sebastiano heraus. »Was soll Onkel Lucio damit zu tun haben? Und wieso wollen wir eigentlich sein Lokal kaufen?«

Noch ehe Giulia sich versah, war Milo aufgesprungen und hatte Sebastiano eine schallende Ohrfeige versetzt. Der sah seinen Bruder verständnislos an und hielt sich die Wange.

»Erzählen Sie mir von Onkel Lucio«, bat Giulia, das Wort an Sebastiano gerichtet. Für Milos aus ihrer Sicht übertriebene Reaktion musste es einen Grund geben.

Sebastiano schmollte und schwieg.

Anna, die die ganze Zeit danebengestanden hatte, trat dicht an ihren Bruder Milo heran und legte ihm die Hand auf die Schulter. Dabei schaute sie über den Tisch hinweg ins Nichts. »Unser Bruder Leopoldo wurde ermordet«, sagte sie leise, aber mit fester Stimme. »Niemand kann mir weismachen, dass das nichts mit dem Amulett zu tun hat. Das war der Grund, deshalb musste Leopoldo sterben. Und was macht er, unser Bruder? Er schluckt die Brillanten, damit sein Mörder sie ihm nicht abnehmen kann. Das hat er nur für uns getan, für die Familie.«

Einen Moment lang sagte niemand etwas. Elenas tiefe Atemzüge waren das Einzige, was die Stille durchbrach.

»Und was macht ihr? Euch fällt nichts weiter ein, als die Commissario niederzuschlagen, bei ihr einzubrechen und ihre Arbeit mit euren Lügengeschichten zu behindern. Ist das der Dank für alles, was euer toter Bruder für euch getan hat?« Annas Augen waren rot und verquollen, aber sie weinte nicht mehr. Ganz im Gegenteil, sie wirkte gefasster denn je.

»Das mit dem Einbruch war eine blöde Idee«, sagte Milo irgendwann. »Als hätte sie die Beweismittel zu Hause!« Er warf seinem Bruder einen alles sagenden Blick zu. Dann trank er einen Schluck von seinem Kaffee und stierte vor sich hin. Die Ansprache seiner Schwester schien ihn zu beschäftigen.

Elena schnaufte.

Anna drehte sich in Richtung Giulia. »So wie Milo das mit unserer Großmutter beschrieben hat, ist es passiert. Es ist die reine Wahrheit, also so, wie unsere Eltern und auch Loretta es uns erzählt haben. Gott ist mein Zeuge.« Sie bekreuzigte sich. »Aber da war noch mehr …«

»Nein, lass mich ausreden«, sagte sie, als Milo Anstalten machte, sie zu unterbrechen. »Irgendwann kommt jedes Geheimnis ans Licht.

Unsere Familie muss Frieden finden, gerade jetzt.« Milo fasste nach ihrer Hand, die immer noch auf seiner Schulter ruhte, und streichelte sie kurz, worauf Anna weiterredete. »Am Vormittag des 28. April wurden Mussolini und die Petacci aus dem Haus in den Hof geführt. Sie hat man in den Stall geschafft, um ihn ungestört mit sieben Schüssen zu richten. Nach seinem Tod haben sich die Kerle über die Frau hergemacht. Ihre Schreie müssen schrecklich gewesen sein. Dorina wollte ihr zur Hilfe kommen, aber ihr Mann hat sie festgehalten. Irgendwann nachdem sie von der Petacci abgelassen haben, ist sie zu dem toten Mussolini gerannt. Dort hat man dann auch sie erschossen. Loretta, die an diesem Vormittag bei den Tieren gewesen war, hat hinter dem Misthaufen gekauert und alles mitangesehen. Sie hat viele Jahre nicht darüber gesprochen, auch weil ihre Eltern es ihr strengstens untersagt hatten.« Anna erzählte ruhig und gefasst. »Die Leichen der beiden hat man dann vor die Villa Belmonte gebracht. Es sollte so aussehen, als hätte man sie dort hingerichtet. Ich weiß nicht, warum, und ich habe mir auch nie Gedanken darüber gemacht. Es ist schlimm genug zu wissen, was in unserem Haus passiert ist, und dann diesen scheußlichen Ort, der immer noch Aufmerksamkeit erregt, direkt vor der Tür zu haben. Die Familie Campetti wird diesen Fluch niemals los.«

»Deswegen wollten wir«, hob Milo an, »ein neues, besseres Leben, für uns alle, vor allem für Isabella. Das gibt es nur außerhalb dieses Hauses, weg von Mezzegra.« Man konnte ihm sein Ungemach ansehen. »Es sollte doch nicht alles umsonst gewesen sein.« Er schaute mit undefinierbarem Blick zu seiner Schwester auf.

Anna zog ihre Hand behutsam von ihm weg. »Aber nicht mit diesem Amulett«, sagte sie hart.

»Wir haben nichts anderes!«, fuhr er sie an.

»Es waren nicht nur Ihre Urgroßeltern, die Loretta zum Schweigen verpflichtet haben?«, fragte Giulia, die sich nun so einiges zusammenreimen konnte. Nach allem, was sie mittlerweile erfahren hatte, war der Tod Mussolinis ein Politikum gewesen, das sowohl Rechte als auch Linke auf den Plan gerufen hatte. Den linken Partisanen gereichte dieses Vorgehen nicht zum Ruhm, und sie taten nach ihrem Dafürhalten gut daran, die Ereignisse zu verschleiern. Für alle national Denkenden war diese Hinrichtung ein gefundenes Fressen, das ihren kranken Ideen und Zielen Aufwind gab. Die Geschichten um seine Leiche genügten ihr, um eine Vorstellung davon zu haben, wie gefährlich es für jeden werden konnte, der hier involviert war.

Anna presste die Lippen fest zusammen. Sie brauchte einen Augenblick, und man konnte ihr ansehen, dass ihr die Situation unbehaglich war. Ihre Brüder hockten derweil stumm auf ihren Plätzen. Schließlich fasste sie sich ein Herz. »Loretta ist viele Jahrzehnte gewarnt worden, kein Wort über das alles zu verlieren, immer anonym, aber auch immer sehr deutlich. Ein paarmal hat man ihr nachts im Dorf aufgelauert und sie grün und blau geschlagen. Das ging so bis in die Fünfzigerjahre, und es hat ihr noch bis ins hohe Alter zugesetzt.« Anna kullerte eine Träne über ihre Wange. »Es ist niemals herausgekommen, wer es gewesen war. Irgendwann, vor vielleicht zehn Jahren, haben dann auch die anonymen Drohungen aufgehört, wohl weil diejenigen, die Angst vor Lorettas Aussage hatten, gestorben sind, aber trotzdem …«

»Sind Sie deswegen nach der Geburt Ihrer Tochter Isabella woanders hingegangen?«, fragte Elena leise.

Anna sagte nichts, doch das langsame Schließen ihrer Lider war Antwort genug.

»Jemand wusste, dass Loretta alles gesehen hatte. Das ergibt sonst keinen Sinn«, sagte Giulia und sprach damit das Offenkundige aus. »Aber das mit dem Amulett, das wusste nur Ihre Familie, oder?«

Anna bestätigte dies mit einem Kopfnicken. »Sonst wäre Loretta sicherlich nicht am Leben geblieben. So etwas zu besitzen, ruft die schlimmsten Leute auf den Plan. Das sehen Sie ja.« Sie seufzte.

»Die Nachbarn, die Denunziantenschweine, die haben Loretta hinter dem Mist gesehen«, meldete sich Sebastiano gewohnt aufbrausend. »Die hatten Sorge, dass wir irgendetwas daran verdient haben.«

»Du behauptest nichts, was du nicht sicher weißt«, entgegnete Milo harsch.

»Aber Onkel Lucio hat gesagt …«, widersprach Sebastiano und hätte sich dafür fast eine zweite Schelle eingehandelt, aber er war Milo zuvorgekommen und vom Tisch aufgesprungen.

Die Ordnung der Familie Campetti zerbröselte langsam vor Giulias Augen, und sie war heilfroh darüber.

»Das spielt keine Rolle mehr«, mischte sich Anna im Bemühen, dieses Thema zu beenden, ein. »Wir hätten Lorettas Bitte respektieren müssen. Nun können wir sicher sein, dass sie recht hatte. Der Tod von Leopoldo war sinnlos.«

»Onkel Lucio, ist das Lucio Bertera?«, fragte Giulia, um sich zu vergewissern.

Das Schweigen der Campettis genügte ihr als Antwort.

»Wusste Onkel Lucio von dem Amulett?« Giulia dachte daran, dass Leopoldo niemals seine Stellung im *Ristorante Di Paolo* aufgegeben hatte, obwohl er zweifellos die Chance dazu gehabt hätte und auch allen Grund hatte, allein schon des geringen Verdienstes wegen. Sie hatte Lucios rührselige Geschichte von Leopoldos fehlendem Führerschein und der Nähe zu seiner Familie für bare Münze genommen. Aber da musste noch etwas anderes sein, etwas viel Entscheidenderes, das Leopoldos jahrzehntelange, nahezu grenzenlose Loyalität zu seinem Arbeitgeber, Onkel Lucio, erklärte. Womöglich hatte Leopoldo darauf spekuliert, dass er das *Ristorante* irgendwann bekommen würde.

»Anna«, sagte Giulia mit Nachdruck. »Wir suchen den Mörder Ihres Bruders.«

»Lucios Vater war einer der jungen Partisanen, die sie vor dem Schlafzimmer unserer Urgroßeltern zur Bewachung der Gefangenen abgestellt hatten«, entgegnete sie nahezu tonlos. »Die Wände in unserem Haus sind dünn. Er könnte es gehört haben.«

»Lucio Vater, der alte Paolo, dem er das Restaurant zu verdanken hatte«, murmelte Giulia und fragte sich, wie viel Schuld Lucios Familie in dieser Sache auf sich geladen hatte. Diktator hin oder her, die Ermordung Mussolinis und der Petacci war nicht rechtens gewesen. Es hätte einer Verurteilung durch ein unabhängiges Gericht bedurft und keiner wild gewordenen Lynchjustiz. »Es ist nicht auszuschließen, dass Lucio Bescheid wusste«, sagte Giulia und war sich einmal mehr darüber im Klaren, wie sehr sie noch immer im Nebel stocherte.

»Unsinn!«, fuhr Milo sie an. »Der alte Bertera war nicht blöd. Der hat niemandem erzählt, was wirklich passiert ist. Und Loretta hätte das auch nicht getan, nicht einmal gegenüber ihren Kindern und Kindeskindern. Uns hat man erst etwas gesagt, als Anna schwanger wurde.«

Auch Sebastiano stimmte zu.

Nur Anna sagte nichts dazu. »Loretta hat große Stücke auf Lucio gehalten. Sie waren Freunde. Ich habe einmal gesehen, wie seine Augen bei ihrem Anblick gefunkelt haben.« Sie schaute verträumt. »Jedenfalls hat er die Familie immer unterstützt, vor allem nach dem Tod unserer Eltern. Lucio war es auch, der Loretta in ihren letzten Stunden begleitet hat.« In Annas Gesicht stand unbändiger Schmerz.

***

»Haben Sie schon gespeist?«, fragte Signor Lucio, während er mit einem Wischtuch über der Schulter geschäftig zwischen der Theke seines Lokals und Giulia hin und her wirbelte, als könnte er sich vor lauter Arbeit nicht retten. Dabei hatte die Kirchturmuhr noch nicht einmal zwölf geschlagen, und die meisten Plätze im Ristorante waren, wie üblich zu dieser für italienische Verhältnisse für die Mittagsmahlzeit zu frühen Stunde, noch nicht besetzt. Lucio allerdings schien das nicht zu bemerken. Er wirkte heute insgesamt fahrig und unkonzentriert. Da Giulia nicht geantwortet hatte, wiederholte er seine Frage: »Haben Sie schon gespeist, Commissario? Wir haben eine hervorragende Antipasti-Platte auf der Karte.« Während er das sagte, blickte er sich hektisch um und an Giulia vorbei. »Die Portion ist normalerweise für zwei, aber wenn Sie Ihre Assistentin heute nicht dabeihaben, kann ich das auch anpassen lassen«, murmelte er, noch immer eher auf sein Umfeld als auf Giulia konzentriert. Im gleichen Atemzug hoben sich seine

Augenbrauen, und Giulia schlussfolgerte, dass irgendjemand, der sein Interesse geweckt hatte, das Ristorante betreten haben musste. Er stierte geistesabwesend in die Runde. Erst als die Gäste nah genug waren, setzte er sein gewinnendstes Lächeln auf und begrüßte alle überschwänglich. Giulia übte sich in Geduld. Sie hatte Elena gebeten, die Zorzi telefonisch über den neuesten Stand der Ermittlungen zu informieren. Angesichts der Brisanz ihrer Recherchen in diesem Fall, schien ihr das zum jetzigen Zeitpunkt das Vernünftigste. Auch sollte sie sich darum kümmern, dass Signor Wyss am späten Nachmittag auf der Questura erschien. Dass Giulia seine Einschätzung zum Amulett benötigte, war dabei nichts als ein Vorwand. Sie wollte ihn provozieren, und edles Geschmeide schien das Einzige zu sein, was dies bei ihm bewirken konnte. Nebenbei würde auch Wyss' Alibi für die Tatnacht von Interesse sein. Zudem wollte sie herausbekommen, wie sehr Lucio Bertera nun wirklich in die Sache involviert war.

»Signore«, hob Giulia an. »Ich muss mit Ihnen reden, unter vier Augen.«

Lucio entglitten die Gesichtszüge. »Ja, ja, natürlich. Kommen Sie, bitte.« In gemächlichem Schritt führte er sie in das Büro, das Giulia bereits kannte. Kaum dort angekommen, sank er auf seinem Schreibtischsessel zusammen und fächerte sich mit seiner rechten Hand Luft zu. »Diese Hitze ist nichts für einen alten Mann wie mich«, sagte er mit dramatischer Stimme.

Giulia nickte verständnisvoll, dann kam sie zur Sache. »Wie lange sind Sie schon mit der Familie Campetti befreundet?«, fragte sie.

Seine Handbewegungen wurden schneller. »Ach ja, die alte Geschichte«, antwortete er mit sentimentalem Blick. »Das ist alles so lange her. Ich hatte es schon fast vergessen, ein anderes Leben, verstehen Sie. Loretta ist nun schon seit über einem Jahr nicht mehr bei uns.« Er seufzte.

»Waren Sie ein Paar?« Giulia hatte den Hinweis von Anna nicht vergessen.

Sein Gesicht erhellte sich, der Gedanke schien ihn zu erfreuen. »Ich gebe zu, ich bedauere es jeden Tag meines Lebens, dass dem nicht so war. Loretta Campetti war ein Mensch, wie es keinen zweiten gibt.« Seine Augen wurden glasig. »Deswegen wollte sie mich, den Taugenichts, wohl auch nicht an ihrer Seite.« Er stieß ein gequältes Lachen aus, um umgehend wieder ernst zu werden. »Zwischen uns lagen fast zwanzig Jahre. Unsere Eltern mochten sich, waren sogar befreundet, aber das hätten sie niemals zugelassen. Die Verhältnisse waren einfach noch nicht so weit.« Er wedelte mit der rechten Hand durch die Luft. »Heute ist das alles anders, aber im damaligen katholischen Italien … undenkbar.«

Giulia war nun klar, wieso Mussolini und die Petacci ausgerechnet in das Haus der Campettis gebracht worden waren. »Aber Sie haben Loretta trotzdem nie im Stich gelassen«, redete sie weiter.

»Nein, natürlich nicht«, entgegnete er. »Sie konnte ja nichts dafür, dass ihr Leben so verlaufen ist.« Der Dünkel des stolzen Besitzers eines Restaurants in der besten Lage von Menaggio blitzte wieder auf. Lucio konnte nun einmal nicht aus seiner Haut.

»Was meinen Sie? Das arme chancenlose Bauernmädchen? Die missratenen Enkelsöhne? Oder das Verbrechen, dessen Zeugin sie lieber nicht geworden wäre, einschließlich der Büchse der Pandora in Gestalt des Petacci-Amulettes?«

Signor Lucio riss die Augen weit auf, öffnete den Mund, als wollte er etwas erwidern, verschluckte sich dabei offenbar an seinem eigenen Speichel und hustete darauf so heftig, dass er dunkelrot anlief. Irgendwann, als er wieder sprechen konnte, sagte er heiser: »Sie wissen von dem Amulett?«

Giulia nickte. »Leopoldo wollte es zu Geld machen, um Ihr Restaurant kaufen zu können. Das ist Ihnen doch bekannt.«

Lucio antwortete mit unverständlichem Gemurmel, wobei seine Hände unentwegt zitterten. Irgendwann wurden seine Laute wieder deutlicher, aber mehr als »Lorettas Amulett« konnte Giulia nicht verstehen.

»Wollten Sie ihm helfen, es zu verkaufen? Möglicherweise an Kuno Alwin Wyss, den bekannten Schmuckhändler? Er war am Sonntagabend bei Ihnen im Ristorante.«

Lucio schaute Giulia entgeistert an. »Ja, ja, so war es«, bestätigte er eilig. »Ich wollte Leopoldo helfen. Das Restaurant, natürlich. Ich habe ihn den Tipp mit Wyss gegeben, man kennt sich eben am See.« Der Seniorchef war ein schlechter Lügner.

»Welches Amulett?«, fragte Faustino Bertera, der unbemerkt eingetreten war.

»Faustino«, sagte Lucio, und daran, wie er den Namen seines Sohnes aussprach, erkannte Giulia, dass Lucio dieses Geheimnis mit ins Grab genommen hätte. »Ach, nichts. Du musst dich verhört haben, nichts Wichtiges, eine Plauderei, belanglos …« Während er sprach, zitterten seine Hände so sehr, dass jedem noch so begriffsstutzigen Menschen, zu denen Faustino keinesfalls zählte, aufgehen musste, dass er Angst hatte.

Faustino erkannte das sofort. »Was ist hier los, Vater?«, fragte er entschlossen. »Was verschweigst du?«

Giulia antwortete an seiner Stelle, da Lucio vor Schock stumm geworden zu sein schien. »Ihre Familie war mit den Campettis einstmals eng befreundet«, sagte sie.

Faustino winkte ab. »Ach, die alte Geschichte. Die heilige Kameradschaft zwischen den Genossen, dabei ist das per se schon ein Widerspruch. Kameradschaft fußt auf Treue und Ehre, Eigenschaften, die einem Kommunisten gänzlich abgehen.« Er grinste hämisch.« Ich habe nie verstanden, was mein Vater an denen findet, aber wir sind uns in allem Wesentlichen und Unwesentlichen derart fremd, dass ich irgendwann aufgehört habe, die Dinge zu hinterfragen. Vielleicht wäre Leopoldo der Sohn gewesen, den er sich gewünscht hätte, mit der alten Loretta als Mutter.« Er zwinkerte frech.

»Red nicht so über sie«, schimpfte Lucio.

»Politisch jedenfalls sind Sie beide auf absolut getrennten Ozeanen unterwegs«, warf Giulia ein. »Nicht wahr?« Sie musterte ihn abschätzig.

»Mein Vater auf dem Meer der senilen, kleingläubigen Weltverbesserer und ich …« Er stoppte. »Sagen Sie es mir, Commissario.« Seine Stimme triefte vor Herablassung.

Giulia wollte ihm nicht sagen, was sie darüber dachte.

Er war allerdings auch noch nicht fertig. »Lucio Bertera ist ein kleines Licht, unwichtig, farblos. Aber sein Vater Paolo«, er streckte die Hände zum Himmel, als betete er zu Gott, »der war ein richtiger Held, und das nicht nur, weil mein Vater ihm seine Existenz zu verdanken hat. Kommunisten wollen schließlich auch gut leben.« Er hielt inne. »Wussten Sie, dass er es war, der Clara Petacci hinterrücks erschossen hat?« Es machte ihm sichtlich Spaß, die Wirkung seiner Worte in Giulias Gesicht zu sehen.

Sie ärgerte sich, dass sie sich kurzzeitig nicht unter Kontrolle hatte, vor allem da ihr unweigerlich die vermeintliche Vergewaltigung wieder einfiel. Der Gedanke war einfach nur schrecklich.

»Zieh deinen Großvater nicht in den Dreck, du elender Nestbeschmutzer«, brüllte Lucio jetzt außer sich vor Wut. »Du warst nicht dabei und kannst nicht urteilen!«

»Die Bezeichnung ›Großvater‹ ist unzutreffend. Wir reden über einen Mörder.« Faustino behielt schon allein durch seine Ruhe die Oberhand. »Ein Mörder, der sich an der Zukunft und dem Wohl des italienischen Staates vergangen hat.«

»Er hat ja nicht den Duce erschossen«, brüllte Lucio und glitt damit in die Unsachlichkeit ab.

»Weiß man es?«, konterte Faustino. »Mein ganzes Leben frage ich mich, was das für ein Charakter sein muss, der einen Menschen kaltblütig ermordet und dann nicht mal die Größe besitzt, dazu zu stehen. Willst du es wissen, Papa? Willst du?«

Lucio wandte sich ab.

»Ein hinterhältiger Schlappschwanz«, zischte Faustino. »Der aus purer Feigheit ein junges Mädchen verdrischt, nur weil er Angst hat, sie könnte ihn verraten.« Seine Miene hätte verächtlicher nicht sein können. »So sind die Kommunisten, vergreifen sich an ihren eigenen Leuten, am liebsten an den wehrlosen.«

Lucio wurde von ohnmächtigem Entsetzen erfasst. »Faustino, wie … Was …?« Alle Farbe wich aus seinem Gesicht. »Loretta. Dein Großvater? Woher …? Du lügst!«

Faustino schaute lächelnd an die Decke. »Du kannst mir so manches Schlechte nachsagen, aber ein Lügner bin ich nicht. Du hättest deinem Vater besser zuhören müssen, so kurz vor seinem Tod.«

Lucio sackte in sich zusammen. Er hatte verloren.

Erstaunlicherweise schien das bei Faustino jedoch nicht zu einer Befriedigung oder gar Freude zu führen. Ausdruckslos und schweigend betrachtete er seinen Vater. Er war eindeutig über das Ziel hinausgeschossen, aber Giulia konnte nicht einschätzen, ob er das bereute.

»Leopoldo Campetti hatte bei seinem Tod ein Amulett dabei«, lenkte Giulia das Gespräch wieder auf das eigentliche Thema. »Es ist sehr wertvoll, und er wollte es verkaufen.«

»Ein Amulett?« Diese Information war neu für Faustino, das war offensichtlich. Giulia wurde klar, dass sie mit ihrer Verdächtigung falschgelegen hatte.

»Clara Petacci hatte ein Liebesamulett, mit Brillanten und einer Inschrift …«, erklärte Giulia.

»Das wird seit ihrer Festnahme vermisst, ebenso wie die handschriftlichen Dokumente des Duce, seine Überlegungen zum Wiedererstarken des italienischen Staates, einer neuen Republik«, entgegnete Faustino nun ausnehmend leise und bedächtig. »Die Campettis sind im Besitz dieses Amulettes, bis heute.« Er zählte eins und eins zusammen und bedachte seinen Vater daraufhin mit einem fragenden Blick. »Wie konntet ihr, du und Loretta?«

»Ach, Faustino«, antwortete Lucio mit gebrochener Stimme.

»Leopoldo wollte es Sonntagnacht verkaufen. Deswegen musste er sterben«, ergänzte Giulia. Faustino brauchte einen Moment, um das zu verarbeiten. Dann ging er langsam und mit gesenktem Kopf zu einem Büfett hinüber und öffnete die Tür. Ein gutes Dutzend Likör- und Schnapsflaschen kam zum Vorschein. Giulia wandte sich von ihm ab und ließ ihren Blick wieder auf Lucio ruhen.

»Loretta hätte niemals zugelassen«, sprach Giulia weiter, »dass dieses Amulett verkauft wird. Ihre Familie musste es ihr auf dem Sterbebett hoch und heilig versprechen. Sie ahnte, welches Unheil dieses Teil noch so viele Jahre danach anrichten konnte.«

Lucio fing leise an zu weinen. »Immer wieder habe ich sie gebeten, es in den See zu werfen, angefleht habe ich sie.« Er zog die Nase hoch. »Genützt hat es nichts. Ihr bedeutete die Geste der Petacci einfach zu viel, nicht politisch, Gott bewahre, nein, menschlich. Das Amulett war das einzig Wertvolle, was Loretta in ihrem Leben jemals besessen hat.«

Im Hintergrund klirrten Gläser. Dann geschah eine ganze Weile nichts. Bis Giulia plötzlich den intensiven Duft von Faustinos Rasierwasser einatmete und zugleich etwas Kaltes an der linken Seite ihres Halses spürte. Sie fühlte, wie sich ihr Pulsschlag beschleunigte. Faustino hatte eine Waffe auf sie gerichtet und wies seinen Vater an, so schnell er konnte, zu verschwinden. Jetzt wusste sie, dass es ein Fehler gewesen war, das Amulett der Petacci zu erwähnen.

***

Der Körper trieb leblos auf dem Wasser. Sein Gesicht war nicht zu sehen, aber das war auch nicht notwendig. Giulia genügten der gräulich schimmernde Lockenkopf und die weißen Koteletten, um zu ahnen, wen die Carabinieri da gerade aus dem See bargen. Es musste sich um Lucio Bertera handeln. Nur wenige Minuten später lag der alte Mann vor ihr auf dem Boden des Bootes, und es bestand kein Zweifel mehr.

Giulia bückte sich zu ihm hinunter und schaute ihm lange in das bleiche, ein wenig aufgedunsene Gesicht. »Großmutter Loretta hatte wohl recht«, murmelte sie. »Das Amulett bringt Unglück, es zerstört Leben.«

***

»Das ist mir egal. Die Leute können warten. Immerhin habe ich auch ein Privatleben.« Brutus' Stimme war schon einige Meter vor dem Hofeingang zum Torre deutlich vernehmbar. Nur die Reaktion seines Gesprächspartners, von dem Giulia wusste, dass es nur Jacopo sein konnte, drang nicht bis zu ihr durch. Aber sie ahnte auch so, worum sich die Unterhaltung drehte. »Giuli geht vor. Ich möchte mit ihr frühstücken. Und ich möchte auch wissen, was passiert ist. Du sagst mir ja nichts!«

Giulia blieb vor dem Torre stehen und holte tief Luft. Die beiden alten Weinkisten, auf denen Matteo und Francesco in den letzten Tagen gesessen hatten, waren verwaist. Die Männer hatten an einem Samstagvormittag Besseres zu tun, als einen Wachposten aufrechtzuerhalten, den es nicht mehr brauchte, und Giulia war heilfroh darum. Sie lehnte sich gegen die Bruchsteinmauer und blinzelte in die Sonne. Am Ende hatte sie den gordischen Knoten zwar durchschlagen, der fade Beigeschmack des Ganzen würde sie aber noch eine Weile beschäftigen.

Der Leichnam von Lucio Bertera befand sich nun sicherlich auf dem Weg in die Mailänder Rechtsmedizin. Giulia hatte nicht auf ihre Freundin Tiziana, die Bestatterin, gewartet. Ihr war heute einfach nicht danach. Sie hatte den Transport veranlasst, um den Vorschriften Rechnung zu tragen. Das amtliche Ergebnis der Untersuchung jedenfalls würde keine Überraschung mehr zutage fördern. Die erste Einschätzung von Professore Fontana, der das Wochenende in seinem Ferienhaus in Cadenabbia verbrachte und sie heute früh auf den See hinaus begleitet hatte, deckte sich mit der letzten Nachricht, die Faustino Bertera von seinem Vater erhalten hatte. Der Mörder von Leopoldo Campetti hatte sich selbst gerichtet. Die Scham, aber womöglich auch die Reue darüber, einen Enkel seiner großen Liebe getötet zu haben, hatten ihn so weit getrieben. Giulia wollte darüber nicht urteilen. Lucios' SMS an seinen Sohn war ihr am gestrigen Nachmittag wie ein Zeichen des Himmels erschienen, denn sie hatte sie aus einer wahrlich unangenehmen Bredouille befreit. Oder besser gesagt, Elena hatte dies wieder einmal tun müssen. Sie hatte Lucio Bertera aus dem Lokal stürzen sehen und war misstrauisch geworden. Ihr unerwartetes Auftauchen in Lucios Büro hatte dann fast zu einem Unglück geführt, denn Faustino hatte auch nach der Flucht seines Vaters nicht davon abgelassen, Giulia mit seiner Waffe zu bedrohen, worin er Elena nur zu gern einbezogen hatte. Ohne Frage hatte er vorgehabt, seinem Vater einen anständigen Vorsprung zu verschaffen.

Aber je lauter und euphorischer er sich in Monologen über die Ehre Mussolinis und die rechtsnationalen Ideen erging, umso mehr war Giulia zu der bitterbösen Überzeugung gekommen, dass er mit ihr und Elena nur zwei wehrlose Zuhörerinnen gefunden hatte, denen er diesen ganzen kranken Schwachsinn einmal ungestört auftischen konnte. Erst das Signal seines Mobiltelefons und die letzten Worte seines Vaters hatten dem ein jähes Ende bereitet. Faustino war darüber so perplex gewesen, dass es Elena gelungen war, ihre Waffe zu ziehen und ihn mit einem gezielten Schuss in den Oberarm außer Gefecht zu setzen. Diese unangekündigte und damit nicht ganz rechtsichere Handlung verlangte einen ausführlichen Bericht an die Zorzi, aber das war Giulia in diesem Moment absolut egal gewesen. Sie hatte eine gute Stunde in den Lauf einer Pistole geblickt und sich dabei immer wieder gefragt, wieso Faustino seinem verhassten Vater diesen für ihn durchaus folgenreichen Hilfsdienst erwiesen hatte. Dabei war die Antwort ganz einfach gewesen. Mit der Geschichte um das Amulett der Petacci war Faustino sofort aufgegangen, dass nur sein Vater der Mörder von Leopoldo gewesen sein konnte, und was immer die beiden Männer auch trennte, Blut war nun einmal dicker als Wasser. Das Versprechen an Loretta, dieses Amulett niemals an die Öffentlichkeit zu bringen, hatte mehr gewogen als das Leben eines Einzelnen. Leopoldo hatte sich dem letzten Willen seiner Großmutter widersetzt, aber auch Lucios Ehrenwort konterkariert und schlussendlich damit die gesamte Familie Campetti gefährdet. Giulia war sich darüber im Klaren, dass die Ängste der beiden alten Leute aus einer anderen Zeit herrührten und heutzutage für viele womöglich als überholt galten, aber wer konnte sich dessen schon sicher ein? Italiens politische Verhältnisse waren unkalkulierbar, und dass Mussolinis Urenkel in die Politik drangen und rechte Parteien überragende Wahlsiege erlebten, war ein unmissverständliches Zeichen dafür. Loretta hatte wohl recht daran getan, das unrühmliche Erbe ihrer Familie unter Verschluss zu halten. Und Lucio war ihrem Wunsch bedingungslos gefolgt, obwohl dies ihren Enkelsohn das Leben gekostet hatte. Wie die Tat genau abgelaufen war, darüber allerdings konnte Giulia nur spekulieren. Lucio jedenfalls wusste, wo sich der Schlüssel zum Boot seines Starkochs Gromow befand, und er musste Leopoldo gebeten haben, mit ihm an den See zu gehen. Die Brillanten waren ihm völlig egal, womöglich hatte er sogar gehofft, sie würden mit Leopoldo im See untergehen. Warum er die Leiche dann nicht draußen auf dem Lario gelassen hatte, war nicht mehr zu klären. Womöglich war ihm jemand in die Quere gekommen, und er war in Panik geraten. Seit Giulia die gesamten Zusammenhänge begriffen hatte, fragte sie sich, ob man das nicht auch anders hätte regeln können, ohne zwei verlorene Leben. Der Schmuckhändler Kuno Alwin Wyss hatte das ohne die Kenntnis näherer Einzelheiten bestätigt. Giulia hatte sich am gestrigen Nachmittag auf der Questura noch einmal eingehend mit ihm unterhalten und dabei nicht nur die Echtheit des Amulettes bestätigt bekommen. Wie vermutet war Wyss der potenzielle Interessent gewesen, der sich mit Leopoldo Sonntagnacht am See hatte treffen wollen. Er hatte sich mit Vehemenz gegen das Wort »Käufer« verwehrt und war auch sonst eher vage geblieben, als irgendetwas präzise zu formulieren oder gar zuzugeben, aber Giulia war sich ihrer Sache sicher. Wyss war vor zwei Wochen von einem befreundeten Antiquitätenhändler auf Leopoldo Campetti und dessen besonderen Schatz angesprochen worden. Allerdings hatte er geschworen, bis zu Giulias Besuch bei ihm nicht gewusst zu haben, um was genau es sich dabei gehandelt hatte. Giulia hatte ihm das nicht abgenommen, denn Baldo war lange vor ihrem Erscheinen in seiner Hütte im Bilde gewesen. Wieso sonst hatte er sie dort erwartet? Von seinem an sie gerichteten Hinweis mit der Lupe, seinem letzten Gruß, einmal abgesehen. Giulia hatte sie als Andenken mit nach Hause genommen. Was dieser Anflug von Sentimentalität bringen sollte, war ihr dabei selbst nicht ganz klar. Jedenfalls passte das alles zu Baldo, und sie hatte einfach nur zu viel erwartet. Der Händler, der Wyss ins Spiel gebracht hatte, war angeblich ein regelmäßiger Gast des Ristorante gewesen, der mit Leopoldo ins Gespräch gekommen war und schließlich seine Hilfe angeboten hatte. Da Leopoldo nicht einmal mit seinen Geschwistern darüber gesprochen hatte, konnte Giulia nur annehmen, dass Lucio, wie auch immer, Zeuge dieser Unterhaltung geworden war und daraus seine Schlüsse gezogen hatte. Wyss jedenfalls war nach eigener Aussage getrieben von seiner Neugier am verabredeten Treffpunkt erschienen, aber unverrichteter Dinge wieder abgezogen. Dem begehrlichen Funkeln in seinen Augen nach zu urteilen, hätte Wyss das Amulett für fast jeden Preis erworben. Und obwohl Giulia den Schmuckhändler auch Baldo zuliebe gern dafür zur Rechenschaft gezogen hätte, würde doch niemand je beweisen können, dass es sich bei den Campettis nicht um die rechtmäßigen Eigentümer gehandelt hatte. Baldo hatte nach einem Strohhalm gegriffen und gehofft, eine Lawine loszutreten, die seinen Kontrahenten unter sich begräbt. Damit jedoch konnte Giulia nicht dienen. Aber sie würde Wyss von nun an im Auge behalten. Mit dem Geld und am Ende natürlich mit dem Ristorante wären die Campettis fein raus gewesen. Endlich hätten sie ihr Glück selbst in die Hand nehmen können, auf einem guten Nährboden, den Lucio Campetti und seine Familie gesät hatten. Der Kreis hätte sich schließlich geschlossen. Doch es war anders gekommen.

***

»Er wird mir fehlen, mein alter Genosse.«

Giulia brauchte sich nicht umzudrehen, um zu wissen, dass ihre Freundin Tiziana neben ihr stand. Stattdessen schaute sie weiter auf den friedlich vor ihr liegenden, kristallblau funkelnden See.

»Ich hätte nie gedacht, dass der gute Lucio mal eine meiner Fuhren wird«, redete Tiziana, von einem Hustenanfall unterbrochen, weiter. Dieser hinderte sie jedoch nicht daran, sich gleich, nachdem sie ihre gerauchte Zigarette auf die Kiesel des Ufers geschnippt hatte, eine neue anzuzünden. »Paolo, ja, mit dem hatte ich gerechnet. Viel zu lange hat der liebe Gott den hier unten behalten. Was er sich dabei denkt, wird mir niemals aufgehen. Wenigstens musste er vor der guten Loretta gehen …«

Giulia entgegnete nichts. Tizianas Andeutungen genügten ihr, um zu erahnen, was die Alte über diese Geschichte wusste.

»Ach, Giuli, am Ende holt uns die Vergangenheit doch immer wieder ein. Armer Leopoldo. Armer Lucio«, krächzte die Alte. »Ist er es gewesen?«

Giulia reagierte nicht.

»Die Campettis meinen immer, das Leben hätte ihnen übel mitgespielt. Dabei ist das Unfug. Lorettas schlechte Erfahrungen färben nicht automatisch auf ihre Kinder und Kindeskinder ab. Und trotzdem ist die ganze Sippe wie gelähmt davon. Meine Güte, ich hätte diese düstere Hütte in dem schrecklichen Mezzegra lange verhökert und irgendwo neu angefangen. Dann wäre womöglich auch der arme Lucio von seiner Bürde erlöst gewesen.« Sie spuckte Tabakreste auf den Boden. »Schuld sind sie alle selbst. Warum lassen sie sich von der Vergangenheit treiben. Das bringt nichts. Das eigene Leben, die Zukunft macht die Töne.«

Auf Giulias Gesicht legte sich ein sanftes Lächeln. Tizianas Lebensweisheiten versetzten sie immer wieder in Erstaunen. »Wie gut kanntest du Lucios Vater Paolo eigentlich?«, fragte sie, wohl wissend, dass Tiziana viele Jahrzehnte als glühende Kommunistin unterwegs gewesen war.

Nun war es die Alte, die die Frage geflissentlich überhörte. »Wieso bist du nicht zu Hause?«, erkundigte sie sich stattdessen. »Ist der schöne Jacopo nicht da?« Sie zwinkerte ihr vielsagend zu.

»Ich hatte im Büro noch etwas zu erledigen«, antwortete Giulia wahrheitsgemäß und ballte die Faust in ihrer Hosentasche fest zusammen, sodass das Tütchen mit dem Amulett und den Brillanten auf ihrer Haut kratzte.

Schließlich standen beide Frauen einfach nur schweigend nebeneinander und genossen den wunderschönen Anblick des Lario. Irgendwo in der Ferne hupte leise ein Boot.

Irgendwann hob Giulia den Arm und schleuderte den Inhalt ihrer Faust so schwungvoll, wie sie konnte, hinaus aufs Wasser, wo er in Windeseile unterging.

Tiziana stellte keine Fragen. Sie nahm nur einen tiefen Zug von ihrer Zigarette und atmete erleichtert aus.

NACHWORT

Clara Petacci, die langjährige Geliebte Benito Mussolinis, wird gemeinsam mit dem Duce im April 1945 am Comer See gefangen genommen. In einem Bauernhaus in Mezzegra wird sie vermutlich vergewaltigt und anschließend gemeinsam mit ihrem Geliebten von Partisanen erschossen. Um die Tat zu vertuschen, bringt man die beiden Leichname vor die Villa Belmonte/Mezzegra und schießt ihnen in den Rücken. Heute befindet sich an dieser Stelle ein Kreuz, an dem sich regelmäßig Anhänger des Faschistenführers einfinden. Dass sich das Haus der Bauernfamilie direkt gegenüber befindet, ist frei erfunden.

Nach ihrer Ermordung werden die beiden Leichname in Mailand öffentlich ausgestellt. Was die Odyssee der Leiche des Diktators angeht, so soll es sich tatsächlich entsprechend zugetragen haben. Der Hinweis des Professore, die rechte Hand Mussolinis befinde sich im rechtsmedizinischen Institut in Mailand, ist allerdings reine Fiktion.

Um den Tod des Diktators ranken sich viele Mythen. Erst in den Neunzigerjahren hat sich eine Greisin zu Wort gemeldet, die die Geschehnisse beobachtet haben will. Da sie über Jahrzehnte heimlich bedroht wurde, hat sie dazu geschwiegen und sich erst kurz vor ihrem Tod offenbart.

Clara Petacci trägt an ihrem Todestag angeblich eine Goldkette mit 17 Brillanten, aus denen die Buchstaben C und B geformt sind.

Darüber hinaus hat die Kette eine Gravur: *»Clara io sono te, tu sei me, Ben.«* »Clara, ich bin du, du bist ich, Ben.« Über ihren Verbleib ist nichts belegt. Dass es vom Amulett ein Foto gibt, ist möglich, aber ebenfalls nicht erwiesen.

In ihren Tagebüchern hat Clara Petacci vor allem ihr Liebesleben, aber auch die politischen Ansichten des Duce festgehalten. Mussolinis Nachfahren haben lange Zeit versucht, eine Veröffentlichung zu verhindern. Mittlerweile ist ein Teil davon jedoch frei zugänglich.